Luz, Câmera e Amor

ALINE SANT'ANA

Copyright © 2016 de Aline Sant' Ana
Copyright © 2019 por Editora Charme
Todos os direitos reservados.

Nenhuma parte desta publicação pode ser reproduzida, distribuída ou transmitida por qualquer forma ou por qualquer meio, incluindo fotocópia, gravação ou outros métodos eletrônicos ou mecânicos, sem a prévia autorização por escrito do editor, exceto no caso de breves citações em resenhas e alguns outros usos não comerciais permitidos pela lei de direitos autorais.

Este livro é um trabalho de ficção. Todos os nomes, personagens, locais e incidentes são produtos da imaginação das autoras.
Qualquer semelhança com pessoas reais, coisas, vivas ou mortas, locais ou eventos é mera coincidência.

1ª Edição 2019.

Produção Editorial: Editora Charme
Capa e diagramação: Veronica Goes
Fotos: Depositphotos
Revisão: Sophia Paz

CIP-BRASIL, CATALOGAÇÃO NA PUBLICAÇÃO
SINDICATO NACIONAL DE EDITORES DE LIVROS, RJ

Sant' Ana, Aline
Luz, Câmera e Amor / Aline Sant' Ana
1. Romance Brasileiro | 2. Ficção Brasileira
ISBN: 978-85-68056-80-6

CDD B869.35
CDU B869. 8 (81)-30

loja.editoracharme.com.br
www.editoracharme.com.br

Editora Charme

Luz, Câmera e Amor

ALINE SANT'ANA

Para você que já teve uma queda por um astro de Hollywood!

*"Nancy acreditava que as pessoas têm os motivos mais nobres para se desgostarem, mas que o ódio à primeira vista, em si, não existe.
Seu conceito era básico: um sentimento advindo da escuridão deriva de três sensações que se disfarçam de má impressão: inveja, ciúmes ou — ah, ela não poderia escapar dessa ideia! — o amor."*

RECORDE-SE ANTES DE EU PARTIR

Prólogo

Eu e Valery, minha irmã mais nova, estávamos jogadas no sofá da sala, assistindo ao novo lançamento do ator Chuck Ryder. O filme de ação misturado com ficção científica era o ápice do momento. Chuck aparecia grande parte do tempo carregando uma arma esquisita, saltando de carros modernos demais para nossa época e pilotando helicópteros, fugindo da lei extremista de um mundo distópico.

— Ele é ridículo — afirmei, no meio de uma cena. Foi um momento romântico, quando Chuck pediu para a atriz Jennifer Fall esperar por ele quando fosse embora.

Aconteceu um beijo sem graça e eu rolei os olhos.

— Não, ele é gostoso — rebateu minha irmã.

Seus cabelos loiros, como os meus, só tinham uma diferença: eram extremamente lisos. Os olhos bem claros, ao contrário dos meus castanhos, causavam suspiros por onde quer que Val passasse. Ela era fisicamente mais bonita do que eu, e a achava um anjo em plena forma.

— Não estou falando do corpo dele ou do rosto de deus grego, Val. Estou falando da atuação.

— Ah, bem. Eu não entendo como pode fazer tanto sucesso atuando. Ele é tão frio e indiferente... — concordou.

— É questão de estar sempre na mídia, porque Chuck Ryder não tem talento. As pessoas o colocam nos filmes porque tem boa aparência. Mas é só.

Semicerrei as pálpebras quando ele se despediu de Jennifer forçadamente.

— Meu Deus! — praticamente gritei. — Ele não consegue nem fingir que está apaixonado! Como dão um par romântico para um cara que parece entediado com o amor?

— E Jennifer é bonita.

— Eu sei! Como ele não se sente atraído por ela? Não pode nem fingir?

Coloquei uma colherada de sorvete na boca, saboreando o chocolate meio amargo.

— Chuck pode ser gay.

— Não é isso — rebati, com a boca cheia.

Chuck estava namorando há mais de dois anos, pelo que parecia. Os tabloides falavam sobre essas coisas, não era como se eu nunca tivesse escutado os rumores. Já vi inúmeras fotos também, aquela coisa exibicionista e perfeita.

Chuck e sua namorada eram como Brad e Angelina na época em que estavam casados.

— Ah, você está falando por causa daquele relacionamento que ele *alega* ter? Pode ser fachada — Val continuou. — Com quem ele diz estar namorando mesmo?

— Meg Thompson — respondi. — Poxa, pobre Meg! Atuei com ela há três anos. Você se lembra? Naquele curta?

— Claro que sim.

— Foi uma das melhores experiências que tive.

— Vocês foram magníficas! Você, Evelyn, é a melhor atriz que eu conheço.

— Ah, Val. — Encarei-a com carinho. — Você sempre será a minha fã número um.

— Eu discordo — soou outra voz.

Olhei para trás, surpresa ao vê-la ali. Coloquei o sorvete em cima da mesa de centro, no mesmo instante em que Val saltava do sofá para abraçar nossa mãe. Mamãe soltou as malas e abraçou a caçula com tanto carinho que foi impossível não ceder à emoção. Eu fui a segunda, inspirando secretamente, ao abraçá-la, o perfume que me embalou durante os meus vinte e quatro — quase vinte e cinco — anos de vida.

Não esperávamos que mamãe conseguisse chegar hoje de viagem, por causa da agenda corrida de CEO. A mídia achava muito estranho o fato de morarmos todas juntas, ainda mais por eu e Val termos carreiras tão promissoras — Val sendo estilista e eu, atriz — e uma quantia significativa de dinheiro. Mas, por tudo o que nossa mãe passou para nos criar, abandonada por nosso pai na gravidez de Val e nunca mais dando as caras, éramos muito unidas. Não tinha chegado o momento de sair do lar.

Ao menos, não para mim.

— Como vocês estão? — Mamãe deu uma espiada atrás de nós e abriu um sorriso ao ver o que passava na televisão.

Efeito Chuck Ryder, que não pegava em mim, claro.

— Estamos bem — respondeu Val.

— Assistindo ao filme do Chuck, né?

— Não começa, mãe — repliquei.

— Ele é lindo. Olha esse corpo, esses músculos, esse cabelo que dá vontade de deixar ainda mais bagunçado! Tem certeza de que ele tem a sua idade, Evelyn? Se ele tivesse uns trinta e cinco, eu poderia arriscar, né? Nove anos de diferença não seria muita coisa.

Valery riu, e eu soltei um suspiro impaciente.

— Ele infelizmente tem vinte e cinco anos e tem namorada, mas teria sorte de ter uma mulher como você — Val adulou.

— Muito novinho pra mim, infelizmente. Quem sabe um dia uma de vocês duas não me dá o prazer de casar com ele, para eu ser uma fã privilegiada e poder vê-lo todos os dias, não é?

— Acho muito improvável. A Evelyn o odeia e eu... bem, preciso te contar uma coisa. — Val sorriu abertamente.

Mamãe ficou mais séria e atenta. Já eu, tirei o celular do bolso traseiro da calça de moletom, para poder gravar o momento.

Val era nova, apenas vinte e dois anos, mas, quando conheceu Grant, nossa pequena família de três pessoas soube aonde isso ia dar. Desde o começo da adolescência, com apenas quinze anos, Val se apaixonou pelo vizinho da casa ao lado. Com um romance digno de cinema, os dois perduraram em meio a todos os desafios, inclusive com o fato de Grant ter dúvidas se fazia ou não faculdade em nosso estado. Por sorte, Grant conseguiu e, mesmo que não tivesse conseguido, eu sabia que ele amava a minha irmã o suficiente para fazer isso dar certo.

Ele a pediu em casamento na noite passada.

— Grant me convidou para um jantar em seu barco. Eu sabia que seria algo especial, mas não esperava por *isso*.

Val esticou a mão para a mãe e o diamante no anelar a fez soltar um suspiro alto. Vi mamãe lacrimejar através da tela do celular, que já estava direcionado para a cena. Gravei o momento para podermos fazer um vídeo e colocar uma junção de imagens em homenagem no dia do casamento.

— Ele propôs? — mamãe gritou. — Ah, meu Deus!

As duas se abraçaram, com mamãe dizendo que, se Grant não fizesse isso, cedo ou tarde, ela o caçaria até no inferno. Nós três rimos e nossa mãe olhou para a câmera, com a cara borrada da maquiagem pelo choro.

— Isso vai para o Grant? — questionou.

— Vai. — Sorri.

— Grant, você sempre foi bem-vindo em minha casa e em nossa vida. Agora, será assim pela eternidade. Vou ser muito feliz em poder te chamar oficialmente de filho. Obrigada por fazer o meu pequeno raio de sol feliz.

Fui para a conclusão do vídeo com mais um abraço delas e Val aparecendo no meio. Virei a câmera para nós três e eu e mamãe demos um beijo, uma de cada lado, no rosto emocionado de Val. Nós rimos entre as lágrimas e a gravação encerrou-se assim.

Minha irmã mais nova vai se casar!

Janeiro

"Em meio a um desafio tão complexo,
Michael não sabia se pulava ou se recuava.
Ele não era fã de altura, mas tinha aquela coceira divertida
que o levava ao perigo. Foi isso que o levou a se alistar.
A pequena coceira o impulsionou ao seu destino."

RECORDE-SE ANTES DE EU PARTIR

Capítulo 1

De alguma forma, eu sabia que esse era o momento mais importante da minha carreira e da minha vida e isso nada tinha a ver com meu aniversário de vinte e cinco anos. Suspirei fundo e tentei fazer minhas mãos pararem de tremer, mas a onda de nervosismo veio com força. Fiz o aquecimento de voz, mesmo sem necessidade, e dei pulos antes de subir pelo elevador — secretamente, para as pessoas não acharem que uma celebridade de Hollywood ficou louca —, mas a sensação de frio na barriga não passou.

E não era culpa do inverno.

Justo eu, sempre tão segura...

— Você não parece bem — meu empresário sussurrou.

Encarei-o, daquela forma que mantinha as pessoas longe de mim por uma semana. Óbvio que eu estava bem, só não podia negar o nervosismo. Além disso, esse homem me cobrava tanto, que boa parte do tempo eu duvidava que escolhê-lo para o cargo foi o certo a fazer.

Já não tinha certeza de muitas coisas em relação às pessoas que me rodeavam. Conforme fui crescendo na carreira, aprendi a separar oportunismo de profissionalismo. Meu empresário se encaixava no lado errado da coisa e, cedo ou tarde, eu precisaria tomar providências.

— Estou ótima.

— Você está tremendo.

— Essa reunião é importante — contestei.

— Eu sei — concordou, ficando em silêncio.

Quando fui convidada para essa reunião, um dia depois do anúncio do noivado da minha irmã, a única coisa que sabia era que Uriel Diaz, o diretor mais renomado da atualidade, estava escalando atores consagrados para um filme inspirado em um best-seller. Eu não sabia de qual livro se tratava, nem mesmo o autor, só entendia que, para estarem mantendo tanto sigilo, era porque vinha algo grande.

Uriel na direção era digno de Oscar, e eu precisava desse papel.

E hoje era o meu aniversário!

— Você é fantástica — meu empresário disse. — Lembre-se disso.

Fechei os olhos.

— Evelyn!

Abri os olhos.

Shaaron W. Rockefeller estava de frente para mim. Ela era a autora do aclamado romance contemporâneo chamado Recorde-se Antes De Eu Partir, sobre um casal apaixonado que vive uma tragédia quando a mocinha perde a memória e o mocinho precisa reconquistá-la. Shaaron era a nova Nicholas Sparks, seu sucesso era imenso, e meu coração de fã parou um pouco de bater ao reconhecê-la.

Apesar de não ter lido esse livro ainda, já havia lido três de Shaaron. Suas obras eram poéticas e doces, ela trazia o amor à tona pelas páginas e nos fazia sofrer com a parte dramática de suas histórias. Honestamente, foram poucos livros que me emocionaram assim.

Shaaron era um achado da humanidade.

— Senhora Rockefeller!

— Ah, deixe de formalidades e me chame de Shaaron. Preciso te dar um abraço! Não sabe o quanto lutei para Uriel te trazer aqui hoje, sua agenda estava lotada, mas eu acreditava que você me daria uma chance.

Abracei-a, ainda chocada.

— Eu não sabia que era você, não fazia ideia e...

— Imaginei que não soubesse — ela me interrompeu com gentileza e sorriu quando nos afastamos.

Os cabelos crespos em um lindo corte cheio acompanhavam uma faixa vermelha no início da cabeça. Os olhos escuros me admiraram com carinho. Sua pele em tom de chocolate reluzia com as luzes fortes e ela parecia brilhar na minha frente. Era isso, ou a admiração que eu tinha por Shaaron estava me fazendo ver coisas.

— Mantivemos segredo o máximo possível, para que a imprensa não desse furo — continuou. — Queremos anunciar tudo em oito meses, e vamos lutar para mantermos isso entre nós. Então, vamos conversar?

Shaaron pediu que o empresário não se juntasse à reunião, avisando que era apenas uma conversa informal. Grata pela privacidade, fui com ela para outra sala.

E a partir dali minha vida começou a mudar.

Com uma generosidade e um carisma inquestionáveis, a escritora me contou que fechou contrato com uma produtora de peso para filmar o seu livro de maior sucesso, o romance Recorde-se Antes De Eu Partir. De acordo com Shaaron, a protagonista se parecia comigo no que ela imaginou fisicamente. Shaaron garantiu que acompanhou minha carreira desde o início, que assistiu meus filmes, que sabe do meu talento. Por isso, me queria para interpretar sua protagonista.

Conforme Shaaron foi falando, minha boca foi se abrindo, porque, fala sério, apesar de ser atriz há quinze anos, de já ter participado de inúmeros eventos importantes, ainda era surreal o fato de ser fã de alguém e essa pessoa ser minha fã também.

Eu era humana, afinal de contas.

— É um romance que exigirá muito da produção cinematográfica, já que precisaremos gravar na África do Sul em algum momento. Geralmente, os autores não participam tanto do processo, mas, como fiz o roteiro e Uriel garantiu que quer o meu dedo em cada coisa, inclusive na escolha do elenco, aceitei. De acordo com o que me disse, Uriel confia plenamente no meu bom senso. Eu vou tentar participar até onde conseguir, já que, no final do ano, tenho projetos inadiáveis. Então, preciso saber: você topa dar uma olhadinha no projeto?

Ai, minha nossa!

Esse era o momento da minha vida, eu sabia disso até antes de chegar aqui.

— É claro! — respondi, em um misto de surpresa e animação.

Um sorriso bonito surgiu no rosto de Shaaron.

— Eu adoro você, Evelyn. Te acho uma das atrizes mais capazes do ramo. Já te vi atuar em clássicos, e até nas produções independentes você arrasa! Eu não poderia escolher outra pessoa para ser a minha doce Nancy. Já que tive poder de decisão, me esbaldei. Fico feliz que você tenha aceitado dar uma olhada no roteiro. Você pode me dar uma resposta dentro em uma semana? Aliás, é preferível que ligue direto para o Uriel, para ele, então, poder marcar contigo uma reunião mais formal, com o elenco principal reunido.

Elenco principal.

A curiosidade me engoliu com uma facilidade absurda.

— E você já sabe quem estará no filme? — perguntei como quem não quer nada, sonhando em talvez contracenar com o novo Thor ou o James Bond...

Shaaron sorriu abertamente.

— Oh! Isso ainda é um mistério, querida Evelyn.

Saí de lá me sentindo nas nuvens, pronta para uma pequena festa de aniversário com a minha família. Pelo visto, a nova fase dos vinte e cinco veio com o presente que eu sempre quis na vida: uma chance de lutar por reconhecimento e conquistar um papel impressionante no cinema.

Meu Deus! Eu estava tão empolgada!

Capítulo 2

Jogada no sofá de casa, como já era de costume, Val estava ao meu lado, com o filme pausado para que eu pudesse contar o resto das novidades. Fizemos a minha festa de aniversário e, já no dia seguinte, ela queria saber detalhes.

A adrenalina não tinha me deixado ainda.

— Você não sabe nada sobre a proposta além do que me disse? — indagou Val, no meio da conversa.

— A única coisa que sei é que tem a ver com o livro Recorde-se Antes De Eu Partir, o best-seller.

— Hum, interessante. Queria ser uma mosquinha para saber quem vai ser o seu par romântico.

Val era sonhadora demais. Tinha pensamentos sobre o amor que nem Afrodite entenderia.

— Não tem nada a ver, e você sabe disso!

— Não mente, Evelyn. — Riu, tirando a almofada do colo. — Você fica amiga de todos eles e acaba criando uma intimidade fora das telas. Eu só quero que seja um cara legal... e, quem sabe, muito bonito e gostoso.

— Você acha que vai ser?

— Bonito e gostoso?

Comecei a rir.

— Um cara legal, Val.

— Bom... eu não sei, apenas torço para que seja.

Val se levantou e disse que ia fazer s'mores. Quase ao mesmo tempo, meu celular vibrou sobre a mesa de centro. Era uma ligação da nossa mãe, questionando, ansiosa, como tinha sido a reunião, já que fiz mistério ontem.

— Você pode me contar tudo! Estou com tempo.

— Mas você não disse que tinha uma reunião, mãe?

— É bobagem, filha. Me conta tudo! — disse, com um sorriso na voz.

Dei todos os detalhes que podia, já que minha mãe era uma das pessoas que mais torcia por mim. Desde o instante em que falei que queria ser atriz, ela me apoiou. Segundo ela, já sabia que eu havia nascido para isso desde que eu era pequena, quando eu fazia teatrinho com fantoches de meia.

Antes de desligar, Val chegou com os s'mores: uma mistura de bolachas, chocolate meio amargo e marshmallows. Alternei entre mastigar e responder ao questionário preciso da mamãe. Ela estava empolgada, tão animada que eu sabia que sua felicidade era o reflexo da minha.

— Quando eu chegar em casa, nós vamos comemorar! Vou levar champanhe e tudo.

— Mãe, já comemoramos o meu aniversário ontem.

— Não importa, isso é diferente.

— E eu ainda não consegui o papel cem por cento e... — acrescentei, mas fui interrompida.

— Temos que comemorar todas as vitórias, Evelyn — ela disse com a voz emocionada. — Vocês duas têm me dado mais alegrias do que eu poderia prever nessa vida. Quero comemorar, sim!

E ela cumpriu sua promessa.

Chegou em casa com champanhe, e Maroon 5 fez nosso repertório de comemoração. Dançamos até ficarmos exaustas, a alegria durando todos os segundos que podia.

Vencidas pelo cansaço, horas mais tarde, a gente se jogou no chão da sala como três adolescentes.

— Vocês são minhas filhas e melhores amigas. Nunca poderia ter pedido um presente melhor para viver feliz.

— A gente te ama, mãe — Val disse.

Ela nos encarou, os cabelos esparramados no carpete da sala, as rugas apontando suavemente em seus olhos, não deixando mentir que havia passado por muitas coisas para estar aqui.

Nosso pai nos abandonou e eu evitava falar no assunto. Decidi que deixaria de amá-lo no dia em que ele saiu pela porta de casa com malas e sua ignorância. Canalizei toda a parte boa que havia em mim para amar mamãe e Val. Nunca precisei que ele voltasse, nunca senti que um pedaço meu estava ausente. Eu era completa por ter a mim mesma e, de adicional, tinha duas mulheres incríveis ao meu lado.

Mamãe bocejou, trazendo-me de volta ao agora.

— Vamos dormir? Já está tarde — ela disse.

— Estou exausta também — concordei.

Passando a euforia, nos levantamos e demos beijos de boa-noite, avisando uma a outra sobre a agenda do próximo dia.

Já no quarto, jogada na cama, fiquei parada, encarando o calendário ao lado da cabeceira, pensando com ansiedade sobre o dia que nos reuniríamos para falar sobre o filme, contando os minutos para tomarmos a decisão e também para saber se o papel seria meu. Como já participei de vários filmes, sabia que nos reuniríamos com o elenco, que seria feito um bate-papo em conjunto e a assinatura dos contratos de forma individual ou em grupo.

Meu estômago estava gelado.

Será que isso era um bom sinal?

Capítulo 3

Liguei para Uriel depois de exatos seis dias da reunião e, de novo, a ansiedade me consumiu.

Desta vez, fui sozinha encontrar a equipe oficial pela primeira vez. Cruzei as pernas e encarei a minha *ankle boot* de camurça vermelha. Para mim, aquela bota era peça-chave e me trazia confiança.

Respirei fundo.

— Oi, Evelyn — o diretor me cumprimentou.

Uriel tinha os cabelos cheios e escuros, pincelados de branco nas têmporas. Os olhos azuis e o sorriso bondoso aqueceram meu coração. Fui abraçada e recebi dois beijos no rosto antes de o diretor me guiar para uma grande sala.

Shaaron estava sentada junto com uma equipe pequena. Reconheci os atores Ryan Flick, Ruth Leigh, Ross Tyler e Angie Johnson. Pensei que esse deveria ser o elenco principal, mas, pela leitura rápida na proposta que me deram antes de me levarem para a sala, os dois rapazes não cabiam na descrição física do meu par romântico. A não ser que quisessem mudá-lo drasticamente.

— Vamos começar a reunião, só estamos esperando o Sr. Ryder chegar — avisou Uriel, sentando-se confortavelmente.

Coloquei a bolsa sobre a mesa e cumprimentei todos à distância. O silêncio reinou e eu fiquei tentando pensar em qual Ryder poderia ser. Ryder Jackson? Não, ele era muito novo para o papel. Ryder Zuck? Não, ele passava dos quarenta e cinco anos. Ryder Matthews? Bebi um gole d'água, sentindo o nervosismo descer junto com o líquido gelado e fazer cócegas no estômago. Cruzei e descruzei as pernas, recostando-me na cadeira. As palavras de Val estavam na minha cabeça e quase ri sozinha imaginando se era mesmo um cara bonito e gostoso que entraria por aquela porta. Uriel serviu mais água para mim, arrancando-me dos devaneios, e eu sorri para ele antes de escutar passos firmes e o click da maçaneta.

À medida que o homem entrou, seu perfume cítrico e profundo invadiu cada centímetro quadrado, como uma se a magia da sedução tivesse sido espalhada no ar, tornando todos magnetizados por sua presença. Demorou um bom tempo para eu acreditar que era ele, para ter certeza de que não estava vendo coisas...

Não, não podia ser.

Pisquei.

Pisquei mais uma vez.

Assisti aos passos lentos dele. Seus olhos não encontraram os meus, ele apenas arrumou um dos botões da camisa e se sentou justamente ao meu lado.

Assim, sem mais nem menos.

— Sr. Ryder, que bom que se juntou a nós. Por favor, fique à vontade.

— Já me sinto à vontade. Obrigado — respondeu com a voz de barítono, grave e séria.

Vestia jeans apertados e escuros, uma camisa social branca, com mangas em tom de cinza, que chegavam até o meio dos cotovelos. Adotando o clássico par de botões abertos, deixando claro que não ia para um evento formal, Ryder, ainda assim, parecia clássico.

O cabelo castanho-escuro, bem curto na lateral, como se tivesse passado máquina dois, mas liso e comprido na parte de cima, caía um pouco sobre os olhos e o lado direito da cabeça, mas estava bem mais ajeitado que o meu. Era tão rebelde esse maldito cabelo! Inclusive o par de olhos de cor indefinida, entre o verde, o cinza e o azul. Mas, de toda forma, claros, que mudavam conforme a luz.

Ryder tinha um maxilar quadrado, mas que afinava em direção ao queixo elegante, coberto pela barba por fazer. Seu nariz era bonito, fino em cima e larguinho na ponta, arrebitado um pouco. Os lábios desenhados e masculinos traziam certa arrogância, assim como o seu semicerrar de pálpebras. Percebendo que eu estava secando-o e, ao contrário do interesse, era puro ultraje, Chuck estreitou ainda mais os olhos.

Sim, Chuck maldito Ryder.

Justo o homem que usava a beleza para se promover, que não tinha talento algum, que não sabia ser um cara romântico nem nas telas do cinema!

Ah, pelo amor de Deus!

Peguei o copo d'água que Uriel tinha enchido novamente e virei tudo de uma vez, porque, de repente, me senti sedenta. Bati o copo vazio sobre a madeira, com raiva do perfume de Chuck; por ele inteiro, aliás. O barulho atraiu os olhares de todos e me arrependi por ser tão transparente, mas aquilo era raiva por terem me colocado com quatro atores excelentes e um incompetente!

Chuck Ryder em um filme de romance? Só podiam estar gozando com a minha cara.

— Vim pela oportunidade de trabalhar em um romance de Shaaron. — Chuck lançou um olhar para mim. Sua voz dançou em lentidão. — Quero ouvir a proposta.

Shaaron começou a falar sobre a importância do livro, e todos prestaram atenção, exceto eu. Tinha plena consciência de que esse era o trabalho da minha vida, que eu poderia disputar um Oscar, que o enredo era tão interessante que poderia entrar na pele de Nancy e usufruir do aprendizado e da interpretação. Eu seria reconhecia por Nancy, de Shaaron, e esse era o grande objetivo aqui, mas o meu preconceito em relação a Chuck Ryder cegou toda a parte boa. Assisti aos seus filmes, vi entrevistas e ele parecia o homem mais insuportável do mundo hollywoodiano, além de péssimo ator. Não sei como Meg, a namorada, pobrezinha, conseguia aturá-lo por tanto tempo. Devia ser uma santa.

— Nós propomos que você, Chuck Ryder, interprete Michael Black, o meu protagonista, o par romântico de Nancy Dust, que será interpretada pela nossa estrela, Evelyn Henley — continuou, agora o diretor, cruzando os braços na altura do peito. Ele se recostou na cadeira e me lançou um olhar atento.

Não, pelo amor de todos os santos!

— Eu não acho que o Sr. Ryder seja o par ideal para Nancy. Acredito que o Michael se encaixe melhor em outro ator — falei.

Pronto!

Silêncio.

Levantei o queixo e encarei Chuck. Ele tinha uma expressão nada feliz nos olhos intensos. Se estava neutro e indiferente quando chegou aqui, agora ele parecia uma pedra de gelo. O que era engraçado, porque, se Chuck fosse um período, ele seria a Era Glacial, com certeza.

— O que foi que você disse? — Sua voz saiu bem tensa.

— Se me permite a interpretação do seu romance, Shaaron — pedi à autora e todos me observaram com visível choque. Shaaron assentiu, mas ficou abismada com a minha coragem. — Michael é um homem quente, intenso e apaixonado. Ele dá o mundo por Nancy, que perde a memória devido a um acidente. Ele tem vibração, e só de tocar em Nancy tudo nela parece responder. É uma química que precisa existir entre os protagonistas para que o romance seja real. Além disso, precisa de muito sentimento para aguentar o drama da trama. Sr. Ryder, sinto muito, mas não acredito que nós dois possamos fazer isso juntos.

Falar aquilo era abrir mão da minha posição como protagonista. Adorava que Shaaron tivesse se apaixonado pela maneira que eu atuava, e essa oportunidade era mesmo um sonho, mas eu tinha que pensar adiante. Não poderia me queimar porque tinha um parceiro péssimo em cena. Em todos os filmes que vi dele, Chuck sempre foi péssimo. Não mediano, nem razoável: *péssimo*. E, como atriz, tinha que ser fria e calculista, porque a atuação no cinema não é um trabalho individual, mas sim em grupo.

Foquei na expressão de todos. Eles se mantinham em silêncio, esperando que Chuck dissesse alguma coisa. Pensei que veria choque em seu rosto, mas a única coisa que vi foi raiva. Um músculo saltou do seu maxilar e Chuck me encarou, tenso.

— Podemos conversar a sós, senhorita Henley?

— Não tenho o que conversar a sós com você, *senhor* Ryder. Eu expus a minha opinião e...

— Ela não vai mudar, certo? — Chuck cortou. — Me deixe conversar com você e veremos o que pode ser feito a respeito.

— Acredito não ser o ideal.

— Hum, será? — ele jogou, com a voz nitidamente decidida e calma. — Se o seu problema é comigo, precisamos resolver em particular. Sem meias palavras, quero que diga o que pensa, mas, antes, vamos esperar todos saírem.

As pessoas foram embora da reunião antes que eu aceitasse ficar sozinha com Chuck. Os olhos dele não saíram dos meus quando a movimentação na sala aconteceu. Apesar de quase odiá-lo como ator, não era cega. O homem era mesmo bonito, ainda mais bonito pessoalmente. *Ah, se Val estivesse aqui, ia jogar na minha cara!* O problema é que Chuck usava sua beleza como um método bem eficaz de manipulação.

Mas não comigo.

Os escandalosos processos que Chuck enfrentou por ser grosso, além de sua visível indiferença com a mídia, os dedos do meio em fotos casuais... tanta coisa! Jesus, Chuck era tudo o que um astro de Hollywood não deveria ser, mas que acaba se tornando se tem a cabeça pequena.

Isso porque ele tinha apenas alguns anos na carreira de ator de cinema.

Cruzei os braços e, com a porta já fechada, esperei que Chuck começasse. Nós dois nos levantamos e ele deu um passo para trás, dando-me espaço. Abriu os braços como se me perguntasse o que diabos tinha acontecido e, em seguida, os deixou cair ao lado do corpo.

— Fale, senhorita Henley.

— O quê?

— Por que disse aquilo?

— Porque é a verdade.

— Você acha que não sou homem suficiente para interpretar Michael, é isso?

— Acho que nós dois não vamos dar certo. Eu, francamente, não gosto do seu trabalho no cinema.

Chuck piscou.

— Você não gosta?

— Olha, Chuck... posso te chamar assim? Bom, vou chamar. Você não demonstra sentimentos nem quando está tomando um tiro de uma Glock. Não faz as coisas com emoção, é sempre automático, como se estivesse sendo obrigado a atuar. Eu, veja bem, não consigo compreender como chegou tão longe. — Soltei o ar, com força. — Há uma semana, assisti ao seu filme, aquele de ficção científica, e só faltei dar risada da sua cara quando se despediu da Jennifer. Não acho que vamos dar certo juntos porque vai além da sua atuação ruim, é você como pessoa. Sempre insensível com a mídia, sempre processando qualquer coisa que passa em seu caminho. Como pode ser tão arrogante e prepotente com Hollywood? Esse é o lugar que te acolheu e você parece ter tanto descaso com a profissão que me incomoda.

Chuck ficou em silêncio por uns cinco segundos, até decidir falar de novo.

— Não me parece que estou sendo o arrogante e prepotente aqui, senhorita Henley. Você disse que não sou ator suficiente para ficar ao seu lado e contracenar em um romance. Disse que tenho uma atuação ruim. Tem certeza de que sou eu que estou me colocando em um pedestal?

Eu parei de falar tão de repente quanto parei de respirar.

Não podia acreditar no que ele estava me dizendo e, acima de tudo, que eu estava sendo *mesmo* arrogante. A carreira sempre foi prioridade na minha vida, eu jamais permitiria que uma decisão arruinasse ou, ao menos, atrasasse os planos. Em quinze anos na mídia, desde os dez anos de idade, tudo o que sempre pedi foi um papel que estivesse à minha altura e pessoas que pudessem atuar comigo sem me prejudicar.

Talvez o ódio que sentia por Chuck fosse mesmo um pouco sem noção, mas eu ainda o achava ruim atuando.

— Eu não...

— Vou conversar com o diretor para pedirmos um teste. — Não me deu espaço para rebater. — Preciso que você esteja aqui em fevereiro com a cena cinco decorada. Estudei o roteiro assim que me mandaram e sei o suficiente sobre ele. Essa cena deve decidir se vamos ou não nos dar bem. Treine-a e veremos como fica na tela. O diretor pode optar por demitir um ou os dois, buscando um novo elenco. Enfim, enquanto isso, abra sua mente, senhorita Henley. Sua opinião não é a absoluta do mundo.

Mordi o lábio inferior para conter a vontade de dizer mais alguma coisa. Os olhos atentos de Chuck seguiram o movimento e, depois, sem qualquer tipo de reação, foram para cima, fitando os meus.

Apesar de ser sempre honesta com as coisas que dizia, eu sabia o momento de ceder. Claro que eu não acreditava que ele pudesse melhorar ou que um milagre pudesse acontecer. Só que... depois de ser tão dura com ele, o mínimo que eu poderia fazer era aceitar o teste.

— Combinado? — reforçou.

Assenti, dura e profissional.

— Se não der certo, um de nós vai ter que abdicar do papel — completei.

Chuck balançou a cabeça, concordando, e não disse mais uma palavra, não deu um sorriso ou fez qualquer coisa. Apenas foi embora, levando o diretor Uriel para se reunir com ele em particular. Fiquei com as pessoas que retornaram para a sala, curiosas com o que tinha acabado de acontecer, e precisei explicar resumidamente o que houve.

Antes de voltar para casa, Shaaron me puxou para um abraço e sussurrou a palavra "paciência" no meu ouvido.

Certamente, isso não foi adicionado ao meu vocabulário quando Deus decidiu me colocar neste mundo.

Fevereiro

*"Havia alguma dúvida de que ele era bonito?
Para Nancy, não. Ela reconhecia, no fundo do seu âmago,
ainda que não pudesse dizer em voz alta,
que Michael Black tinha tudo — inclusive os lábios —
que tanto sonhara em beijar."*

RECORDE-SE ANTES DE EU PARTIR

Capítulo 4

Não parei de repassar o roteiro desde o dia em que participei daquela reunião. Eu li e reli tantas vezes que não só decorei as minhas falas, como também as de Chuck. Estava incomodada com a ideia de termos que ficar tão próximos um do outro nessa cena *específica*. Ela era realmente íntima, e nunca me importei de gravar cenas românticas com ninguém, exceto com ele.

Por que provar um ponto bem em uma cena de beijo? Por que ele não escolheu uma cena mais tranquila? Será que foi porque eu disse sobre era impossível atuarmos juntos e ele não cabia no papel do sedutor Michael Black?

Aliás, por que o diretor não determinou isso?

— Me conta direito sobre a sua discussão com Chuck Ryder.

— Estou estudando o roteiro, mãe.

Já era tarde da noite de domingo. Tudo o que eu precisava era terminar de estudar essa cena para poder me reunir com a equipe na segunda-feira.

— Você está lendo o roteiro em que vai *beijar* o cara mais bonito do cinema! Pelo amor de Deus, se ama a sua mãe, vai compartilhar tudo o que aconteceu — ela pediu.

Me virei e, ao invés de ficar deitada no sofá, me sentei.

— Ele é mais bonito pessoalmente.

— É só isso que vai me dizer?

— Mãe, Chuck é uma muralha de frieza. Uma parede de indiferença. Deve ser por isso que não é um bom ator. Eu *não* briguei com ele porque disse tudo o que pensava. Eu só disse a minha opinião sobre sua atuação e sobre não conseguirmos trabalhar juntos. Quando percebi que estava ultrapassando o limite, disse que daria uma chance para fazermos o teste. Chuck pediu que eu estudasse a cena cinco e é isso que estou fazendo, tá legal?

— Ah, filha! Você não pode esperar que ele seja agradável o tempo todo. Você já pensou em quantas pessoas não o atormentam por ser bonito e famoso? É a mesma coisa que acontece com você. É muita pressão! E, sobre você achar que não vão ficar bem juntos, é só coisa da sua cabeça. Tenho certeza de que vai ser um sucesso.

— Como você sonha, mãe.

— Olha, peço que releve, querida. Eu não vou tentar defendê-lo porque sou fã do trabalho do rapaz, mas tente não ser tão preconceituosa. Não foi assim que te criei e não entendo a aversão que tem pelo rapaz. Veja como ele vai se sair nesse teste, e é só um teste mesmo, não é? Você não precisa contracenar com Chuck se achar que não deve.

— É por isso que estou estudando. Quero dar o meu melhor e preciso saber se Chuck vai me acompanhar.

Mamãe sorriu.

— Veremos isso amanhã.

Ela saiu e foi para a cozinha. Soltei um suspiro indignado. Minha única preocupação eram aquelas malditas falas.

Queria dar o meu melhor, talvez porque houvesse um desafio no instante em que Chuck propôs que o primeiro teste fosse com um beijo. Talvez ele também não me achasse boa o bastante. Talvez, na realidade, ele nem conhecesse o meu trabalho e imaginou que eu era uma atriz mediana dando um chilique.

De todas as possibilidades, eu não me importava com o que Chuck pensava de mim.

Eu batalhei como louca para estar onde estava, passei por todos os tipos de provações emocionais que uma pessoa pode aguentar. Já me ofereceram, logo quando fiz vinte e um anos, para atuar em um filme pornô, como também me deram a possibilidade de ser a atriz do filme Um Por Doze, um sucesso que ganhou o Oscar, mas, é claro, só se eu transasse com o diretor e o roteirista.

Ninguém faz ideia dos convites idiotas que uma mulher pode receber nesse meio. Ninguém tem noção que temos que trabalhar o dobro para conseguir o básico. Fora que os nossos salários são inferiores aos deles.

Eu não ia deixar a oportunidade da minha vida escapar pela antipatia que sentia por Chuck Ryder.

Precisava, ao menos, tirar a prova dos nove e torcer para que eu estivesse errada sobre esse cara.

A minha vida profissional dependia disso.

Tudo pelo que eu batalhei dependia disso.

Capítulo 5

Dessa vez, pude me livrar daquela sensação angustiante no peito. Eu sabia sobre o que era o projeto, quem eram os meus parceiros de cena e a fala que precisava sair dos meus lábios. Mergulhei na pele de Nancy durante todos os dias do mês e agora era a minha chance de mostrar isso.

A cena que eu precisava gravar era um pulo na introdução da personagem. Nancy era uma garota doce que viveu a vida inteira com o sonho de poder fazer a diferença, formando-se em Enfermagem. A cena retrata que, durante os primeiros dias no hospital como enfermeira, Nancy conheceu um rapaz na emergência, chamado Michael Black. O lindo homem estava com roupa militar e tinha um ombro machucado. Ela o ajuda e reconhece no bom humor do militar uma faísca que nunca se acendeu em seu coração. Antes de ele ir embora, Michael dá um beijo casto em seus lábios.

Era essa cena que eu precisava gravar com Chuck Ryder: o primeiro encontro dos dois.

Assim que cheguei ao prédio, fui guiada para o andar de número vinte e seis. Era um andar vazio da produção e, quando entrei, percebi que estava decorado como se fosse mesmo uma emergência de hospital. *Caramba, eles levaram a sério*. Os atores que estavam na reunião me cumprimentaram com abraços e muito carinho. Ruth interpretava Julianne, a melhor amiga de Nancy, e Angie, era Roberta, a irmã mais velha da protagonista. Ryan, na pele de Iury, primo de Michael; e Ross, era Trenton, seu irmão. Além deles, havia outros inúmeros atores que seriam apresentados a nós depois do teste.

— Acho que você vai ter que vestir a roupa agora, Evelyn. Uriel quer mesmo ter uma visão mais detalhada da coisa — Ruth disse.

— A roupa de enfermeira?

— Uhum.

— Evelyn, precisamos de você nos bastidores — uma mocinha me chamou.

Em questão de trinta minutos, fui levada para fora e vesti a calça e a camiseta folgadas de hospital de uma tonalidade verde-água. Fui maquiada por uma equipe com uma maquiagem tão leve que só escondia algumas imperfeições, e meus cabelos levemente cacheados foram alisados e colocados em um justo rabo de cavalo.

— Você está pronta — avisou uma garota de cabelos coloridos.

— Então, vamos lá!

As câmeras ficaram a postos. Uriel acenou para mim e questionou se eu estava pronta. Assenti e recebi um olhar carinhoso de Shaaron, que devia estar emocionada ao ver sua personagem ganhando vida.

Eu daria o meu sangue para isso sair da forma que ela sonhava.

Cerca de trinta pessoas estavam posicionadas, vestidas de médicos, pacientes e enfermeiros. Havia macas, aparelhos e percebi que era impossível não me sentir bem. Isso era o que eu amava fazer: dar vida a personagens que só existiam na cabeça dos talentosos criadores de histórias ou pessoas reais que ficaram na memória. Ali, eu deixava de ser Evelyn e me transformava em uma pessoa totalmente nova.

Comecei a fazer os exercícios de voz, e as câmeras se aproximaram e se afastaram de mim, para pegar ângulos e testar suas posições. Em algum momento, eu esquecia que elas existiam e, tirando os pedidos do diretor para parar ou dar continuidade durante a gravação, era como se só existíssemos eu e o cenário.

— Chuck! — Uriel gritou. — Se posicione na entrada, por favor.

Virei em direção à voz do diretor e olhei para onde ele estava olhando.

É, eu precisava admitir...

Chuck Ryder cabia muito bem em uma farda.

Vestido com o uniforme azul-marinho, repleto de medalhas no lado do coração, usando um quepe elegante da Marinha, ele parecia irresistível como Michael Black. Tentei ignorar como me senti nervosa ao vê-lo de novo depois do que passamos na última reunião, só que foi bem impossível. Chuck me encarou de forma provocativa, mas sem esboçar um sorriso. Naqueles olhos claros, estava o desafio que joguei em seu colo.

Ele queria que nós funcionássemos nesse filme.

Ele queria me provar que era um ótimo ator.

Ele queria calar a merda da minha boca.

À distância, escutei Uriel pegar o megafone e orientar os figurantes. Fiquei presa em Chuck, como se algemas invisíveis estivessem me conectando a ele, e ele a mim. Tentei lembrar minha fala, ou o que vinha agora, porém, todo o profissionalismo se esvaiu.

Respirei fundo.

O que diabos estava acontecendo aqui?

— Então, certo. Nós vamos começar. Se preparem! Tomada um. Teste. Ação! — Uriel falou.

— Nancy, estou atolada de trabalho. — Ruth se aproximou de mim, na pele de Julianne, melhor amiga de Nancy. Eu pisquei para focar e consegui voltar mais rápido do que o esperado. — Você pode cuidar dos próximos que chegarem? Preciso de um café.

Sorri para ela.

— Você tem certeza de que é um café? Ou quer se perder com o novo neurologista nos vestiários?

Ela corou.

— Não seja boba! Eu só preciso de um café.

— Um *doutor* café... — sussurrei, provocando-a, seguindo o roteiro.

— Não me amole, Nancy. — Riu.

Ela se afastou, entregando, antes de ir, a prancheta dos atendimentos. Estreitei os olhos e analisei as folhas, colocando a caneta atrás da orelha. Era uma mania de Nancy durante os livros e achei que precisava incorporar esse hábito no filme.

De costas, senti um cutucão no meu ombro.

Distraída, embora soubesse bem quem era, me virei e me deparei com Michael Black.

Para Nancy, esse era o momento em que ela abria levemente os lábios e suspirava, o que não foi difícil para mim. Chuck Ryder tinha um perfume incrível, ele era tão mais alto que eu. Com os saltos da reunião, eu bati na metade da sua cabeça, e agora, com os tênis baixinhos de uma enfermeira, chegava nos seus ombros.

— Pelo visto, os militares não conseguem colocar o ombro no lugar sozinhos, como acontece nos filmes — Chuck sussurrou. — Acho que preciso de ajuda.

E sorriu.

Algo que não pensei ser possível, mas ele *sorriu*. Um sorriso largo, com tudo de Michael Black em seus olhos e boca. Fiquei estagnada, surpresa por sua primeira frase ser tão impactante como no livro, surpresa por ele demonstrar alguma coisa... *qualquer coisa*.

— Hum... o senhor pode me dar o seu nome? — Assim como Nancy no livro, eu precisava parecer afetada por ele. O que, mais uma vez, não foi difícil.

— Já fui direcionado para cá. Devo estar na sua prancheta. — Sorriu mais uma vez, descendo os olhos para os meus lábios. Ele umedeceu os seus, com a ponta da língua. — Sou Michael Black.

— Senhor Black. — Pigarreei para encontrar a voz. — Você pode aguardar? Eu vou chamar um médico para te auxiliar e...

— Eu queria que fosse você — brincou com as palavras, seduzindo Nancy.

— Eu?

— Você não pode colocar o meu ombro no lugar?

— Ah, não! Nós precisamos fazer um raio X e verificar qual foi a lesão. Vou encontrar o médico responsável.

Guiei-o até a maca mais próxima e fechei as cortinas em nossas costas, ficando aberto somente para a câmera nos acompanhar. Chuck sentou-se. Uriel não disse nada, apenas deixou rolar. Chuck elevou uma sobrancelha, apoiando o braço esquerdo machucado com a mão direita.

— Me ajude a tirar essa farda para eu te mostrar a lesão.

— Se não conseguir sozinho, vou ter que cortar o tecido, senhor Black.

— Você não desonraria um militar, não é? — Riu baixinho.

Meu coração fez uma coisa louca ou talvez fosse o meu estômago com fome.

— Não sei o que quer dizer com isso, mas acho que não. Vamos ver como está e, assim que se despir, posso chamar o doutor North.

Nancy tentou esconder o quanto estava afetada por ele, mas foi impossível. Então, desci o olhar para seus lábios, seu queixo, para seus ombros fortes. Eu o sequei, sentindo minhas bochechas aquecerem, mas era o que Nancy fazia na cena.

Chuck começou a tirar a farda com cuidado, mantendo o quepe. Primeiro, os botões, depois abriu o casaco de forma que passasse devagar por seu ombro direito. No lado esquerdo, ele não conseguiu sozinho no roteiro e Nancy precisou ajudá-lo.

Passei as mãos com cuidado pelo corpo quente de Chuck, retirando a peça, tentando me policiar.

Embaixo, havia uma blusa branca de manga comprida.

Soltei o ar preso dos pulmões.

Mesmo ainda de roupa, Chuck tinha um corpo desenhado e trabalhado, de forma que dava para ver além do tecido. Era uma junção de músculos, inclusive o peito largo. Nada exagerado, mas bem definido.

— Preciso tirar essa peça aqui, senhorita...

— Nancy Dust.

— Nancy — repetiu o nome, saboreando-o devagar.

— Sim, precisa.

Chuck colocou a mão direita na borda da camiseta e a puxou da forma que só os homens têm o costume de fazer. Ficou pendente apenas o lado esquerdo e novamente eu precisei ajudá-lo. Do seu pescoço até o final do braço, fui puxando-a. *Meu Deus, ele estava febril? Não era possível um homem ser tão quente assim.* Um arrepio cobriu minha nuca, e Chuck me encarou com certa curiosidade. Os olhos avaliadores não deixaram os meus e seu lábio foi mordido em um só movimento.

— Sabe, Nancy, fiquei feliz de ter deslocado esse ombro no meio de uma premiação.

— O senhor estava em uma premiação? — Desviei da cantada e de olhar seus músculos.

— Ganhando medalhas — respondeu.

— E deslocou o ombro?

— Sim, eu acabei caindo no palco e apoiei o braço no chão para que não fosse o nariz. Meu ombro não aguentou.

— Todos viram? — Sorri.

— É. Militares também podem aparecer naqueles vídeos de acidentes cômicos, Nancy.

Dei risada.

— Eu sinto muito — pedi, não só pela crise de riso como também pela queda.

— Não sinta. — Chuck se aproximou de mim. Nessa posição, com ele sentado na maca, ficávamos quase da mesma altura. Era perto demais para uma distância saudável, mas era isso que acontecia no roteiro. Prendi a respiração. Chuck admirou meus lábios mais uma vez e entreabriu os seus para respirar sem pressa. O ar mentolado da bala que estava chupando veio direto na minha boca. — Não teria te conhecido se não tivesse sofrido esse acidente. Considere-me um homem de sorte.

As cortinas se abriram bruscamente e dei um pulo para trás. Foi automático. Pelo visto, eu estava vivendo plenamente a pobre Nancy.

— Paciente Michael Black, correto? Possível deslocamento no ombro. Já fez o pedido do raio X, Nancy? — indagou o figurante, se passando pelo médico.

— Vou fazer.

— Sim. Me chame quando estiver pronto. — As cortinas se fecharam.

Chuck coçou a sobrancelha com o polegar. Ele abriu um sorriso de lado e depois um completo. Ele precisava parar de sorrir como Michael Black sorria. Senti algo, era fome, só podia ser...

— Olha, eu não quero esperar o raio X. Sei que é contra o procedimento padrão e tal, mas eu sou um militar, aguento o tranco. Por que você, Nancy, não coloca o meu ombro do jeito certo? Juro que não grito.

— Não posso, senhor Black. Estou aqui faz pouco tempo, acabei de me formar, não tenho experiência e eu poderia perder o emprego...

— Você só vai perder o emprego se alguém souber.

— Não posso.

Ele se acomodou melhor na maca e me encarou com intensidade. Todo o gelo dos olhos claros sumiu para adotar uma chama uniforme e abrasadora. O sorriso somava ao conjunto, assim como o calor da sua pele que, mesmo à distância, parecia aquecer a minha.

— Eu confio em você, Nancy.

Chuck pegou a camiseta e colocou na boca, mordendo-a. Ele fez um sinal positivo para mim e eu balancei a cabeça em negativa. Chuck tirou a camisa da boca e umedeceu os lábios secos.

— Eu já fiz isso em colegas meus quando se machucaram. Vou saber se está fazendo certo ou errado. É questão de sentir o encaixe, e eu sei que você é capaz. Não vou ficar bravo se der errado, não vou te processar nem contar para o seu chefe. Só, por favor, resolva isso comigo?

Ele voltou a colocar a camiseta na boca e agora era a hora de Nancy fazer acontecer, decidida a ajudá-lo.

Claro que o braço de Chuck estava perfeito e, na hora das filmagens para valer, fariam uma maquiagem e colocariam um pedaço de qualquer coisa ali para dar a impressão de que estava mesmo deslocado. Eu fiz como foi pedido o roteiro: coloquei a mão em torno do seu ombro e, embaixo, segurei o seu bíceps forte.

— No três — eu disse. — Um, dois...

Fiz no dois.

Chuck fechou a cara e deixou-a vermelha de esforço, como se realmente tivesse doído. Como prometido, não deu um pio, apenas ficou bem vermelho. Ele soltou o ar de alívio e liberou a blusa da boca, umedecendo os lábios mais uma vez.

Chuck sorriu para mim, um sorriso tão sincero que não parecia ser só para a atuação.

No meio da adrenalina de ter colocado falsamente o seu ombro no lugar, ele segurou a minha nuca, trazendo-me para perto, *bem* perto. Sua boca ficou a centímetros da minha, meu estômago revirou mais uma vez, e ouvi meu coração nos tímpanos. Suas pernas estavam bem abertas e eu encaixei-me no meio. Chuck, com a boca entreaberta, zanzou seus olhos por meu rosto, para depois encarar os meus, percebendo que meu corpo chegou a ficar mole.

Eu podia dizer que era a fantástica atuação que eu estava tendo, mas não...

Não queria dar o braço a torcer, mas aquele homem conseguiu trazer todo o lado sedutor de Michael à vida. Ele estava conquistando Nancy, fazendo o coração dela derreter. Todas as reações que Shaaron descreveu no livro eu estava sentindo também, como pessoa e como Nancy. E isso era resultado de uma interpretação magnífica de um homem que eu não dava nem nota quatro de dez para sua ação em cena. Eu estava surpresa, um pouco chocada e envergonhada por ter dito aquelas coisas. Apesar de continuar achando que as atuações de Chuck Ryder eram ruins nos outros filmes, nada podia se comparar ao seu empenho *nesse* teste. Ainda era pouco e muito cedo para dizer qualquer coisa sem antes ver no monitor do diretor, mas, se Chuck passasse para a tela a mesma emoção que estava passando para mim nesses minutos de gravação, esse poderia ser o trabalho perfeito para o livro Recorde-se Antes De Eu Partir.

Ficamos nessa posição por longos segundos, sua mão na minha nuca e sua boca perto da minha. Era como se Chuck estivesse decidindo se ia ou não me beijar. Isso não tinha no roteiro, Michael apenas puxava Nancy e a beijava, soltando um obrigado e saltando da cama, sem camisa.

Neste caso, Chuck estava pensando.

Seus dedos trabalharam entre os meus cabelos, deixando o rabo de cavalo frouxo. Pensei ter escutado um grito do diretor, mas não aconteceu. Ele deixou rolar, deixou rolar tanto que Chuck, mesmo paralisado, não queria desfazer o instante.

Até seus lábios, surpreendentemente macios em meio a dureza de sua personalidade, tocarem os meus. Não foi um beijo que envolveu línguas, mas sim técnica. Era um selar lento, um descobrimento.

Chuck ficou rígido no começo e sua boca quente se movimentou na minha, entreabrindo os meus lábios para encaixar-se no meio deles. Eu precisei tirar a mão do ombro para acariciar a sua nuca, agora abrindo os seus lábios para encaixar o meu inferior entre eles. Chuck me arrepiou quando seus dentes rasparam a carne e puxaram lentamente, no início do adeus entre Michael e Nancy.

Se afastou de mim e pulou da maca, renovado. Colocou as roupas que sobraram na dobra interna do braço e sorriu largamente.

— O beijo não era previsto, mas eu não poderia sair daqui e perder a oportunidade.

— Eu...

— Obrigado por salvar a minha vida hoje, Nancy.

E Chuck saiu.

Palmas explodiram em todos os cantos. Fomos ovacionados e as cortinas da pequena área da maca se abriram. Todos pareciam emocionados. Eu não sabia o que fazer, pela primeira vez na vida, não tinha noção de que passo poderia dar. Olhei para Chuck primeiro, que estava no meio do cenário, paralisado com as mãos dentro do bolso da calça da farda. Nossos olhares se encontraram, os dele cheios de frieza novamente, e os meus, perdidos e mornos numa emoção que eu não sabia descrever.

— Fantástica! Você foi fantástica, Evelyn! — Shaaron gritou. — Chuck, eu não poderia ter escolhido outro homem para ser Michael. Já estou apaixonada por você!

Chuck, sendo Chuck de novo, não sorriu, apenas assentiu para Shaaron em agradecimento. Ele me encarou e fez um sinal para que eu me afastasse de todos. Uriel percebeu, sabendo que essa seria a conversa definitiva para decidir se íamos ou não aceitar isso. Eu ainda queria ver a tela, passando a nossa cena, mas Chuck não me deu espaço.

Caminhei até ele e o assisti abrir uma porta que dava para o seu camarim improvisado. Em cima da penteadeira, sua carteira estava aberta com uma foto que chamou a minha atenção. Era Chuck ao lado da namorada Meg, beijando o rosto dela. Aquilo me fez sentir um pouco estranha, como se, de alguma maneira, estivesse traindo uma antiga amiga.

Foi só uma cena, Evelyn.

— E então? — Chuck questionou.

— Eu sinto muito por ter sido tão dura com você na última reunião. — Fechei os lábios, ainda sentindo o gosto mentolado e adocicado da bala de Chuck. — Nos seus trabalhos anteriores, ainda mantenho a mesma opinião sobre sua atuação, mas, agora, senti que você deu seu coração.

— Espero que possamos trabalhar juntos e deixar essa crítica no passado.

— Ah, sim.

— Agradeço por ter sido sincera, são poucas as pessoas em nosso meio que são.

Encarei seus olhos, admirada por essa deixa.

— Sempre vou ser sincera com um colega, sempre vou dizer o que penso. Pode não ser a verdade absoluta e posso fazer de forma impulsiva, mas é aquilo em que acredito.

— Vou conversar com Uriel para vermos a programação — continuou, sério e implacável. — Você quer ir comigo ou prefere falar com o diretor em particular?

— Vamos juntos.

Falamos com Uriel que tínhamos aceitado o papel. Ele nos deu uma agenda para começarmos a gravar a partir de março. Disse que íamos para a África do Sul no meio do ano, para gravarmos as cenas mais emocionantes da trama. Eu ouvi tudo, no entanto, ainda me sentia um pouco aérea.

Não foi culpa do beijo, obriguei-me a pensar.

Capítulo 6

Chamei meu segurança, porque Val queria me levar para um pub clássico com música ao vivo e os paparazzi sabiam onde eu morava, que eu geralmente saía nos finais de semana com a minha irmã e que isso era uma garantia de fotos boas — inclusive minhas um pouco bêbada para aparecer nos sites por uma semana. Dessa vez, fiz Val não postar em nenhuma rede social que estávamos saindo e isso, só isso, já era de uma ajuda enorme.

Coloquei uma calça jeans nude e uma camiseta de manga comprida na cor azul-marinho, justa e com corte em V que ia até o meio dos meus seios, dando uma valorizada no decote. Calcei os saltos *peep toe* indispensáveis e esperei o segurança chegar. Val já estava no pub, provavelmente me esperando com uma porção de batatas fritas com cheddar e bacon.

Meu estômago resmungou só de imaginar.

Assim que Damien, o segurança, chegou, ele me levou de carro até o endereço que Val me passou. O ambiente, só pelo lado de fora, já dava para perceber que era a mistura perfeita entre rústico e moderno. Damien entrou comigo, mantendo uma distância respeitável. Ele ficaria com seus olhos negros de águia me observando a noite toda, e tudo estava bem. Confiava minha vida àquele homem, ele era meu segurança desde quando eu tinha quinze anos. Sua pele negra e suave como cetim atraía muitas mulheres. Mesmo Damien já estando nos seus quarenta e cinco anos, parecia ter apenas trinta. Não fazia ideia como ele conseguia essa proeza.

— Vá se divertir, Eve — me pediu, com um sorriso paterno.

— Estar com a Val já é diversão garantida — falei para ele.

— Ah, disso eu não duvido. — Sentou na primeira mesa da porta, me prometendo com o olhar que não sairia dali.

Sorri para Damien e virei as costas. Meus olhos logo encontraram Val, rindo de alguma coisa que a bartender estava dizendo. Ela tinha, como previsto, pedido uma série de coisas maravilhosas. Uma tábua de frios, batatas fritas com bacon e cheddar, além de algo como cebola empanada e molhos.

Eu sabia que tinha que controlar o apetite por causa das telas, mas, nos finais de semana, eu me esbaldava.

Me aproximei e Val me puxou para um abraço. Perguntou se eu queria beber algo, já que estava sentada no bar e já foi me passando as opções de comida. Assim que disse minha opção para a moça que estava nos atendendo, ela se afastou.

— E esse decote maravilhoso? — Val sorriu.

— Você gostou? Estava parado no armário. Acho que até está com cheiro de guardado.

— Ah, para. Você tá linda. Coma a batata, está divina! — Espetou com um palito uma porção delas, fechando os olhos quando levou à boca. — Nossa, Eve. Isso é o paraíso!

— E o projeto fitness para o casamento? — Ergui uma sobrancelha acusadora, mas já atacando também as batatas.

— Vou deixar para o mês que vem. — Piscou. Nossas bebidas chegaram e meu vinho tinto suave desceu com maciez pela garganta. Embora preferisse bebidas mais fortes, eu gostava de vinho com batata frita.

— Sabe, você voltou naquele dia tão aérea do teste, só disse que conseguiu e não tocou mais no assunto. Mamãe está doida querendo saber como foi o seu encontro com o Chuck Ryder.

Me lembrei da maneira perfeita que ele interpretou Michael Black.

— Hum... — Tentei coordenar meus pensamentos.

— Difícil explicar?

Sorri, bebendo mais um gole de vinho.

— É, um pouco. Não sei como dizer isso, mas ele foi perfeito no papel.

Val pousou sua taça de vinho branco lentamente na mesa.

— Você está falando sério?

— Ele foi, Val. Ele... entrou no personagem como poucos colegas de cena já fizeram. Foi um ato curto, mas Chuck me surpreendeu.

— E isso é bom, certo? Significa que você vai mesmo contracenar com ele.

Tentei dissipar o beijo da minha cabeça, imaginando que teríamos que fazer isso várias vezes durante o ano.

— Sim, ele vai ser meu par romântico.

— Meu Deus! — Val começou a rir. — Um mês atrás, estávamos rindo da cara dele por atuar mal.

— Não sei o que deu nele. Eu simplesmente joguei na cara do Chuck que o achava péssimo e isso deve ter ligado alguma coisa naquele cérebro. Vai entender.

— Talvez seja o desafio de te surpreender — provocou, vendo o lado romântico da coisa, como Val sempre fazia.

— Ah, até parece que ele ia se preocupar em me causar uma boa impressão. O homem não me suporta e era recíproco até eu conhecê-lo de verdade.

— Já não o odeia mais?

— Não é que eu o *odiava*, eu não *gostava* da atuação dele e da maneira como ele via a indústria cinematográfica. Pelo menos sobre a parte do lado ator, eu posso ficar tranquila. Acho que Chuck voltou à realidade.

— Fico feliz por você, Eve. Sei que atuar em um filme assim era um sonho antigo.

— Sim, Val. É mesmo.

Comemos e conversamos sobre o pedido de casamento e o trabalho de Val. Ela contou sobre seus planos e eu fui ficando emocionada por ela. Minha irmã caçula casando era uma coisa tão incrível. Ver que ela não pegou o exemplo dos nossos pais e não carregou como um trauma era ótimo. Eu já era mais cética quanto ao amor, talvez por ter tido experiências estranhas no decorrer da vida. Nenhum homem parecia que se encaixava em mim, como se não me entendessem. O sexo era bom, a companhia era ótima, mas... faltava algo. Acho que essa utopia amorosa deveria ficar para o cinema e livros de romance. Na vida real, era difícil encontrar essa peça do quebra-cabeça.

— Um brinde à fase boa em que estamos! — Val ergueu a taça, já pela quarta vez preenchida.

— Claro, amada. Vamos botar pra quebrar!

Val riu.

— Quem fala botar pra quebrar hoje em dia?

— Aparentemente a sua irmã mais velha.

Ela continuou rindo e eu desviei os olhos para a televisão do bar, que antes estava passando um show de futebol americano. Com a música ao vivo de uma banda de rock alternativo, o volume da TV era zero. Prestei um pouco de atenção a mais, percebendo que era um filme. Havia uma moça discutindo com um rapaz, que estava de costas para ela. A atriz era Úrsula Soares, uma brasileira linda que estava arrasando no cinema. Quando a câmera mudou para o rapaz, os olhos claros indefinidos que me acompanhariam esse ano surgiram como se a coincidência não fosse esquisita. Os cabelos afrontosos, o corpo esculpido por baixo de um terno preto justo e a expressão de angústia de Chuck Ryder fizeram meu sangue correr mais depressa.

Apontei para Val a tela e ela se virou para enxergar. Me encarou com espanto e, logo depois, com um sorriso.

— Está preparada para ver esse homem bonito e gostoso todos os dias até a conclusão do filme?

— Val... — Rolei os olhos.

— O quê? Eu disse que você teria um par bonito e gostoso. Agora, responda à pergunta — atentou, rodando o indicador na boca da sua taça, agora vazia.

— Não sei se estou preparada — respondi honestamente.

— Ah, mas vai ter que estar.

Virei o resto do vinho, desviando a atenção do rosto de Val para ver a televisão. O beijo sem graça que Chuck deu em Úrsula, assim que meus olhos capturaram a cena, não me deixava esquecer do outro beijo que sabia que Chuck era capaz de dar. Mais vivo, mais intenso, mais...

— Você está corando?

— Oi?

— Suas bochechas estão vermelhas — Val jogou, curiosa.

Sorri para disfarçar o constrangimento.

— O vinho — expliquei.

Claro que era o vinho.

Março

*"Ele era toda a contradição que Nancy
não estava habituada a desvendar.
Acostumada com o ordinário,
não sabia lidar com o extraordinário.
Michael Black era tão admirável que,
toda vez que Nancy pensava nele, lhe faltava o ar."*

RECORDE-SE ANTES DE EU PARTIR

Capítulo 7

As gravações oficiais começaram no dia primeiro de março.

Depois de estudar as cenas várias vezes, dia após dia, fui me preparando com a equipe para as específicas. Como a maioria dos filmes, não íamos gravar os acontecimentos em ordem. Então, iniciamos com a cena do primeiro encontro no hospital, depois, fomos para uma cena no futuro, na qual Nancy acorda ao lado de Michael, após sofrer o fatídico acidente, sem saber quem é e muito menos quem ele é. Foi uma cena difícil, porque Chuck se emocionou na pele de Michael, chorou com o coração. O desespero em seu olhar me fez chorar junto com ele, por não poder ajudá-lo, já que a minha personagem não o amava mais.

Essa cena, ela sim, me garantiu que eu e Chuck nascemos para esse papel.

Aproveitamos um novo cenário montado, seguindo a cronologia das gravações de acordo com o que ficava pronto. Na casa cinematográfica de Michael e Nancy, gravamos cenas antes do acidente com Michael precisando comparecer a uma reunião da marinha, convocando-o para mais uma missão. Uma cena triste, com uma despedida dentro de casa, com beijos e lágrimas salgadas.

Amar um militar era difícil. Amar um militar tão intenso como Michael Black era impossível. Nancy segurava a barra, mas, quando finalmente está perto de ter paz ao lado do homem que ama, pelo afastamento de Michael das missões e uma viagem de férias marcada para a África do Sul, ela sofre o acidente. A luta de Michael para reconquistá-la é tão dura, que eu estava me preparando para as cenas depois da perda de memória da minha personagem. Até agora, final do mês de março, estava me acostumando à ideia de beijar Chuck Ryder todos os dias.

Cada beijo era uma novidade. Chuck não invadia o meu espaço, ele respeitava e mantinha a sua língua bem guardada na boca. Embora eu estivesse me mantendo emocionalmente afastada dele, ciente de que só havia técnica e não emoção, era difícil ignorar a maneira que me sentia quando nossas bocas se encontravam.

Eu queria desprezar Chuck, eu queria voltar à ideia de que ele era um péssimo ator e não podia demonstrar emoção. Queria que ele me beijasse e não passasse o calor de Michael Black, só que isso não era mais possível. O ator que tanto julguei era capaz de deixar não só a personagem tonta, como também a atriz.

Me sentia mal e bem. Mal, porque sabia que essa coisa ultrapassava o limite profissional que tanto demarcava e também por Meg, sua namorada. Bem, por saber que, se eu não me sentisse assim, um pouco atraída, seria difícil fingir que havia calor nas cenas. O repúdio não combina para um casal que precisa demonstrar química ao invés de ódio.

— Como você está distraída, Evelyn!

Olhei para cima e descruzei as pernas. Val estava experimentando um vestido de noiva, em uma loja chique no centro da cidade. Como era muito indecisa, achei bom que começasse logo depois do noivado, porque não achava que até dezembro a minha irmã pudesse optar por uma coisa dessas. Se já era difícil para escolher um vestido para um jantar informal, imagino como era um pesadelo essa criatura como noiva.

— Desculpa, Valery.

Ela puxou os tecidos para cima e saiu do pequeno degrau. Sentou-se ao meu lado, de noiva e tudo, e me encarou.

— O que foi?

— Estou pensando em uma cena que vou ter que gravar hoje com Chuck. É só.

— Ainda está se sentindo estranha com ele?

— Um pouco — confessei.

— Por quê?

— Ele sai do set de filmagens e não me dá tchau. Um minuto antes, está me beijando e depois me larga... Olha, isso que estou dizendo é o oposto de profissional. Eu sempre fui tão centrada e nunca me importei. Não sei o que está acontecendo comigo.

— Não se martirize tanto, Eve. Em todos os filmes que você fez par romântico com alguém, se tornou amiga dessa pessoa. Chuck é fechado e isso te incomoda. E vocês brigaram no primeiro mês. É muito natural que as coisas estejam estranhas.

— Ele provavelmente deve me achar uma bruxa depois do que falei sobre a carreira dele, mas não quero que fique esse climão. Já se foram dois meses e nós começamos a gravar pra valer. Para eu conseguir contracenar e ser Nancy com Michael, acho que preciso conhecer um pouco o Chuck. O que você acha de um encontro informal? Ele pode levar Meg, a namorada...

Val, se não concordou, não disse nada. Se discordou, também. Ela ficou em silêncio, me observando.

— É só para quebrarmos esse gelo — expliquei. — Eu quero me desculpar.

— Sua opinião sobre os outros filmes dele mudou?

— Não.

— Então não peça desculpas. Elogie o trabalho dele agora, para provar que não há mais antipatia.

— Eu ainda desgosto dele um pouquinho.

Val riu.

— Por quê?

— Ele não sabe sorrir fora das câmeras, ainda parece fazer tudo no automático, embora demonstre ser outra pessoa quando estamos gravando. Eu não gosto de gente sisuda, ele é tão mal-humorado.

— Já pensou em explicar para ele que essa frieza te deixa desconfortável? Não do modo que pareça que você está a fim dele, pelo amor de Deus, mas como amiga? Explicar que você sempre foi parceira de todos os seus colegas, mas que Chuck não dá essa abertura e isso te fere?

— Não...

— Pensa nisso, tá?

— Eu vou tentar.

— Agora, me diga o que acha. — Val se levantou, ajeitando a peça branca e esvoaçante em torno dela. — Estou bonita?

Prestei atenção finalmente em Val. Nela como um todo. No rosto delicado, na beleza incomparável, no vestido branco... minha irmã como noiva! Antes que pudesse perceber, meus olhos ficaram embaçados e a voz ficou presa na garganta.

— Você está uma verdadeira princesa, querida.

Capítulo 8

Na cozinha do estúdio havia um cheiro maravilhoso e doce. Estávamos quase começando a gravar e a produção colocara um bolo para assar no forno. Era uma cena de Michael e Nancy se curtindo antes do acidente. Especificamente sobre o aniversário de namoro deles. Nancy, no livro, prepara um bolo ao lado do Michael. Eles se beijam e dizem coisas lindas um para o outro.

Apesar de saber que Chuck Ryder seria estúpido demais depois de gravarmos, como sempre era, frio e calculista, eu estava com um sorriso enorme no rosto. Finalmente íamos gravar uma cena divertida.

Terminei de colocar a calça jeans e a camiseta regata preta, bem básica. As meninas já tinham prendido o meu cabelo em um rabo de cavalo liso e comprido. A maquiagem no meu rosto era quase imperceptível. Por ser uma cena dentro de casa, Nancy não teria motivos para ficar produzida.

— Uriel mandou avisar que o Chuck já está te esperando — Daphne disse.

— Ah, tudo bem. Já estou pronta.

Peguei o roteiro em cima da mesa e dei mais uma lida. Ciente de que já tinha todas as falas decoradas, saí do camarim e caminhei em direção à cozinha cinematográfica montada para Nancy e Michael. Chuck estava vestindo uma regata branca colada no corpo. Seus cabelos estavam bagunçados e uma calça jeans justa completava o look. Ele estava bebendo café e encarando o Chroma Key na janela, onde, mais tarde, adicionariam efeitos.

— Bom dia, Chuck.

Ele se virou abruptamente, assustado, e, logo depois, recuperou o tom frio e profissional.

Seus olhos se estreitaram.

— Bom dia, Evelyn.

— Você já está com as falas decoradas ou quer repassá-las comigo antes de Uriel chegar?

— Não preciso repassar.

Querendo torcer seu pescoço por ser tão prepotente, acabei sorrindo de nervoso.

— Tudo bem.

Me apoiei na bancada ao lado dele, sentindo o cheiro maravilhoso do bolo de chocolate. Havia uma porção de ingredientes sobre a mesa, bagunçados, como se nós o tivéssemos feito. Peguei um punhado de farinha e sujei um pouco a minha calça, as mãos e coloquei sutilmente um pouco de farinha na ponta do nariz.

— O que você está fazendo?

Olhei para Chuck.

— Entrando na personagem.

Ele desceu o olhar para a minha roupa e o meu rosto.

— Se sujando?

— Você leu o livro? — rebati.

— Sim, eu li.

— Então sabe o motivo de eu estar me sujando. Os dois fazem uma bagunça enorme na cozinha e a cena já começa com Nancy suja de farinha. Michael ajuda Nancy a fazer o bolo e o ganache de chocolate.

Chuck semicerrou os olhos claros. Um músculo saltou do seu maxilar e ele engoliu devagar, com o pomo de Adão subindo e descendo com cautela.

— É, me lembrei da cena.

Estendi para ele o saco de farinha.

— Pelo menos, suas mãos e sua calça vão ter que estar sujas.

Relutante, Chuck fez o que pedi: sujou algumas partes da mão, para ficar natural e não dar a impressão de que as enterrou na farinha. Depois, como se estivesse salpicando uma salada, jogou a farinha em sua calça, também dando a aparência de um sujo natural.

No momento em que Chuck levantou o rosto, vi que ele estava quase sorrindo.

Era um daqueles momentos raros. Por sinal, nunca vi nem um meio-sorriso de verdade desse homem, apenas para as câmeras. Ver que seus lábios se ergueram um pouco em cada canto já era digno de fazer um brinde com champanhe em uma cobertura de Paris.

— Assim? — Apontou para si mesmo.

Ia abrir a boca para responder, mas Daphne apareceu, me interrompendo.

— Nossa, eu fui chamada aqui para sujar vocês, mas já fizeram sozinhos. — Ela riu e nos inspecionou.

Pegou Chuck e o virou de um lado para o outro, como fazíamos quando vestíamos uma criança para ver se ela estava toda arrumada. Fez o mesmo comigo. Cinco minutos depois e uns toques com a farinha em nossas roupas, sorriu aliviada.

— Gosto quando os atores já sabem o que têm que fazer. Às vezes, lido com umas pessoas que parecem que caíram no estúdio de paraquedas — desabafou. — Bom, estou feliz. Daqui a pouco o Uriel chega.

— Estamos esperando — Chuck garantiu para Daphne.

Ela sorriu para ele, alheia à frieza do seu comportamento.

— Ok.

Depois de ela sair, me virei para a bancada de novo, precisando de uma desculpa para desviar o olhar de Chuck todo sujo de farinha. Daphne tinha colocado um pequeno rastro no seu maxilar, como se ele tivesse passado a mão ali sem querer.

Era um pouco fofo.

Comecei a encarar os ingredientes, e Chuck, eternamente profissional e gelado, se manteve em silêncio ao meu lado. Peguei o chocolate em barra e levei até o nariz, sentindo o aroma maravilhoso. Fechei os olhos, doida para morder um pouco, mas coloquei-o de volta na bancada. Havia também o creme de leite e a panela para fazermos o ganache juntos. Do outro lado do balcão, ingredientes do bolo estavam espalhados. O pessoal da produção estava trabalhando muito bem.

— Você gosta de chocolate — Chuck afirmou, com um toque de curiosidade na voz.

— Eu amo.

— Percebi. — Encerrou o assunto.

Uriel chegou e se sentou na cadeira da direção. Perguntou se estávamos bem pelo megafone e eu sabia que sua pressa era em razão da quantidade de cenas que tínhamos que gravar esta semana. Ele deu um sorriso único e exclusivo para mim. Shaaron, que havia chegado junto com ele, se sentou e nos cumprimentou com um aceno carinhoso.

— É o seguinte: Nancy e Michael começam essa cena com Michael abraçando-a por trás, encaixando o rosto no vão entre o ombro e o pescoço.

Vocês começam as falas daí e, depois, improvisam a cena na cozinha, caso não lembrem de como acontece no livro.

— Certo — Chuck disse.

— Tudo bem — afirmei.

Fui em direção ao fogão e coloquei uma panela sobre a boca apagada. Senti quando Chuck foi se aproximando de mim. Suas mãos passaram devagar das minhas costas até chegar na cintura. O corpo maciço daquele homem colou no meu e soltei um suspiro. O nariz de Chuck vagou do pescoço até o ombro quando Uriel gritou "ação".

Me lembrei que precisava sorrir e não ficar tensa.

Os pelos do meu braço subiram com o contato de Chuck.

— Aniversário de namoro, com direito a bolo de chocolate com cobertura — disse, encarnando Nancy, sorrindo, apaixonada e feliz.

— Você sabe que eu preferiria colocar o ganache sobre o seu corpo e te fazer de bolo, mas a sobremesa não é de todo mal — murmurou, com a voz rouca.

Eu ri, como Nancy faz nessa situação.

Chuck passou as mãos pelos meus braços, fazendo carinho, quebrando a risada. Antes que pudesse me dar conta, ele estava me embalando, de um lado para o outro.

Acabei sorrindo e tentei me lembrar da próxima fala.

— Você vai me ajudar a fazer o ganache?

— Sim. Dizem que quatro mãos são ainda melhores na cozinha do que duas.

— Quatro mãos?

Chuck percorreu os dedos pelos meus braços até alcançar minhas mãos. Colocou-as na frente do meu corpo e começou a movimentar as dele perto das minhas.

— Imagine que eu sou uma extensão do seu corpo e que você é um ser de quatro braços. Um ser poderoso, com dotes culinários. Imagine um polvo bonito, consegue fazer isso?

Ri baixinho.

— Eu seria uma aberração e polvos são terríveis.

— Eles têm sua beleza.

— Se eu fosse um polvo com dotes culinários e quatro mãos, apesar de que os polvos têm oito tentáculos, você deixaria de me amar.

— Eu nunca vou deixar de te amar, Nancy. — Chuck deu um beijo no meu pescoço e fiquei, mais uma vez, arrepiada. Sua voz estava perto da minha orelha, me deixando levemente tonta. — Agora, preste atenção.

Chuck pegou o creme de leite e colocou na panela.

— Ligue o fogo — pediu.

Fiz o que ele falou.

— Pegue uma espátula e comece a mexer.

Com ele segurando o cabo da panela, comecei a mexer com tranquilidade o creme de leite. Acabei rindo da nossa sincronia quando o creme estava quase fervendo, e Chuck desligou a panela enquanto eu jogava uma parte dos chocolates e ele outra.

Fizemos, enfim, a cobertura do bolo.

Chuck riu suavemente contra o meu corpo. Realmente, conseguimos fazer a cena como Michael e Nancy. Eles tinham uma sincronia perfeita e jamais imaginei que Chuck pudesse me acompanhar.

Uriel cortou e nos deu uma pausa de cinco minutos até começarmos a cena dos dois se sujando com o ganache e o bolo. A produção rapidamente levou o nosso ganache embora, por estar quente, e substituiu com outro feito por eles. O bolo saiu do forno e foi colocado na bancada. A cozinha continuava uma bagunça e Chuck se mantinha naquele tom frio. Não que eu quisesse algo dele. A única coisa que talvez eu poderia pedir era um pouco mais de amabilidade.

— Voltem às posições — Uriel pediu. Fiquei encostada na bancada, encarando Chuck. Analisei seus olhos, seus lábios bem desenhados, o formato do nariz e o cabelo que estava sempre jogado sobre um olho. Chuck me encarou com a mesma intensidade e, um segundo depois, Uriel estava gritando "ação".

Peguei o ganache e coloquei lentamente sobre o bolo. Chuck enfiou o dedo embaixo da cascata de cobertura, interpretando Michael, e eu dei um grito, em uma mistura de repreensão e diversão. Chuck, em seguida, colocou o dedo na ponta do meu nariz, sujando-o de ganache.

— Você não pode fazer isso!

— Eu posso e vou fazer.

Me puxou pela cintura e beijou a ponta do nariz que havia sujado. Depois, pegou mais ganache e colocou na minha bochecha. Comecei a me remexer e implorar para que ele parasse, como Nancy fazia. Rindo como uma maluca, mas apaixonada demais para encerrar a brincadeira, Nancy entra na mesma dança.

Fizemos uma guerra de dedos sujos de ganache um no outro. Alcancei o pescoço do Chuck, seu maxilar e testa. Ele sujou meu braço, minha bochecha e até jogou no decote da minha regata.

Com um olhar sugestivo e malicioso, Chuck piscou para mim quando encarei a trilha da cobertura descendo para o meu sutiã.

— Você sabe que vai dar um jeito de limpar isso aqui, não é? — provoquei.

— Mas isso é o que eu mais quero.

— Será mesmo? Seu objetivo não é me deixar feia como um polvo com dotes culinários?

Chuck deu uma risada gostosa e me puxou pelo passante da calça jeans. Bati em seu peito com as mãos sujas, manchando a regata branca. Abaixei o olhar do dele e Chuck ergueu meu queixo com o indicador sujo de chocolate.

Assim que nossos olhos se encontraram, ele sorriu.

— Meu objetivo é você ver como a vida vai ser divertida ao meu lado, Nancy. Nunca vai ser tediosa, nem cansativa. Eu jamais vou deixar que a rotina nos pegue. — Chuck desceu para beijar meus lábios calmamente. Um estalo em nossas bocas, como um choque, me fez fechar os olhos. Chuck se afastou e continuou a falar na pele de Michael. — Dois anos com você e agora só falta o resto das nossas vidas.

— Você foi a melhor coisa que me aconteceu, Michael Black.

Ele sorriu de lado.

— Eu sei.

Nos afastamos assim que Uriel pediu que a cena fosse cortada. Com a produção revendo a cena na pequena tela e Uriel avisando qual ângulo ele queria, todos estavam distraídos demais para perceber as minhas bochechas vermelhas. Meu coração batia rápido por algum motivo que eu não tinha ideia. Me apoiei na bancada, vendo Chuck bem aéreo. Ele me lançou um olhar intenso e, sem dizer nada, como de costume, se virou para ir embora.

— Vocês foram magníficos! — Shaaron disse, emocionada, de sua cadeira. — Nossa, cadê o Chuck?

Encarei-a.

— Saiu sem dizer nada — respondi. Shaaron abriu os lábios um pouco. — Como ele sempre faz.

E era isso que me incomodava.

Nem uma palavra quando as câmeras desligavam, nem um comentário profissional sobre a cena que acabamos de fazer. Ele simplesmente virava as costas, me oferecendo, às vezes, um último olhar antes de partir.

Fim do primeiro ato de gravações dessa manhã tão bonita...

E tão fria.

Capítulo 9

Abaixei o roteiro e, mais segura da fala, sorri. Me deparei com os olhos claros de Chuck, que, dentro do personagem Michael, sorriu para mim de volta. Soltei o roteiro e peguei o pescoço de Chuck com as mãos, recebendo seus braços em volta da minha cintura.

Mais uma gravação, mais um dia em que ele seria ignorante de novo, mas decidi desligar isso por uns segundos, embora a conversa com Val ficasse cada dia mais presente em meus pensamentos.

A câmera estava em ação e estávamos em uma cidade cinematográfica de grande porte no estúdio oficial.

— Você acha que pode viver sem mim, Michael?

— Uma pessoa pode viver sem respirar? — ele rebateu, erguendo a sobrancelha.

— Não.

— Então você tem a sua resposta. — Chuck, com carinho, roçou o seu nariz no meu. Fechamos os olhos e ele começou a me embalar de um lado para o outro, dançando ao som de nenhuma música. — Eu não quero nunca mais ter que sair em missões. Não quero ir mais sem você. Acho que vou pedir um afastamento, Nancy.

Abri os olhos, ainda sendo embalada por sua dança. Chuck sabia guiar uma mulher.

— O que está dizendo?

— Nós podemos viajar, tirar umas férias, se curtir. — Sua voz saiu grave e seus lábios foram para a minha orelha. Chuck desceu a mão da cintura para o final da coluna e eu estremeci, porque era perto demais da bunda. Ele sorriu contra a minha pele e eu não sabia se era Chuck ou Michael sorrindo. Afinal, o estremecimento não aparecia nas câmeras e era uma prova de que ele me afetava. — Quero ficar com você em um lugar quente, onde o céu fique laranja, que eu possa ver a natureza, que eu possa te beijar em um cenário inesquecível.

— Para onde você quer ir?

— África do Sul.

Me afastei, chocada como Nancy fica na história, e gargalhei.

Chuck me encarou com curiosidade ao ouvir o som da minha risada alta.

— O que foi? Achou absurda essa ideia?

Uriel chamou no megafone, avisando que essa fala não estava no script. Chuck colocou a mão para cima e fez um sinal de pare, que era para esperarmos a improvisação. Uriel voltou a gravar e Chuck repetiu a pergunta. Eu dei de ombros, nervosa com a perspectiva de fazer algo fora do combinado.

— Eu acho romântico.

— E você quer, Nancy? — Chuck me puxou para mais perto e passou os lábios nos meus, raspando-os. Estremeci de novo e ele sorriu contra a minha boca. — Quer viver esse romantismo?

— Com você, sim — respondi, abrindo os olhos e sorrindo.

Chuck piscou uma vez e depois de novo. Seu aperto afrouxou na minha cintura, seus olhos caíram para os meus lábios e percebi que o homem estava respirando com dificuldade. Uriel deu o sinal de corte, elogiando o improviso, e, antes que pudesse chamá-lo para perguntar se estava tudo bem, Chuck se afastou, a passos largos, indo para longe de mim.

O que eu queria? Que ele ficasse? Queria que Michael beijasse Nancy ou que Chuck me beijasse?

Precisava conversar com ele.

Essa indiferença estúpida ia acabar agora.

Pedi licença para todos e corri em direção à porta do seu camarim. Chuck tinha saído pela porta dos fundos, a vi se fechando devagar, sinal de que alguém passou por ela. Eu a puxei e dei de cara com a rua sem saída e deserta, dos fundos da cidade montada. Já era tarde da noite, passava das onze horas. A lua estava marcando o céu, redonda e completa, iluminando o chão molhado depois de uma chuva repentina.

Agora, só a friagem restara.

E Chuck, andando como se tivesse fogo embaixo dos pés, de um lado para o outro.

— Chuck! — Me abracei, apertando o casaco em torno do corpo.

Ele parou e me encarou.

— Por que saiu correndo? — questionei.

— Estou atrasado e me esqueci que aqui não era a saída.

— Ah, tudo bem. Nós podemos conversar por um instante?

— Não posso, Evelyn.

— Só vou tomar cinco minutos do seu tempo, pode cronometrar.

Chuck se aproximou de mim e passou as mãos no cabelo liso de corte enigmático e bagunçado. Quando chegou a uma distância aceitável, semicerrou os olhos e cruzou os braços no peito.

— Olha, nós contracenamos como um casal — comecei. — É um par romântico. Eu não sei nada sobre você, você não sabe nada sobre mim, até acho isso bom, porque mantemos a clareza de Michael e Nancy, mas eu geralmente sou amiga ou me torno amiga de todos os meus parceiros de cena. Não é só porque somos um par nas telas, mas sim porque vamos conviver até o final do ano nesse projeto e já estamos no fim de março com você agindo dessa forma... Será que dá para você parar de correr a cada cena que gravamos e dividir um café comigo?

Pela primeira vez, como Chuck ao invés de Michael, ele riu. Deu uma risada gostosa e melodiosa, que ecoou pela rua vazia. Eu me senti ainda mais esquisita, como se Chuck estivesse zombando de mim.

— Meu Deus! — continuou rindo. — Você fala mesmo tudo que pensa, não?

— Sim, eu falo — respondi. — Odeio pessoas que ficam todas preocupadas com o que vão dizer porque é certo ou errado. Se todos fossem sinceros, pouparíamos muito tempo.

— Mas você parece me seguir com essa dose de sinceridade.

— Não gosto desse clima que existe entre nós, por isso tento remediar.

Ele deu mais alguns passos à frente, virando o rosto como se estivesse me analisando.

— Desculpe, qual clima?

— Você sai correndo toda vez... eu já expliquei. Acho que podemos ser amigos, se nos esforçarmos.

— Sou profissional, Evelyn. Você queria que eu desse o meu melhor para ser o homem que você precisava naquela câmera.

— Entendo, mas...

— Isso não é bom o bastante? Não é o suficiente? O que você quer de mim?

Ele estava ficando nervoso?

Abri os lábios em choque.

— Eu não quero nada, Chuck! Só achei que pudéssemos lidar um com o outro de forma mais gentil, que pudéssemos conversar sobre o tempo ou que eu pudesse trocar uma ideia com você até sobre o roteiro. Quando as câmeras ligam, você é outra pessoa e, sim, sei que faz parte da atuação, mas queria menos da sua insensibilidade e mais do seu coração para esse projeto!

— É claro que sou outra pessoa, porra! Eu não sou o Michael Black, sou Chuck Ryder, o homem por quem você tem um preconceito enorme. Não temos nada para tratar um com o outro.

Se estava no nível dos palavrões, era melhor eu me afastar.

— Tá bem, Chuck. — Baixei a voz e o encarei. — Não precisamos nos dar bem. Parabéns por ser um babaca!

— Obrigado! Pelo menos você me parabenizou por algo, não é?

Virei as costas e fui até o seu camarim. Bati a porta com força, respirando fundo.

Ele era mesmo um idiota! Não acredito que tentei consertar esse clima terrível que estava entre nós. Não acredito que tentei ser boazinha com um ogro desses! Fui cutucar onça com vara curta e acabei me ferrando.

Vendo vermelho, ouvi a porta sendo aberta, cinco minutos depois do confronto. Eu ainda estava respirando fundo, tentando controlar a raiva para não cometer uma loucura.

Será que minha irmã me ajudaria a esconder o corpo de Chuck Ryder? Afinal, essa conversa era culpa dela.

— Agora não, diretor.

— Evelyn...

Virei para trás, não percebendo que era a porta das minhas costas. Chuck estava com a fisionomia cansada, como se um trem o tivesse atropelado. Os cabelos bagunçados tinham uma aparência ainda mais desarrumada do que antes da discussão.

— Vá embora, Chuck.

Dei as costas para ele. Mesmo assim, fui capaz de ouvir a sua voz.

— Eu sinto muito se fui rude. É que, quando você começou a falar, foi como todas as pessoas falam comigo, sempre exigindo algo além do que posso oferecer. Hoje foi um dia particularmente difícil, e acabei descontando em você. Tem muita coisa acontecendo na minha vida pessoal e estou misturando com a profissional.

Nos olhos claros, vi todo o arrependimento do mundo. Nos lábios, um resquício de sorriso.

— Você briga mesmo. Eu nunca tive ninguém que me enfrentasse assim — continuou.

— Não gosto de diz-que-me-diz. Se você tem um problema comigo, é bom dizer. Eu fui bem sincera quando disse qual era o meu problema com você, embora isso tenha acabado.

— Não tenho nada contra você, Evelyn. Talvez tenha te odiado por uma semana inteira, mas agora estou tranquilo.

— Eu odiei você por anos até descobrir que, por trás de uma atuação mais ou menos, você era um bom ator.

— Se não fosse o seu esporro, eu provavelmente não teria mudado a maneira de ver o cinema.

Não sorri, mas precisei segurar muito para não fazer.

Era um alívio ver o lado humano de Chuck Ryder. Afinal de contas, ele não era um robô.

— Fico feliz em ajudar.

Ficamos em silêncio e Chuck, ainda com a roupa de ficar em casa de Michael, cruzou os braços no peito. Eu coloquei as mãos no bolso da calça jeans e afundei-as o máximo que pude.

— Amanhã eu trago o seu café — Chuck prometeu, baixinho.

— Como disse?

— Eu vou trazer o seu café, para começar isso de novo.

— Ah, eu... — Admirei-o, tentando processar essa mudança de cenário. — Você sabe como gosto do meu café? É expresso duplo com...

— Creme e raspas de chocolate meio amargo — completou. — Já sei.

Pisquei, um pouco surpresa por ele saber.

— Te escutei falando disso com o Uriel na semana passada. — Deu de ombros. — Não é nada demais.

— Ah, ok.

O silêncio reinou por mais tempo e fiquei um pouco ansiosa.

— Eu sinto muito mais uma vez, Evelyn. Não quero ser um problema para você.

— Você não é.

— Tá certo.

— Sinto muito por ter sido rude com você na nossa reunião. Eu me torno amiga das pessoas com quem trabalho, mantenho contato com quase todas. Eu só não queria que ficasse um clima terrível entre nós, por isso propus o café.

— Sim, eu gostei da ideia do café. E, tudo bem — Chuck suspirou —, você foi sincera com o que acreditava. Eu queria saber dizer mais o que penso e não o que os outros esperam.

— Bem, fico feliz por essa oferta de paz.

— A gente se vê amanhã?

— Vou estar aqui — confirmei.

Ele passou por mim, pegando a maleta profissional. Pegou a carteira de cima da bancada e a enfiou na calça de moletom de Michael. Me lançou um olhar demorado e alguns fios perdidos do seu cabelo escuro, bem grossos e despenteados, caíram sobre o olho esquerdo.

— Até amanhã, Evelyn.

— Sim, até.

Chuck me deixou sozinha e inquieta.

Restou a incerteza sobre como me sentiria tendo que ver Chuck Ryder praticamente todos os dias, com esse humor volátil, principalmente por precisar separá-lo do enigmático e sedutor papel de Michael Black.

Nunca tive que lidar com um ator tão oposto ao seu papel. Quando ele vestia a pele de Michael, me afetava, não dava para negar. No entanto, quando voltava a ser Chuck, me deixava incomodava por sua frieza e profissionalismo.

Agora, as coisas pareciam que iam mudar.

Eu só tinha que aprender como fazer isso funcionar.

Tome cuidado com o que deseja, Evelyn.

Capítulo 10

Na manhã seguinte, recebi um cuidado extra no cabelo e na maquiagem, principalmente nas roupas. Íamos fazer a cena de um jantar de Michael e Nancy, no qual ele diz para ela que as passagens estão compradas e que ele vai mesmo sair da Marinha. É uma cena antes do acidente que Nancy sofre, porque foi nessa noite em que o carro bate e tudo acontece. Íamos gravar as cenas de ação mais tarde, porque demandam uma produção maior e fora do cenário cinematográfico, nas ruas.

— Você está divina, Evelyn.

O vestido vermelho e justo acompanhava as curvas suaves do meu corpo. Eu tinha um porte físico normal, nada de exuberante, mas era o suficiente para comer minhas porcarias nos finais de semana e a mídia se conformar e não encher meu saco. Quando me vi no espelho, percebi o que uma produção pode fazer.

— Isso é um milagre, né? — questionei Daphne, a menina do cabelo colorido que cuidava de mim com maestria.

— Cale a boca. Eu só acentuei seus traços.

— Meu Deus! Eu tô chocada!

A porta do camarim se abriu e Helena, a outra ajudante, perguntou se Chuck poderia entrar.

Meu estômago estúpido que sentia fome nas horas mais impróprias decidiu dar o ar da graça ao ouvir o nome da minha assombração. Será que eu associava Chuck a alguma coisa gostosa?

Melhor não pensar...

— Pode sim — autorizei.

— Vou dar licença. Já volto! — Daphne saiu correndo junto com Helena.

Essas duas...

Chuck entrou logo em seguida, vestindo um terno preto e alinhado. Seus cabelos bagunçados eram uma afronta para a patente militar de Michael, mas ele não deixou que cortassem. Estava impecável, como sempre, mas, dessa vez, Chuck Ryder merecia um prêmio por estar tão irresistivelmente bonito.

— Você já está pronta?

— Sim.

Ele desceu os olhos por mim, avaliando-me daquela forma que só ele fazia. Encarou com cuidado e atenção e depois deu um sorriso curto.

— Trouxe o seu café.

— Você lembrou.

— É a oferta de paz, Evelyn.

Aceitei o copo de isopor e inspirei o aroma. Chuck continuou me olhando, parecendo que queria me dizer uma coisa, mas se manteve em silêncio.

— Você quer dizer algo?

— Conversei com Uriel — Chuck iniciou, um pouco incomodado. — Ele pediu para eu falar com você a respeito da cena que há no livro e no roteiro. Disse que, se não quisermos fazer, tudo bem.

Chuck não precisava me dizer que cena era, eu já sabia. Cedo ou tarde, ela chegaria, e eu não estava muito certa se nós conseguíamos fazer.

— A cena de sexo?

— É... — Chuck tossiu, para firmar a voz. Ele voltou à pele profissional um instante depois. — Eu disse para ele que seria ideal fazermos antes de ir para a África. Acho que até lá já estaremos mais à vontade um com o outro.

— Sim, podemos fazer no meio do ano.

— Ok.

Chuck transferiu o peso de um pé para o outro e passou a mão pelo cabelo, jogando-o para trás.

— Vou te esperar no cenário.

— Obrigada pelo café. — Sorri.

Um sorriso absurdamente largo e bonito surgiu no rosto de Chuck.

— Amanhã eu aceito um cappuccino expresso.

Abri os lábios, fingindo choque.

— E quem disse que eu vou te comprar um café?

— Bandeira branca, Evelyn — Chuck falou, e piscou para mim. Ele abriu a porta para sair, ficando de costas, e me encarou sobre o ombro antes de partir de vez. — Eu não disse quando entrei, mas você está linda.

Pisquei e abri os lábios para soltar o ar.

— Você também está ótimo.

Ele assentiu e a porta se fechou, levando Chuck dali.

Meu estômago deu um salto... Junto com o meu coração.

Abril

"Quanto mais Michael a observava, mais fascinado ficava. Nancy tinha a doçura e a fragilidade da pétala de uma rosa, mas o seu âmago, profundo e complexo, o lembrava do caule, repleto de espinhos. Michael reconhecia que, para apreciar todo aquele perfume, sacrifícios precisavam ser feitos.
O ato de se machucar, especialmente esse, sendo o topo da lista."

RECORDE-SE ANTES DE EU PARTIR

Capítulo 11

A sequência de gravações estava demais. Não esperamos o meio do ano para gravar as cenas dramáticas. Fingir que não conhecia Michael, como Nancy, se tornou um processo doloroso, assim como a plena noção de Michael ao saber que a memória de sua amada não voltaria e que teria que começar do zero.

Eu chorava quando chegava em casa, pela carga emocional, e todos no estúdio perceberam que havia algo errado. Eu abraçava a personagem com toda a alma e me compadecia pela luta de Michael, ao tentar reconquistar o amor de sua Nancy de volta.

Eu e Chuck estávamos cada vez mais engajados a fazer tudo acontecer com perfeição e, assim como a parte profissional, nossa amizade começou devagar até engatar, de modo que eu podia tirar algumas risadas de Chuck e ele, algumas de mim. Acabei descobrindo, na surpresa, que ele era uma pessoa leve. A muralha de gelo foi se quebrando e eu podia dizer que era por estarmos no auge da primavera ou apenas constatar o fato de que a oferta de paz deu mesmo certo.

No meio da gravação que estávamos fazendo agora, soltei o ar com cautela. Estava difícil essa parte, na qual Nancy quebrava Michael com ironia e ele sofria por ainda amá-la. Era o começo da perda de memória dela, e ele ainda não estava sabendo como lidar com aquilo.

— Não sei... — falei por Nancy. — Michael, talvez fosse melhor darmos um tempo. Eu acabei de descobrir quem sou, e ainda não sei quem já fui um dia. Não compreendo como me apaixonei por você e isso está me sufocando.

— E como você acha que eu me sinto, Nancy?

— Não sei.

— Você está me matando aqui! — ele gritou.

Chuck ficou emocionado por Michael, e eu mordi o lábio inferior, presa à indiferença.

— Não entendo o que você quer de mim.

— Você.

— Eu não posso te dar isso! — gritei de volta, magoada.

Abaixei o roteiro e pedi mais um tempo nas gravações. Olhei para

Uriel e questionei se poderíamos gravar essa cena no dia seguinte. Shaaron não estava lá hoje e eu sabia que ela poderia me dar uma orientação, porque me sentia perdida nas emoções.

Lágrimas desceram pelas minhas bochechas, já com as câmeras desligadas, e Chuck se aproximou.

— Ei.

— Estou muito magoada com a personagem. Não sei se consigo dar continuidade.

— Lembre-se de que ela não tem sentimentos aqui, Evelyn. Só eu sinto, por Michael. Você precisa ser forte e dura com ele.

— Tudo bem.

— Vamos tentar de novo? — Chuck deu um sorriso curto.

Assenti.

— Uriel, vou tentar uma última vez — anunciei.

Ele concordou e gritou uma porção de coisas para a produção antes de fazer a contagem regressiva.

— *Ação!*

— Não entendo o que você quer de mim — falei para Chuck, repetindo a sequência.

— Você — ele respondeu, intenso.

— Eu não posso te dar isso! — gritei, dessa vez com raiva.

Ele veio para cima, decidido e machucado. Seus olhos estavam vermelhos de novo, entorpecidos pela dor que não havia como não sentir. Seu corpo se juntou ao meu, suas mãos foram parar na minha cintura, e ele me pegou e me colocou sobre a mesa da cozinha cinematográfica, trazendo-me para si.

— Você não lembra como se apaixonou por mim — ele disse, na pele de Michael Black. — Foi por isso, Nancy. Foi *isso* que fez nós dois darmos certo.

Na história, depois do beijo roubado de Michael no hospital, ele foi no dia seguinte vê-la, sem qualquer fratura, apenas dolorido e pronto para convidá-la para jantar. Nancy aceitou e foi arrematada por uma paixão avassaladora.

O beijo dele fez milagres para a antiga Nancy.

E agora era o momento de Chuck me beijar como Michael.

Mesmo sabendo o rumo que ia tomar, assim como Nancy, cedi ao seu contato. Chuck desceu o rosto em direção ao meu e, sentindo cada parte do seu corpo, entreabri os lábios para recebê-lo. Ele veio voraz, não calmo. Dotado do desespero do personagem de ter o amor de Nancy de volta, Chuck mordeu meu lábio inferior, entreabriu a boca e eu, não sabendo onde um começava e o outro terminava, acabei soltando um suave e quase imperceptível gemido.

Chuck paralisou o beijo.

E, quando se afastou para voltar, fez algo que nunca tinha feito antes.

Chuck não me beijou como um ator faz com sua colega de cena.

Ele me beijou como se não houvesse nenhuma câmera ligada.

Sua língua costurou meu lábio inferior, apenas com a ponta, para depois invadir. Seu gosto, tão quente e doce da bala que Chuck tinha o hábito de chupar, me fez responder com a mesma vontade. Ele era delicioso. Por mais que estivesse surpresa, percebendo que isso era um beijo real, um beijo com paixão de duas almas perdidas que se reencontraram, um beijo de Michael e Nancy, secretamente desejei que fosse algo de Chuck e Evelyn. Porque Chuck veio tão forte em direção a mim, tão cheio de paixão, que foi difícil dizer para o meu cérebro que isso não estava acontecendo comigo, mas sim com outra pessoa.

Chuck girou lentamente a língua quente em torno da minha, de um lado para o outro. Ele brincou com a ponta dela dentro da minha boca, indo devagar, mas com tudo de si. Fiquei arrepiada, foi aquele tipo de beijo que vale por qualquer preliminar.

Prendi a respiração e meus seios começaram a brigar com o sutiã, querendo que Chuck os tocasse. Depois de mais uma mordida no lábio inferior e um giro suave e sedutor na minha língua, me senti quente e úmida em todos os lugares. Fiquei tonta e trouxe Chuck para mais perto conforme percebia que, para ele, também estava difícil parar. Sua pele era quente embaixo da minha, seus lábios, já inchados do meu beijo, não paravam de receber suaves mordidas de desejo. Chuck soltou um grunhido sexy, como se estivesse lutando para se manter são, e eu pressionei as pálpebras tão forte que doeu.

Foi aí que me lembrei que Nancy, depois de um beijo intenso, precisava afastar Michael e iniciar outra discussão.

Querendo odiar a protagonista, espalmei as mãos no peito forte de Chuck, sentindo seu coração acelerado contra a palma. Empurrei-o forte, de modo que ele quebrasse o beijo no meio. Bem, foi o que aconteceu. Chuck pareceu perdido, com a expressão de quem não sabia o que tinha acontecido. Me lembrei de fala de Nancy e engatei na cena, que ainda estava rodando.

— Você não pode me obrigar a amar você! — gritei, lágrimas caindo dos meus olhos furiosos, assim como nos de Nancy, no livro.

— Nancy... — Chuck murmurou.

— Você me agarrou ali! Você quer a sua antiga mulher de volta, mas adivinhe? Eu não sou mais ela!

— Você vai fazer isso com a gente?

— Aí é que está, Michael. Eu não sei mais quem é *a gente*. Eu não sei quem você é! Sinto muito por te frustrar, mas eu preciso ir embora.

Chuck se aproximou, como Michael. E, como Nancy, precisei dar um passo longo para trás. Eu fiz um sinal de pare, sentindo meu coração quebrar no instante seguinte. Chuck estava com uma expressão perfeita de desolação, de coração partido. Já tendo gravado as cenas românticas com Michael, sabendo o quanto Nancy o amava, era difícil atuar desconhecendo-o.

— Me deixa em paz, Michael — disse a frase final e Uriel deu alguns segundos para depois gritar, anunciando o fim da gravação.

Ao contrário do que deveria acontecer, não parei de chorar quando as câmeras desligaram. Me sentei no chão do cenário e as lágrimas vieram. Eu era muito sensível com a atuação; durante toda a minha carreira, isso acontecia nas cenas dramáticas.

Vi Chuck se agachar, de cócoras, para ficar no meu campo de visão. Ele apoiou os braços soltos em cima das coxas e me admirou com curiosidade. Soltei uma risada em meio ao choro incessante e dei de ombros.

— Preciso soltar isso ou vou carregar a tristeza comigo.

— Tudo bem. — Ele me olhou mais um pouco, encarando-me. Seus olhos foram para os meus lábios. — Você realmente abraça a personagem, não é?

— Com tudo de mim. — Sequei as lágrimas, mas outras vieram.

— Não tenha vergonha de amar o que faz.

— Eu sei. Só não queria me despencar em lágrimas.

Chuck abriu um sorriso de lado. Ele umedeceu os lábios que estavam vermelhos do beijo, e eu mordi os meus. Senti uma pontada em um lugar proibido e um arrepio por todo o corpo ao me lembrar do que fizemos. Ele me beijou de língua e, meu Deus... *foi maravilhoso*.

Eu não deveria pensar nisso, o cara era comprometido. Fechei os olhos.

— Vá para casa, Evelyn. Tome um banho e um chá quente. Assim que estiver acomodada, ligue para mim.

Abri as pálpebras.

— Ligar para você?

— Sim.

— E por que eu faria isso?

— Porque sou a única pessoa que está vivendo a mesma carga emocional que você. Vamos conversar sobre os personagens, e vou te ajudar a digerir essa parte difícil.

— Obrigada, Chuck.

Ele se levantou e estendeu a mão para mim. Eu aceitei e fui puxada como se não pesasse nada. Foi tão forte que acabei trombando no corpo de Chuck. Seu olhar se fixou no meu e uma manta de calor me engoliu.

— Vou esperar você me ligar — falou baixinho.

— Eu ligo.

Fechei os olhos e recebi um beijo de Chuck na bochecha. Ele deixou os lábios por mais tempo do que deveria e meu coração deu aquela acelerada, quase como se me repreendesse por estar sentindo aquilo tudo.

— Tchau, Evelyn.

Como era inocente por acreditar que, depois de ter experimentado aqueles lábios, as mordidas e sua língua doce em torno da minha, as coisas poderiam voltar a ter o mesmo significado de antes.

Capítulo 12

Tomei um banho quente e um chá, assim como Chuck aconselhou. Estava sozinha em casa; Val e mamãe estavam trabalhando. Peguei o celular, jogada no sofá, indecisa se ligava ou não. Era padrão da produção dar uma lista com o telefone de todo mundo para os atores, caso fosse necessário. Peguei a lista, encarei o número do Chuck e me senti subitamente ansiosa.

Disquei devagar, esperando que fosse cair na caixa postal, para dar uma desculpa. Porém, isso não aconteceu. Começou a tocar e, no terceiro toque, ele atendeu.

— Ryder — disse, tenso e profissional daquela forma que sempre era.

— Sou eu, Evelyn.

— Oi. — Sua voz suavizou. — Está mais calma?

— Sim, estou bem melhor.

— Tomou o chá?

— Segui suas instruções, doutor.

Ele deu uma risada curta.

— Então, me fale o que está acontecendo — murmurou, sua voz rouca e agradável até do outro lado da linha.

— É a Nancy — resmunguei. — Eu li o livro e fiquei com raiva dela por ser tão insensível com o Michael. Sabia que, na hora de interpretá-la nessa parte, seria difícil. Só não fazia ideia que seria *tão* complicado.

— Evelyn, também tenho problemas em aceitar como o Michael reage nessa situação. Li o livro e, encarando pelo ponto de vista do cara, percebi que ele se desespera para reconquistá-la. Ele só obtém sucesso de tê-la de novo quando respeita seu espaço. Então, me sinto desconfortável na pele de um homem que não sabe dar tempo ao tempo. No entanto, precisamos tirar os nossos conceitos na hora de entrar em cena.

— É, mas ela é uma vadia às vezes.

Chuck riu alto e eu o acompanhei na risada.

— Se você se sentir desconfortável com uma cena, nós podemos repetir quantas vezes for preciso. Assim como sempre foi sincera comigo, quero que seja quando estivermos atuando.

— Combinado.

Chuck se remexeu. Ouvi um farfalhar de lençóis e percebi que ele estava deitado. Como fomos cedo para o estúdio, ele poderia tirar um cochilo antes de a noite chegar. Fechei os olhos, pensando em como ele estava vestido.

Será que só de cueca?

Meu Deus! Eu sou uma tarada.

— Evelyn, o que você vai fazer hoje à noite?

— Hum...

— Te peguei desprevenida? — Sua voz estava ainda mais rouca, como se estivesse prestes a cair no sono.

— Um pouco.

— É um encontro de amigos, fica tranquila.

Ai...

— Eu sei. Você namora e tudo mais. Não pensei por esse lado, Chuck.

Ele ficou em silêncio e ouvi um suspiro do outro lado.

— É. — Pausou. — Olha, eu conheço um bar que é bem tranquilo. Ele fica do lado da minha casa. De qualquer maneira, acho interessante você levar um segurança ou dois. Vou levar os meus.

— Tudo bem. Me passa o endereço.

Chuck me deu as coordenadas e eu as anotei na própria lista de telefones da produção. Combinamos às nove da noite e ele pediu que eu não me vestisse muito formalmente, para não atrair atenção.

— Te espero lá, Eve. — Usou meu apelido, o que tornou as coisas ainda mais difíceis. — Beijo.

— Até, Chuck.

Tinha um bom tempo até o tal encontro de amigos, mas não consegui relaxar. Fiz uma hidratação nos cabelos e procurei uma roupa. Escolhi um vestido preto tubinho de decote ombro-a-ombro e optei por uma maquiagem suave com os saltos altos meia-pata. Deixei o cabelo solto e esperei que ficasse tão bonito lá fora como estava dentro de casa.

Com isso, o tempo foi passando e, antes que pudesse me dar conta, já estava perto do horário. Mamãe me avisou que teria um jantar com um cliente e Val dormiria com o noivo. Sozinha, liguei para os meus seguranças e pedi que viessem me buscar. Em cerca de quinze minutos, eles me guiaram para um carro preto e discreto e fomos tranquilamente pelas ruas da cidade, saindo da área residencial para outro bairro.

O lugar onde Chuck morava era de prédios altos, nada de casas tranquilas com jardins bonitos. Arranha-céus pintavam a noite estrelada da primavera, e eu suspirei fundo. Não sabia qual era a intenção de Chuck de me convidar para sair. Talvez por ele já sentir que tínhamos criado uma amizade e era interessante nos encontrarmos longe dos *sets*, assim como eu tinha pensado. No entanto, já não sabia até que ponto isso era saudável, tendo em vista que ultimamente não compreendia os sentimentos que estava nutrindo por Chuck Ryder.

Saí do carro escoltada por um par de seguranças, entre eles, Damien. Entramos no barzinho, que tinha poucas pessoas, e eles disseram que ficariam na porta, observando e me aguardando. Sorri em agradecimento e fiz meus olhos passearam pelo ambiente, notando que tocava música ao vivo. O local repleto de madeiras, dando um ar rústico, dava a impressão de estarmos em um cantinho do Texas. O bar era ainda mais bonito do que o que Val me levou há alguns meses. Junto a um homem com nada além de um violão, fazendo cover de Jack Johnson, havia uma moça no microfone.

Fui a caminho do bar, pensando em pedir alguma coisa para beber antes de Chuck chegar, mas ele já estava lá. Virado de costas, balançando para lá e para cá um pequeno copo de dose já na metade, com aqueles cabelos bagunçados, meu coração deu um salto. Ele vestia calça jeans de lavagem escura e uma camisa social preta que, como de costume, estava com as mangas puxadas para cima, na altura dos cotovelos. Seu perfume cítrico chegou a mim antes de eu dar um passo a mais e meus joelhos tremeram.

Sentei-me ao seu lado e Chuck me lançou um olhar de lado. Antes de me cumprimentar, bebeu toda a dose, depois, sorriu para mim. Finalmente virou-se em minha direção e abriu ainda mais o sorriso.

Esse homem deveria ser proibido de sorrir.

— Você veio.

— Achou que eu não viria? — questionei, insultada.

— O que vai beber? — Chuck não respondeu meu questionamento, preferindo fazer uma pergunta e já chamando o barman.

— O mesmo que você.

— Tequila?

— Ué! Nunca viu uma mulher que gosta de bebidas de dose?

Chuck sorriu e o barman também.

— Sinceramente, não.

— Que besteira! — Me virei para o barman. — Veja duas doses de tequila, uma para mim e outra para ele.

— É pra já, moça — O barman me olhou com mais atenção, como se me reconhecesse. Depois, balançou a cabeça, como se fosse uma miragem, e foi buscar o que pedi.

Chuck me olhou, daquela forma que parecia me avaliar. Eu o olhei de volta e sorri.

— O que foi?

— Você é diferente, Eve.

— Diferente como?

— Autêntica.

— Espero que isso seja um elogio.

Seus olhos desceram dos meus para a minha boca.

— É sim.

Será que beber tequila com Chuck Ryder era mesmo o melhor a fazer? Eu nem tinha virado uma dose e já estava quente. A maneira como ele escorregava o olhar para os meus lábios não era muito saudável e eu nunca fui uma mulher de conter os desejos depois de beber algumas doses.

Decidi que pararia na terceira, caso me sentisse tentadoramente disposta a fazer merda.

— Quais são os seus segredos, Chuck Ryder? Certamente você não me chamou aqui só porque precisava de uma companhia para beber.

— Eu te chamei justamente porque precisava de companhia.

— E não era eu quem estava chateada com a Nancy?

Chuck riu em deleite. Depois, foi lentamente perdendo o sorriso.

— Sim, mas hoje foi um dia complicado, acho que precisava de uma companhia sincera.

— Uma companhia sincera?

Ele se virou para mim e as doses chegaram. Peguei o copo, virei e esperei que Chuck fizesse o mesmo.

— Você já sentiu como se as pessoas em torno de você mentissem? Não estou falando de teorias de conspiração, mas sim de falta de honestidade mesmo.

Dei de ombros.

— Acho que em nosso meio é complicado esperar sinceridade de todos, Chuck. As pessoas querem agradar e bajular. Por outro lado, há as que preferem te diminuir apenas porque sentem prazer em te deixar pra baixo. Nunca vi um meio-termo, realmente, por isso me agarro à família. Elas são as únicas que mantém a seriedade em meio à loucura.

— Faz sentido — concordou. — Eu só não esperava ter que lidar com mentiras em cima de mentiras. Estou tentando aprender a separar o que é verdade e o que não é.

— A vida mostra. Não se preocupe que, o que quer que esteja te martirizando, a vida vai mostrar.

— Sim, ela já até mostrou. — Chuck deixou a frase no ar. Pediu mais uma dose para nós e puxou o banco para mais perto do meu. A lateral da sua perna tocou a minha, e eu o encarei, um pouco mais admirada do que deveria estar. — E você, Evelyn?

— Eu o quê?

— Você namora?

Desviei o olhar do de Chuck, peguei a dose e virei-a, sentindo o líquido queimar a garganta.

— Solteira. Já faz três anos.

— Por quê?

— Por que estou solteira?

— Sim.

— Ninguém me aguenta por mais de um ano. Sou sincera demais. Digo quando o sexo não está bom, digo quando ele está roncando demais, digo quando não me sinto confortável com alguma coisa, falo quando estou com ciúmes... enfim, sou o tipo de mulher que eles não tiveram paciência.

— Deveriam valorizar a sua sinceridade.

— Eles preferem que eu minta. É mais gostoso, não é?

— Eu não acho. — Chuck fixou os olhos claros nos meus. Hoje, parecia um tom entre o azul e o cinza, maravilhosamente sedutor. — Evelyn, acho que preciso me desculpar por hoje.

— Se desculpar? — Me perdi em seus olhos e precisei olhar para aquela boca.

Era um pedido silencioso para que Chuck me beijasse? Eu sabia que não podia fazer isso, sabia que não deveria, isso era tão errado que eu não poderia nem começar a mensurar...

— Pelo beijo.

— Hum... o quê?

— Eu beijei você — Chuck sussurrou e passou a ponta da língua entre os lábios molhados de tequila. — Sinto muito.

— Tudo bem, não sinta.

— Não?

— Quer dizer — apressei-me em corrigir —, foi no calor do momento, eu sei que você não estava beijando Evelyn, mas sim Nancy, na pele de Michael.

Chuck afunilou o olhar.

— Sim, exatamente.

— Eu sei. — Sorri.

O telefone de Chuck tocou e ele o tirou do bolso justo do jeans. Pediu licença, mas não saiu de perto de mim para atender. Desviei o olhar e pedi mais uma dose ao barman. Era mais fácil olhar para frente, em respeito à sua privacidade, do que assumir que estava interessada na ligação.

— Oi, Meg — ele atendeu, sua voz um pouco desanimada. — Estou com Evelyn, nós decidimos tomar uma dose porque hoje as gravações foram difíceis. Sim, você volta em maio? Tudo bem, vou dizer. Eu mando um beijo para ela. Beleza. Hum... ok.

Chuck desligou e devolveu o celular para o bolso.

Naquele segundo, percebi que tomar um tiro doeria menos. Percebi que, por mais que quisesse segurar as coisas malucas e culpar uma possível atração por Chuck, a verdade é que eu estava interessada nele. Eu queria aquele beijo de novo e queria o seu corpo no meu. Eu queria tirar a roupa dele e descobrir o que havia embaixo. Queria beijar aquele calor e sentir suas mãos em cada parte minha.

Eu queria Chuck.

E isso era errado.

Ele amava outra pessoa, estava namorando uma antiga colega de cena minha. Meg era um doce, ela não merecia que eu tivesse pensamentos pecaminosos sobre o seu namorado. Me senti a pior pessoa possível, estava quase saindo correndo, mas isso colocaria todas as cartas na mesa.

— Desculpe, Meg ligou. Ela te mandou um beijo. Disse que deveríamos marcar para sair quando ela voltasse e que sente sua falta. — Em sua voz, havia um pedido de desculpas.

Chuck, de alguma forma, percebeu que isso se tornou delicado.

Resolvi demonstrar por fora uma coisa completamente diferente do que estava se passando por dentro. Não queria mentir para ele, mas não podia deixá-lo em uma posição comprometedora.

— Meg é um doce. Vamos marcar, sim.

— Evelyn... — me chamou.

Por baixo da bancada, pegou a minha mão. Seus dedos se entrelaçaram nos meus e encaixaram-se tão bem, mesmo eu sendo tão pequena. Senti o coração na ponta dos dedos e o calor da sua pele contra a minha.

Eu não podia ficar ali nem mais um segundo.

Chuck não disse mais nada, ele não precisava. Não havia o que ser dito. Eu me levantei e sorri para ele. Segurei seu rosto e dei um beijo vagaroso na sua bochecha.

— Obrigada pelo convite, Chuck. Te vejo amanhã cedo.

Não esperei que ele me respondesse. Saí de lá antes que fizesse a besteira de ficar.

Maio

*"Quando suas bocas se encontravam,
o mundo lá fora se tornava sem importância.
A explosão de Michael e Nancy era
imensurável e inevitável, assim como a atração de
dois amantes que desafiam o proibido."*

RECORDE-SE ANTES DE EU PARTIR

Capítulo 13

— Evelyn, você pode me ajudar aqui?

— Posso sim.

Fui até a cozinha e ajudei minha mãe a preparar o almoço. Cozinhar era uma das coisas que eu adorava fazer, ainda mais ao lado dela. Sentia que funcionávamos como uma só.

— Como estão as coisas nas gravações? — perguntou, enquanto colocava o molho na panela.

— Está tudo bem. Demos uma pausa de uma semana porque Uriel precisou viajar.

— Vi que você recebeu muitas ligações. Quem era?

— Chuck me liga diariamente, ele quer saber se estamos estudando a mesma cena. Até treinamos por telefone o tom de voz em cada frase. É importante e profissional a nossa interação.

— Vocês se tornaram amigos?

— Algo assim.

Ela aceitou aquilo e deixou o assunto morrer. A verdade é que eu estava feliz com essa semana de pausa. Eu precisava me reorganizar, principalmente sobre o que se passava dentro de mim.

Chuck me ligava mesmo todos os dias. Eu comecei a puxar assunto sobre Meg, para colocá-la como uma barreira. Ele não se sentia muito confortável ao falar da namorada. Eu imaginava que era porque Chuck se fechava sobre a vida pessoal, porém parecia que havia algo que ele não estava me contando. Não o pressionava, ele se abriria comigo se achasse necessário.

— Veja se a carne está bem temperada, filha?

Fui até a carne e terminei a preparação antes de colocá-la para assar. Esperando o tempo certo, entrei no Twitter e Facebook, atualizei as redes sociais e me relacionei com os fãs. Distraída, mas não o suficiente para esquecer a comida, vi mamãe terminar o macarrão, jogando o molho por cima. Quando voltei para pegar o celular, ele tocou. Pedi licença para mamãe e corri até o quarto.

Ofegante, eu atendi.

— Oi.

— Eve?

— Oi, Chuck.

— Você está ofegante?

Sorri.

— Vim correndo da cozinha, estou preparando o almoço com a minha mãe. Valery vai trazer Grant para casa hoje. O noivo, como te contei.

— Ah, te peguei numa péssima hora, então. Ligo mais tarde.

— Está tudo bem. Pode falar.

Ouvi um suspiro profundo de Chuck do outro lado da linha.

— Você ainda está ofegante, Eve.

— Vou tomar fôlego. — Ri e respirei fundo. — Pronto, Chuck. Agora não estou mais.

— É... — Sua voz saiu mais rouca do que o normal. Os pelos do meu braço, os traiçoeiros, se ergueram. Precisava controlar isso ou não chegaria viva ao final desse ano.

— Como você está? — mudei de assunto.

— Estou bem. Um pouco cansado. Tenho dormido mal.

— Por quê?

— Insônia. Preocupações demais na cabeça.

— Sinto muito. Quer conversar sobre isso?

— Não, tô legal. Só estou com uma dúvida no roteiro, na página cento e cinco. Tem um parágrafo que acho que foi apagado na impressão. Você pode ver no seu?

— Espera aí. — Coloquei o telefone entre o ombro e a orelha e deixei as mãos livres. Caminhei até a penteadeira e peguei o roteiro. Folheei-o até encontrar a página certa. — Qual parágrafo?

— O sexto.

— Você quer que eu leia?

— Dite devagar, para que eu possa anotar.

Tossi para acertar a voz e comecei.

— Michael observa Nancy. Ele se sente confortável porque ela está confortável. *Michael: Você está bem? Nancy: Sinto dor nas costas.* Michael, então, se aproxima de Nancy. Ele passa as mãos nas costas de Nancy e começa a massageá-la. *Nancy: Sinto cócegas aí.* Nancy demonstra reação e Michael desce em direção à orelha de Nancy. *Michael: Melhor agora?*

— Obrigado, Eve. Vamos fazer essa cena quando voltarmos, não é?

— Pela tabela que recebi, sim, mas você sabe como Uriel age com essa tabela, ele nem a olha direito.

— Vamos esperá-lo. — Chuck suspirou. — Enfim, obrigado, Eve.

— Imagina, não foi nada.

— Te vejo na segunda-feira.

— Até lá, Chuck.

Ele soltou o ar mais uma vez antes de me dizer um adeus demorado.

Capítulo 14

Todos do estúdio estavam correndo de um lado para o outro. A pausa de uma semana deixou a equipe com os ânimos renovados. Mesmo sendo muito cedo, eu já estava sendo preparada para a primeira cena do dia.

As gravações voltaram a todo vapor.

Alisaram os meus cabelos, para seguir o padrão de Nancy, e os prenderam em um coque malfeito propositalmente. A maquiagem suave não condizia com a parte do roteiro que eu tinha estudado e eu semicerrei as pálpebras, encarando Daphne.

— É uma cena dentro de casa?

Deu de ombros.

— Uriel que pediu.

— Mas eu estudei outra cena. Qual é agora?

— Você vai ter que conversar com ele.

Me deram um conjunto de baby-doll preto para vestir, composto de um short minúsculo de tecido frio e uma blusinha de alças, do mesmo tecido, que me impedia de usar sutiã e deixou os bicos dos meus seios em evidência. Eu encarei Daphne, louca da vida, querendo saber que diabo de cena era essa.

— Depois você vai ter que voltar aqui, Eve. Uriel pediu que, antes de eu te dar uma peça importante, você fosse falar com ele.

— Peça importante?

— Pois é.

Com a roupa minúscula, atravessei o set de filmagens. Era segunda-feira de manhã, eu nem tinha tomado o meu café, e já estavam me dando ordens que não foram comunicadas antes.

Passei por todos, chegando em Uriel e Shaaron.

— Que roupa é essa? — Puxei a blusa que não escondia o decote dos meus seios.

— Ah, bom dia, Evelyn. Hoje eu ia conversar com você mais cedo, mas, como não tive oportunidade, posso falar agora — Uriel começou. — Daqui a dois meses, vamos viajar e não temos algumas cenas dentro do estúdio gravadas, como a primeira vez de Michael e Nancy e a vez em que eles transam depois de ela perder a memória. Essa cena, motivo de você estar com esse baby-doll, é a segunda cena, na qual ela se rende a Michael. Preciso gravá-la hoje, porque é uma cena importante e precisa ser feita com muita calma. Como sabe, temos a pré-edição e eles precisam de tempo.

Que timing péssimo, não?

— Não podemos gravar mês que vem?

— Não posso ficar adiando, Eve. São cenas que quase não têm diálogo e, como o livro não nos poupa dos detalhes sexuais, precisamos dessas tomadas mais quentes.

— Mais quentes? — questionei, me sentindo encurralada.

— Evelyn, posso conversar com você? — Shaaron questionou.

Fechei os olhos antes de ser puxada por ela para uma sala particular.

— Eu sei que você se sente estranha em relação a isso. Já vi que você nunca fez nu de nenhuma espécie nos filmes que atuou. Mas esse é o meu livro, esses são Michael e Nancy, eles explodem e eu queria muito ver isso nas câmeras. Vou entender se você não quiser mostrar partes do seu corpo, mas é essa a beleza dos dois, é a cena que todos os meus leitores vão esperar no cinema.

— Entendo.

— Você e Chuck usarão tapa-sexo e nada será mostrado que vocês não queiram, mas...

— Vou ter que ficar nua com ele.

— Se você quiser, é claro.

— Eu posso conversar com Chuck antes?

— Com certeza.

Shaaron abriu a porta e saiu, mas eu estaquei no lugar.

Chuck estava sem camisa, vestindo uma calça de moletom folgada, mas que mostrava o volume que ele trazia no meio das pernas. Chuck não estava excitado, mas já era possível *vê-lo*. Eu engoli em seco, observando todos os traços do homem que estava conversando com Uriel. Os cabelos molhados, o tórax definido, os seis gominhos de academia e o vão profundo que terminava na borda do moletom cinza. Descalço, à vontade, lindo, assentindo a cada comando de Uriel.

Prendi a respiração e fechei as pálpebras tão forte que estrelinhas apareceram na minha visão quando as abri. Chuck sorriu para Uriel e passou a mão nos cabelos úmidos. Não passava das sete da manhã, ele ainda tinha uma fisionomia sonolenta...

Seus olhos encontraram os meus.

Chuck desceu-os por todo o meu corpo, viajando pelas pernas nuas e depois para o decote em evidência. Seu peito subiu e desceu de forma cadenciada e ele entreabriu os lábios para deixar o ar sair. Seus olhos fizeram mais uma vez uma varredura pelo meu corpo, demorando-se em cada centímetro. Por fim, fixaram-se nos meus. Um sorriso afetado e de canto surgiu na sua boca, e eu lembrei de me mover.

— Conversem antes da cena. As frases são poucas, vocês podem estudá-las por uma hora — Uriel anunciou assim que me aproximei, como se não fosse nada demais. — Vamos gravar no *set* do quarto. Se quiserem, já podem ir para lá. Ainda não movi as câmeras, vocês terão privacidade.

Desnorteada, acompanhei Chuck. Com o pensamento de que teria que ficar nua com ele, ouvi a porta atrás de nós ser fechada. Sozinhos, como prometido, em um quarto cinematográfico e sem teto.

— Oi, Eve — Chuck disse e passou a mão direita pelos cabelos úmidos.

— Oi...

— Faz tanto tempo que não te vejo.

Chuck se aproximou, fitando-me olho no olho. Seu corpo ficou perto o bastante e eu senti seu calor me tocar. Ele segurou minha mão, entrelaçou nossos dedos como fez no bar e me puxou para um abraço.

Fechei os olhos ao inspirar o seu perfume cítrico e picante.

Seus braços me envolveram, parando na minha cintura. Fiquei na ponta dos pés e enlacei o seu pescoço. Não sabia como tinha sentido falta dele até abraçá-lo. Eu não deveria, mas me deixei levar. Seu peito nu de encontro ao meu e o carinho da ponta dos seus dedos na minha cintura me fez estremecer. Ele me deu um beijo na bochecha e eu me afastei.

Seus olhos estavam semicerrados.

— Vamos ter que gravar a cena hoje — ele disse.

— É...

— Você está bem?

— Na verdade, eu não estou pronta para essa cena, Chuck.

— Eu imaginei que fosse dizer isso.

— É muito íntima...

— Eu sei, Eve.

Encarei seus olhos e sua boca.

— Vou tentar te deixar o mais confortável possível — Chuck prometeu. — Eu já fiz uma cena dessas, mas não com a carga emocional que esta precisa. Você quer ler as falas?

— Eu...

— Qual é o seu medo?

— Chuck — chamei, fixando-me em seus olhos. — E se eu me perder? — soltei, arrependida um segundo depois por ter sido tão transparente.

— Eu te encontro.

— Meu Deus...

— Vai dar certo, Eve. O segredo de uma cena assim é se deixar levar.

— Sei como funciona, mas é muito... é demais...

Ele deu um passo à frente. Suas mãos foram para a minha cintura, seu nariz tocou o meu. Ele manteve os olhos abertos e eu mantive os meus assim também. Era um contato longe das câmeras, era um contato Chuck e Evelyn, e eu não sabia como lidar com isso. Ouvi o coração ir até os tímpanos quando sua respiração bateu na minha boca.

— Michael e Nancy estão apaixonados nessa cena — Chuck falou baixinho. — Nancy cede a isso, ela se deixa levar, mesmo com dúvidas. É um momento de entrega, Evelyn. Para ela e para ele.

Fechei as pálpebras.

— Olhe para mim.

Relutante, as abri.

— Isso é sobre Nancy e Michael — garanti a Chuck.

Ele desceu a visão para a minha boca.

— É.

— A gente consegue — murmurei, ainda em dúvida.

— Sim, vamos conseguir.

Me afastei de Chuck e, com as pernas bambas, peguei as falas. Estudamos as frases e a cena erótica e explícita. Mesmo que não estivéssemos fazendo-a, pude ouvir a voz de Chuck mudar e a minha também. Nossas respirações ficaram irregulares e isso foi só por dizermos um para o outro aquilo que teríamos que fazer no cenário. Eu não queria ver o que ia acontecer quando meu corpo se colasse ao dele.

Meu Deus! O que eu estava fazendo com o meu coração?

Capítulo 15

— Vou interrompê-los quando não estivermos pegando uma cena interessante. Isso é uma coreografia, não se esqueçam que vocês precisam exibi-la para a câmera. Mesmo sem treino, vocês vão se sair excelentes — Uriel disse no megafone. Estávamos no quarto, com a parede cinematográfica que antes era fechada, agora abaixada. A cama estava ali e eu e Chuck estávamos na posição de Michael e Nancy. Ela na penteadeira e ele entrando no quarto.

As câmeras estavam a postos quando Uriel gritou "ação". Eu já tinha colocado o tal do tapa-sexo e estava pronta para ficar nua. Quer dizer... não totalmente.

Chuck entrou e eu continuei mexendo nos perfumes e decidindo qual passar. Ele veio por trás de mim e segurou meus braços. Minhas costas bateram no seu corpo maciço e Chuck desceu os lábios para o meu ouvido.

— Você quer que eu vá embora, Nancy?

No roteiro, ela fecha os olhos e foi isso que eu fiz. Pendi a cabeça para trás, encontrando o corpo de Chuck.

— Michael...

— Me pede para ir e eu vou. — Sua voz ficou ainda mais grave. Eu ouvi meus próprios batimentos e me virei para ele.

Espalmei as mãos em seu peito, sentindo sua respiração e seus batimentos irregulares. O olhar de sono de Chuck trazia mesmo a aparência matinal que Uriel precisava nessa cena. Chuck semicerrou os olhos e eu mordi o lábio, pronta para dizer a palavra que mudaria tudo.

— Fica.

Chuck sorriu e segurou meu rosto. Ele desceu para me beijar e seu beijo foi técnico. Não teve língua ou qualquer emoção. Apenas um beijo lento de lábios. Chuck começou a puxar a alça da minha blusinha do baby-doll para baixo, mas Uriel gritou no megafone.

— Explosão, Chuck! Pare de tocá-la como se ela fosse quebrar. Essa cena é explosiva. Guarde o cuidado para a primeira vez deles.

Repetimos a tomada três vezes seguidas, porque Chuck não estava me beijando da mesma maneira. Ele estava contido, o que devia ser por respeito à sua namorada, e eu podia compreender como era difícil gravar algo assim.

— Chuck, o que está havendo? — Uriel insistiu.

Ele respirou fundo, soltou um palavrão e estalou o pescoço de um lado para o outro.

Seus olhos se fixaram nos meus.

— Vamos. Eu estou pronto — avisou, com a voz decidida.

Gravamos de novo as falas e o momento do início da intimidade dos dois. Até o instante em que Chuck precisava me beijar.

Ah, dessa vez...

Todo o pecado quente subiu no meu sangue.

Chuck segurou meu rosto e me encarou com determinação e desejo. Sua língua entrou na minha boca, girando-a direto em torno da minha. Seus lábios foram implacáveis, acompanhando um beijo intenso que me tirou de órbita. Acabei me entregando, até demais, quando minhas mãos foram para sua nuca e eu puxei-o para mais perto. Chuck colidiu seu corpo no meu e eu desci as mãos para tocar onde podia — em meio ao desespero, foram seus braços e a lateral do seu corpo definido e duro. Por fim, meus dedos encaixaram no moletom de Chuck e ele soltou um gemido abafado contra os meus lábios.

Estremeci e ele me girou, caminhando comigo pelo quarto, como acontecia no livro. Chuck voltou a me beijar quando chegamos perto da cama e nada em mim estava frio. Fogo queimou minhas veias, meus seios ficaram sensíveis de desejo e a minha intimidade, coberta pelo tapa-sexo, já estava pronta para receber aquilo que não ia vir. No entanto, eu me desliguei da frustração. Por mais que não devesse, para não confundir aquilo que já estava embaralhado, eu quis aproveitar esse instante com Chuck.

Era o máximo que um dia eu poderia ter desse homem.

Ele puxou a alça da minha blusinha de modo que ela descesse completamente. Senti o frio do ar-condicionado esfriar minha pele e o arrepio me tomou quando fiquei nua da cintura para cima. O câmera guiou-se em torno de nós, pegando o exato momento em que meus pelos subiram.

Chuck se afastou do beijo para me olhar.

Era a primeira vez que me via seminua.

Ele encarou meus seios e depois os meus lábios. Seu olhar em chamas subiu para o meu. Os lábios vermelhos, o peito de Chuck subindo e descendo, ele era uma visão proibida demais para o meu próprio bem. Ele veio em direção a mim, pronto para me beijar de novo, e eu já estava pronta para recebê-lo, porém, Uriel gritou para parar.

— Chuck, pegue Evelyn no colo e se dirija para a cama. Beije-a com o desespero de quem está reconquistando a mulher que ama. Depois, se preocupe com a forma que a toca, para que o câmera consiga trazer isso para o público. Vamos voltar?

— Tudo bem — respondeu, com a voz entrecortada.

Voltamos para a cena, com os corpos frios do instante, graças a Deus. Era mais fácil controlarmos o que acontecia. Chuck, no entanto, não parecia tão frio assim. A calça de moletom denunciou que algo estava acontecendo ali. Apesar do tapa-sexo, era visível que tinha um volume a mais. Evitei olhar, mas era difícil. Chuck estava tão irresistível e quente.

Voltamos para as nossas posições.

— Você está bem? — Chuck questionou, com as câmeras desligadas. Sua voz subiu e desceu pela respiração afetada. — Estou sendo muito bruto?

Encarei-o com carinho e toquei seu peito. Chuck fitou a mão que estava ali, o movimento que fiz, e depois olhou para os meus lábios.

— Você está sendo perfeito.

— Cena 104. Tomada 5. Ação!

Passei as mãos na sua nuca, sentindo o cabelo curto espetar meus dedos, até ir de encontro com a parte de cima e comprida, experimentando a maciez dos seus fios. Chuck desceu o rosto e o seu peito nu tocou os meus seios. Fechou os olhos e, vagarosamente, guiou as mãos para os bicos. Seus polegares tocaram o ponto sensível e eu joguei a cabeça para trás.

Suas mãos eram tão macias, mas a ponta dos dedos ásperas, como se ele tivesse trabalhado na rua por um tempo ou pegasse muito peso na academia, me deixou tonta.

Eu fiquei perdida e Chuck me encontrou para um beijo mais vagaroso e sedutor.

Sua língua envolveu a minha, de forma que eu não podia fazer nada além de ceder. Chuck desceu a mão para a minha cintura e invadiu o short de tecido frio, agarrando minha bunda nua. Em um movimento, a peça saiu e eu fiquei pelada na frente de Chuck Ryder. Ele não se afastou para me ver e eu precisei agir. Enganchei os polegares no elástico da sua calça e a puxei para baixo. Chuck me ajudou a tirar e, quando íamos para a parte da penetração, Uriel gritou.

— Chuck, pegue-a no colo. A cena do beijo desesperado tem que rolar agora. Preciso de você intenso e na pele de Michael Black. — Ele fez a contagem regressiva e gritou "ação".

O ator fez o que foi pedido. Ele me pegou no colo e eu passei as pernas em volta da sua cintura. Chuck ficou de cara com os meus seios e baixou o rosto um pouco para alcançá-los.

Meu coração parou.

Fiquei tão molhada que era impossível não notar.

Sua língua...

Ele circulou com a ponta da língua o bico do seio e, depois, o outro. Chuck não guardou a língua dentro da boca. Continuando com a ponta para fora, viajou com ela até o meu queixo. Agarrei sua nuca e Chuck soltou um murmúrio quando nossos olhares se encontraram.

— Eu quero tanto você, Nancy.

— Eu também, Michael.

Ele me beijou com a sede do deserto.

Sua boca consumiu todas as energias que eu tinha disponíveis e todas as ressalvas. Esse foi o momento que eu saltei do trampolim em direção à quebra do limite.

Fui tão errada por desejá-lo, mas tão certa em querê-lo, que não tinha mais volta.

Quando Chuck me colocou na cama embaixo dele e seus olhos foram de encontro aos meus, eu soube que estava me apaixonando. E não foi por falta na tentativa de segurar esse sentimento, não foi porque eu não tentei mantê-lo dentro de mim, mas sim porque misturei e não soube ser profissional, não quando Chuck Ryder demonstrou ser um cara diferente daquilo que meu preconceito delimitava.

Ele era um homem de coração bom, um homem que me fazia rir todos os dias, que se preocupava comigo e me trazia café. Eu queimei a língua, porque o odiava e isso se transformou em outra coisa. Com o passar dos meses, Chuck foi aquilo que nenhum homem havia sido para mim e, mesmo em meio às delimitações, eu não pude controlar o coração.

Mas, agora, eu precisava. Ele tinha uma namorada e a minha consciência me impedia de ser uma otária com ela. Meg era uma moça excepcional, ela merecia Chuck. Eu precisava manter o pensamento assim para aguentar respirar mais um dia.

— Evelyn, o que está acontecendo com você? — Uriel gritou. — Corta!

Fechei os olhos.

— Desculpa, diretor. Eu viajei por um momento.

Chuck me olhou com preocupação. Como ele estava em cima de mim, acariciou meu rosto e deu um sorriso.

— Estou sendo entediante, Eve?

— Não é você.

Ele gargalhou. Aquele tipo de risada deliciosa que chega na alma.

— A desculpa esfarrapada que todos usam ao terminar um relacionamento. Tudo bem. Vou tentar te prender aqui.

— Na cama? — provoquei, para aliviar a atenção.

Seus olhos escureceram um pouco.

— Aqui comigo, Eve.

— Cena 104. Tomada 6. *Ação!* — gritou Uriel.

Chuck começou a se movimentar, como se estivesse me penetrando. Eu arranhei suas costas e aceitei seu beijo. Chuck fez um esforço, como se estivéssemos transando, e fiquei atenta a cada pedaço de reação que ele me dava.

É só isso que você vai ter, Evelyn. Sempre o cenário cinematográfico, sempre a parte da fantasia, nunca a realidade.

Ele veio com mais força. Depois, me tirou da posição e me sentou em seu colo. Eu apoiei as mãos em seu ombro, não sentindo mais a excitação que tinha antes, porque meus pensamentos me trouxeram para a vida real e ela era tão dura. Cavalguei em seu colo com paixão, sendo uma exímia atriz, já que representava por fora uma emoção que estava me destruindo por dentro. Beijei os lábios de Chuck, emitindo o som de um orgasmo, gemendo e deixando a cabeça cair para trás.

Chuck encostou os lábios nos meus seios e os sugou antes de gemer forte e fingir que estava gozando para mim.

Ofegante pelo esforço de mentira, me joguei na cama, com Chuck ao meu lado. Uriel continuou gravando, porque era uma cena importante dos dois. Fui para o seu peito e beijei seu queixo. Ele abriu um sorriso satisfeito, e eu o admirei, enquanto o câmera praticamente subia em nós para pegar outro ângulo. Outro câmera surgiu, focando o lado de Chuck.

— Michael...

— Hum?

— Eu não sei como a antiga Nancy te amava — sussurrei, fechando os olhos. — Mas sei a maneira como me sinto agora.

— E como é?

— É um amor imenso. — Abri os olhos e recebi o seu sorriso lindo em resposta. — Obrigada por ficar.

— Por você, Nancy, eu sempre vou ficar.

Uriel gritou depois de um minuto inteiro para cortarmos a cena. Eu me levantei e recebi um robe, assim como Chuck. Virei de costas, sentindo-me estranhamente emocional. Daphne me encarou e me ofereceu um chiclete.

— Você foi linda durante a cena. Pareceu real o tempo todo. Faço uma ideia de como ficou na tela do diretor — ela disse, empolgada.

Eu sorri, mas sem felicidade alguma.

— Obrigada, querida.

Chuck me rodeou e esperou que ela saísse para se aproximar. Lentamente, se sentou do meu lado e apoiou seus cotovelos sobre os joelhos.

— Essa cena foi intensa.

— Sim, foi.

— Como você está? — Ele passou as mãos pelos cabelos bagunçados por meus dedos.

— Estou tentando me recuperar.

Seus olhos semicerraram e ele mordeu o lábio inferior.

— Eu também — sussurrou.

Ele ficou me encarando, dizendo com os olhos coisas que não podia dizer com a boca. Aquilo não era certo com ele nem comigo, eu precisava dizer que estava difícil para mim.

— Acho que ultrapassei algum limite com você hoje, Chuck. Durante a cena, não pensei em Michael e Nancy e isso me confundiu. Sempre sou sincera com você e acho que estou trazendo muito para o pessoal. Isso não está me fazendo bem.

Fomos interrompidos quando Daphne trouxe uma garrafa d'água para cada um. Depois que ela se foi, Chuck me olhou com tensão.

— Me perdi um pouco também. Não se sinta mal por isso.

— Você se perdeu?

— Fica meio difícil, Eve. Seu corpo e a maneira que você correspondeu... — ele resmungou e abriu a garrafa d'água. Bebeu tudo em longos goles e, depois, me encarou direto nos olhos. — Você não torna nada fácil.

— O que eu fiz?

— Me beijou de volta como eu nunca fui beijado antes.

Fechei os olhos.

— Desculpa, fui tão intensa ali...

— Você não foi intensa. Você me enlouqueceu.

— Chuck!

Ele soltou uma risada leve. Segurou meu queixo entre o polegar e o indicador e trouxe meu rosto para perto. Chuck deu um beijo no meio da minha testa e depois voltou a me olhar.

— Desculpa, Eve.

— Você precisa ser forte por mim, Chuck. Não sei se eu consigo.

Sua expressão, agora séria, me fez tremer. Seu olhar foi lânguido e profundo, de forma que não consegui desviar.

— Nem eu.

Ele colocou a mão na minha uma última vez antes de se levantar.

Fiquei ali, perdida nos pensamentos, sentindo o coração trotar devagarzinho. Chuck foi sincero comigo, assim como fui com ele. Estávamos atraídos um pelo outro, isso era impossível não notar, mas havia *o porém* e ele era forte o suficiente para guardarmos a vontade dentro de um baú e esquecê-la para sempre.

— Evelyn, você pode gravar mais uma cena? — Uriel chamou-me no megafone. — Essa é só sua com Ruth.

— Sim — respirei fundo —, vou colocar uma roupa.

Capítulo 16

O clima de tensão depois das gravações foi amenizado, já que fiquei horas gravando outras coisas, até para esquecer a atração inevitável que senti por Chuck no meio da cena de sexo. Caminhei em direção ao meu camarim e escutei uma voz masculina dizer uma frase misturada a palavrões muito altos.

Ouvi um grito abafado e fui em direção à voz, preocupada que houvesse alguém da produção discutindo.

— O que você quer que eu faça? Caralho, é sempre assim! Eu quero cair fora disso!

Meu coração correu a cem por hora quando reconheci a voz de Chuck. Dei passos curtos até chegar ao seu camarim e, pela porta entreaberta, o vi andar de uma ponta a outra. Sua expressão era desolada e irritada. Os cabelos estavam ainda mais bagunçados

— Você só me fode, Meg. Eu tô cansado disso já! Quero ficar livre dessa situação. Ah, é? Que ótimo! Então transa com ele e me esquece! Fode tudo, mais do que já está fodido. Já te falei que não ligo pra essa merda. E, não, não dá pra marcar nada hoje! Você não entende? — Chuck riu, sem humor. — Que caralho...

Fechei os lábios ao ouvir a dor de Chuck. Caramba, ele estava falando com a mesma Meg que era um doce? A mesma Meg que namorava? Eu não podia ouvir isso. Me afastei e fui até o meu camarim, me sentindo subitamente indisposta. Depois de ter gravado a cena com Ruth, soube que Chuck ficou para gravar com Ross, mas não pensei que estava aqui por todo esse tempo.

Soltei os cabelos lisos pela escova de Daphne e vesti a roupa que vim: calça jeans, camiseta branca social e salto alto. Já estávamos perto das sete da noite e meu estômago roncou de fome. Peguei a bolsa e abri a porta, dando um pulo para trás ao ver Chuck com raiva no olhar.

— Ah, oi! — eu disse, um pouco culpada por ter escutado parte da sua discussão.

— Posso entrar?

Abri o resto da porta e a fechei às minhas costas. Abracei a bolsa e vi Chuck andar em círculos pelo pequeno espaço.

— Meg quer te ver.

— Tudo bem.

— Ela vai viajar hoje e perguntou se poderíamos marcar um jantar.

— Claro — respondi.

— Você quer ir para casa antes?

— Não, eu vou assim mesmo.

Chuck me encarou como se o mundo estivesse se partindo ao meio e ele não soubesse o que fazer. Eu dei alguns passos para frente e parei o seu caminhar de um lado para o outro, segurando seu braço.

— Isso é uma merda, Eve.

— Não é. É uma oportunidade para colocarmos nós dois de volta nos trilhos.

Não tinha motivos para eu falar com indiretas o que estava em nossos rostos. Depois da cena de sexo encenada, eu sabia que a linha da nossa amizade havia sido ultrapassada. Aliás, vários fatores deixaram claro que Chuck se sentia atraído por mim.

Ele tinha uma namorada.

Precisávamos colocar um ponto final nisso.

— E se eu não quiser voltar aos trilhos? — Chuck murmurou, quase como se estivesse sussurrando um segredo.

— O que disse?

— Nada.

— Chuck...

— Tudo bem. Vamos lá.

— Você quer falar sobre isso?

Me encarou, surpreso.

— Eu quero falar sobre muitas coisas, mas agora não é o momento.

— Ok.

Chuck me guiou em direção ao seu carro e eu deixei o meu no estacionamento. Ele dirigiu em silêncio, deixando um jazz tocar ao fundo, apenas para preencher o que as palavras não conseguiam. Senti a tensão de Chuck, ele estava com raiva de Meg e, pela discussão, parecia que não estavam se entendendo. Queria que ele me falasse o que estava acontecendo, mas, novamente, não poderia pressioná-lo.

Duas coisas que não entendia sobre Chuck Ryder: o fato de ele ser um ator talentoso e ter demonstrado ser péssimo em todos os filmes que fez, exceto esse; e o seu namoro com Meg.

Quem sabe um dia eu não poderia compreendê-lo?

O restaurante escolhido foi de comida brasileira. Meg estava elegantemente sentada à mesa da área privada, com um vestido decotado azul-turquesa, com uma fenda exuberante na coxa. O cabelo curto, escuro e levemente cacheado acompanhava os olhos claros e o rosto de boneca. Era tão bonita e eu me senti imediatamente mal com o jeans e a camisa social feminina.

— Que saudade de você, Evelyn! — Me abraçou. — Nossa, como está bonita. O que houve com o cabelo?

Jesus, eu ia para o inferno.

— Fizeram uma escova na produção hoje. Como você está?

De canto de olho, vi Chuck sequer olhar para Meg. Ele se sentou na ponta e eu e Meg nos acomodamos uma de frente para a outra. Chuck resmungou alguma coisa para o garçom e seus olhos pousaram nos meus.

Era quase como se ele me implorasse para fugir dali.

— Estou ótima! Hoje viajo para o Brasil, por isso já estou querendo entrar no clima.

— Que bom. O que você vai fazer lá?

— Dar um passeio e tentar alguns contatos novos.

Chuck deu uma risada irônica e Meg o ignorou.

Não me passou despercebido que eles sequer se beijaram. O clima parecia péssimo; era um dia terrível para eu estar entre eles. Terrível porque eu e Chuck confessamos a atração um pelo outro e eu não queria sentir que era o pivô para uma possível discussão.

— E esse filme que vocês estão fazendo, me contem! Como está a produção?

Como Chuck ficou em silêncio, eu pigarreei e dei uma resposta.

— Estamos bem. Vamos viajar para África do Sul no meio do ano. Estamos deixando todas as cenas prontas dentro do estúdio, para quando chegarmos lá só termos que gravar as típicas da região. Os finais da gravação estão previstos para setembro.

— Fantástico! Chuck disse que nunca sentiu amor por gravar filmes como está sentindo agora. Tenho certeza de que isso é toque seu, Evelyn. Sempre tão sensível, nos passa segurança.

Olhei para Chuck e ele abriu um sorriso para mim. Desviei o olhar para a sua namorada.

Namorada. Namorada. Namorada...

— Obrigada, Meg.

— Eu vou ao banheiro. Já volto — Chuck disse, se levantando. Reparei só agora que ele não acompanhava a exuberância de Meg. Usava apenas jeans e uma camisa social um pouco amassada. Eu não estava tão ruim, afinal de contas.

Meg se aproximou de mim, como se fosse compartilhar um segredo.

— Chuck anda insuportável, não é?

— Hum... eu...

— Ele sempre foi frio e seco, desde o começo do nosso namoro. Eu não sei, mas ele tem a cabeça tão quadrada.

Estreitei os olhos, atenta.

— Como assim?

— Estamos juntos há muito tempo e, eventualmente, cansamos um do outro. Eu propus para Chuck um relacionamento aberto, para que possamos curtir mais todas as oportunidades que a carreira nos dá, sabe?

— Um relacionamento aberto?

Chuck em um relacionamento aberto? Onde Meg estava com a cabeça?

— É moderno e eficiente. Chuck pode ficar com quem quiser, inclusive com você. — Ela riu, como se essa ideia fosse estapafúrdia. — Ah, querida Eve, estamos em outros tempos. Só falta o Chuck entrar para o século XXI.

Quem era essa mulher que estava de frente para mim? O que tinha acontecido com a doce Meg? Foi abduzida por aliens?

— Meg, acho que ele não é o tipo de homem que entra em um relacionamento desses.

— Você o conhece há pouco tempo, mas já o decifrou, não é mesmo? Bem, você está certa, ele não entraria, no entanto, provavelmente por me amar, vai aceitar. Ele vai pegar o gosto por transar com outras mulheres, você vai ver. — Ela se empertigou na cadeira e colocou o dedo sobre os lábios, sinal de que Chuck estava retornando.

Em descrença, tentei processar as coisas que Meg disse. Ela estava empurrando-o para um relacionamento totalmente fora da realidade de Chuck, que esteve com ela por tantos anos. Eu não podia acreditar como a falta de amor de Meg estava colocando-o em uma situação tão delicada. Será que ele a amava tanto a ponto de não conseguir sair dessa maluquice da namorada?

Ele se sentou e fez o pedido. Meg continuou super bem-humorada durante a conversa, guiando o assunto somente para nós duas, porque Chuck não participou. Ele ficou carrancudo e só sorriu para mim. Eu queria chacoalhá-lo e perguntar em que manicômio ele tinha me enfiado.

Durante o jantar, com comentários exuberantes de Meg sobre o Brasil e sobre a beleza e a inteligência de Marcello, seu companheiro de viagem, eu me senti do tamanho de um grão de areia. Ela estava insana, completamente ansiosa para dar início à sua aventura no Brasil. Meg deixou bem claro que queria aproveitar essa viagem como nunca, inclusive Marcello. Ela teve a audácia de esperar Chuck ir ao banheiro mais uma vez para me mostrar uma foto do cara sem camisa.

— Sei que você é amiga do Chuck agora, ele fala tão bem de você. — Meg suspirou, quando Chuck estava ausente. — Posso te pedir um favor, Evelyn?

Não.

— Sim.

— Tente colocar na cabeça dele essa ideia do relacionamento aberto. Não sei se você compartilha do mesmo bom senso que eu, mas, se puder me ajudar...

— Desculpa, Meg. Eu não partilho desse pensamento. Acho que é melhor você pedir ajuda para outra pessoa.

Ela fez um bico infantil e deu de ombros.

— Tudo bem. Chuck vai cair em si.

Eu esperava que ele caísse em si mesmo e desse um jeito de colocar ordem nesse relacionamento dele com Meg, porque essa loucura dela de querer um relacionamento aberto poderia recair sobre ele na mídia.

Chuck retornou e Meg disse que precisava ir para arrumar as malas. Ela deu um beijinho rápido nos lábios dele, pedindo que a levasse para sua casa, e me abraçou fortemente.

Lancei um olhar para Chuck, preocupada que estivesse dizendo muito com pouco. Não sabia se poderia falar para ele o que Meg disse. Se um dia ele quisesse se abrir sobre isso, eu seria toda ouvidos. Agora, não era mesmo o momento.

Chuck se aproximou, com Meg já no carro. Perguntou se eu queria uma carona e eu garanti que ia de táxi para o estúdio buscar o meu carro. Por fim, me abraçou, e seu nariz tocou o meu pescoço. Ele inspirou o perfume, arrepiando-me, e deu um beijo tão perto dos meus lábios que por meio centímetro teria alcançado.

Abri um sorriso pequeno, ouvindo o coração dançar por todo o corpo, que foi retribuído por Chuck com a mesma intensidade.

— Obrigado — ele disse.

— Boa noite, Chuck.

Suspirou e desceu o olhar para os meus lábios, como se dissesse que era ali que deveria ter me beijado.

— Boa noite, Eve.

Junho

"A atração vence o bom senso."

RECORDE-SE ANTES DE EU PARTIR

Capítulo 17

Coloquei as pernas em cima das almofadas, exausta. O dia de gravações foi puxado e terrível. Tivemos que fazer cenas com Nancy retornando ao hospital, com aquela correria de pronto-atendimento. Também fizemos cenas emocionais com ela fazendo exames e outras cenas de Nancy com os outros atores, sem Michael. Eu passei o dia inteiro sem ver o Chuck.

Depois do encontro com sua namorada, algumas coisas ficaram mais claras para mim. No entanto, precisava manter a ignorância como aliada, para que Chuck não achasse que eu estava invadindo sua privacidade. Eu não queria dar uma de intrometida, dizendo que seu relacionamento com Meg era doentio. Me mantive em silêncio, precisando lidar com os olhares de Chuck nos meus lábios e a forma como ele parecia sedutor dia após dia.

Suspirei.

— Você está de folga hoje, filha?

— Está brincando, mãe? — rebati, chocada. — Trabalhei como uma louca hoje!

— Ah, não te vi sair. Escuta, vou fazer uma curta viagem para Nova York, devo voltar no próximo fim de semana. Val está com Grant. Acho que você vai ficar sozinha.

— Vocês me amam. — Rolei os olhos.

— Nós te amamos — ela concordou e me deu um beijo na testa antes de arrastar a pequena mala consigo.

Assim que saiu, comecei a zapear pelos canais da televisão. Um dos filmes de Chuck apareceu na tela e eu parei para assistir. Era incrível como ele era travado e não natural nos filmes. Poderia ter um precipício pelo homem, mas conseguia manter a crítica afiada. Soltei uma risada com uma piada do seu coadjuvante e meu telefone tocou, enquanto eu ainda ria.

— Alô?

— Oi, Eve.

— Chuck! — Abri um sorriso.

— Também estou feliz em falar com você — afirmou, como se tivesse me visto sorrir. — Você está rindo?

— Adivinhe o que estou vendo na televisão?

— O quê?

— Chuck Ryder!

— Que péssimo, Eve. Tira disso.

— Ah, não! Você era mesmo péssimo, Chuck. Pelo menos, me divirto.

— Isso foi maldade.

— Você não viu nada ainda.

Ele soltou uma risada melodiosa.

— Escuta, você está livre esta noite?

O estômago estúpido e o coração ainda mais estúpido se anteciparam em alegria.

— Sim.

— Uriel me passou umas cenas para assistir. São cenas de Michael e Nancy. Ele quer saber a nossa opinião e pediu que a gente se reunisse. O que é tão raro... mas achei genial ele se preocupar. Disse que as cenas internas estão prontas, precisamos começar as externas.

— Que fofo da parte dele! Seria muito legal ver isso de antemão.

— As cenas ainda não foram editadas e eu ainda não vi. Queria assistir contigo.

— Você pode vir aqui pra casa. Estou sozinha no final de semana.

— Ah, ok. Me passa o endereço?

— Só se você prometer que traz a comida. Eu não vou cozinhar hoje.

— Vou passar em algum restaurante, Eve. — Riu.

— Obrigada.

Disse o endereço e saltei do sofá. Todo o cansaço se transformou em uma energia de ansiedade para ver Chuck. Fui tomar um banho e, quando saí, prendi os cabelos úmidos e rebeldes em um rabo de cavalo. Vesti um short jeans e uma regata branca, aproveitando o começo de verão.

A campainha tocou.

Chuck estava com uma calça jeans branca e uma camiseta preta folgada e leve, sem estampa e nada formal. Com os cabelos também molhados do banho, ele abriu um sorriso para mim, no rosto lindo com barba por fazer.

Fiquei olhando-o, boba demais para não passar vergonha.

— Eu trouxe comida chinesa — ele cortou o silêncio, estendendo as sacolas. — Onde posso colocar?

Dei espaço para Chuck entrar e, depois de um momento, o seu perfume invadiu cada canto da sala, me deixando inebriada. Eu mostrei para ele que poderia deixar na mesa de centro da sala mesmo e que poderíamos comer enquanto assistíamos nossas cenas. Chuck abriu um sorriso e olhou para a decoração.

— É feminino.

— Moram três garotas aqui, senhor macho alfa.

— Achei doce. — Ele me olhou com aquela intensidade única, que só ele tinha. — Me lembra você.

— Obrigada. — Sorri verdadeiramente. — E como foi o seu dia?

Peguei o DVD que ele trouxe e coloquei no aparelho. Mudei o canal da televisão para aparecer a imagem e, quando uma tela azul surgiu, alcancei os controles remotos e fui em direção a Chuck.

— Fiquei descansando, para poder estar bem para gravarmos na próxima semana. Uriel te disse que teremos mais uma semana de pausa?

— Sim, ele disse que pode se estender a duas. Vamos esperar um retorno.

Me sentei no sofá e Chuck sentou-se perto. Ele pegou um garfo de plástico e uma caixinha.

Eu o encarei, abismada.

— Não sei comer com os palitinhos — se desculpou.

— Para você não pagar mico, eu vou de garfo também.

— Como você é gentil — ironizou.

— Às ordens, Chuck.

Ele riu e eu apertei o play.

As cenas que passaram primeiro foram as de felicidade de Michael e Nancy. O primeiro encontro no hospital e toda a ordem cronológica até o acidente. Ainda não tínhamos gravado a cena da primeira vez deles, o que faríamos quando Uriel voltasse da pausa, então não foi mostrado. Muito menos o acidente, que era uma cena externa.

Elogiei as cenas que gostei e fiz umas anotações no bloquinho à medida que achava que algo poderia ser cortado. Perguntei para Chuck com se ele concordava comigo e, juntos, fomos estudando nós dois. Não que

Uriel pedisse, mas talvez uma visão externa do trabalho ajudasse na hora de cortar uma coisa ou outra.

Com a noite adentrando cada vez mais e a madrugada chegando, fui elogiando Chuck a cada atuação esplêndida e ficando com o coração acelerado conforme via os nossos beijos, o nosso calor, a química inegável que evoluiu conosco assim como com Michael e Nancy. A atuação de Chuck mudou tão visivelmente que até ele ficou espantado.

— Caramba, eu realmente amei estar ali.

Olhei para Chuck, com a cena rolando na tela, e ele olhou de volta para mim.

— Eu sei. Você foi mesmo fantástico.

— Não teria sido possível sem você.

— Eu não fiz nada.

Chuck tomou o controle do DVD da minha mão e apertou o pause. Ele se aproximou um pouco mais, de modo que nossas pernas se encontrassem. Sua mão foi parar em um cacho do meu cabelo que estava perdido do rabo de cavalo, à frente do rosto. Seus olhos, hoje verde-acinzentados, estavam cheios de tensão.

— Eu não tinha mais vontade de atuar, Evelyn.

Ele soltou o cacho e suspirou fundo.

— As câmeras iam morrendo para mim a cada dia, a cada momento que percebia que não havia mágica. Com Meg... bem, com a minha família também me pressionando para ser o melhor e trazer milhões para casa, eu soube que tinha me tornado um objeto. Comecei a aceitar qualquer papel e tirar a emoção, querendo que fosse criticado.

— Não aconteceu?

— Não. Continuei fazendo dinheiro, mesmo sendo um péssimo ator. Continuei trazendo status para os Ryder. É ridículo.

— Sua mãe apoiou isso?

— Ela faleceu no meu parto.

— Oh. — Suspirei, chateada. — Eu sinto muito, Chuck.

— Tudo bem. Acabei puxando a personalidade dela e o porte físico do meu pai. Ele cismou em me colocar no teatro quando criança e foi me empurrando para ser quem eu não era. Há seis anos, consegui entrar para o cinema e amo o que faço, mas odeio o fato de ter sido forçado a amar, entende?

— Você não precisa dessas pessoas na sua vida te dizendo o que fazer. Eu demiti o meu empresário semana passada. Ele era terrível e agora estou procurando um novo. Você tem que fazer o que quer, Chuck. Da forma que quer. Você não é a loteria da família. Aqui, as mulheres que me amam sequer perguntam quanto ganho ou quanto vou ganhar a cada fechamento de contrato. Sabem que se trata de milhões, mas eu continuo vivendo com a minha mãe e irmã porque as amo. Não faço questão do status e do dinheiro, não foi por isso que entrei na carreira. E isso acontece com você. Sei que não está nisso pela fortuna, e sim pelo seu coração.

Ele me encarou, preso a cada palavra.

— Você pode ter começado pelos motivos errados, mas continua pelos certos e é isso que importa — continuei. — Aliás, é isso que faz o seu caráter. Nada que digam ou façam pode mudar.

— Não continuo pelos certos, mas, depois de você, eu posso pensar. — Pausou, o que me deixou pensativa. — Eu quero ser um bom ator, como sou quando estou ao seu lado.

Peguei sua mão e entrelacei nossos dedos.

— Você é um ótimo ator e não sou eu que te faço assim, mas sim você. Só você, Chuck, e mais ninguém. — Peguei o controle novamente e apertei play. A cena de Michael lutando pelo amor de Nancy apareceu. — Olha isso! Isso é você sendo Michael Black, é você dando vida ao imaginário. Chuck, isso é espetacular.

Seus olhos foram para a tela e a cena foi encerrada, iniciando outra.

Nancy na penteadeira de baby-doll e Michael chegando de moletom.

A cena de amor.

Virei meus olhos para Chuck e senti que o clima entre nós mudou. O ar ficou mais quente, o olhar do ator que contracenava comigo todos os dias, ainda mais abrasador. Chuck me encarou de uma maneira que nunca o tinha visto fazer antes. Cheio de determinação, fome pelo proibido, uma mistura tão trágica para o que nós dois nunca poderíamos ser...

— Você foi a primeira pessoa a ser sincera comigo — Chuck sussurrou. No pano de fundo, a música que ditava a trilha sonora de Michael e Nancy começou. Era um jazz sexy e suave, o suficiente para levantar os pelos do meu corpo. *Televisão, que timing perfeito, não?* — Você foi a única que me olhou e exigiu de mim algo além do que eu estava demonstrando.

— Hum, eu...

— Não, Eve. — Chuck se aproximou, segurou meu rosto com a mão direita e seu polegar traçou meus lábios. Fechei os olhos, percebendo que estávamos próximos. Se eu desse uma volta com a perna, estaria em seu colo. Eu precisava me controlar, precisava segurar as pontas. *Se ele desse o primeiro passo, eu teria coragem de dizer não?* — Você merece todo o crédito por ter sido a única capaz de me ver de verdade.

— *Você quer que eu vá embora, Nancy?*

— *Michael...*

— *Me pede para ir e eu vou.*

— *Fica.*

Meus olhos foram para a televisão, junto com os de Chuck. A maneira que ele me beijou, o meu corpo cedendo ao dele, me fez fechar as pálpebras. Fui acariciada por nossas vozes ofegantes em meio ao jazz. Abri os olhos, apenas para assistir, na televisão, Chuck me encarando seminua.

O beijo voraz que veio depois, a maneira como ele me pegou no colo e me jogou na cama, as coxas de Chuck trabalhando e sendo envolvidas pelas minhas...

Meu erro foi ter virado para vê-lo cara a cara. Encontrei um homem totalmente perdido. Chuck soltou a mão do meu rosto e os lábios sentiram falta do seu toque. Eu quase podia experimentar novamente a boca de Chuck sobre a minha. A maneira que ele combinava comigo, desde o modo doce que sua língua contornava até a sensação de borboletas no estômago a cada choque de vontade.

Mas ele tinha Meg... ele tinha...

Vi quando seu rosto veio vagarosamente em direção ao meu. Tão devagar que foi difícil perceber em meio aos devaneios até que nossos narizes se tocaram. Assisti, aérea demais, aqueles lábios bonitos virem até mim. Chuck raspou-os, me deixando arrepiada. No entanto, não me beijou, cumprindo uma promessa implícita de que não me tocaria sem que eu permitisse.

— Quero muito te beijar. — Ouvi seu sussurro carregado. — Beijá-la como Chuck e Evelyn, beijá-la porque eu *quero* tocar em você e não porque isso está em um roteiro, sabe, Evelyn? — Sua voz baixou um tom e ele encarou o espaço milimétrico entre nossas bocas. — Eu quero mesmo beijar você.

Uma explosão de impulsividade me cobriu da cabeça aos pés. O coração desligou a racionalidade do cérebro ao ver aquela boca bonita e os olhos de tom indefinido tão pertinho de mim.

Chuck Ryder não precisava me conquistar naquele segundo, porque eu simplesmente deixei de raciocinar. Meu corpo inteiro estava ansioso para um toque de verdade, para uma prova do que tivemos naqueles estúdios.

— Por favor, Eve — praguejou rouco e baixinho.

Semicerrei os olhos, peguei a nuca daquele homem e me joguei na sua boca.

Assim que o beijo aconteceu, eu soube que tinha soltado o freio do carro e estava descendo ladeira abaixo. Não havia nada que me brecasse. Chuck contornou a língua na minha, puxando os fios que me soltavam e me deixavam mole, quente e receptiva.

O beijo, a boca, o toque...

Na televisão, estávamos fazendo em frente às câmeras e agora era para valer. Seu beijo veio mil vezes mais forte do que quando ele fazia Michael para Nancy. Veio com a personalidade, sabor e intensidade de Chuck Ryder e eu senti a diferença. A língua implacável seduziu a minha, um puxão entre os dentes trouxe meu lábio para dentro de sua boca e meu corpo respondeu com um puxão abaixo do umbigo.

Gemendo, passei a perna por Chuck e me sentei no seu colo. Os dedos pegaram os passadores do short, para depois soltá-los. Chuck apertou minha bunda tão forte que grudei ainda mais nele, se possível. Eu não queria espaço entre nossos corpos, queria pele com pele, queria que fosse fisicamente impossível me afastar dele. Queria-o dentro de mim. E Chuck me ajudou a me mexer em cima dele, imitando um vai e vem que me deixou completamente molhada, pedinte e, Deus que me perdoe, incontida.

Ofegando, foi difícil continuar a beijá-lo. Estávamos tão quentes que eu podia sentir por baixo das roupas. Eu pude sentir, mesmo em meio aos nossos jeans, a sua excitação tocando o ponto certo. Chuck estava muito pronto, eu estava pronta e, quando ele apertou a minha bunda e guiou os lábios para o meu queixo e pescoço, eu precisei fechar os olhos.

A sensação era boa demais e estava sem controle.

Ele era mágico.

Sua boca mordiscou toda a pele do meu pescoço até encontrar a minha, a língua passou pelos lábios antes de abri-los. Eu sussurrei o nome de Chuck e ele o meu.

— Você, Evelyn... *só você* — murmurou.

E eu fingi que era verdade.

Chuck se afastou para me olhar quando decidiu puxar a minha regata, tirando-a sobre a cabeça, com as mãos por dentro dela, como se não quisesse ficar sem sentir minha pele. Minha barriga ondulou, arrepios me cobriram da nuca às coxas e Chuck tirou aquele limite que o impedia de me ver nua da cintura para cima. Eu não estava de sutiã, então seus olhos foram para os meus seios, os bicos acesos pela excitação que aquele homem me causava. Ele me encarou uma última vez antes de deixar seu olhar cair para o meu corpo e agarrar os seios com as duas mãos, apertando e massageando, admirando com os olhos preguiçosos. Testou-os na palma de suas grandes mãos, seus polegares brincando com os bicos, vendo como respondiam ao seu contato. O formigamento foi se acumulando para baixo e meu clitóris correspondeu de maneira imediata, pulsando, com vida.

Olhando para mim, Chuck percebeu. Foi me desvendando, sabendo o que eu gostava, só de estudar meus pequenos gemidos e suspiros. Seu rosto desceu, quebrando o contato, e a língua fez em um círculo infinito nos bicos rígidos.

Agarrei seus ombros.

— Você é linda — falou com a voz bem grave, beijando e depois colocando um bico inteiro em sua boca quente.

Gemi duro.

— Olha como seu corpo fica quando me quer... — Chuck soltou um ar quente na umidade que provocara. Seus lábios sugaram e depois deixaram os mamilos rígidos irem com um estalo. Ele aqueceu meus seios com a respiração, deixando-os completamente acesos. Era uma mistura de quente e frio que fez minhas pernas tremerem em cima de Chuck. — Meu Deus, Evelyn... eu poderia te beijar assim a noite inteira.

— Eu quero...

— Eu sei — ele respondeu.

Me pegou pela cintura e, de repente, estávamos em pé. Fui para o ar e, em seguida, para o sofá. Minhas costas tocaram a parte macia e dei graças a Deus por deixar o sofá puxado na parte do assento, para torná-lo ainda maior.

Chuck subiu sobre mim, sem deixar seu peso cair. Foi trilhando beijos nos seios, na barriga, caminhando para baixo entre lambidas, mordidas, beijinhos. Encarando seus cabelos bagunçados causarem cócegas por onde passavam, o prazer foi demais para mim. Nunca me senti tão quente por um homem. E eu que tinha acreditado que o sexo era bom antes...

Com os olhos virados para os meus, Chuck me encarou antes de deixar um pequeno chupão no final da barriga. Estremeci e ele encarou a marca que deixara, sorrindo.

— Você é tão quente.

— *Você* me deixa assim — acusei.

Com o corpo febril, precisei passar uma coxa na outra para aguentar a fricção e me satisfazer de alguma forma. Eu o queria tanto dentro de mim, mas não diria em voz alta. Esperamos tempo demais para acelerar as coisas.

— Eve, olhe para mim. — Encarei-o. Chuck umedeceu os lábios vermelhos, seu olhar pesado de tesão me deixando ainda mais acesa. Meu Deus, como ele podia ficar ainda mais bonito quando estava excitado? Por quê? — Vou fazer tudo o que tenho vontade e espero que seja bom para você. Se se sentir desconfortável com qualquer coisa...

— Nunca vou me sentir assim com você, Chuck.

Ele segurou o botão do meu short, abriu-o e encarou minha intimidade com a calcinha cor-de-rosa. Depois, voltou a me admirar.

— Então me deixa te provar.

Fechei os olhos.

Chuck puxou a peça para baixo e, em seguida, segurou nos lados da calcinha para puxá-la também. Respirei muito fundo, enquanto Chuck me olhava com admiração. Observei seu corpo coberto ainda pelas roupas e desejei secretamente que as arrancasse depressa. Ele ainda estava vestido e isso era tão injusto, eu precisava vê-lo, mas não tive capacidade de falar. Era como se qualquer coisa pudesse quebrar o encanto, e eu queria ir até o fim.

Como se lesse meus pensamentos, ele se afastou um pouco e ficou de joelhos para tirar a camiseta, encarando a minha intimidade enquanto fazia isso. Chuck passou a língua pelos lábios, como se estivesse ansioso para me saborear.

Eu gemi porque, caramba, né?

Aquele corpo, digno de um deus da Grécia, aquele vão que guiava para a excitação que nem a calça conseguia segurar, transformou meu sangue em gasolina e Chuck era a faísca para me fazer pegar fogo. Ele ameaçou abaixar o jeans e eu me sentei para ajudá-lo. Coloquei a mão no botão e desci o zíper. Ofeguei quando o vi sem cueca, seu pau bateu na minha mão, e Chuck fechou os olhos por um momento.

Eu o observei.

A cabeça rosada, as veias em torno do comprimento grande e reto, sua excitação exposta para mim. Acariciei-o, enquanto o jeans ainda estava no final da sua bunda. Chuck era mesmo todo lindo. Fechou os olhos enquanto eu o tocava, admirada ao ver como respondia a mim. Ele estava tão duro, tão pronto, eu queria beijá-lo ali.

Desci os lábios e coloquei-o na boca sem pedir permissão. Chuck abriu os olhos surpreso e eu o engoli de forma que batesse na garganta. Chuck soltou um suspiro forte e segurou meus cabelos, me guiando.

— Que boca... — gemeu. — Tão quente.

Percorri a língua por ele e suguei a cabeça com muito gosto, sentindo o salgado do seu pré-gozo, engolindo-o e o guiando; eu não queria parar. Suguei-o com força e senti, se possível, ele ficar mais rígido à medida que ia e vinha.

Chuck me afastou depois de um minuto, bem de repente, e, como se tivesse com ainda mais vontade, me deitou com força no sofá. Eu ri pela sua pressa e ele desceu o rosto, com um sorriso contra as minhas coxas, quando separou os lábios da minha boceta, para deixar a língua vibrar no clitóris.

Ah, puta que pariu! O que era isso?

Sua língua me consumiu e não tive escapatória. Puxei seus cabelos, guiando Chuck, a princípio, mas ele não precisava disso. Era excelente. Colocou um dedo na minha entrada e começou a me penetrar devagarzinho, estudando tudo, enquanto me chupava. A curiosidade preenchia cada um de seus traços. Ele queria saber o que me agradava, mas tudo o que Chuck fazia me deixava fora de órbita. Quando colocou todo o ponto túrgido em sua boca, girando a língua, e afundou o dedo até o máximo que conseguia, eu rolei os olhos e comecei a gemer muito alto. Então, colocou o segundo dedo, deixando aquilo tudo mais insuportavelmente gostoso.

Eu gritei.

Acelerando a língua e a movimentação dentro de mim, senti uma onda de calor no exato ponto onde ele estava me tocando. Minha garganta estalou um grito alto, seu nome, em sílabas separadas, morrendo de prazer. Chuck acelerou ainda mais e girou os dedos dentro de mim, tocando em um exato ponto que, nossa, fazia tanto tempo...

— Você vai gozar. — Com a voz rouca de tesão, seus lábios úmidos da minha excitação, Chuck me levou para longe dali.

Gozei tão forte que apertei seus dedos dentro de mim em espasmos. Ele sorriu quando a onda diminuiu, voltando para me beijar forte. Entorpecida, querendo mais, abri as pernas para ele. Chuck bateu com a excitação no lugar onde eu ainda estava sensível e meu corpo se antecipou, guiando os quadris para cima.

Seus olhos foram para o ponto onde nos encaixávamos, a cabeça do seu pau quase totalmente dentro. Chuck me encarou. Mordeu seu lábio inferior e suspirou.

— Me pede para ir e eu vou. — Usou a frase de Michael, como se quisesse que eu pensasse antes de ele entrar completamente. Sem pensar sobre isso, eu trouxe sua boca para mim, sentindo meu gosto em seus lábios.

Arranhei suas costas e coloquei meu quadril ainda mais para a frente, fazendo a cabeça do seu sexo entrar mais. Ele era tão largo e gostoso. Me remexi e ele foi um pouco mais fundo. Chuck grunhiu.

— Fica — gemi.

Com nossos corpos já suados, Chuck colocou seu quadril para a frente e para trás. Ele segurou minha nuca e, com a outra mão, a minha bunda. Embaixo dele, recebi seu pau centímetro por centímetro, até nada mais nos separar. Inteiro, todo dentro de mim. Encaixávamos como se não pudéssemos estar em qualquer outro lugar e, em seus olhos lânguidos de sexo, o seu perfume cítrico ainda mais forte no meu nariz, eu deixei Chuck fazer-me sua.

Suas estocadas vieram lentas. Chuck, de olhos abertos, me olhou com intensidade, apenas desviando para os seios, a minha boca entreaberta dos gemidos. Depois, espiou o lugar onde entrava e saía, se torturando. Eu pedi que fosse mais forte, porque precisávamos disso, mas tudo o que tive de Chuck foi uma resposta negativa. Seu quadril desceu e subiu bem lento, sua bunda tensionou, seus braços ficaram ainda mais grossos na musculatura. E ele não acelerou. Aqueles estalos de prazer, que envolveram toda a minha entrada, tremeram dentro de mim.

— Olhe para baixo, Evelyn. Observe o que estou fazendo com você.

Encarei nossas intimidades conectadas, indo e vindo. O corpo de Chuck suspenso pelos braços, me deixando ter uma boa visão. Era erótico ver aquele sexo entrando com dificuldade em mim, era bonito ver isso tudo. A barriga de Chuck tão tensa, aquele vão... *Ah, fala sério, ele era delicioso demais.* Meu corpo se apertou e ele fechou as pálpebras por um segundo, testando a si mesmo.

— Você sabe que quer ir mais rápido — provoquei.

Passou a língua pela boca inchada dos beijos e os olhos se abriram.

— Estou te saboreando, Evelyn Henley.

— Que jeito de saborear... — sussurrei.

Chuck desceu seu corpo e beijou minha boca, sem parar de ir e vir. Sua mão foi para o nosso meio e ele tocou o ponto inchado, devagarzinho.

— A melhor maneira — concordou, ofegante.

— Eu vou...

Ele sorriu contra a minha boca, impedindo que eu falasse e, dessa vez, acelerou. Foi demais. Meu corpo se acostumou, mas não estava preparado para aquela velocidade.

Ele era tão... ele era tão...

— Assim. — Chuck girou os quadris, indo mais fundo. — Bem assim.

Suamos tanto que nossas peles se tornaram escorregadias. Quando Chuck vinha, batia no meu clitóris, e a eletricidade me tornou incapaz de dizer qualquer coisa além do nome dele.

— Chuck! — gemi forte quando ele acelerou ainda mais.

Eu estava quase chegando lá quando Chuck me trocou de lugar. Me colocou em cima dele, e eu fiz o movimento que nos levaria ao orgasmo. Cavalguei em seu corpo, montei tão forte que praticamente quiquei em suas coxas. Na verdade, eu pulava em cima dele. Com Chuck segurando minha bunda, me ajudando, eu mal tocava em suas coxas quando me sentava. Era tão ousado. Os cabelos de Chuck estavam bagunçados e eu os tomei nas mãos, puxando-os ferozmente, exigindo sua boca mais uma vez.

Chuck manteve apenas uma mão forte na minha bunda e a outra foi para o clitóris. Seu polegar girou ali e sua boca veio para os meus seios, para o meu pescoço. Ele foi me marcando com mordidas e chupões e eu já estava no limite quando ele largou o clitóris e apertou a pele da minha coxa direita tão forte que doeu.

A onda de dor foi para o clitóris e era como se Chuck soubesse que aquilo me fazia gozar.

Eu perdi o ar e, chocada pela onda, o encarei.

Tremendo cada parte minha enquanto um orgasmo longo me domava. Chuck acelerou, sorrindo de lado, como se soubesse da surpresa. Para ele chegar lá também, suas mãos trabalharam em meu corpo, descendo-o e subindo, porque minhas forças se foram. Aquilo tudo, o conjunto todo, me fez gozar ainda mais profundamente. Era como se tivesse durado uma vida inteira.

Senti quando Chuck gozou dentro de mim, jatos quentes me preenchendo com força. Ouvi ele ofegar, observei seu rosto ficar muito tenso depois de aliviar. Analisei tudo o que podia, porque esse homem tendo prazer era a coisa mais bonita que eu já tinha visto na vida.

O calor dos nossos corpos, a dor muscular, o cheiro de sexo no ar misturado ao perfume masculino, foi me tirando daquela nuvem colorida e me colocando na realidade.

Desabei em seus braços de exaustão, caindo minha testa de encontro à sua com leveza.

Ele passou a mão nos meus cachos e soltou o rabo de cavalo frouxo pelo que fizemos. Com o cabelo caindo na cintura, Chuck passou o dedo pelos fios, desembaraçando-os, e, quando alcançou o final, trouxe o meu corpo para si, puxando pela cintura. Seu sexo, ainda dentro de mim, foi diminuindo o prazer.

Chuck alcançou e beijou lenta e demoradamente a minha boca. Sua língua rodeando devagar a minha, sem pressa. Seus lábios quentes, macios... Os dentes perfeitos, por fim, puxaram o lábio inferior para soltá-lo.

— Eu não poderia resistir a você, Evelyn.

Meu coração se apertou, sabendo que foi um caminho sem volta que tomamos. Já sentia sua ausência, já me sentia uma peça mal encaixada de um quebra-cabeça.

Ele ainda estava com ela.

— Ninguém precisa saber que fizemos isso — sussurrei, não escondendo a mágoa.

Ele pegou meu queixo e trouxe meu campo de visão para os seus olhos.

— Eu vou ser seu.

— Isso é uma promessa vazia.

— Verdadeira — ele corrigiu. Percebeu que desviei os olhos dos dele e me fez encará-lo de novo. — Eu *vou* ser seu — repetiu, olhando nos meus olhos.

Chuck me puxou para o sofá e me fez deitar em seu corpo suado e quente. Ele acariciou meus cabelos, fazendo um carinho tão gostoso. Beijou minha boca e me fez ouvir seu coração acelerado.

No entanto, assim que meu corpo esfriou, eu soube...

Chuck Ryder foi meu durante alguns minutos.

Mas não seria meu quando o sol raiasse.

Capítulo 18

Meu corpo estava dolorido, mas aconchegando em algo macio que cheirava muito bem. Eu me espreguicei, colocando a perna sobre outra perna, sentindo uma ereção matinal bater na parte interna da minha coxa. Sonolenta, beijei a primeira coisa que apareceu no meu campo de visão: uma bochecha áspera pela barba.

A mão dele envolveu minha bunda, apertando-a, e me trazendo para mais perto do seu corpo. A ereção ficou mais dura e eu acabei gemendo involuntariamente.

— Bom dia — Chuck Ryder disse. A voz de barítono me deixou arrepiada.

— Oi. — Encarei-o preguiçosamente.

— Nunca pensei que dormir no sofá fosse algo prazeroso.

Acabei sorrindo e recebendo um beijo de Chuck na boca.

— Vou fazer o café da manhã — avisou.

— Vai mesmo?

— Sim — prometeu e se levantou.

Completamente nu.

Ele foi até a cozinha da minha casa e decidi que precisava vê-lo fazendo isso. Eu me levantei, coloquei o short e a regata e parei no batente da porta. Cruzei os braços, assistindo Chuck com a bunda de fora mexer nos armários até encontrar alguma coisa.

Se era uma delícia saber que ele estava à vontade comigo?

Era sim, não vou mentir.

Chuck achou uma tigela e uma espátula de silicone. Depois, abriu a geladeira, pegando ovos, bacon e cheiro verde. Alheio à minha presença, começou a juntar os ingredientes numa tigela e preparar uma omelete. Encontrou a frigideira dependurada e colocou no fogo. Despejou primeiro o bacon, esperando fritar. Assim que estava satisfeito, jogou metade da mistura na frigideira e pegou alguns pratos.

Fez a primeira omelete e, em seguida, a segunda.

Quando ia se virar para me chamar, viu que eu estava na porta, o admirando.

Um sorriso preguiçoso apontou no rosto naturalmente rude.

— Você aceita omelete?

— Sim.

— Vou colocar uma roupa.

— Pode ficar assim, eu realmente não ligo de apreciar a vista.

Chuck caminhou em minha direção. Desviei o olhar para baixo, vendo que, mesmo antes de ficar excitado, seu comprimento já era admirável. Era por isso que fazia tanto volume naquelas calças de moletom...

Tudo fazia sentido agora.

Calor subiu pelas minhas bochechas.

— Se sua irmã chegar, você acha que ela gostaria de ver o Chuck Ryder pelado na sua cozinha?

Ri.

— Ela com certeza ia adorar.

Sorrindo, me deu um beijo na boca.

— Pode ir comendo. Já venho. Onde fica o banheiro mesmo?

— Tem o do meu quarto e o da casa no geral. Só seguir o corredor e dobrar a primeira à direita ou na última à esquerda.

— Tudo bem. — E sorriu mais uma vez.

Acompanhei o movimento da sua bunda, coxas e costas até perder Chuck de vista. Me sentei na bancada e peguei os talheres para nós enquanto fazia café expresso. Já sabia como Chuck gostava, então preparei o seu e coloquei bem quente ao lado do prato.

Meu coração apertou quando me lembrei dos pensamentos da noite passada.

Chuck estava aqui comigo por enquanto, mas teria que ir embora em breve. Ele tinha uma namorada, ele tinha uma vida com ela na qual eu não me encaixava. Por mais que Meg deixasse claro que não se importava e até queria esse tipo de envolvimento, não podia jogar meu coração para os cães... assim... sem mais nem menos. Não concordo com esse tipo de relacionamento e não queria isso para mim.

Por mais que Chuck estivesse infiltrado em cada veia do meu corpo.

Virei o rosto para pegar a xícara de café, quando meu nariz passou perto do meu ombro. Eu estava cheirando a ele, aquele perfume cítrico e apimentado que eu nunca compreenderia a mistura. Talvez fosse limão e madeira... couro? Não sei. Era a melhor coisa que já senti. Fechei os olhos e me obriguei a tomar o café, mesmo sem fome.

Precisava conversar com Chuck porque, ainda que fosse maravilhoso tê-lo nu na minha cozinha depois de transarmos não era certo.

— Voltei — anunciou, vestido e com o cabelo úmido, como se tivesse molhado as mãos e passado pelos fios para acertá-los. Uma mecha caiu no seu olho e ele não se incomodou de tirar. Sentou-se na bancada de frente para mim e pegou o café, inspirando fundo o aroma. — Você fez café.

— A máquina fez. Eu só coloquei aquelas cápsulas e esperei elas fazerem todo o trabalho.

Chuck riu suavemente. A voz grossa e aveludada estava ainda mais intensa por ser muito cedo. Os pássaros estavam cantando lá fora e o sol havia acabado de raiar. Não deveria passar das seis e meia da manhã.

— Está maravilhoso — murmurou, logo após o primeiro gole.

Enfiei o garfo na omelete e comi em silêncio, apreciando o sabor e a delícia de comer algo feito por Chuck. Ele me observou mastigar, como se quisesse um veredito. Eu sorri de boca cheia.

— Você tem um talento natural — afirmei assim que engoli.

— Obrigado — respondeu, realmente agradecido.

Coloquei outra garfada de omelete na boca e tomei um gole do café. Chuck não conseguia tirar seus olhos de mim e eu não conseguia tirar os meus dele. Assim que meu coração se apertou de ansiedade, soltei um suspiro.

— Chuck?

— Hum.

— Precisamos conversar sobre o que houve.

— Eu sei.

— Sempre fui sincera com você e não vai ser agora que será diferente. Posso começar?

— Vamos lá.

— Você namora Meg e eu não me encaixo nesse quebra-cabeça. Sei que o que fizemos foi um deslize e eu pretendo e vou continuar a amizade que tenho com você. No entanto, isso... isso que fizemos... não pode acontecer de novo. — Fiz uma pausa, observando sua expressão se tornar compenetrada. — Eu amei estar com você na noite passada. Nunca havia me sentido assim com qualquer outra pessoa. O sentimento é aterrorizante, mas precisamos parar, Chuck.

Ficamos em silêncio. Ele não moveu um músculo. Apenas piscava, ocasionalmente, para me dar certeza de que não tínhamos parado no tempo. Assim que se mexeu, meu coração foi até a boca.

— Eu entendo e respeito a sua decisão. Se estivesse no seu lugar, honestamente, faria o mesmo.

Alívio percorreu meus pulmões quando respirei decentemente pela primeira vez em minutos.

— Você realmente entende?

— Acho que sim. Vou dar seu espaço. Mas não pense, Evelyn... nem por um segundo que...

Chuck parou de dizer e desviou a atenção de mim.

— O quê, Chuck?

Intensidade percorreu sua íris e eu soube o que ele me diria em seguida. Soube também e tive quase certeza de que nossa história não acabaria ali. Que havia algo além do que poderíamos nomear e um sentimento perdido que se escondia atrás da proibição.

Eu soube que meu coração não estaria recebendo uma dose de sossego tão cedo.

— Não pense nem por um segundo que vou desistir disso.

Comemos em silêncio e arrastamos o tempo normal de refeição para quase uma hora, de modo que até o café ficou frio. Em meio à troca de olhares e sorrisos de Chuck, ele se levantou. Se despediu de mim com um beijo no canto da boca e garantiu que me encontraria nas gravações depois da pausa de Uriel.

Assim que a casa ficou vazia, reconheci que teria muitos dias para processar a burrada que eu e Chuck fizemos no sofá da sala.

Que Deus me ajudasse.

Julho

"Nancy se desesperava por não o reconhecer.
Ela queria tocá-lo, mas nunca tinha visto o seu rosto antes.
Como ele pedia para amá-la,
se ela nunca nutriu esse sentimento por ele?
Ao menos, não agora.
Era como se Michael fosse um completo estranho.
E isso era difícil para ambos."

RECORDE-SE ANTES DE EU PARTIR

Capítulo 19

Escutei o som dos meus próprios saltos pelo estúdio quase vazio. A pausa confirmada de duas semanas de Uriel me fez ficar longe, graças a Deus, já que a culpa pela traição de Chuck com Meg me consumiu. Mesmo recebendo ligações de Chuck e conversando com ele diariamente sobre tudo, exceto o sexo, eu não podia lidar com o que fiz.

Pelo amor de Deus...

Eu não tinha esse caráter. Por mais que Meg deixasse bem claro que entre os dois havia um relacionamento aberto, sabia que Chuck não via dessa forma. Ele sofria por ela agir com esse pensamento contemporâneo demais, e eu nem tinha que ter dormido com ele.

Embora tivesse sido tão bom, tão perfeito, e eu finalmente pudesse me sentir amada...

— Evelyn, você chegou cedo! — Uriel me chamou, e me assustei com a sua voz. Virei de costas e abri um sorriso fraco. — Bem, Chuck deve estar chegando em breve. Nós vamos fazer a cena de amor da primeira vez deles e a do acidente, para fecharmos isso. À noite, vocês estão convidados para a première do meu último filme. Quero vocês lá, viu? É presença obrigatória, pois vou anunciar que estamos trabalhando no filme Recorde-se Antes De Eu Partir.

— Hoje?

— Sim, ah, desculpe te avisar tão em cima da hora. Acho que você tem coisas para resolver, como cabelo e etc... Não se preocupe, as meninas daqui vão te comprar um vestido e vamos ver um terno elegante para o Chuck. Poderá ir direto. Só preciso saber se está pronta para a cena de amor com Chuck e o acidente.

— Eu, hum, eu...

— Bom dia. — Ouvi a voz de Chuck nas minhas costas, causando um arrepio na coluna.

Ele colocou a mão na minha cintura e estendeu o meu café favorito. Peguei, meio sem jeito, e senti, um segundo depois, o seu beijo de lábios macios na minha bochecha.

Fechei os olhos.

— Oi, Eve — sussurrou na minha pele, antes de se afastar.

Esse homem tinha um lugar reservado ao ladinho do Lúcifer no inferno. Não era justo me enfraquecer assim às seis da manhã.

— Se preparem para a cena de amor. Preciso de trinta minutos para trazer o pessoal — Uriel falou, sequer dando importância para o que tinha acontecido.

Chuck me virou devagar e seus olhos desceram para a minha boca. Eu coloquei o copo de isopor nos lábios e assisti um sorriso brotando no rosto recém-despertado de Chuck. Com a barba por fazer, me lembrei de como foi acordar ao lado dele no sofá. Foi uma das melhores sensações da minha vida, principalmente por Chuck ter se levantado e, nu, feito o café da manhã para nós dois.

Ele era maravilhoso, mas não era meu.

— Vamos ter que fazer a cena de amor de Michael e Nancy. E a cena do acidente. Depois iremos para a première.

— Ouvi Uriel dizer.

— É... bem, eu vou me arrumar para a cena. Acha que conseguimos fazer rapidinho para a cena do acidente?

Chuck mordeu o lábio inferior e semicerrou as pálpebras.

— Rapidinho, Eve?

— Não faça piada sexual, Chuck — resmunguei, séria.

Ele soltou uma risada.

— Tudo bem. — Segurou meu queixo e me trouxe para perto, dando um beijo na ponta do meu nariz. — Vamos acelerar para dar tempo.

A primeira vez de Michael e Nancy aconteceu devagar e foi romântica. Então, o estúdio separou um quarto diferente dos que já tínhamos usado, com velas em cada canto, porque eles ainda eram namorados e não moravam juntos. Aconteceu, na realidade, na casa de Michael, que vivia sozinho e não tinha muitos imóveis, por ser militar e não parar no país.

Vesti uma roupa idêntica à do livro: um vestido rosa de alcinhas finas, que se tornava rodado depois da cintura. Com sapatilhas e um laço branco no cabelo loiro e liso, parecia mais uma garota do que uma mulher.

— Está nervosa? — Daphne questionou, sorrindo.

Dessa vez, eu já sabia como era ter Chuck Ryder na cama. As coisas maravilhosas que ele era capaz de fazer com os dedos, com a boca, com seu sexo dentro de mim e a forma como nossos corpos se encaixavam...

— Um pouco.

— Relaxa. Ele é só o Chuck Ryder — ela brincou.

Lancei um olhar para Daphne.

— Só — ironizei, sorrindo.

Chuck apareceu com uma farda militar. Era uma cena em que Michael tinha voltado do chamado e, para comemorar, convidou Nancy para ficar com ele e jantar. Então, nós fizemos a cena tranquila do jantar e, quando fomos para o quarto, Uriel deu a autorização para nos beijarmos.

— Está pronta? — Chuck perguntou.

— Não.

Ele sorriu e segurou meu cabelo com uma mão e, com a outra, apoiou meu rosto. Uriel gritou "ação" e, dessa vez, não nos parou mais. Eu e Chuck entramos em uma sincronia de lentidão e sentimento que era perfeita para Michael e Nancy. Mas, na verdade, era perfeita para nós dois, que não estávamos prontos para explodirmos em desejo.

Suas mãos dançaram na minha pele, seu beijo reconstruiu o meu coração, seu toque foi suave como se estivesse sobre uma superfície ferida. Chuck dançou comigo pelo quarto iluminado de velas. Ele tirou minhas roupas e, dessa vez, não fiquei nervosa por estar nua, apenas suspirei e deixei que ele acariciasse meus seios, que tomasse meus lábios, que beijasse o suor do meu pescoço.

Tirei sua farda com a mesma lentidão que tirou meu vestido e passei as mãos por seu tórax definido, indo devagar por dentro da regata branca. Puxei-a do seu pescoço, com Chuck me ajudando, e, de repente, éramos só nós dois de novo. Sem as câmeras correndo, apenas embalados na música que trazia como trilha sonora o casal, em uma versão instrumental, para acompanharmos como se fosse uma coreografia.

Chuck me deitou na cama, e sua boca foi em todos os lugares. Coberta pelo tapa-sexo, fui preenchida falsamente por Chuck, que se moveu em mim de forma lenta e apaixonada. Seus olhos miraram os meus, e lágrimas pinicaram o canto das minhas pálpebras abertas.

Eu trouxe sua boca e girei a língua em torno da sua. Chuck me mordeu, amaldiçoou um santo e fechou os olhos duramente. Sua respiração ficou irregular, junto com a minha, que, mesmo sem tê-lo dentro de mim, podia senti-lo, como um fantasma do que um dia pudemos ser.

Chuck, assim como Michael no livro, me levantou da cama e me colocou na parede. Fiquei em torno do seu quadril, recebendo suas estocadas de mentira, beijando sua boca, arranhando suas costas e fazendo Chuck estremecer.

Soltei um grito falso de orgasmo, com as lágrimas ainda nos olhos. Chuck abriu finalmente as pálpebras, com os olhos claros vermelhos na área branca. Ele me deu um beijo apaixonado, como se sugasse parte da minha alma. Uriel gritou para o corte, mas Chuck não deixou de me beijar. Sua língua foi em torno da minha, seus dentes rasparam o lábio inferior. Uriel gritou mais uma vez e eu espalmei as mãos no peito de Chuck, afastando-o.

— Ele pediu para cortarmos — sussurrei na sua boca.

Com o peito subindo e descendo depressa, Chuck me encarou. Suas bochechas estavam vermelhas, assim como os lábios, assim como os olhos.

Estávamos no limite.

Ele me olhou uma última vez antes de se afastar e pedir licença.

Daphne chegou com o robe e eu, perdida demais dentro da cena que acabara de acontecer, o vesti. Ela perguntou o que deu em Chuck e eu apenas encolhi os ombros, demonstrando que não sabia. A verdade é que estávamos à flor da pele. Éramos um fio desencampado prestes a entrar em curto. Meus sentimentos por Chuck não poderiam ser escondidos para sempre, assim como aparentemente os dele também não.

De robe, depois de quinze minutos pensando se ia ou não terminar isso, caminhei na frente de todos, que estavam entretidos com as cenas que tinham gravado. Uriel me chamou para que, em quarenta minutos, eu estivesse pronta para a cena externa. Eu pedi mais cinco minutos, além dos quarenta, para me recompor.

A passos rápidos e decididos, cheguei ao camarim de Chuck. Ele estava andando de um lado para o outro, perdido em seus próprios pensamentos, com um robe preto destacando a pele clara, levemente beijada pelo sol.

— Posso entrar? — indaguei.

Ele me olhou, surpreso.

— Chuck, assim como te disse no café da manhã, as coisas foram longe demais na minha casa — comecei. — Você é comprometido e não espero que eu seja o pivô do término do seu relacionamento. Você me prometeu que vai ser meu, mas eu não quero que essa promessa se cumpra, não assim. Sua felicidade é Meg. Então, estou feliz por você. Só queria te dizer isso.

Chuck piscou rapidamente várias vezes e mordeu o lábio inferior de nervoso. Deu passos rápidos até mim e segurou meus braços, como se quisesse me chacoalhar.

— Como você tem coragem de dizer isso? — rosnou.

— Você está namorando e o que tivemos foi um erro! — Minha garganta coçou. Meus olhos ficaram cheios, mas não deixei que as lágrimas caíssem. Eu estava magoada, meu Deus. Eu estava tão ferida! — Você vai terminar com ela? Ficar comigo? E seremos felizes para sempre? Eu acho que não. Começamos tudo errado, Chuck. Construímos a atração em cima de uma mentira.

— Não foi de mentira o orgasmo que teve quando eu estava dentro de você.

— Você vai ficar comigo?

— Evelyn, estava tudo bem quando acordamos naquela manhã. Eu te fiz café, nós rimos... e eu disse que te entendia.

— Então, me responda: você vai ficar comigo?

Chuck ficou em silêncio.

— Você ainda a ama e eu sou a vingança de um relacionamento maluco — retruquei. — Não posso participar disso.

— Não a amo! Não existe mais relacionamento! — Virou-se para mim, com raiva. — Meg me trai o tempo todo. Ela quer um relacionamento aberto e isso não funciona.

— Isso não justifica traí-la! — urrei. — Não pode me colocar no meio dessa bagunça, Chuck. Você não pode me ter por tão pouco. Eu não deveria ter ido para a cama com você. Meu Deus, se arrependimento matasse...

— Não quero justificar o que eu fiz e nem vou.

As lágrimas finalmente desceram, raivosas.

— Então, aí está a nossa resposta — dei a palavra final.

Virei de costas e abri a porta para sair. Chuck colocou a mão acima e eu fiquei presa do lado de dentro com ele. Virei-me, com expectativa. Perto o bastante, seus olhos grudaram nos meus e, depois, nos lábios. Ele respirou muito rápido, enviando lufadas de ar quente para o meu rosto.

— Você quer uma resposta?

Como não respondi, ele continuou.

— Eu quero o seu corpo o tempo todo, a sua boca atrevida dizendo que eu preciso melhorar, quero você jogando na minha cara a verdade, quero o gosto do café doce dos seus lábios, quero você gemendo o meu nome por todos os cômodos, quero ouvir sua voz no telefone, quero beijar a sua testa, quero dançar com você na chuva, quero assistir ao pôr do sol, quero ir para a África do Sul como Michael e Nancy, como Chuck e Evelyn, quero beijar sua boca na frente dos fotógrafos. Eu quero gritar que você é minha, Evelyn Henley.

Meu passo titubeou para trás, batendo na porta, e o meu coração açoitou na boca.

— Mas agora eu não posso — continuou. — Tenho um compromisso com Meg que não é o que você está pensando. E ela voltou de viagem ontem e já foi para uma festa, como se estivesse solteira.

— Você a traiu, Chuck.

Ele segurou meu rosto com as duas mãos.

— Merda, Eve. Eu fiz errado. Eu não vou mais tocar em você até essa situação se acertar. É até perigoso.

Fechei os olhos e puxei suas mãos para baixo.

— Perigoso? Sim, nós dois fizemos errado — afirmei, embora parecesse que a denotação de perigo que ele tinha dito era diferente.

— Tudo bem. Vai ser assim. — Deu dois passos para longe, parecendo transtornado. — Ela me ligou e descobriu, não sei como, que temos uma première para ir esta noite. Por hoje, ela quer ser minha namorada, mas vou conseguir me afastar no tempo certo. Eu juro por Deus que não estou com papo de homem filho da puta, Eve. Só confia em mim.

— Voltamos à nossa amizade, Chuck. Nada além disso.

Os olhos claros semicerraram.

— Evelyn...

— Não diga — cortei. — Por favor, Chuck. Isso não vai funcionar.

Virei e fui em direção ao meu camarim. Assim que cheguei lá, me despenquei a chorar, percebendo que tinha entrado em uma relação que desprezava. Imaginei como seria para a minha irmã se Grant a traísse. Me pus no lugar de Meg, me martirizei tanto que foi difícil respirar.

Eu era um monstro, Chuck era um monstro, mas eu não conseguia deixar o sentimento de lado.

Estava apaixonada por ele.

Por seu sorriso afetado, seu corpo, sua atuação, sua personalidade, seu jeito de me tratar, sua beleza, sua doçura. Eu ainda o odiava em partes por ser comprometido e com um caráter tão duvidoso. Se traiu Meg, quem me garantia que não me trairia também? Eu não parava de pensar que não conseguiria confiar nele, que nós dois não daríamos certo, da mesma forma que foi no início desse projeto.

Se não ficássemos juntos, ele ainda se lembraria de mim? Da maneira que construímos essa amizade? Ele se lembraria de como nos beijávamos? Mesmo se fosse somente em seus sonhos?

As lágrimas não pararam de cair. Pedi que Daphne dissesse a Uriel que gravaria a cena do acidente amanhã. Ela saiu correndo assim que me viu chorando e voltou depressa, falando que precisava começar a me arrumar para a première, então.

— Eu vou tomar um banho — afirmei, com o rosto inchado.

— Tudo bem, querida. Pode ir.

Capítulo 20

O vestido comprido até o chão tinha algumas transparências na barriga, costas e uma fenda exuberante; um Dior. Ele me deixava com um aspecto de que só estava usando-o para dizer que ainda havia roupa, embora boa parte da pele ficasse à mostra. Cobria os seios com folga e formava, na mesma linha de direção que o top, uma saia. O resto, tinha aquela cor básica de meia-calça fina e preta, para cobrir tudo e não cobrir, na verdade, nada.

Calcei as sandálias de tiras e peguei a pequena bolsa. Meus cabelos foram presos em um penteado estilo coque, com alguns cachos bem desenhados caindo estrategicamente no lugar certo. A maquiagem era marcante e o batom, vinho e ousado.

Daphne conseguiu um par para mim, só para eu não ir sozinha, e ela cismou com isso, dizendo que eu precisava de um homem à minha altura. Resolvi não discutir, porque Daphne quando cismava com algo... De qualquer maneira, ele era um ex-namorado de uma amiga, que era modelo internacional. Ele apareceu no estúdio quando todos já tinham ido embora. Era italiano e logo consegui perceber o motivo de Daphne tê-lo escolhido. A pele bronzeada, os cabelos bem pretos cortados de maneira metódica, além de lábios bem cheios e olhos escuros como a noite me fizeram lembrar do jogador Lanza, do time de vôlei da Itália.

Caramba, era lindo.

Marco Di Fiori me cumprimentou com três beijos e colocou minha mão na dobra do seu braço. Entramos em uma limusine, sendo guiada pelos meus seguranças. Marco questionou como estava a minha carreira e o que eu estava achando de participar de um projeto com Uriel. Perguntei se ele o conhecia e engatamos em uma conversa agradável. Apesar de Marco ser lindo, minha cabeça não conseguia parar de pensar em Chuck e na companhia dele esta noite.

Paramos, o segurança abriu a porta e estendeu a mão para eu sair. Ajeitei o vestido e comecei a sorrir para os milhares de flashes que me cegaram. Acenei, ouvindo os gritos de alguns fãs. Passei por uma fileira e fui autografando tudo muito rápido, tirando fotos, para que depois pudesse ir para o lado oposto, fazer o mesmo. Marco ficou me esperando, sorrindo para as câmeras.

Na entrada, perto dos fotógrafos e da área reservada para mostrar quem foi ao evento, abracei Marco, posando para sairmos juntos. Ele segurou minha cintura e eu podia imaginar como as fotos estavam saindo bem com aquele deus grego ao meu lado.

Mas as portas se abriram.

No meio do salão, Chuck estava parado, olhando direto para mim, com a mão na cintura de Meg. Ele desceu os olhos para onde Marco estava me segurando e fechou o maxilar com força. Meg tocou o peito de Chuck e riu para ele, querendo chamar sua atenção, mas aqueles olhos penetrantes estavam em mim, loucos de raiva, possessivos.

Eu sorri tristemente para Chuck, Marco me puxou para perto e cochichou no meu ouvido:

— *Andiamo*, Evelyn. — Ao invés de ele pronunciar Evelyn como Évelim, ele dizia Evelím. Era fofo, eu precisava admitir.

Passamos pelo tapete vermelho e fomos para a área interna. Meus olhos correram pelo salão, ignorando Chuck e sua raiva, junto com a namorada Meg. A grande área estava repleta de garçons elegantes, servindo coquetéis e quitutes. Cumprimentei todos os atores que conhecia, surtei um pouco ao ver atores dos quais era fã desde garotinha, mas me mantive profissional e firme, sendo guiada por Marco e sua presença impactante.

Com cerca de trinta minutos de social, avistei Uriel, acompanhado de Shaaron. Ele estava falando no microfone sobre o filme que produziu, enchendo de elogios os atores e declamando seu amor à produção. Muito possivelmente, Uriel estava perto de dizer sobre o novo filme que estava dirigindo. Quase chegando ao final do discurso caloroso, ele fez um sinal com a mão para que Chuck e eu nos aproximássemos, sendo atraídos por todo o público.

Meg me viu e deu um tchauzinho, depois passou a mão no peito de Chuck e beijou o maxilar do namorado, acompanhando-o até os holofotes. Eu desviei o olhar e encarei a nossa frente, focada em Uriel, a passos lentos.

— Você está bem? — Marco perguntou.

— Sim, ótima. — Sorri para ele.

— Vou deixar você ir sozinha.

— Obrigada, Marco.

As luzes focaram em mim e eu recebi todos os olhos do grande salão.

Olhei para o lado, deparando-me com Chuck, que também percorreu o olhar até me encontrar. Eu tentei não sorrir para ele, mas foi impossível. Por um segundo, ele era tudo o que restava naquela multidão. Seu sorriso também me acompanhou, embora tímido no começo, mas, depois, completo como só ele conseguia dar.

— Anuncio aqui formalmente que estou em um novo projeto — Uriel falou. — Sei que é um pouco errado fazer o que estou fazendo agora, mas esperei um momento grande para falar. Sou o diretor do filme Recorde-se Antes De Eu Partir, baseado no best-seller de Shaaron W. Rockefeller, tendo ao meu lado Evelyn Henley como Nancy Dust, e Chuck Ryder como Michael Black!

Os aplausos foram imensos e eu inclinei meu corpo para agradecer, levando a mão ao coração. Estava sendo aplaudida por muitos atores consagrados. Meus olhos procuraram Chuck e ele bateu as mãos, como se estivesse me aplaudindo também. Meg o puxou, beijando-o na boca no meio dos aplausos e das fotos. As pessoas soltaram um "Oh", mas depois aplaudiram mais forte ainda, gritando e ovacionando o casal.

As luzes dos holofotes se apagaram.

Fui puxada por alguém, ainda encarando o beijo de Meg e Chuck na parcial escuridão. Ele girou o corpo de Meg, de modo que ela se afastasse dele, e depois me procurou com o olhar.

Lágrimas desceram pelo meu rosto.

Eu não vou sobreviver.

— Venha, *bambina*. Vamos para fora.

Marco passou pelo salão lotado e foi para uma área aberta, que não tinha paparazzo algum. Ele passou por um garçom e pegou uma taça de champanhe, me oferecendo. Eu bebi tudo de uma vez e o italiano sorriu quando joguei a taça no chão, espatifando-a no piso de mármore.

Louca da vida era apelido perto do que eu estava.

— Querida Evelyn...

— Eu o odeio — murmurei. — Eu o odeio!

— Eu sei disso. Deixe-me adivinhar: você se apaixonou, mas ele está comprometido.

Lágrimas furiosas cobriram meu rosto.

— Ele é tão canalha. Tão maldito! Eu não sei como pude cair nessa história antiga de que eu deveria esperar por ele. Chuck me pediu para ter paciência, mas eu estou sentindo agora e isso não dá para esperar. O amor não espera, Marco!

— Entendo. Eu já sofri por amor, sei o que você está passando. Não conheço o cara, mas percebi que ele te magoou ao beijar aquela *ragazza*.

— Ele diz que não a ama mais. Como eu vou acreditar nisso? E por que estou tão nervosa? Eu não deveria esperar nada de Chuck Ryder, absolutamente nada!

Tirei os saltos altos e comecei a caminhar. Marco ficou preocupado com a possibilidade de eu pisar nos cacos de vidro e acabou chutando-os em direção à grama. Ele tirou o casaco do terno e cobriu a área, demarcando que ali ainda era perigoso.

— Tá vendo, Marco? É disso que eu preciso na minha vida. — Apontei para o gesto cavalheiro dele. — É isso que eu mereço. Não sei por que me apaixonei pelo cafajeste do Chuck. Como eu fui cair em um poço sem fundo, Marco? Me explica!

Ele riu suavemente.

— *Bambina*, ele pode ser o homem certo, mas no momento errado.

— Ele é todo errado! Namora uma garota que quer relacionamento aberto e tem medo de terminar, porque é um covarde. — Chorei alto. — Ai, que ódio, Marco!

— Se acalme, pequena. — Ele me abraçou e acariciou minhas costas. — Coloque tudo para fora.

— Eu disse para ele que não queria que ele cumprisse a promessa que me fez, de que ia ser meu, mas eu quero. E agora? Eu o quero, Marco. E eu nunca vou ter, porque ele namora uma garota perfeita e liberal, e, cedo ou tarde, Chuck vai acabar aceitando essa loucura dela. Aliás, quem sabe eu não fui parte do teste de relacionamento aberto deles, hum? Chuck contou para a louca da Meg que transou comigo e ela perdoou, claro, porque já deve ter feito coisa pior!

— Evelyn, respira fundo — Marco pediu.

— Não consigo. Eu não quero respirar. Eu quero matar Chuck Ryder! — gritei. — Fui hoje no camarim dele, dizendo para que seguisse em frente porque eu estava feliz por ele. Meu Deus, Marco! Eu não estou feliz! Isso é tortura! Como faço para arrancá-lo do meu coração?

Marco lançou um olhar para trás e depois para mim. Ele se aproximou e encarou-me fortemente.

— Vou te dar um beijo, mas é para fazer ciúme nele. Depois disso, você desaparece dessa festa. Entendeu, *ragazza*?

— Como?

Marco segurou meu rosto e tomou minha boca em um beijo respeitoso nos lábios. Ele só manteve a boca na minha e não fez qualquer tipo de movimentação. Depois de longos segundos, afastou-se, sorrindo.

— Vá embora, Evelyn.

— Você tem certeza?

— Absoluta.

Me abaixei para pegar os saltos e os calcei com pressa. Joguei a pequena bolsa de corda prateada sobre o ombro e acelerei os passos. Saí pela parte dos fundos, ouvindo Chuck gritar meu nome, e fui ainda mais rápido. Eu corri e dei a volta, pegando o meu carro com o motorista e seguranças parados do outro lado da rua.

Sentada no veículo, pela janela, assisti Chuck, com aquele terno incrível, correr em minha direção, fazendo a gravada borboleta sair do lugar.

Pedi que Damien acelerasse e ele, sequer cogitando o motivo de tanta pressa, deu partida. Meus olhos se prenderam aos de Chuck um instante antes de o carro entrar em movimento e sumir pelas ruas aquecidas de uma noite de verão.

Lágrimas se quebraram no meu rosto.

Da mesma maneira que eu me sentia quebrada também.

Agosto

"O amor deve ser mais forte do que qualquer outra coisa.
Senão, qual sentido teria Nancy para amar Michael?
Em meio às dificuldades, eles precisavam se
amar acima dos obstáculos.
Eram tantos, mas a fé que depositavam deveria bastar.
Tinha que bastar."

RECORDE-SE ANTES DE EU PARTIR

Capítulo 21

Eu não sei por que estava, naquele exato momento, me torturando.

Entrei na internet e as notícias sobre o evento apareciam em cada site possível de fofoca. Passeei por todos e vi fotos do Chuck aparentemente feliz ao lado de Meg. Ele abraçado com ela, sorrisos e beijos. Jesus, como era difícil encarar isso, mas sentia que era necessário. Apesar do buraco enorme no peito, era o choque de realidade que eu precisava para entender que não me encaixava na equação.

Após uns dias da première, ele me ligou. Conversei somente o básico, apesar de suas tentativas de remediar o irremediável, e decidi colocá-lo no gelo. Se antes ele era a Era Glacial, agora esse seria um ótimo apelido para mim. Não atendi mais suas ligações quando percebi que não havia assunto profissional para tratar. Sinceramente, apesar de ele ter sido claro comigo que ia levar Meg como sua namorada no evento, parte de mim não soube mesmo aceitar.

Era tudo ou nada.

E o lance de estar feliz por ele? Não era verdade. Mas, desde que não estivesse me envolvendo nisso, eu poderia sofrer em paz.

Desliguei o computador ao perceber que estava em cima da hora. Precisava me encontrar com a equipe e continuar as gravações. Pensei que morreria de ansiedade quando cheguei ao endereço, mas, assim que me lembrei do fato de que esse era o trabalho da minha vida e o salto na carreira pelo qual tanto ansiava, engoli em seco e continuei a caminhar.

Nada me afetaria.

— Evelyn! — Uriel me chamou, sorrindo de orelha a orelha. — A première foi um sucesso. Estou tão feliz por ter ido.

— Obrigada, Uriel. Estou feliz por todos nós também — respondi, sem procurar Chuck com o olhar, como sempre fazia. — Sei que hoje vamos trabalhar em muitas cenas, será que podemos agilizar o processo?

Dúvida percorreu os olhos de Uriel, talvez sentindo o meu distanciamento. Ele deu de ombros e apontou para sua esquerda.

— Daphne está ali. Eu aguardo você e Chuck em quinze minutos.

— Certo. — Assenti, virei as costas e fui até Daphne.

Os minutos passaram sem que eu estivesse com a cabeça na vida real. Li o roteiro de frente para trás, de trás para frente, fazendo minhas falas grudarem no cérebro como se pertencessem a outra pessoa. Mergulhei em Nancy porque, naquele segundo, não estava sendo nada divertido ser Evelyn. Precisava desse distanciamento, caso contrário, não conseguiria ir adiante.

Pronta, já vestida com o figurino certo, fui em direção à cena externa. Precisava entrar em um carro com Chuck para gravarmos o acidente. Eu olhei ao redor, as câmeras todas posicionadas, a estrutura magnífica preparada para o que tínhamos que encenar a seguir. Claro que os efeitos especiais tomariam conta de tudo, mas, nossa, era uma produção e tanto.

Senti alguém tocar minha cintura enquanto estava dispersa nos pensamentos e virei apenas para me deparar com Chuck Ryder.

Ele tinha olheiras que, mesmo com alguma maquiagem, não haviam sido cobertas. Seus olhos estavam confusos e era a segunda coisa que denunciava o desconforto. Chuck estudou meu rosto, esperou que eu dissesse algo e eu precisei lutar para fazer duas coisas extremamente básicas: respirar e manter o coração batendo.

— Oi — ele falou, sucinto.

Pisquei para recobrar o raciocínio.

— Vamos começar a trabalhar? Vai ser um dia cheio hoje, Chuck — avisei, me afastando.

Chuck tirou a mão da minha cintura e suspirou fundo.

— Eu sei, mas...

— Chuck e Evelyn, vocês estão prontos? — Uriel gritou, interrompendo-nos no momento perfeito.

Respirei aliviada.

— Sim, estamos — gritei em resposta, observando onde as câmeras estavam posicionadas.

— Na verdade, nós não estamos — Chuck rebateu, ainda que seu semblante me deixasse claro que não desistiria de uma conversa tão cedo.

Foi difícil atuar com ele a partir dali. Tivemos que regravar as cenas diversas vezes e o que eu imaginei que fosse ser rápido levou uma eternidade. Continuei fazendo as cenas com Chuck, em um misto de gravar e realizar pequenas pausas. A cena do acidente de Nancy, quando realmente tudo acontece, foi a mais difícil.

A verdade é que, segundo o roteiro, já estávamos nos encaminhando para a viagem de Michael e Nancy para a África do Sul. Eles iriam recuperar o tempo perdido de uma viagem prometida que não fora cumprida. Nancy sofre o acidente, as coisas desandam para ambos, mas agora era a chance que eles tinham para vivenciar o amor interrompido.

No final do dia, depois de quinze horas ininterruptas de gravação e frieza em relação a Chuck, me despedi de todos, cansada, quase caindo de exaustão. Uriel me chamou apenas por cinco minutos para me avisar que teríamos mais um dia de folga após esse cansaço de toda a equipe e que minhas suspeitas estavam confirmadas: em breve, viajaríamos para a África do Sul. Essa viagem era muito romântica para os dois e eu não sabia como iria me sentir quando tivesse que beijar Chuck de novo.

Hoje, eu não tive que beijá-lo. Hoje, eu pude mentir para o meu coração que não estava apaixonada por ele.

Até quando?

Assim que entrei no carro, olhei de relance para trás, sentindo que estava sendo seguida, só que não havia ninguém ali.

Soltei um suspiro, girei a chave e dei partida.

Quando estava em um sinal vermelho, o celular apitou pela nova mensagem recebida.

"Eu não sei o que significou a sua companhia na première e era sobre isso que queria conversar contigo. Você está com ele?"

Após essa mensagem, outra surgiu:

"Não sei se está com ele e, meu Deus, se estiver... Esse é o motivo da sua frieza? Não entendo também o motivo do seu afastamento, se tínhamos conversado e eu havia esclarecido que há algo envolvendo a minha vida que você ainda não sabe."

O semáforo abriu e eu encostei o carro para poder ler a sequência que chegava.

"Também não sei se já se esqueceu da promessa que fiz a você."

Meu coração apertou.

"Espero que não tenha esquecido, Evelyn. Porque não importa que esse seja o momento errado para eu ter me encantado por você, eu não vou desistir até que seja o momento certo. Vou persistir, até quando você duvidar. Vou insistir, até quando você pensar em abdicar. Porque é isso que um homem de verdade faz. Ele vai atrás, ainda que a única pessoa que precise acreditar em sua palavra decida se afastar."

Suspirei, as lágrimas caíram. Dei cerca de cinco minutos antes de dar partida e dirigir até a minha casa. Quando coloquei o pé na porta, o celular apitou novamente.

*"Eu não sei mais o que dizer.
Não há nada que possa digitar para te fazer entender que não sou o tipo de cara que faz promessas vazias.
Acho que vou ter que te mostrar, Evelyn."*

"Só não desacredite. É apenas isso que te peço."
"Boa noite."

Apertei o celular no peito.

Como eu conseguiria resistir à muralha que coloquei em torno de mim se Chuck parecia ser a única coisa pela qual eu nunca conseguiria lutar contra?

Eu nunca conseguiria lutar contra.

Capítulo 22

Encarando minha mãe, que não parava de trabalhar no notebook, e Val, dependurada no telefone com a organização do seu casamento, pensei em tudo que passei no dia anterior. As emoções à flor da pele. Não tive coragem de responder as mensagens de Chuck e devo ter comido uma barra de chocolate sozinha.

Irritada, me sentei na frente da mamãe e a chamei.

— Praga de mãe pega mesmo, não é?

Ela abaixou a tela do notebook e tirou os óculos, curiosa.

— Como assim?

— Você queria que alguém se apaixonasse por Chuck Ryder. Conseguiu. Eu estou apaixonada por ele, ainda que o odeie, e posso não conseguir mais conviver com ele porque Chuck tem *namorada*.

Val escutou e pediu um minuto no telefone, falando que ligava de volta. Ela se sentou ao meu lado e as duas ficaram me encarando, como se tivesse nascido mais uma cabeça no meu pescoço.

— O que foi? — perguntei.

— Você está apaixonada? — Val indagou.

— Por Chuck Ryder? — mamãe completou, incrédula.

— Isso é culpa sua, mãe. Toda sua.

— Ah, meu Deus. Que maravilhoso! — minha mãe disse. — Estou tão feliz por você conseguir trazer esse sentimento de volta. Sei que Giovanni te magoou muito três anos atrás.

— Eu não estou feliz, estou sofrendo bem mais do que sofri por Giovanni. Chuck namora, gente. Ele não está disponível. E sabe o que é pior? Mesmo tendo alguém, eu acabei beijando e indo para a cama com ele. Estou me sentindo tão mal, tão suja. Eu não sou assim. O que está acontecendo comigo?

Recebi um abraço das duas e acabei desabafando sobre como tudo começou. Parecia que tinha acontecido séculos atrás, mas foi agora, no começo desse ano, e eu não podia crer como em meses minha vida tinha desandado.

Minha mãe disse que só o tempo diria se Chuck jogaria o que nós tínhamos fora para ficar em um relacionamento volátil com Meg. Minha irmã ficou nervosa com ele, disse que ele deveria ter decidido logo e não ter me enrolado. Eu concordei com Val, parecia que Chuck tinha medo de Meg, medo do que ela seria capaz se um término acontecesse. Existia ainda a possibilidade de ele não ter sentimento suficiente por mim para valer todo esse esforço.

— Vou parar de pensar em Chuck e vou me arrumar para a reunião com Uriel. — Sequei as lágrimas. — Preciso estar bonita para não parecer que estou sofrendo. É a tática de toda mulher, não é?

Mamãe e Val assentiram, embora Val parecesse um pouco mais preocupada do que minha mãe. Fui até o meu quarto, sendo acompanhada da minha irmã mais nova. Ela colocou a cabeça para dentro da porta e me chamou.

— Eve, tome cuidado com Meg. Ela ultimamente tem aparecido em umas matérias duvidosas no jornal. Eu não sei se ela é vingativa, só estou te avisando que não é mais aquela garota doce que você conheceu.

— Tudo bem. — Sorri. — Obrigada, Val.

— Eu amo você.

— Te amo também, lindinha.

No auge do verão, por mais que já estivesse de noite, coloquei um vestido com cores quentes, rodado e florido, e deixei os cabelos soltos e cacheados em torno do rosto, com os lábios pintados com um batom vermelho aberto. Caminhei até o carro, com os seguranças, e eles me deixaram no endereço que foi solicitado.

Pelo que pude entender, era a casa de Uriel Diaz.

Entramos no condomínio fechado e riquíssimo. Os seguranças garantiram que ficariam ali, me esperando. Agradeci a eles e desci do carro, pisando com os saltos vermelhos pela rua lisa. Com calor e as luminárias acompanhando meus passos, andei um pouco mais depressa, ansiosa para encontrar um ar-condicionado.

Bati na porta de Uriel e aguardei uns instantes antes de ela se abrir.

Chuck Ryder.

Lindo, cheirando a algo cítrico e levemente picante, com uma calça social cinza e uma camisa de mangas dobradas na altura dos cotovelos, na cor gelo.

Estreitei os olhos e me segurei para não sorrir, lembrando das mensagens e de como ele fez eu me sentir...

Idiota, Evelyn. Como você é idiota!

Assenti uma única vez, recobrando o profissionalismo, e pedi licença.

— Boa noite, Eve. — As palavras dançaram para fora de sua boca com aquela voz. A única voz que era capaz de levantar todos os pelos do meu corpo. A única voz, sobre aquele sofá, que me fez chegar a um orgasmo eletrizante.

Como eu iria sobreviver até o fim dessa noite?

Seu corpo esbarrou no meu e eu tremi por inteiro ao sentir seu calor. Dei uma passada quase em falso e suspirei fundo, dando as costas para Chuck, apressando o passo em direção a Uriel, que me recebeu com um abraço.

— Sei que você não esperava que Chuck viesse, mas, como o assunto era com os dois, decidi já colocá-los em um jantar informal. Espero que gostem de comida indiana.

— Por mim, tudo bem. — Sorri.

— Eu gosto de alimentos picantes e bem temperados — falou Chuck.

— Certo — Uriel concordou e nos convidou para sentar no sofá. — Negócios primeiro e jantar depois?

Me sentei na ponta extrema do sofá e Chuck, percebendo que eu não queria ficar perto dele, respeitou e sentou no meio. Uriel nos olhou com certa curiosidade e abriu um sorriso.

— Negócios primeiro — eu disse. — Estou com um pouco de pressa, Uriel.

Não estava, na verdade. Eu ficaria batendo papo com ele por horas, desde que Chuck não estivesse ali. Eu sabia que não poderia fugir por toda a vida; ainda tínhamos que viajar juntos, pelo amor de Deus!

Mas, pelo menos, o quanto eu pudesse manter meu coração afastado, eu iria lutar.

— Você tem um encontro, Evelyn?

Franzi as sobrancelhas e olhei para Chuck.

— Por quê?

— Te vi beijando um cara na première no mês passado. — Sua voz não escondeu a fúria. *Ah, sim. As mensagens que não respondi.* Chuck fez uma pausa acusatória. — Imaginei que estivessem juntos.

Fiquei em silêncio, sem saber o que dizer. Olhei para Uriel e sorri.

— Aos negócios, Uriel. Não temos tempo a perder.

— Responda à pergunta, Evelyn — Chuck insistiu.

— E você? Não tem um encontro com Meg? — Virei para Uriel, e Chuck ficou finalmente em silêncio. — Pode dar continuidade, diretor. Por favor.

— É, bem... eu trouxe vocês aqui para dizer que já antecipei com a equipe as passagens e o passaporte.

— Ah... — sussurrei.

— Vamos para a África do Sul no próximo mês — continuou. — Gravaremos cenas nas cidades mais bonitas e turísticas, porque preciso ter uma cena de vocês em um safari, preciso de um lugar aberto para a tão característica cena do beijo na chuva de Michael e Nancy, quando ela diz que tem uma pequena lembrança do passado. Preciso da cena deles na cabana, a cena deles conhecendo a cultura e todo o passeio incrível que eles fazem. Como não vamos colocar tudo no filme, Shaaron escolheu algumas partes específicas que ela sabe que os fãs vão sentir falta se não tiver.

— Tudo bem. — Sorri. — Vou ficar feliz em concluir esse projeto, Uriel.

— Pelo visto, vamos encerrá-lo em setembro, mas vamos fazer o epílogo do livro em novembro, que é quando Nancy descobre a gravidez. Ficaremos um mês na África do Sul, portanto, levem bastante roupa.

— Ok — Chuck concordou, seus olhos não saindo de mim. — Quando viajamos?

— Entre o último dia desse mês e o primeiro do próximo — Uriel disse, sorrindo. — Preciso que estejam mais sincronizados do que nunca para essas cenas. É o começo do felizes para sempre de Nancy e Michael.

— Vamos estar — prometi.

— Bem, vamos jantar para comemorar, então. Se quiserem usar o banheiro, é subindo as escadas, a primeira porta à esquerda.

Não esperei nem mais um segundo para sair dali. Subi as escadas e bati a porta do banheiro. Encarei meu reflexo no espelho. Os olhos castanhos quase em tom mel, os lábios cheios e vermelhos adornados do batom, o nariz delicado e as pequenas sardas, quase imperceptíveis, nas bochechas. Meu cabelo levemente cacheado caía em camadas em torno do rosto e me perguntei o que diabos eu estava fazendo comigo.

Não era uma mulher excepcionalmente bonita, mas tinha a minha beleza própria. Eu precisava me dar valor, porque ser sobra de alguém é falta de amor-próprio. Chuck poderia ser lindo e irresistível, mas tinha uma namorada, ele tinha um motivo para não ceder a nós dois. Fomos o caso de uma noite, um erro para nunca mais e eu precisava tirar esse sentimento de dentro de mim.

— Você não está apaixonada por ele — sussurrei. — É coisa da sua cabeça, Evelyn. Você não quer.

Abri os olhos e me encarei novamente, criando forças.

Por fora, eu estava de pé, mas, por dentro, eu estava morta.

Não podia deixar isso acontecer.

Abri a porta e acabei trombando com um corpo forte e alto. Olhei para frente, encarando os olhos claros de Chuck, de certo modo, furiosos comigo. Aqueles lábios — que eu precisava parar de pensar em como a curva do superior, bem no meio, era bonitinha — me fizeram estagnar no lugar.

— Você não confia em mim, não é, Evelyn?

Abri a boca, chocada.

— Me dá licença.

— Eu disse que precisava de um tempo para me afastar da Meg, mas você não acredita em mim. Acha que não tenho coragem de terminar esse relacionamento ridículo que tenho com ela porque não tenho coragem de ficar com você. — Em seu tom de voz, a denúncia da falta de paciência. — É isso, não é?

Pisquei várias vezes para focar a visão e espalmei as mãos no seu peito, para tomar distância.

— Aqui não é lugar para falarmos disso, Chuck.

— Você, em nenhum momento, acredita que eu estou ap...

Coloquei o dedo sobre seus lábios.

— Não diga essa palavra, não com a pouca vergonha que existe entre nós dois. Eu fui a sua transa compensatória porque sua namorada é louca e quer transar com meio mundo e você quis experimentar o relacionamento aberto, só que não deu certo. Voltou com o rabo entre as pernas para ela. Escuta aqui, eu não sou o tipo de pessoa que aceita migalha de homem, Chuck Ryder — sussurrei forte, para que ninguém mais ouvisse. No entanto, meu sussurro estava tão potente e raivoso quanto um grito. — Eu não quero ser a outra, não quero ser o banco de reserva, está me entendendo?

Chuck pegou o dedo que coloquei sobre seus lábios e desceu a minha mão de encontro ao seu tórax. Ali, o seu coração batia depressa e ele semicerrou os olhos e abaixou ainda mais a voz.

— Você não é a outra, Eve. Você é tudo o que eu penso quando acordo e tudo o que quero quando vou dormir. Meg não está no país, ela foi viajar de novo. Ela não fica comigo porque não quer estar comigo, só está se aproveitando do meu status quando quer aparecer em algum evento. Eu não sou nada para a Meg, ela não é nada para mim. Eu só preciso de um tempo e, novamente, preciso que você confie em mim, para eu poder encerrar isso sem causar problemas. Eu não quero te colocar no meio disso.

Estreitei as pálpebras e me desvencilhei do seu contato.

— O que você quer dizer?

— Confia em mim, Evelyn. Por favor. Se não quiser que eu te toque até ter tudo resolvido, eu não vou beijar você. Mas, se existe algo dentro do seu coração que quer que eu seja seu, me espere. — Ele engoliu em seco, me encarando. — Você ainda me quer?

— Chuck...

— Você se apaixonou por ele?

Confusa, abri os lábios.

— Quem?

— Você se apaixonou por ele? — repetiu a pergunta, a dor em cada traço do seu rosto. — Pelo cara que te beijou na première. Por aquele...

— Não, não me apaixonei! E eu não quero falar disso com você. Resolva suas coisas e, quando tudo tiver acabado, a gente conversa.

Segurou o meu pulso, antes que eu fosse embora. Ele entrelaçou seus dedos nos meus, provando o encaixe perfeito. Suas pupilas encontraram as minhas no meio do caminho e o vi abrir um sorriso de lado com os dentes brancos em contraste com os lábios doces e a barba por fazer.

— Se tiver dúvida sobre nós dois, lembre-se da maneira que você se encaixa em mim. Não há como fugir, Eve. Você é minha e eu sou seu.

Ele se afastou e desceu as escadas bem rápido. Ouvi sua voz dizer a Uriel que não ficaria para o jantar, que surgiu um imprevisto.

Fechei os olhos, segurando as lágrimas.

Chuck me pedia para confiar nele, mas não me dava uma pista de como deveria fazer isso, de como poderia saltar desse precipício sem um paraquedas. Eu não queria saltar. Morria de medo do desconhecido e não estava disposta a encarar essa queda livre.

Se tratando do amor, nada era fácil, eu sabia. Para dar certo, era necessário mensurar o quanto estava disposta a aceitar que ia doer. E por Chuck, meu coração já estava apertado demais.

Capítulo 23

Coloquei as roupas na mala, ouvindo todas as recomendações da minha família. Acabei rindo quando Val me disse para eu não fazer contato visual com um leopardo.

— Eles não vão me comer, Val — garanti.

— Eles podem querer te comer, sim.

Ri mais ainda, feliz por não estar pensando na viagem como um problema. A ansiedade estava lá, claro. Primeiro, por conhecer um país que sempre tive curiosidade a respeito e, segundo, porque, bem, eu tinha que conviver com Chuck, gravando cenas e...

— Você vai conseguir me ligar? — mamãe indagou, preocupada.

— Vou acessar a internet do hotel. A gente pode se ver no Skype. — Sorri para tranquilizá-la.

— Isso é ótimo. — Ela sorriu de volta.

Assim que fechei a mala, recebi o telefonema da equipe perguntando se já estava a caminho do aeroporto. Avisaram que já existia um monte de paparazzi à espreita, o que não era bem uma novidade. Por mais que eu mantivesse a vida dentro de uma realidade o mais normal possível, não podia escapar do lado negativo de ser atriz desde os dez anos de idade.

Abracei mamãe com força e também Val. Pedi que elas não enlouquecessem quando eu estivesse fora e, depois de muitos beijos, os seguranças me levaram para o carro, junto com uma porção infinita de malas e a saudade antecipada das minhas meninas.

O caminho até lá foi tranquilo. Acabei entrando no aeroporto com alguns fotógrafos querendo a foto perfeita. Sorri e acenei, dei alguns autógrafos para os fãs, mas não demorei. Estava em cima da hora de embarcar e podia imaginar que toda a equipe estava pronta e só me esperando. Dei um abraço em Uriel e em Shaaron quando os vi, cumprimentei todos os atores e dei um tchauzinho para a equipe que ia conosco.

— Eve, você já pode entrar no avião. Tem algumas pessoas lá. É melhor, para não causar tumulto, mesmo estando em uma área reservada e confiando na segurança do aeroporto, imprevistos acontecem — avisou a organizadora.

Luz, Câmera e Amor 143

— Tudo bem. Minhas malas já estão com vocês, certo? Damien e Tim entregaram?

— Sim, está tudo perfeito. Pode ficar tranquila.

Durante o caminho, fui escoltada por uma equipe de segurança, até conseguir passar pela escada e começar o caminho até o avião. A aeromoça me cumprimentou assim que passei pela porta e, disse que, qualquer coisa que precisasse, poderia chamá-la. Suspirei e apertei minha bolsa, quando comecei a caminhar pelo estreito corredor. Por mais que não tivesse certeza, meu coração sabia bem quem eu ia encontrar em uma daquelas poltronas.

A atração magnética que existia entre nós dois não demorou para dar as caras. Meu olhar encontrou *ele*. Tentei não reparar muito, encarar qualquer outro lugar que não seus olhos cor de gelo, mas não foi possível. Chuck abriu um sorriso curto e eu estremeci conforme chegava mais perto. Passei ao seu lado e me sentei no fundo do avião, enfiando de qualquer jeito a bolsa na parte de cima do bagageiro. Em uma poltrona isolada em um canto que ninguém poderia me notar, fiquei em paz por menos de um minuto inteiro.

Escutei o clique de um cinto de segurança e meu coração começou a bater forte quando vi quem tinha saído do seu lugar. Chuck foi passando por cada assento com vagarosidade e parou quando me encontrou.

Ainda em pé, cruzou os braços na altura do peito e me encarou.

— Você está me evitando, Eve?

Abri um sorriso nervoso.

— Não.

— Posso me sentar?

Não era como se eu fosse conseguir evitá-lo durante a estadia na África do Sul.

Acabei assentindo.

Ele se sentou do meu lado, fazendo o seu corpo ficar perto. Só de sentir o seu braço tocando a lateral do meu, ouvi os batimentos cardíacos no peito irem até o céu. Chuck chamou a aeromoça com um assovio e ela veio imediatamente em nossa direção. Ele fez um sinal para que ela se abaixasse e cochichou algo em seu ouvido. A aeromoça assentiu profissionalmente e se afastou, me deixando curiosa sobre o que tinha acontecido ali.

Como se não tivesse feito nada demais, Chuck virou os olhos para os meus e franziu as sobrancelhas.

— Está ansiosa para viajar para outro país?

— Estou pensando que é uma loucura e uma oportunidade única.

— Eu também penso assim.

Ficamos em silêncio.

O acordo mútuo de que não queríamos conversar sobre nada profundo e sobre nós dois veio com certeza depois de Chuck puxar mais uma vez assunto.

— E como está a sua família, Eve?

— Minha irmã está ansiosa com os preparativos do casamento e me pediu para não virar comida de leopardos. — Sorri.

Chuck deixou uma risada melodiosa e tranquila sair de sua garganta.

— Sabe, ser filho único é uma coisa difícil.

— Eu posso imaginar. — Me virei para olhá-lo.

— Percebi que estou viajando para um país distinto e não avisei nem uma pessoa a respeito.

Nem mesmo Meg? Quis perguntar, mas me contive.

Depois do nervosismo ter passado, comecei a achar hipócrita da minha parte ter ido para a cama com Chuck e agora ser grossa com ele. Por mais irritada que estivesse pelo fato de ele ter uma namorada, eu já sabia disso antes de me envolver nessa. Mas, sei lá, deve haver uma regra de que uma transa não significa que eu precisava aceitar isso para a minha vida. Todo mundo tem um limite, o meu era não me envolver com pessoas complicadas.

O outro lado era que a vida de Chuck parecia uma incógnita, um grande ponto de interrogação. Eu não conseguia achar a resposta, não conseguia ver além do que Chuck me deixava ver.

Como conseguiria confiar, se ele ainda não havia me dado motivos?

Meu coração ficou apertado e eu não sabia o que responder ao seu último comentário. Acabei sendo salva pela aeromoça, que chegou com uma bandeja, trazendo duas taças de champanhe. Chuck pegou ambas e estendeu uma para mim.

Indecisa sobre o que fazer, peguei-a e esperei que Chuck me desse uma dica do que estava acontecendo.

— Chuck?

— Eu quero te contar uma história.

— Com champanhe?

Ele sorriu.

— Sabe, a minha tia dizia que nós deveríamos lidar com o fim de cada mês como uma oportunidade única para fazer algo diferente. Ela comemorava o último dia do mês como se estivéssemos virando o ano, sempre com uma pequena festa e champanhe no jantar. Eu achava aquilo exagerado, principalmente quando adolescente, já que era um pé no saco.

Eu podia imaginar Chuck adolescente e emburrado. Quase abri um sorriso, mas me controlei.

— O meu pai me levava todas as vezes e, como adorava sua irmã, cedia aos seus caprichos, enquanto eu queria me trancar no quarto toda vez que o tal dia chegava — continuou. — Odiava essa obrigação, porque ninguém fazia uma festa só porque tínhamos mudado o mês, por que a minha família fazia? Por que eles tinham que ser tão esquisitos?

Voltei os olhos para Chuck.

— Um belo dia, no aniversário de dezoito de um dos meus amigos, eu queria ir para uma balada e não ficar na festa da minha tia. Bem, esse era o meu pensamento adolescente. Acabei discutindo com o meu pai, mas isso já era um hábito, e joguei na cara que ele me arrastava para essas merdas sem sequer me perguntar se eu tinha ou não um compromisso.

— Uau.

— Corri dali, peguei a chave do seu carro e fui até a garagem, querendo sair o mais rápido possível. Minha tia apareceu antes que eu pudesse abrir a porta. Como estava com raiva, acabei gritando e falando que aquela comemoração de final de mês era coisa de pessoas retardadas. Fui rude e grosseiro, sem necessidade. Bom, sabe o que ela fez?

Pisquei, hipnotizada.

— Não — respondi.

— Ela disse algo parecido com: Chuck, você sabe por que eu faço isso o que você chama de "coisa de pessoas retardadas"? Porque existem meses que são mais gostosos do que outros, assim como existem meses que são mais difíceis do que outros. Nós esperamos o ano inteiro virar para colocarmos na balança o que foi agradável e o que não foi. Faço essa festa

146 Aline Sant'Ana

com a família para termos em nossa consciência que não precisamos esperar janeiro chegar para agirmos diferente, para sermos pessoas diferentes, para deixarmos o que ficou para trás. A cada mês, temos a oportunidade para virar a página, para fazermos o certo, para nos movermos por algo que valha a pena.

— E o que você falou para ela?

— Achei aquilo uma merda absurda, claro. Entrei no carro, fui para a festa e bebi sem ter idade suficiente ainda, mas, por mais que na hora pudesse ter sido uma coisa ridícula para mim, no dia seguinte, assim que abril chegou, eu senti algo diferente.

— O quê?

— Senti que era o primeiro dia, um recomeço. Por mais que não fizesse sentido antes, apareci na casa da minha tia com flores e pedi desculpas. Ela me abraçou e sussurrou no meu ouvido: "o primeiro dia do mês, querido. A chance de você fazer algo diferente".

— Isso é...

— Você sabe que dia é hoje, Evelyn? — me interrompeu.

— Trinte e um de agosto.

— O último dia do mês — ele completou.

Umedeci os lábios e prendi a respiração, ainda segurando a taça.

— O dia primeiro de setembro é a minha chance de fazer algo diferente, de pensar em tudo o que aconteceu esse ano e recomeçar. Eu sei que ainda existem pontas soltas que não atei. Mas, amanhã, eu vou acordar na África do Sul, em um cenário inesquecível, dentro de um mês novo e tudo vai ser diferente, porque você pode ter certeza, Evelyn, eu não vim para essa viagem com qualquer outro objetivo.

— Chuck...

Ele bateu sua taça na minha, sorriu e, ainda com os lábios erguidos no sorriso, tocou a taça na boca. Bebeu um gole, depois outro, encarando-me a cada vez que sua garganta subia e descia pelo movimento. Assim que acabou o champanhe, ele mordeu o lábio inferior, admirando o meu. Colocou a taça no suporte ao lado da poltrona do assento e pegou minha mão para se encaixar na dele.

Seus dedos passaram nos vãos dos meus. Sua mão aqueceu a minha, que estava gelada pelo champanhe. Ele pegou-a e levou até os lábios, deixando um suspiro quente cobri-la. Com um beijo suave nas costas da mão, Chuck fitou meus olhos e me deixou ir.

— Amanhã — ele disse.

— O que vai acontecer amanhã? — indaguei, xingando-me mentalmente por ter tremido a voz.

— Vou ter a oportunidade de virar a página, de fazer o certo e me mover por algo que valha a pena.

— O que quer dizer?

— Eu vou me mover por você, Evelyn.

É inacreditável como uma frase pode mudar a química do seu corpo. Como uma reação altera os batimentos cardíacos, o suor nas mãos, o calor do ambiente. Apenas uma frase de Chuck Ryder, sem contato físico, era capaz de mexer com todo o meu sistema.

Precisei me recompor em segundos para dizer aquilo que eu precisava falar.

Era curto, mas justificava.

— Já conversamos sobre isso.

— Eu sei.

— Então não há nada a ser dialogado, certo?

— Errado.

Mesmo com toda a minha acidez, seu polegar veio no meu lábio inferior e Chuck o percorreu, como se estivesse preenchendo o contorno da boca com a ponta do dedo, como se estivesse me desenhando.

— Há muitas coisas para serem esclarecidas, Evelyn. Não peço que me entenda agora, mas vai chegar o momento certo para te contar toda a situação que não consegue compreender e, quando chegar a hora, eu vou me mover por você, sim. E nada nesse mundo vai me parar até que você esteja onde pertence: em meus braços.

— *Senhores passageiros, podem se acomodar em seus assentos. Fiquem à vontade para...*

Chuck se afastou devagar. A equipe começou a se sentar em suas poltronas e a mão de Chuck segurou a minha. Eu a afastei, confusa do que estava sentindo. Assisti todos se sentarem, entorpecida por um sentimento que não consegui manter no coração. Olhei para Chuck, ele parecia tão perdido em seus pensamentos quanto eu. Estava indecisa sobre como agir, sem ter provas de que o que ele dizia era verdade.

Minutos inteiros se passaram até que foram necessários os cintos de segurança.

Quando o avião começou a decolar em direção ao desconhecido, no tremor e força para colocar a aeronave nos eixos, pude sentir os olhos de Chuck em mim. Com calma, virei o rosto em direção ao dele e me deparei, em seus olhos, com todas as juras que não poderia dizer em voz alta.

Mas não precisava.

Sua alma falava.

Sua alma gritava por nós dois.

Setembro

"Michael suspirou quando se viu diante da chance de um recomeço. Ele amava Nancy com cada parte do seu ser. Não era pressuposto que conseguisse se afastar dela, ainda que o tivesse esquecido, e foi incapaz. Ao mesmo tempo, Nancy não tinha forças para lutar contra o sentimento que estava crescendo dentro do seu peito. A verdade é que ambos não estavam na mesma página desse romance, mas, certamente, direcionados ao mesmo destino. Já estava escrito."

RECORDE-SE ANTES DE EU PARTIR

Capítulo 24

A conversa com Chuck cessou e ficamos em um silêncio confortável, apesar de me sentir estranha pelas promessas que ele disse com o olhar. Acho que, se havia dúvida de que ele seria determinado a respeito desse assunto, ela já tinha ido embora.

No avião, um filme sobre apocalipse zumbi começou a passar na tela, mas era uma sátira, o que me tirou muitas gargalhadas. Peguei Chuck me olhando de lado, observando as piadas que eu achava graça e sorrindo. Não pelo filme, que ele também estava assistindo com fones de ouvido, e sim por mim.

Aquele homem era doce.

Mas continuei nessa, até o filme acabar e outro começar, depois outro. Dessa vez, uma comédia romântica com um pouco de drama, para prender o telespectador ao enredo.

A aeromoça passou diversas vezes oferecendo pequenos salgados, sucos e bebidas alcoólicas. Decidi que seria mais seguro me manter no suco de laranja, porque Chuck Ryder com qualquer bebida destilada não é uma combinação resistível. Assim que acabei o suco e entreguei a taça à moça gentil, Chuck me chamou.

— Evelyn.

Ouvi sua voz e arranquei um dos fones.

— Oi.

— Eu vou tentar dormir um pouco. Se importa se eu abaixar a minha poltrona?

— Que horas você acha que é?

— Não sei, mas esse silêncio me deixou com sono. — Sorriu e notei seu rosto preguiçoso, denunciando mesmo que estava cansado. Os olhos ainda mais semicerrados eram definitivamente uma das coisas que adoraria ver pelo resto da vida.

No que você está pensando, Evelyn Henley?

— Evelyn? — me chamou, divertido, como se soubesse sobre o que havia devaneado. — Você se importa?

— Não. Na verdade, acho que vou desligar a tela aqui também.

Chuck abaixou a poltrona e eu o acompanhei. Sem uma divisória entre nós, parecia que estávamos em uma cama. Fiquei reta e dura do seu lado, quase como se não quisesse me mover muito para dar a impressão errada. Olhei além da janela do avião, a escuridão sem qualquer luz era um breu do infinito.

— Boa noite, Eve — Chuck sussurrou, a voz grave de sono, me lembrando da vez que a ouvi com nitidez, pela primeira vez, ao telefone.

Foi inevitável me virar para olhá-lo.

Chuck estava sorrindo.

— Boa noite — murmurei.

Ele fechou os olhos, mas deixou o rosto virado na minha direção. Não levou mais do que cinco minutos para seus lábios se entreabrirem e Chuck iniciar uma respiração cadenciada e suave.

Eu levei muito mais do que isso para pegar no sono, meu cérebro não queria me deixar cair em esquecimento.

Mas, assim que o fiz, toda a preocupação se esvaiu e o meu coração ficou leve.

Definitivamente existia uma nuvem embaixo de mim. Estava tão confortável como nunca me senti na vida. Havia um calor envolvendo a parte direita do meu corpo, me aquecendo e me mantendo protegida do frio. Escutei um som forte no ouvido, onde minha cabeça estava deitada, era um retumbar de tambores... lento, sem querer me acordar. Acabei me agarrando mais ao objeto que me trazia tanta felicidade. Era o melhor travesseiro do universo e o cheiro que saía dele, tão maravilhoso, me lembrava alguém que eu gostava muito.

Foi quando decidi abrir os olhos.

Estava deitada de lado e no peito de Chuck, ouvindo seu coração. Ele estava fazendo um carinho lento nas minhas costas. Mesmo sem olhar para a janela, sabia que a escuridão tinha dado espaço à claridade. As pessoas ainda estavam dormindo e eu não queria me mexer.

Não porque precisava dormir mais cinco minutos.

Mas é que eu não queria olhar para o rosto de Chuck agora.

— Posso sentir que você acordou. Todos os seus músculos ficaram tensos. — Ouvi a voz de barítono de Chuck. Ainda mais grave, por ser de manhã.

A ansiedade tomou conta de mim.

— Ah...

— Bom dia, Eve — cochichou. Sua voz macia e quente acariciou meus cabelos.

— Oi, Chuck.

— As pessoas ainda estão dormindo.

Decidi virar meu rosto para cima. Meu nariz esbarrou em seu queixo, coberto por uma barba rala. Depois, nossos olhares se encontraram.

Perto demais.

— Você acha que posso pedir à aeromoça um café para nós? — ele continuou, desviando o olhar para meus lábios.

— Acho que sim. Sabe que horas são?

— Deve ser umas seis da manhã no nosso horário. Quatro da tarde aqui, no caso.

— Estamos chegando, então.

— É — respondeu, rouco.

Meu hálito não estava nada agradável depois de dormir sabe-se lá quantas horas. Mas Chuck me olhava como se eu fosse a coisa mais bonita que ele já viu na vida.

Esse homem tinha sérios problemas.

Me afastei devagar, percebendo que a coluna deu uma leve pinçada na hora de me colocar novamente sentada. Ajeitei a poltrona e Chuck arrumou a sua. Encarei-o e deixei um sorriso escapar.

— Você pode me dar licença para eu ir ao banheiro?

Chuck assentiu.

— Vou pedir os cafés. Depois, vou ao banheiro também.

— Tudo bem.

E eu fui, depois de caçar na minha bolsa a pasta e a escova de dentes. Assim que cheguei lá, tentando organizar os pensamentos enquanto a água descia pela torneira, deixei que meu coração batesse descompassado. Cenas da nossa conversa percorrendo minha mente desfilavam sem premeditação, as palavras de Chuck enraizando no meu coração ainda que não quisesse, que não devesse.

Saí do banheiro o mais rápido que consegui, depois de fazer tudo o que tinha que fazer.

Assim que retornei à poltrona, Chuck estava me esperando com um copo de café cheirando maravilhosamente gostoso. Ele se levantou para eu passar, me entregou e depois se levantou para ir ao banheiro.

Encarei o horizonte pela janela, me perdendo no tempo até Chuck voltar. Percebi que estávamos realmente bem perto do destino.

— A aeromoça me disse que temos um bom tempo para aterrissar. As pessoas vão acordar daqui a pouco e o piloto logo deve avisar que estamos chegando, para colocarem os cintos.

— Obrigada.

Um silêncio confortável se instalou. Embora não estivesse olhando Chuck, eu sabia que ele me observava.

— Ouvi tantas coisas boas sobre a África do Sul. Realmente estou ansioso para conhecer.

Beberiquei o café.

— Vamos saber assim que chegarmos.

Não demorou para o piloto acordar todos com sua voz nos alto-falantes. A equipe foi se arrumando, colocando os cintos e despertando para pousar. Chuck e eu já estávamos preparados para o que vinha a seguir e o avião começou a aterrissagem.

Foi tão rápido que, quando me dei conta, já senti a suavidade das rodas rolando pela pista. As portas se abriram em não mais do que dez minutos e todos começaram a descer. Observei tudo assim que chegamos ao aeroporto, tão elegante quanto eu jamais pude imaginar. As imensas janelas davam vista para a pista de pouso e os aviões que já haviam aterrissado. Chuck andou lado a lado comigo e Uriel se aproximou, nos alertando sobre o que vinha a seguir.

— Vocês dois vão para o hotel agora, descansar um pouco. As gravações vão começar amanhã. Os figurantes que conseguimos para as pequenas aparições já estão preparados para o dia seguinte.

— Você não vai descansar? — questionei a Uriel.

Ele sorriu.

— Tenho muito trabalho a fazer. Trinta dias na África parece muito, mas é pouco demais perto de todas as cenas que temos que gravar.

Uma moça se aproximou de nós, com as minhas malas e as prováveis de Chuck a tiracolo.

— Desculpe interromper. Aqui estão as malas de vocês.

— Obrigado — dissemos juntos.

Quando Chuck recobrou seus pensamentos e a moça se afastou, ele encarou Uriel.

— Dormimos durante o voo. Tem certeza que não há nada em que possamos ajudar?

— Absoluta. Vão descansar, para tentarem se acostumar com o fuso horário. Amanhã vamos sair cedo, o que provavelmente seria madrugada para nós.

— Tudo bem. — Assenti.

— Tome aqui o endereço do hotel, Chuck.

— Certo — concordou.

Nos separamos de toda aquela gente, até restar só Chuck e eu. Ele me guiou até a porta de entrada e ficamos um tempo contemplando a entrada do aeroporto, os táxis e o céu azul de outro continente. Com as malas, conseguimos o carro da equipe que nos levaria em segurança para o hotel.

Em silêncio.

Com trocas de olhares.

Mas ninguém estava notando.

— Seu quarto é no mesmo andar que o meu — Chuck avisou, a voz um pouco rouca.

Olhei para ele.

— Vamos poder praticar os papéis. — Deixei claro que profissionalmente.

Chuck abriu um sorriso contido.

— Claro.

Nos despedimos do motorista e descemos. Cansados, apesar de termos dormido por horas e com o horário desregulado, já dentro do hotel luxuoso que a equipe de Uriel nos hospedou, Chuck me encarou como se não quisesse se despedir.

Tínhamos que nos separar, isso era inquestionável, mas a questão era outra. Subimos pelo elevador em silêncio e, assim que as portas se abriram, ainda com o coração acelerado ao encarar seus olhos, abri um sorriso incerto.

— Eu vou ler as falas de amanhã e, qualquer dúvida, você pode me telefonar. Estou no quarto 711 — avisei, já no nosso corredor. Comecei a caminhar, puxando as malas, e o escutei me seguir.

— Sim, qualquer coisa eu vou mesmo te telefonar. — Pausou. — Ou aparecer no seu quarto.

Olhei-o sobre o ombro.

— Aparecer, não. Telefonar.

A gargalhada de Chuck soou alta por todo o corredor.

— Então você está mesmo me evitando.

— Até sentei ao seu lado no avião, Chuck.

— Não. *Eu* sentei ao seu lado.

Me virei para ele, e vi toda a diversão em seu rosto. Eu estava começando a ficar irritada.

— Não estou te evitando. Sou superprofissional e consigo separar o que tivemos.

Chuck recostou o ombro na parede. Seus pés dobraram na altura dos calcanhares.

— Hum, interessante.

— O que é interessante?

— O quanto você fica na defensiva quando se trata de mim.

Virei as costas. Chuck riu de novo e desistiu de me incomodar. Entrei no quarto, jogando as malas de qualquer jeito no chão. Só consegui me acalmar quando decidi tomar um banho e, logo depois, ligar o Skype para falar com a família.

— Como estão as coisas? Viu um leopardo? — Val questionou.

Ri.

— Ainda não.

— E Chuck Ryder? — mamãe questionou, se jogando em frente da webcam.

— Um chato, como sempre.

— Ah, sei. Um chato maravilhoso que você beijou cada pedacinho do corpo...

— Para, mãe.

— Parei. — E saiu.

— Olha, vê se descansa — Val avisou. — Nada de ficar estudando roteiro por horas.

— Concordo! — gritou minha mãe, por mais que não pudesse vê-la.

— Eu sei.

— Você tem certeza de que não existe um repelente contra bichos selvagens, Eve? — Val indagou, preocupada. Um vinco se formou entre suas sobrancelhas.

— Tchau, Val.

A Henley caçula sorriu.

— Até amanhã.

Me joguei na cama, já confortável em meu pijama. Havia separado o roteiro na bolsa, então não foi difícil encontrá-lo. Comecei a ler as cenas, a treinar expressões e o tom da minha voz. Perdi a noção do tempo e levei um susto quando escutei uma batida na porta.

Me levantei e fui abri-la.

— Desculpa perturbá-la. O cavalheiro do quarto 705 enviou essa mesa para a senhorita. Posso entrar?

O homem de meia-idade abriu um sorriso bondoso e o deixei entrar. A mesinha carregava um cheiro delicioso e tinha uma carta sobre a porcelana prateada. Fiquei um pouco chocada, observando tudo aquilo, porque sabia bem quem era o cavalheiro do quarto 705.

Saí do estado de transe quando me lembrei de dar gorjeta para o senhor. Estendi uma nota e ele me agradeceu, fechando a porta do quarto e me deixando sozinha com aquele monte de comida.

Decidi abrir a carta antes de descobrir o que as bandejas escondiam.

primeiramente: coma alguma coisa.

— Por que os homens têm que ser tão mandões? — reclamei sozinha e voltei a ler.

e não reclame que estou te obrigando a comer. ficamos horas dormindo e seu estômago deve roncar em algum momento. agora, preste atenção.
não vou ultrapassar qualquer linha que você não queira, sei que temos que conversar e isso vai acontecer assim que possível.
também não há razão para você me evitar como se eu tivesse uma doença contagiosa. vamos gravar cenas íntimas e profundas nessas semanas.
serei profissional, prometo.
mas isso não significa que desisti de você, porque sei que, assim que escutar o que tenho a dizer, vai compreender que todos os seus medos são fictícios assim como michael e nancy. vai entender que não há no que competir e vai perceber que, para mim, me encantar por alguém, depois de tudo o que passei, é um passo muito grande. vai entender, enfim, o motivo de estar demorando para me assumir completamente com você.
não tenha medo das palavras que escrevi, elas são verdadeiras.
e sabe por quê?
dissemos um milhão de coisas para as câmeras, como nancy e michael, que acreditei até o último minuto serem mentiras. um amor tão bom que não parece fazer sentido. mas, quando estamos só eu e você, como chuck e evelyn, todas aquelas coisas... simplesmente fazem sentido.
e eu não estou aqui em frente a milhões de pessoas para atuar, estou te escrevendo isso tudo como um homem, um cara comum, que não tem razão para mentir. não é teatro, eve. é a vida real. e ela é doce quando estou com você.
te vejo amanhã.
c.

Me joguei na cama, sem fôlego. Nada que Chuck me dissesse justificaria o fato de ele estar em um relacionamento com Meg a não ser por amor... um amor doentio, é verdade, mas o que entendemos do coração das pessoas?

Fechei os olhos, querendo desaparecer por uns segundos.

Quando essa conversa ia acontecer? Quando ele ia me explicar por que fica em cima de mim se é comprometido? A que horas eu ia entender a bipolaridade de Chuck Ryder?

Me levantei da cama e decidi que me afogar na comida era o melhor que eu tinha a fazer, embora as panquecas, as frutas, o suco de laranja e os ovos mexidos com bacon não conseguissem calar a ansiedade que crescia sorrateiramente dentro de mim.

Capítulo 25

Uriel nos acordou muito cedo, como havia prometido que faria. A cena que iríamos gravar era na entrada do aeroporto, com Michael e Nancy chegando à cidade. Uriel conseguiu selecionar um espaço só para nós, uma área permitida. Meu figurino era um short jeans escuro de cintura alta e um cropped verde-esmeralda. Meus cabelos estavam soltos e usava um chapéu feminino e pequeno de palha. Sem saltos, apenas com rasteirinhas, fiquei em pé na entrada esperando Chuck aparecer, um pouco ansiosa para vê-lo.

— Você viu a notícia que saiu naquele site de fofocas? — Daphne comentou, se aproximando de mim ao cochichar. Ela tinha vindo conosco, o que era um alívio e tanto. Seus cabelos coloridos e sorriso bondoso sempre acalmavam meus ânimos.

— Qual notícia?

— De que Meg está cada vez mais... *inescrupulosa*?

— A namorada...

— Ela mesma — Daphne interrompeu, ansiosa. — Parece que as pessoas estão cogitando se o relacionamento de Meg e Chuck ainda está de pé. E ela foi vista em uma festa dançando na companhia de dois rapazes. Claro que Meg morre de medo das suas artimanhas ficarem expostas ao público, então negou tudo e disse que foi intriga da oposição e que ninguém tirou fotos dela dançando com a suposta companhia, mas é óbvio que ela deve ter dançado mesmo, todo mundo que viu a víbora de perto, sabe do que ela é capaz.

Tentei esconder meu choque enquanto Daphne dizia tudo aquilo. Eu já sabia que Meg era assim, mas não fazia ideia de que uma pessoa de fora pudesse pensar ou ver a namorada do Chuck dessa maneira.

— Mas... por que você está me contando isso?

Daphne ajeitou meu chapéu e limpou com o dedo o canto do meu olho, provavelmente com algum borrão suave do lápis preto.

— Eu percebi a faísca que existe entre vocês.

— Daphne...

— Posso te dizer só uma coisa?

Suspirei.

— Pode.

— Relacionamentos de fachada não são relacionamentos de verdade. Isso que Chuck e Meg têm é tudo, exceto amor, paixão e tesão. Te afirmo isso porque já vi os dois interagindo com meus próprios olhos e é de dar pena. — A menina me encarou com o semblante repleto de ternura. — Não sei qual é o motivo que faz Chuck estar preso a ela, mas garanto a você que não é nada natural. Só quero que saiba disso, Evelyn.

— Eu...

— Bom dia. — A voz responsável por todos os pelos do meu corpo subirem sem aviso chegou.

Ele estava atrás de mim, e Daphne inventou uma desculpa qualquer para se afastar. Todos estavam em posição, apenas aguardando a nossa palavra final. Assim que girei o corpo, tentei não observar como Chuck ficava bem em uma calça jeans cinza-escuro e uma camiseta roxa de manga curta justa e lisa, abraçando cada parte dos seus músculos e porte físico.

Por que até os ombros desse homem eram atraentes?

— Trouxe café. — Estendeu para mim o copo chamejante.

— Obrigada. — Bebi um gole. — Você decorou as falas?

Chuck me olhou significativamente e não respondeu à pergunta.

— Como foi sua noite, Eve?

Me lembrei da carta em cima do carrinho de comidas gostosas.

— Hum... interessante. E a sua?

— Inquietante. Recebeu o meu pedido?

Engoli em seco devagar.

— Sim.

— Que bom. — Sorriu.

— Preciso saber se vocês estão prontos para começar. — Uriel utilizou seu megafone para chamar nossa atenção. — Precisamos liberar a área, então vou contar com a sorte e o talento de vocês para gravarmos isso em uma tomada.

Olhei para Uriel, sentado em sua cadeira alta, com todas as parafernálias de televisão, fios e etc. Sorri e assenti.

— Respondendo sua pergunta anterior — Chuck sussurrou. — Passei a noite toda decorando as falas, pensando no momento em que ia te beijar na frente das câmeras de novo.

Guiei o olhar para ele e vi aquele sorriso patife no rosto perfeito.

— Três, dois, um e... — Uriel gritou.

As câmeras começaram a rodar.

Infelizmente, não conseguimos fazer tudo em somente uma tomada. Chuck me deixava nervosa. A presença dele, seu perfume e a maneira como ele estava agindo me faziam sentir uma ansiedade fora de lógica. Nesse momento, tudo o que não deveria existir era receio da parte de Nancy, porque a alegria de ambos precisava ser contagiante, já que ela havia se apaixonado mais uma vez por Michael, mesmo que não conseguisse recordar a história dos dois. Para Michael, o fato de ter o amor de Nancy, ainda que tivessem enfrentado a perda da memória dela, já era motivo para estar feliz. Esse era o começo do fim e do felizes para sempre.

Consegui me concentrar na tomada de número trinta. Pedi desculpas através do olhar para Uriel, porque era o máximo que podia fazer. Apesar de Chuck estar atuando ali por nós dois, eu não estava sendo a Nancy que prometi a Shaaron. Quando o amor pela profissão falou mais alto do que o nervosismo, consegui agarrar a mão de Chuck na pele de Michael e finalizar a cena.

— Estou feliz que estamos aqui. Estou feliz por ter tido a chance de conhecê-lo de verdade.

— Me conhecer de novo — Chuck corrigiu, dentro da fala do personagem.

Joguei os braços em seus ombros e levei uma mão aos seus cabelos bagunçados, acariciando o começo da nuca. As pupilas de Chuck dilataram com leveza e ele inspirou o ar com força.

— Acho que meu cérebro foi capaz de esquecer você, mas não meu coração.

Ele sorriu e desceu o rosto em minha direção.

Não tínhamos conseguido levar a cena até o final. Agora, era o momento do beijo que eu havia adiado, e Chuck demonstrou, assim que seus lábios se conectaram aos meus, que ele foi mesmo capaz de sonhar com esse beijo durante a noite.

Deixei a boca aberta mesmo que sem intenção, para que sua língua escorregasse em torno da minha. Respondi ao seu contato com os olhos bem fechados, a eletricidade entre nós trazendo à tona nossos desejos. Ele invadiu minha boca com a posse de um homem apaixonado e, quando pegou na minha cintura de modo que os corpos terminassem de se encaixar, fui eu que me perdi.

Arranhei sua nuca e arranquei um som rouco da garganta de Chuck que vibrou dentro de mim, suas mãos desceram para minha bunda e eu me agarrei nele enquanto deixava-o brincar com a minha língua, apenas parando de me beijar intensamente quando nossas cabeças trocavam de lugar, ou quando mordia meu lábio inferior. Fiquei arrepiada, com meu corpo se acendendo em chamas enlouquecidas, e tentei me controlar ao máximo, mas aquela beijo tinha um gosto de sexo lascivo, e eu sentia falta... *tanta falta...*

Foi quando Chuck deixou de me beijar. Com leveza, até que sobrassem somente nossos lábios raspando um no outro, e precisei recuperar o fôlego.

Chuck também respirou com dificuldade até nossos olhos se abrirem.

E Uriel gritou um "finalmente" quando as câmeras pararam de gravar.

— Vai ser difícil ter que te beijar todos os dias — acabei confessando, me afastando com as pernas bambas e o coração batendo forte.

Ele limpou meu lábio inferior da umidade do beijo com o polegar.

— Enquanto para você isso vai ser difícil, para mim será a hora mais aguardada do dia.

Sorriu, virando as costas e me deixando ciente de que, sim... ele estava jogando com um arsenal pesado. Se fôssemos um jogo de pôquer, eu teria as piores cartas na mão e Chuck estaria vitorioso com um Royal Straight Flush.

Observei a bunda dele se mexendo na calça jeans.

Deus! No que eu fui me meter?

Capítulo 26

Encarei Daphne.

— Você acha que eu consigo beijar aquele cara? — questionou, observando com curiosidade o homem no bar do hotel.

— Eu acho que você consegue quem quiser, Daphne — falei sinceramente, porque ela era linda. — Quer beijá-lo?

— Não sei, ele parece tão certinho — apontou.

Encarei o rapaz com mais atenção. Vestia um terno e os cabelos loiros estavam presos em um rabo de cavalo baixo. Estava conversando com outros homens, rindo despreocupadamente. Ele lançou um olhar para nós, como se soubesse que o estávamos observando, e ergueu seu copo quadrado com bebida, cumprimentando.

— Essa é a sua deixa, Daphne.

— Eu vou tentar. Não se importa de ficar sozinha?

Sorri, tranquilizando-a.

— Nem um pouco.

Estávamos no terceiro dia na África do Sul. Uriel nos deixou com um dia de folga porque a equipe estava sofrendo com o fuso horário. No dia anterior, consegui gravar uma cena com Chuck, na qual chegávamos ao hotel onde estávamos, ansiosos para nossa aventura. Ele anunciou, no meio de um beijo, que me levaria para fazer um safári.

Percebi que Chuck ficou um pouco mais ausente do que o de costume. Cheio de conversas com Uriel, trocas de palavras e olhares. Uriel aconselhou Chuck e o deixou mais tranquilo à medida que o dia se encerrava. Perguntei a Daphne se ela tinha uma pista do que estava acontecendo e, para conversarmos, nos reunimos no bar do próprio hotel.

Minha conversa com ela foi improdutiva, mas, no minuto em que teve toda a atenção do homem loiro, soube que a noite dela seria interessante.

Voltei a beber o smoothie e puxei o celular da bolsa para me distrair. A essa hora da noite, já era madrugada nos Estados Unidos, mas isso não me impediu de enviar uma mensagem para Val dizendo que tudo corria bem.

Distraída, não dei bola para o cara que se sentou ao meu lado. Percebi, pela visão periférica, que ele estava perto demais e, quando tocou meu joelho, levantei os olhos, prestes a questionar que tipo de liberdade ele achou que eu tinha dado.

— Oi, Eve.

Ah, o tormento dos meus pensamentos.

Estava com uma roupa simples para um bar, por mais que estivéssemos no hotel. Calça jeans, camiseta polo branca e cabelos molhados de um banho recente. Assim que se ajeitou no banquinho, a colônia do pós-banho inundou meus sentidos.

— Socializando com os hóspedes? — questionou e formou um vinco entre as sobrancelhas.

— Eu? Não. Estou só enviando uma mensagem para a minha irmã. Já Daphne... — Apontei para ela, que estava rindo de algo que o loiro disse. Chuck acompanhou meu olhar e sorriu.

— Então, ninguém pagou uma bebida para você ainda? — continuou, questionador e um pouco... ciumento?

Claro que aquilo não era ciúmes. Não seja idiota, Evelyn Henley.

— Hum... não.

Aquele sorriso patife estava de volta.

— Um erro imperdoável. Mas vou corrigi-lo.

Chuck chamou o barman e pediu mais do que eu estava bebendo. Para si, apenas uma dose de Amarula sem gelo. O meu smoothie ainda estava na metade, mas o gelo havia derretido e o drink não estava mais gostoso, de qualquer forma.

Ele apoiou o cotovelo na bancada. Chuck usou a mão fechada de apoio para o queixo elegante. Ficou me observando, estudando os traços do meu rosto, até umedecer os lábios.

— Depois do safári, vamos ter uma conversa definitiva.

O barman retirou o meu drink antigo e substituiu pelo novo. Bem a tempo de me dar uma pausa para pensar no que aquilo significava.

— Uma conversa definitiva, hein? — acabei zombando.

Era difícil acreditar que, depois de tudo o que passamos nesse ano, ele finalmente sairia do muro. Para o bem ou para o mal, eu só queria uma resposta, uma definição, e era isso que Chuck estava me prometendo.

Mas por que meu coração parecia estar dolorido pelo pessimismo?

— Antes de o dia chegar, eu quero que leia isso.

Tirou do bolso o celular e deslizou sobre a bancada. A Amarula que Chuck pediu foi servida em um copo com enfeite de chocolate.

Ele bebeu um gole.

— Posso interromper essa conversa por um segundo?

— Sim, claro.

— Amarula é uma bebida tão... diferente. Nunca te imaginei tomando isso.

— Estamos na África. Eu só quis entrar no clima.

Sorri.

— Certo, voltemos para o celular. Ler o quê?

— As mensagens que troquei com Meg. Vou te deixar com ele até amanhã. Não existem muitas, mas é o suficiente para você entender algumas coisas e compreender o que eu sempre venho te dizendo.

— E o que é?

— Não existe amor entre Meg e mim. — Fixou o olhar intenso e determinado. — O que temos não passa de uma fachada criada por ela, de forma que não posso escapar. Para proteger você de toda essa sujeira, decidi não ser honesto, quer dizer, omitir e manter as coisas. Até um tempo, eu achei que a amava, mas... enfim, você vai ler e entender. O resto, vou te explicar em breve.

— Chuck, por que você segura tanto as informações?

— Eu quero ter certeza de que, quando te contar, conseguirei estar no controle da situação.

Soltei um suspiro.

Chuck apoiou novamente a mão no meu joelho e me fez olhá-lo. Eu estava cansada por causa da carga emocional. Isso deveria ser visível, porque ele me encarou com preocupação no rosto e se levantou.

A altura de Chuck sempre foi superior à minha, mas, quando ele ficava em pé e eu, sentada, era ainda mais evidente. Ele aproximou seu corpo do meu de modo que ficasse entre as minhas pernas. A proximidade não era tanta, nada a ponto de ser escandaloso em público, mas, para mim, aquele contato já era demais.

Chuck colocou sua mão na base do meu rosto e acariciou a linha do maxilar com o polegar. Seus olhos vasculharam os meus, buscando uma resposta. Engoli devagar, experimentando a sensação do corpo começar a se aquecer nas partes mais íntimas. O coração correu no peito e, mesmo sentada, meus joelhos ficaram fracos.

— Amanhã você vai entender e decidir se me quer ao seu lado ou não. Não vou forçá-la a tomar uma decisão, não vou induzi-la a nada, só quero que você saiba que eu desejo muito... — ele desceu o olhar para a minha boca — poder te beijar todos os dias sem que pareça errado.

Aquele homem, com o olhar penetrante, os cabelos bagunçados e o perfume mais inebriante que já senti era o meu caos pessoal. A minha fraqueza. Eu sempre me orgulhei de poder me manter sã, mesmo aparentemente apaixonada por outros caras, mas Chuck me empurrava na linha da emoção e da razão de uma forma que eu não sabia o que era certo e o que era errado.

Antes que permitisse que ele me beijasse fora da pele de Michael e Nancy, me levantei e Chuck se afastou para me dar espaço. Peguei o celular dele e beijei sua bochecha delicada e lentamente, deixando ali uma marca de batom vermelho Dior.

— Boa noite, Chuck.

Um sorriso se formou e Chuck pareceu rejuvenescer uns cinco anos.

— Boa noite, Eve.

Capítulo 27

Me despedi de Daphne logo depois de dar boa noite a Chuck. Ela estava entretida com o loiro, mas, assim que viu Chuck, perguntou se eu estava bem. Assenti para tranquilizá-la e, já de camisola na minha cama de hotel, desbloqueei o celular e fui para as mensagens do Chuck. Fui descendo, encontrando vários contratos profissionais e propostas que Chuck sequer abriu para ler.

Logo abaixo de uma lista longa, apareceu o nome de Meg.

"Da próxima vez que fizer uma entrevista, tente parecer mais apaixonado por mim do que já é. As pessoas estão começando a falar e desconfiar. Não preciso ressaltar o que vai acontecer se você começar a dar bandeira, Chuck.Já te disse que você pode ficar com quem quiser. Temos um relacionamento aberto. Entretanto, isso não significa que precisa mostrar ao público que deixou de me amar.

Vamos lá, não é tão difícil assim.

Somos atores e a vida é o nosso palco.

Meg T."

Perdi a conta de quantas vezes reli a mensagem de Meg. Aquilo era um relacionamento de fachada e sem amor. Fiquei um pouco chocada, já que, no restaurante, Meg demonstrou com toda a certeza do mundo que Chuck a amava. Ela estava convicta disso e não parecia atuação. Agora, a ameaça implícita me deixou com o estômago gelado.

Tomei uma respiração profunda antes de ler a resposta de Chuck.

"Engraçado você achar que estou apaixonado por você, depois de tudo o que passamos. E, não, você não precisa me dizer o que vai acontecer se essa bolha cor-de-rosa estourar.

Vou tentar ser mais passional da próxima vez.

Graças a Deus isso está acabando."

Pensei que aquilo não podia ficar mais claro. Eles estavam presos por algum motivo. Meg o estava chantageando, pelo que aparentava. Ou ficava com ela... ou algo terrível aconteceria.

Fui atrás do rebote de Meg.

"Eu só preciso que você cumpra a sua parte do trato enquanto eu cumpro a minha. Não explanei nenhum probleminha seu para a mídia, quando poderia muito bem ter feito isso e começado a curtir a minha vida.

Em respeito a você, por tudo o que vivemos juntos, eu segurei as pontas.

Aguardo seu próximo e-mail com o pagamento de suas dívidas, Chuck.

Meg T."

Meu Deus, isso se tratava de dinheiro?

Horrorizada, busquei mais e-mails para ler. As trocas entre Meg e Chuck eram apenas discutidas de forma evasiva, mas sempre com uma ameaça implícita. Chuck não poderia abandoná-la. O que quer que fosse que Meg tivesse contra Chuck, ele não poderia se desvencilhar dela.

As coisas começaram a fazer sentido.

Ele me mantendo afastada, dizendo que eu precisava acreditar nele, avisando que tinha que resolver as coisas antes de assumir algo além do que poderia fazê-lo. Todas as vezes que Chuck me disse que era o momento errado para estar comigo não era porque ele tinha uma namorada, uma mulher que amasse, mas sim por estar preso em uma rua sem saída.

Os pelos dos meus braços se levantaram e decidi que isso não poderia ficar assim. Eu precisava vê-lo, por mais que Chuck não quisesse me contar o que diabos havia acontecido, agora eu temia que sua vida estivesse em perigo.

Já me alertaram sobre a dissimulação de Meg, e homens, sinceramente, são muito tolos no que diz respeito a mulheres ardilosas. Quem garantia que esse acordo entre eles seria cessado de verdade? E que tipo de problemas Chuck tinha a ponto de ela ameaçá-lo?

Saí do quarto de camisola vermelha de renda e fui rumo ao seu. Bati na porta e escutei a voz sonolenta de Chuck pedindo um momento. Ele a abriu, exibindo o cabelo desgrenhado e nada em seu corpo além de uma cueca boxer cinza-escuro que abraçava tão bem suas curvas... Desci o olhar.

É, caramba.

Mas, naquele segundo, por mais que ele fosse um pecado sobre duas pernas, eu tinha uma missão.

— Eve? — A surpresa apareceu em seu semblante.

— Eu vou entrar — avisei.

Chuck coçou os olhos com os nós dos dedos antes de abrir as pálpebras com mais afinco e descer a visão pelo meu corpo. Ele prendeu a respiração por longos segundos antes de soltá-la.

— Hum... isso é...

— Não é o que você está pensando. — Sorri.

— Entre. — Abriu mais a porta, dando-me espaço.

Seu quarto era igual ao meu, observei. A cama bem centralizada, a decoração exuberante, abajures dos lados esquerdo e direito, dando ao ambiente um aconchego mais do que necessário. Mas eu estava agitada, cheia de informações correndo velozmente pelo cérebro. Precisei organizar os pensamentos, antes de me virar para Chuck e começar a falar.

— Eu li os e-mails.

Parecia o jeito mais sensato de começar a conversa.

Chuck assentiu, como se previsse que essa era a razão da aparição repentina.

— Sente-se — pediu.

Me acomodei na beirada da sua cama desarrumada e Chuck puxou uma cadeira da pequena área de jantar para se sentar de frente para mim. Dei mais uma olhada em seu corpo, porque não sou de ferro e o homem estava de boxer, pelo amor de Deus. Senti minhas bochechas esquentarem, mas Chuck não pareceu notar. Se acomodou de forma tranquila, apoiou os cotovelos sobre as coxas e esperou que eu dissesse por que vim parar em seu quarto.

— Você não a ama. — Minha voz saiu mais acusatória do que eu previra.

— Eu disse a você que não a amava.

— Mas eu não acreditei.

— Era o mais lógico — murmurou, a voz rouca pelo sono interrompido.

Me remexi, puxando a camisola curta um pouco mais sobre as coxas.

— O que vocês têm parece ser um acordo e não um relacionamento. Eu li os e-mails, Chuck.

— Você já disse isso. — Sorriu pacientemente.

— Meg te ameaçou. Estava implícito, mas é óbvio que ela tem algo contra você e o está chantageando.

O peso caiu sobre os ombros de Chuck, embora ele não desviasse os olhos dos meus.

— Sim, é um acordo. Uma chantagem. De qualquer maneira, é doentio.

— Você tinha medo que eu achasse isso estranho demais? Por isso não me contou a verdade?

— Fiz para protegê-la, Evelyn.

— De quê?

Chuck ficou em silêncio por um momento, pensando no que dizer. Ele se recostou na cadeira, passou os dedos pelo cabelo afrontoso e deixou as pálpebras caírem, sem ter coragem de abri-las.

— Para sua segurança, é melhor que eu não fale a respeito. Não quero colocá-la no meio disso, Evelyn. Ainda não estou com a situação sob controle. Prometi que conversaria com você amanhã, mas talvez tenhamos que adiar.

Seus olhos se abriram.

— Você não vai me colocar de escanteio agora.

— Não estou fazendo isso.

— Sim, está. Acha que não posso lidar com seus problemas, acha que vou fugir no segundo em que souber.

— Não penso isso.

— Pensa sim.

Ele ficou em silêncio.

— Eu sou mais forte do que aparento ser — resolvi adicionar. — E não há ninguém aqui escutando essa conversa. Se isso for te deixar mais confortável, pode ter certeza que não direi uma palavra a ninguém. Chuck, você precisa confiar em mim.

— Confio a minha vida a você e é por isso que não quero te perder, é por isso que protejo você. Droga, Evelyn. Eu protegeria a mim mesmo dessa sujeira se tivesse como.

— Eu preciso que você me diga.

Silêncio.

Até Chuck decidir soltar o ar dos pulmões e me encarar atentamente.

— Você quer mesmo saber o motivo que me impede de ficar com você?

— Mais do que qualquer outra coisa.

Ele *precisava* me dizer. Ou como poderíamos começar isso da forma correta? Além do fato de estar apaixonada por ele, havia outra coisa dançando em minhas veias. Chuck parecia estar carregando essa carga pesada sobre os ombros por muito tempo.

Eu não queria que ele sofresse, queria ajudá-lo.

Chuck levantou da cadeira e se sentou ao meu lado na cama. Sua presença fez meu coração acelerar. Eu queria tocá-lo, queria desenhar cada curva e, acima disso, entender o que o impedia de se entregar a nós dois.

— Eu vou te mostrar uma coisa — Chuck me encarou. — Depois, eu vou explicar.

— Chuck...

— Não concordo em te dizer isso agora, mas talvez te manter na ignorância só nos faça sofrer mais. — Ele desceu os olhos para a minha boca e, como se estivesse se punindo, mordeu o lábio inferior. — Só *me* faz sofrer mais.

Chuck pediu o celular dele de volta, tirando-nos da nuvem magnética, e eu o devolvi. Ele mexeu em alguns comandos e, enquanto o fazia, observei-o atentamente. Poderia assisti-lo assim, tão à vontade comigo, pelo resto dos meus dias.

— Veja com seus próprios olhos. — Sua voz saiu grave e tensa.

O vídeo que Chuck colocou se passava em uma festa. A música ensurdecedora tornava o áudio no celular quase arranhado. As luzes coloridas balançavam de um lado para o outro e as pessoas mais afastadas dançavam. Percebi que quem gravava o vídeo era uma garota, pois ela abaixou o aparelho por um segundo e seus pés de salto alto entregaram-na.

Acima da música, mais próxima a uma área reservada e mais iluminada, uma voz disse algo parecido com "Meu Deus!". A garota prontificou-se em mudar a câmera dos seus pés para sua frente e, à distância, deu um zoom. Um homem estava agarrado com uma menina. Por um segundo, senti meu estômago revirar. Ele tinha uma aparência semelhante à de Chuck, que, mesmo pela qualidade ruim do vídeo, dava para notar. A que estava com o celular aproximou-se do casal. Percebi que não poderia ser Chuck, o homem em questão era mais corpulento, quase gordo, e os cabelos, menos desalinhados, mas ainda assim... o perfil *parecia* com Chuck.

Olhei para Chuck, em busca de explicações, mas ele não desviou o olhar. Estava atento à tela.

— Continue observando — pediu, sem esconder uma entonação de raiva na voz.

Quem estava gravando chegou perto o bastante para ter uma visão bem privilegiada. O casal em questão estava tão entretido aos beijos e passadas de mão que não se deu conta de que estava sendo observado. O homem levantou a saia da menina, puxou a calcinha dela para o lado e, para minha surpresa, a penetrou com um dedo, continuando a beijá-la.

A garota com o celular estava rindo, dizendo que aquilo era o que a salvaria, embora não fizesse sentido. E o homem, notavelmente mais velho do que sua companhia, não parecia ligar se o mundo fosse cair ao redor.

Foi então que a acompanhante do homem se virou e viu a câmera. Ela olhou para quem quer que estivesse gravando e sorriu.

— *O que você está fazendo, Meg?* — a menina que estava sendo beijada disse para a que gravava a cena.

Meg.

— Meg? — questionei em voz alta.

— Sim — Chuck confirmou.

— *Acompanhando esse casal. E você, Isis?* — Riu Meg, falando com a amiga. — *O que pensa que está fazendo?*

— *Curtindo minha maioridade.*

— *Besteira. Você tem dezesseis anos.*

— *E isso não é divertido?* — rebateu a garota, transtornada.

Assisti ao desenrolar da cena, quando o homem percebeu que estava sendo gravado e abriu um sorriso.

Meu peito se apertou em choque.

A semelhança com Chuck era gritante. Era como olhar uma versão mais velha e madura do homem por quem eu estava apaixonada, mas com um semblante diabólico e quase assustador. Ele estava bêbado, percebi assim que Meg focalizou a câmera. Os olhos estavam vermelhos, e ele não parecia saber movimentar seu corpo de forma natural. E a menina de dezesseis anos que ele estava beijando mal conseguia ficar em seus próprios pés.

— Olá, Sr. Ryder — Meg disse, confirmando aquilo que eu mais temia.

— Oi, bonitinha — gracejou, com a voz enrolada.

— O que você usou hoje?

— Você sabe o que eu usei.

— Ele deu para mim, Meg. Estou nas nuvens! — a adolescente adicionou à conversa.

Meg pareceu soltar um suspiro.

— Não poderia ter sido melhor — murmurou próxima ao celular, sem mostrar seu rosto.

Não era bebida, não podia ser.

Eles estavam drogados?

— Com uma menor em uma festa, Sr. Ryder. Sabe que Chuck ficaria orgulhoso — Meg ironizou, porém usou um termo como se quisesse dizer a quem quer que estivesse vendo que o filho do Sr. Ryder o aprovava.

Meu Deus.

— É o dinheiro dele — Sr. Ryder disse, puxando novamente a garota para seus braços. Meg continuou gravando tudo. — E ele patrocina as minhas loucuras.

— Que filho maravilhoso.

O Sr. Ryder olhou uma última vez para Meg antes de voltar a agarrar a sua companheira desnuviada pelas drogas.

— O melhor dos melhores — respondeu, beijando-a novamente em seguida.

E o vídeo acabou.

Fiquei em silêncio por um longo tempo, encarando a tela escura do celular sem que nada mais passasse ali. Compreensão me tomou, as peças do quebra-cabeça se encaixando como se agora estivessem sendo reveladas. Olhei para Chuck e me assustei com seu semblante. Ele parecia tão nervoso, que seu maxilar estava trincado e uma veia chegou a saltar de sua testa. Toquei sua coxa nua, na esperança de que ele entendesse que agora eu compreendia.

— Esse é o vídeo com o qual ela está te chantageando.

Chuck assentiu.

— Era seu pai, usando drogas com uma menor de idade.

— E com o *meu* dinheiro — Chuck acrescentou.

— Meu Deus.

— Minha carreira estaria acabada, porque dá a impressão de que eu... dá a impressão... — Ele suspirou, irritado. — Que eu concordo com esse tipo de coisa. — De repente, como se ele se desse conta do que poderia ter passado por minha cabeça, Chuck tomou uma lufada de ar. — Eve, você precisa entender que eu nunca apoiei nada disso. Eu não sabia que meu dinheiro estava sendo usado. Há mais coisas que preciso te contar.

— Acredito em você.

Ele se levantou da cadeira e foi até o pequeno frigobar. Pegou uma dose de uísque da garrafinha e, de repente, a virou, como se precisasse daquilo para criar coragem.

Seus olhos se voltaram para mim.

— Quando comecei a carreira, como eu disse, o meu pai foi quem me colocou no teatro e consequentemente nos filmes. Ele criou certa expectativa, que levou anos para ser concluída. Não que eu ache errado ter entrado na carreira há seis anos, mas, durante esse tempo, o dinheiro que ganhei...

Vi que ele ficou relutante em continuar. Esperei Chuck ter o seu tempo e olhar nos meus olhos, e foi o que fez. Me admirou como se estivesse se livrando de um peso.

— O dinheiro para mim nunca foi importante nem fator decisivo para absolutamente nada. Ao contrário, eu não gostava de ter que tomar decisões, comprar coisas, arcar com essas responsabilidades altas, reconhecendo que o meu pai precisava de ajuda, já que era ele sozinho contra o mundo. Eu tinha pena dele, sem saber que estava envolvido com coisas graves desse tipo. Talvez eu fechasse meus olhos, talvez eu não quisesse ver. De toda forma, pode ter sido culpa minha.

Eu não acreditava nem por um segundo que fora culpa de Chuck. Mas o deixei continuar.

— Há um ano, eu fui olhar o saldo da minha conta, porque pensei em comprar um apartamento em Atlanta e investir lá, sabendo que o mercado imobiliário estava ótimo, sem crise. Nunca tinha parado para pensar em investir, meu dinheiro sempre esteve ali, o tempo todo. Eu estava pensando em me mudar.

— E comprar um apartamento em Atlanta... — deduzi.

— Sim.

— E por que você faria isso?

— Meu relacionamento com Meg estava indo de mal a pior. Eu poderia continuar sendo ator em outro lugar, se quisesse, embora não estivesse em meus planos. Poderia viajar sempre que necessário, mas não queria mais ficar na minha própria casa. Meu pai estava cada vez mais estranho, ele sempre foi um idiota, mas ainda conseguia ter pena dele. Em um ano, isso mudou. Meus laços com as pessoas conhecidas foram se desfazendo e eu pensei em recomeçar. Conheci um cara durante as gravações e ele me contou de todo o lucro que teve investindo no mercado imobiliário, e bem... não faria mal multiplicar o dinheiro, por mais que não mexesse nele, eu estava idealizando o futuro; uma família, quem sabe uma criança. Não com Meg, mas com alguém, entende?

— Era realmente um plano — concordei.

Chuck sorriu, mas a tristeza cobriu o seu olhar.

— Sim, em tese. Mas, quando conversei com o meu pai, ele tentou me convencer a não investir, porque achou que era bobagem. Senti que, de convencimento, passou a ser implicância, e, quando finalmente pensei que ele poderia ter mexido no dinheiro sem me falar nada, consultei o saldo. Não havia mais do que vinte mil dólares lá, dentro de, muito provavelmente, muitos milhões que ganhei ao longo da carreira. O último trabalho que fiz, só ele, me rendeu uma quantia de cinco milhões.

Abri os lábios em choque.

— O seu pai? — Soltei um murmúrio.

— Sim, mas as coisas não acabam aí — Chuck resmungou, com a voz sombria. — Na época, estava em um relacionamento de dois anos com Meg, mas já estávamos brigando e nos afastando por merdas aleatórias que ela inventava. Como eu te disse, queria terminar com Meg e acho que, ao descobrir o que meu pai havia feito, era mais um motivo para eu recomeçar. Mesmo sem dinheiro, eu poderia reconquistar um lugar, já tinha projetos em vista, ainda que não envolvessem o cinema, e estava cansado de viver nas sombras dos outros... Cara, eu estava exausto.

— Você conversou com ela?

— Sim, acabei desabafando que tudo tinha desmoronado, foi uma noite em que bebi tequila e ela odiava que eu bebesse qualquer coisa diferente do vinho caro que gostava. Bem, Meg estava se tornando uma estrela, mudando sua personalidade e caráter, e acabei jogando tudo na cara dela, dizendo que todos em torno de mim pareciam mentir, que eu queria acabar com tudo. Falei para ela que sabia que me traía, que reconhecia que isso era uma espécie de relacionamento aberto pra ela, só que eu não me sentia confortável. Ela mentia, mentia o tempo inteiro, e somando isso às mentiras do cara que chamei a vida toda de pai...

Ele fez uma pausa e eu soltei um suspiro curto.

— Meu Deus, Chuck! Quando você disse para mim que todos ao seu redor não pareciam verdadeiros, eu jamais pensei que estivesse falando de pessoas tão próximas. Quando vi Meg no jantar, falando aquelas coisas, vi que ela realmente mudou.

— Sim, Meg mudou drasticamente. Mas, como o sentimento entre nós também havia mudado, eu fui deixando, entende, Evelyn? Acomodado com essa droga de situação, não me importei. Então, quando explodi com ela, avisando que íamos terminar, querendo que tudo acabasse, ela pareceu tão fria e compenetrada, tão desumana, que não liguei as pontas soltas.

— Quais pontas?

— O dinheiro que sumiu da minha conta foi para as dívidas que meu pai fez com drogas, prostitutas, garotas menores de idade... — Chuck estremeceu. — Ele gastou o dinheiro também com apostas de todos os tipos: cavalos, passeios em Las Vegas, enfim. Como ele sabia que Meg tinha sua própria fama, mas dependia de mim para alavancar a carreira, encontrou uma oportunidade. Quando o dinheiro se tornou pouco, ele pediu a ela.

— Nossa... — Me levantei da cama e comecei a andar de um lado para o outro. — Meu Deus, Chuck! Por que ele fez isso?

— Ele fez o que qualquer viciado faria. E Meg se aproveitou da situação porque ela precisava de mim.

— Chuck...

— Eu tenho uma dívida com ela, além da chantagem. Entende como isso é perigoso? Meu pai está envolvido com drogas, ele é louco. Meg acha que estar ao meu lado vai fazê-la ser a próxima Julia Roberts — Chuck esclareceu. — Estão todos loucos e eu sou um peão nesse jogo sádico de tabuleiro.

Tentando processar todas as informações, resolvi perguntar:

— Quando ela começou a te chantagear?

— Depois da discussão, no dia seguinte mesmo, Meg me mostrou todos os comprovantes de depósito que fez na minha conta, mais de vinte milhões em dois anos, apenas para ter algo contra mim. Ela disse que sabia que eu enjoaria dela, que as coisas desandariam, por isso precisava de algo imenso, que me impedisse de terminar tudo, ainda mais porque ela estava conseguindo papéis importantes depois de ser minha namorada.

— Jesus.

— Após me mostrar isso, ainda exibiu o vídeo, dizendo que eu teria que ser seu namorado até quando fosse conveniente. No caso, quando eu pagasse a merda da dívida e ela encontrasse outra pessoa para se recostar. Entende, Eve? Minha vida acaba se aquele vídeo for liberado. Por isso, precisei viver de aparências. Não posso ter pessoas imaginando que apoio esse tipo de conduta. Drogas e adolescentes? Seria o fim. Ainda que meu pai estivesse naquele vídeo, ele estava sendo financiado pelo dinheiro do meu trabalho. Poderia ter sido preso. Minha vida inteira, não só a carreira de ator pela qual já não me importava mais, teria acabado.

— Ah, Chuck...

— Eu fiquei, Eve. Fiquei porque precisava fazer alguns filmes para conseguir pagá-la, para conseguir me livrar disso. Eu não falo mais com o meu pai desde o ano passado, embora ele tenha me ligado para saber como estou. — Riu, irônico. — Ele fodeu a minha vida.

— Por isso você estava tão desanimado nos filmes — pensei em voz alta.

— Sim. — Chuck deu um passo para perto, me tornando consciente da sua presença. — Vou receber o dinheiro do filme que estamos fazendo. Fiz uma negociação boa... Só estou com Meg até isso tudo terminar e eu quitar os milhões, faltam apenas dez, que é exatamente o pagamento que vou receber de Recorde-se Antes De Eu Partir. E agora não quero deixar de ser ator. Eu reencontrei a minha carreira quando encontrei você. Por isso, não posso encerrar tudo agora, não quando estou tão perto de me livrar dessas amarras.

— E quem garante que ela não vai continuar chantageando você?

— Meg quer o dinheiro e um namorado até conseguir outro. Ela só quer a garantia de que eu pague aquilo que estou devendo, ela também não está comigo por qualquer coisa além disso e do status. O problema é que ela pegou o gosto por relacionamentos abertos, transando com homens para a mídia suspeitar que não é fiel e quase entregando tudo o que eu lutei para manter.

— E por que ela faz isso consigo mesma? Por que não confia na sua palavra e vai viver a vida da maneira que quer?

— Porque é cômodo, querendo ou não, ter Chuck Ryder. Meg ainda não encontrou o próximo babaca. Para ela, é o status de ter durado três anos com alguém, é a forma como a mídia pintou a nós dois, algo que ela não quer se desfazer, a não ser que precise.

— Que é quando você for pagá-la... — concluí, finalmente compreendendo o quadro todo.

Chuck colocou as mãos na minha cintura e fechou os olhos, trazendo-me para perto do seu corpo. Eu observei os traços da sua expressão angustiada: o maxilar, a barba por fazer, os lábios molhados. Observei os cílios longos, o nariz bonito, a forma como ele inspirava e expirava com tranquilidade, apesar da tormenta visível.

— Falta pouco tempo para eu poder ter você, Eve. Eu pedi para que confiasse em mim porque, francamente, essa situação é vergonhosa. Ao final desse ano, não vou ter dinheiro, apesar de ainda ter uma carreira. Vamos ser tão diferentes financeiramente... Eu só quero poder ser para você o que merece e não um reflexo de um homem que não soube controlar a própria vida.

— Você não pôde evitar. Não foi culpa sua. Poderia ter me falado dessa situação desde o começo que eu entenderia.

Chuck abriu as pálpebras, e a intensidade do seu olhar foi demais pra mim.

— Eu não mereço você.

— Você foi tão vítima disso quanto qualquer um em seu lugar. — Acariciei seu rosto. — Não contava que ia se interessar por mim e acabar querendo acelerar o processo, mas fico feliz que eu apareci. Sabe, Chuck. Eu fico mesmo feliz.

— Eu precisei esperar, Evelyn. Não que desconfiasse de você, mas depois de tudo o que passei...

Tirei sua mão da minha cintura, interrompendo sua fala.

— A pessoa certa na hora errada.

— Vamos fazer ser o momento certo — me prometeu.

— Agora eu sei que você está falando a verdade. Mas preciso te pedir uma coisa.

A curiosidade dançou em seus olhos.

— O quê?

— Você vai me deixar ajudá-lo.

Chuck se afastou.

— Eu não quero que se meta nesse absurdo.

— Eu poderia pagar...

— Evelyn. Não.

— Você se livraria disso em questão de segundos — ponderei.

— Não! Quem fez a merda de confiar no meu pai fui eu. Você não tem absolutamente nada a ver com isso!

Percebi que Chuck ficou irritado e decidi ir por outro caminho.

— Posso conversar com a Meg.

Ele riu, sem humor.

— Isso não adiantaria.

— Eu preciso fazer alguma coisa.

— Nesse momento, tudo o que preciso é que você fique longe desse assunto, Eve. Não estou te colocando de lado por mal. Meg não é uma pessoa confiável, muito menos meu pai.

— E você acha que eles me machucariam?

— Para ganhar os dez milhões? Meg faria qualquer coisa. E meu pai, drogado do jeito que é, faria qualquer coisa por dez dólares. Nada cobre sua segurança e a tranquilidade que vou ter em saber que você não está envolvida nisso.

— Eu...

— Evelyn — rosnou, em tom de aviso —, eu não sei do que essas pessoas são capazes. Meu pai me pede constantemente dinheiro, porque Meg parou de pagar suas merdas. Porra, me desculpa... eu não posso.

Ficamos em silêncio.

— Você quer ter tudo resolvido antes de andar comigo publicamente, não é?

— Sim. — Se aproximou, tomando minhas mãos. Os olhos claros pareciam determinados. — É o que eu mais quero.

— Então deixe-me ajudá-lo — sussurrei.

— Você já faz muito — garantiu. — Você já faz tudo. Evelyn, não entende? Sem você, eu não teria coragem de atuar de novo. Eu entregaria os dez milhões e provavelmente me isolaria em algum lugar. Eu teria a minha carreira quando bem entendesse, mas não havia motivos para voltar. Sempre fui um ganho lotérico, mas contigo... é tudo tão diferente.

— Eu sei.

— Não. — Ele sorriu, aproximando-se de modo que seu corpo se colasse ao meu. — Você não sabe, Eve. Não faz ideia.

Quando o abracei ali, naquele quarto de hotel, sem qualquer intenção sexual apesar de estarmos quase sem roupas, soube que não conseguiria ficar parada esperando um milagre acontecer. Eu sabia que ele seria bem capaz de realizar todos os seus planos, mas quando? E de que forma ele se livraria do seu pai sem que ele o atormentasse mais?

Minha cabeça começou a explodir com ideias.

Mas eu estava longe demais dos Estados Unidos para colocar qualquer uma delas em prática.

Capítulo 28

Durante quatro dias inteiros na África do Sul, nós não paramos de trabalhar. Tivemos que fazer algumas cenas ambientadas, o que me permitiu admirar a paisagem. Uma mistura de montanhas e praia nas regiões mais afastadas, lagoas e vegetação de todos os tipos: das savanas às florestas tropicais. Havia as características de uma cidade grande, claro, dentro da Cidade do Cabo, mas, ao redor, era inacreditável a discrepância com a natureza.

Chuck gravou comigo algumas cenas específicas do casal chegando ao país, além da que fizemos no aeroporto. A alegria dos personagens precisava ser contagiante, o que parecia contraditório por causa da nostalgia que eu sentia pela possibilidade de, em breve, dar adeus a esse filme.

Não queria que acabasse.

— Acho que chegamos — Chuck anunciou ao pé do meu ouvido, apontando para o horizonte, com o resquício de sol nascendo.

Estávamos dentro de um 4x4 no Parque Nacional Kruger, prestes a gravar a cena em que Nancy e Michael fazem um safári pela primeira vez. Como Uriel queria uma reação natural, não visitamos antes, então, tudo era muito novo para mim. Fizemos uma viagem de cinco horas na autopista durante a madrugada para conseguirmos chegar e, como já esperado, nos avisaram que passaríamos o dia inteiro no parque para gravar as cenas. Os safáris levam tempo, precisa de paciência, e, como íamos gravar o filme, poderia levar o dobro do tempo. Mas eu estava tão animada que não me importava de passar oito horas dentro de um carro com Chuck Ryder.

Quem se importaria, não é mesmo?

— Nunca pensei que estaria em um 4x4 na África — disse Chuck, atraindo minha atenção. — Isso é um pouco mágico, né?

— É realmente incrível.

— Está cansada? — questionou, preocupado com o ritmo que havíamos adotado nas gravações.

— Estou me sentindo renovada, na verdade.

Chuck abriu um sorriso de lado.

— Eu sei como você se sente — murmurou.

Sabendo dos seus segredos, senti como se estivéssemos começando de novo. Chuck estava sendo sutil na maneira de me elogiar, de flertar, mas não escondia o interesse. Eu estava compelida a jogar tudo para o alto e agarrá-lo, mas, depois de tantos problemas, a gente precisava ir devagar.

Avistei a imensidão depois de algumas horas, surpresa por já encontrar algo que pensei que levaria séculos para ver. Soltei a câmera polaroide. À distância, já era possível ver uma manada de elefantes, caminhando tranquilamente pela vegetação rasteira, com filhotes em uma família. Meu Deus, como eles eram bonitinhos! Soltei uma risada tão natural e chocada, que Chuck abriu um sorriso.

As câmeras começaram a gravar no segundo em que avistamos os animais. Eles tinham avisado que seria assim, que esperariam a natureza agir para que ligassem e iniciassem a produção. A equipe já estava em torno de nós, pronta para capturar qualquer coisa, do começo ao fim. Eles tomaram certa distância, mas o microfone, somado à câmera com movimentação mecânica, sendo esticada até nós por metros, não me permitia fugir dos olhos de Uriel Diaz.

— É lindo, não é? — Chuck questionou.

Voltei os olhos para Chuck, lembrando que isso fazia parte da fala de Michael, mas eu estava tão absorta e apaixonada pelo que via que, por um momento, me esqueci o que dizer. Coloquei a câmera polaroide próxima ao olho e mirei muito além de nós, conseguindo uma foto imediata. Assim que ela saiu, voltei a me sentar no carro e Chuck colocou a mão na minha coxa.

Eu sorri para ele, estendendo a imagem que acabara de tirar do papel, agitando-a.

— Quando você disse que queria fazer uma aventura, achei que estivesse louco, Michael. Mas isso aqui... é simplesmente incrível — me lembrei de dizer.

A verdade é que não sabia que ficaria emocionada ao ver os animais tão de perto. Eles estavam em seu habitat natural, não presos em gaiolas de zoológicos, o que eu achava repugnante. Aqui eles estavam livres e, meu Deus!

Aquilo era um grupo de girafas?

Sim, era. Tão compridas, bonitas e simpáticas, para dizer o mínimo. Ver os animais de perto trazia a sensação de incredulidade. A cor do nascer do sol, misturado à vegetação incrível, não me deixava mentir sobre o lugar em que estava. Parecia um sonho.

O jipe continuou a andar, com Chuck dirigindo e o guia à nossa frente. Por segurança, geralmente eram os próprios guias que dirigiam, mas, para ficar bem na câmera e cinema, colocamos Chuck. Por horas a fio, não vimos mais nada, e Chuck aproveitou para me contar sobre sua família, a pequena parte que restara. Ele fez de tudo para que eu me sentisse confortável e não foi difícil. Chuck me fazia rir. Sua amizade foi um grande fator para que me apaixonasse por ele ao longo dos meses, e, longe do que deduzi no começo, hoje eu via um homem livre de seus fantasmas, ainda que carregasse os próprios problemas.

Sua mão brincou com a minha quase durante todo o tempo enquanto Chuck me contava de sua infância, falando mais sobre sua tia, que foi como uma mãe, já que a tinha perdido ao nascer. Me ouviu falar sobre a minha família, que era todo o meu mundo. Contei sobre a mídia achar estranho morarmos juntas, por mais que Val fosse se mudar assim que casasse, e Chuck deu de ombros, dizendo: "Eu acho incrível isso que vocês têm. Se o amor as une, que assim permaneça". Diferente de Giovanni, meu ex, que achava exagerada a relação com mamãe e Val, Chuck pareceu me apoiar e até ficar curioso para conhecê-las, ainda mais quando eu disse que minha mãe era sua fã.

O assunto rolou sobre nossas famílias, sobre nossa adolescência e o primeiro amor. Pude conhecer Chuck nas horas que ficamos sem gravar, apenas esperando mais animais e cenas para compormos. Carreguei durante cada minuto a sensação de que o conhecia a vida toda, que sua história já fora contada para mim, que sua mão sempre esteve com a minha, onde ela pertencia. A cada instante ao lado dele, a incerteza sobre nós dois ia passando, a confiança ia sendo construída e o sentimento crescia pela segurança que Chuck me passava. Conversando fora do script de Nancy e Michael, observando os *trackers*, rastreadores do parque, olhando as pegadas dos animais no chão e nos direcionando para onde poderíamos encontrá-los, eu soube que essa era uma viagem que jamais esqueceria.

— Os búfalos ficam mais próximos das margens do rio — o guia nos avisou, trazendo-me para a realidade. — Acho que vamos avistá-los, já que estamos perto.

As câmeras ligaram. Fiquei buscando com os olhos até, enfim, vê-los. Estavam se refrescando a uma distância relativamente grande. Pareciam bem tranquilos, apesar de serem tão temidos.

Acompanhados e filmados, Chuck continuou seguindo a fala de Michael quando necessário e o meu coração, tão acelerado como o de Nancy no livro, não poderia mentir sobre a emoção dessa experiência única.

— Esse parque é uma das mais diversificadas reservas de animais do mundo, Nancy. É também a maior da África do Sul. Eu quero tentar encontrar, ao menos, todos os *Big Five*, os cinco grandiosos, para te mostrar. Já conseguimos dois, será que veremos o resto?

— Eu quero muito vê-los. Quais são?

— Leão, elefante, búfalo, leopardo e rinoceronte.

— Ah, realmente quero muito vê-los.

— Então vamos adiante. — Chuck sorriu e entrelaçou o sua mão na minha, com o carro em movimento.

Fizemos uma parada quando o sol estava mais forte. Como a produção optou pela reserva privada, nossa mordomia era diferente, pois foi organizado um hotel luxuoso para nós ficarmos à noite. Almoçamos e não demoramos a voltar para o safári e a gravação, porque tínhamos mais algumas horas pela frente.

— É um leopardo! — avisei, encarando-o na árvore assim que voltamos. Não estava no script, mas a câmera gravou assim mesmo. — Meu Deus!

Sabia que tinham hábitos noturnos e aquele parecia particularmente preguiçoso com as patas cruzadas, como se fosse um rei. Nos olhou sem interesse e imediatamente me lembrei dos conselhos de Val. Como não fazer contato visual com um animal como aquele?

Chuck riu quando o leopardo saltou para mais um galho, subindo ainda mais para não ser incomodado. O leopardo nos olhou de novo e abriu um bocejo.

— Cara, eles são lindos — elogiou.

— E a vontade de levar para casa?

Ele me encarou significativamente em um silêncio confortável. As câmeras ainda estavam ligadas, porque Uriel, que estava distante, mas presente com um ponto no ouvido de cada um da produção, deve ter pedido para deixar rolar.

— É, uma vontade enorme mesmo. — E eu sabia que Chuck não estava falando do leopardo.

As horas foram passando e, apesar dos insetos que eram, com certeza, o único contra, nunca me diverti tanto em toda a minha vida. Além da caça aos *Big Five*, também vimos inúmeras girafas, cabras-de-leque, zebras, macacos e até um guepardo. O mais bonito era reconhecer que todos estavam livres e protegidos da agressão humana.

Ao final do dia, cerca de quase quinze horas depois, conseguimos ver os cinco animais mais importantes do passeio e concluir o que estava no roteiro do filme Recorde-se Antes De Eu Partir. Eu me sentia exausta, mas nada superaria o que foi vivido naquele dia. Uriel finalmente pôde nos encontrar, derramando elogios pela nossa atuação.

Ao sair do 4x4, chegando ao fim das gravações no safári e na porta do hotel, notei como Chuck estava mais bronzeado. Vestindo uma calça de tecido leve e confortável, uma camisa justa no corpo que tinha sido tomada pelo suor e um chapéu no maior estilo Indiana Jones, não consegui deixar de soltar um suspiro. Chuck abriu um sorriso branco e os olhos claros brilharam em contraste ao tom dourado de sua pele.

— Vocês querem descansar, certo? Depois de amanhã, vamos para as cachoeiras e ainda temos uma série de cenas para criar — a produtora auxiliar disse, assim que Uriel foi descansar. Lin substituiu Shaaron, que não pôde vir. — Uriel está exausto, de qualquer maneira. Nós nos falamos amanhã.

— Obrigada, Lin — agradeci.

Ela sorriu.

Chuck esperou as pessoas se dispersarem e aproximou-se de mim. Ele me encarou com um ar de urgência e o sorriso que pintava o rosto bonito morreu. Parecia que estava lutando entre falar ou simplesmente não falar. Seu olhar desceu do meu rosto até os lábios, até que sua voz saiu rouca e determinada.

— Será que a gente pode passar mais um tempo junto antes de encerrar a noite?

— Você quer conversar?

— Só quero ficar mais um tempo com você.

— Tudo bem. — Sorri.

Ele assentiu e tomou minha mão na sua, começando a caminhar até encontrar a recepção. O gesto fez meu estômago se contrair. Assisti-o pegar os cartões de acesso na recepção, tanto do meu quarto quanto do seu.

Quando chegamos ao elevador e as portas se fecharam, olhei para Chuck de relance. Ele estava com o maxilar contraído, pensativo, mas nossas mãos ainda estavam unidas. Eu dei um leve apertão, como se para tirá-lo do transe, e seus olhos, naturalmente tão claros, estavam completamente cobertos pelas pupilas negras.

— Evelyn...

Ele deu um passo.

Sua respiração ficou alterada.

— O dia hoje foi...

— Sim, foi — garanti, ainda que ele não conseguisse encontrar as palavras.

Estávamos suados, destruídos pelo balanço incessante do 4x4, mas foi tudo tão inacreditável. E eu senti algo entre nós se fortalecendo. Uma amizade e... a atração. Eu não fazia ideia se conseguiríamos conter, porque a chama nunca havia se apagado.

— Eu queria esperar — ele falou, sua voz nada mais que um sussurro grave. As portas do elevador se abriram, mas Chuck apertou um botão e nos deixou parados no andar. — Eu realmente queria esperar até que estivéssemos totalmente livres.

— Eu entendo.

— Mas eu não sei se posso — murmurou.

Encarei-o seriamente.

— Eu *quero*, mas não acredito que *consiga* — esclareceu, umedecendo os lábios vermelhos com a língua rosada.

Jesus.

Decidida, dei o passo que faltava para nossos corpos se encontrarem. Chuck automaticamente colocou as mãos na minha cintura e puxou-me para ele. Ele desceu sua boca pelo meu rosto, me fazendo sentir o quanto precisava de mim.

— Você não precisa resistir, sabe?

Ele fechou as pálpebras.

— Não?

— Não — garanti, colocando fim a qualquer dúvida que o consumia.

E eu soube que havíamos definitivamente ultrapassado todo e qualquer limite durante aquela troca de palavras e minutos.

Meu Deus, como eu queria me jogar no proibido.

Capítulo 29

Seu rosto se inclinou em direção ao meu. Eu já podia imaginar como seria o beijo, a fome que traria. No instante em que seus lábios salgados me tocaram, eu soltei o ar tão baixinho que soou como um gemido ou um pedido para que ele nunca mais parasse de me beijar.

Aquela boca...

Percorri as mãos por debaixo da sua camisa, sentindo na ponta dos dedos a pele molhada de um homem que exalava tesão e vontade. Chuck agarrou minha cintura ainda mais forte e sua língua entreabriu meus lábios para que pudesse tocar o céu da minha boca. Eu gemi no seu beijo, dessa vez de verdade, adorando a forma como sua barriga se movia na palma da minha mão pela respiração ofegante e arrepios. Ele era tão gostoso ali e, quando seus músculos provocavam ondas, eu quase podia sentir aquele homem todo em cima de mim.

Desci os dedos ainda mais, partindo para o vão que começava na borda da calça, brincando de passar a unha. A trilha de pelos era um caminho que eu adoraria percorrer.

Com a boca.

Como se Chuck adivinhasse meus pensamentos, resmungou um palavrão. Eu continuei acariciando-o e as mãos ávidas dele desceram para a minha bunda. Eu já deveria saber que, quando beijava Chuck de verdade, ele não se comportava como Michael, mas sim Chuck. Um homem faminto por mim e que, de certa forma, me dava uma noção de poder feminino. Eu sabia que o enlouquecia e, meu Deus, como era bom.

Assim que quebrou o beijo, totalmente ofegante, Chuck apertou o botão que abria as portas do elevador.

Com relutância da minha parte, por não querer me desgrudar dele, segurei sua mão, assistindo Chuck dar um passo incerto para trás. As pupilas escuras cobriam totalmente os olhos claros, e eu ainda podia sentir o seu sabor na ponta da língua e lábios quando nossos dedos se despediram pouco a pouco.

Ele abriu um sorriso de canto de boca.

— Preciso tomar um banho primeiro — avisou, a voz tão grave que pareceu um suspiro rouco.

Eu procurei em algum lugar a voz, que não encontrei.

— Hum...

— Perdeu a fala?

Sorri, atrevida.

— Um gato comeu a minha língua.

Chuck gargalhou e estendeu a mão. Para ele, também havia a necessidade de continuarmos nos tocando.

Em algum lugar.

Qualquer lugar.

Com meu coração sem saber se batia ou se parava, entramos em um quarto que possuía uma vista de ponta a ponta para a imensidão exótica do Parque Kruger. Era uma janela só, substituindo a parede, dando visão à varanda.

Estávamos em outro hotel dessa vez, totalmente iluminado com uma decoração colorida e inesquecível. Me senti literalmente do outro lado do mundo. A cama imensa, talvez king-size, o ambiente à meia-luz, as cortinas totalmente abertas, o ar morno de um dia atípico no inverno da África do Sul me fizeram ficar agitada.

Era tudo tão artesanal e bonito.

Pisquei e virei o rosto, vendo que Chuck já estava tirando a camiseta e o chapéu de Indiana Jones, entrando no banheiro.

— Eu só vou passar uma água no corpo. É muito rápido.

Engoli em seco.

— Chuck?

Ele parou.

— Não quero esperar.

Aqueles músculos dos ombros, os braços fortes, o tórax largo e a barriga... Ah, Deus!

Foco, Evelyn.

Chuck veio caminhando devagar na minha direção. Ele me estudou, com uma calma surpreendentemente mágica, virando o rosto como um gatinho curioso, e eu estremeci.

— Eu lutei muito contra a possibilidade de me apaixonar por você, Evelyn.

— Difícil? — Ofeguei um pouco por sua declaração súbita.

— Impossível — salientou.

— E agora?

— Eu perdi a luta. Sou fraco, sabe?

Eu discordava. Afinal, havia tantos músculos naquele corpo, fora sua personalidade forte...

— Acho que tenho que protestar contra isso. — Levei as mãos para o seu rosto, fazendo-o me olhar fixamente.

Chuck sorriu de lado, preguiçoso e sexy.

— É?

— Uhum.

Aproximei meu rosto do seu, raspando nossas bocas. Chuck soltou um suspiro contra meus lábios e, de repente, me tornei consciente de como o seu corpo quente estava pressionado contra o meu, de como eu poderia sentir Chuck sem culpa, de como ele finalmente poderia me ter e, dessa vez, sem ressalvas e preocupações.

Levei a boca até a sua orelha e fechei os olhos.

— Deixe-me te mostrar como estou apaixonada por você também.

Me afastei para ver sua reação. Chuck fechou a expressão em um tortuoso estado de vontade. Semicerrou as pálpebras, entreabriu os lábios e exalou fundo. Suas mãos foram para as minhas costas, trazendo-me ainda mais perto.

Sua boca veio em direção à minha.

Eu me entreguei completamente.

Sua língua acariciou-me junto com suas mãos, que acompanharam meu corpo. Chuck desceu a ponta dos dedos para a minha bunda e a apertou forte, moendo-se contra mim, me deixando bem consciente do volume que a calça de tecido fino não conseguiu esconder.

Desesperada, ainda beijando sua boca, dando pequenas mordidinhas no lábio inferior de Chuck e ouvindo, ao fundo, seu grunhido de aprovação, levei as mãos para suas costas, arranhando sem piedade.

— Cacete, Eve...

Sorri contra seus lábios.

Chuck, em um impulso, me colocou no seu colo, caminhando até a espaçosa cama, derrubando todas as almofadas e travesseiros no chão. Estávamos grudando um no outro, o suor se formando mais uma vez devido à temperatura, que só aumentava. Acabei gemendo quando Chuck desceu a boca macia para o meu pescoço, raspando os dentes na minha garganta e dando, por fim, uma mordida gostosa no meu queixo.

Nossos olhares se acharam e eu desci os dedos para livrá-lo da calça. Chuck era grande, tão pesado, mas seu quadril foi para cima e permitiu que eu puxasse o zíper. Raspando nossos lábios, trocando respirações, vi Chuck fechar as pálpebras quando abaixei totalmente a calça, junto da cueca, liberando seu sexo quente e pesado para que eu pudesse tocá-lo. Segurei-o com cuidado, subindo e descendo, sentindo-o pulsar de encontro à pele.

— Você ainda está de roupa — Chuck disse com dificuldade. Ele desceu a visão para onde eu estava tocando e mordeu o meu lábio quando voltou a me olhar. — Isso é injusto.

— Eu nunca disse que jogava limpo, Ryder.

Com um sorriso safado, Chuck voltou a beijar meus lábios, sua língua deixando a minha cabeça tonta, enquanto sua mão trabalhava em cada peça de roupa minha. Pela movimentação, fui impedida de tocá-lo.

— Chuck, quero sentir você.

— E eu quero *você* — ele rebateu, puxando, por fim, a minha camiseta.

O alívio de me livrar da peça e, em seguida, do sutiã, não deu nem espaço para aparecer, porque, um segundo depois, Chuck estava descendo o rosto em direção ao meu seio, girando a língua no mamilo, abocanhando-o e tomando-o em sua boca. Ele pegou com vontade, sugou, fazendo meu corpo arquear de prazer.

Gemi tão alto que Chuck percebeu que era muito mais sensível ali do que no pescoço. Sua boca trabalhou com cuidado, mordiscando devagar o bico intumescido, partindo para o outro, fazendo-me implorar para que a minha calça, assim como a dele, saísse de cena.

— Quer se livrar disso, Eve? — Com a voz rouca, Chuck enganchou os dedos na calça e a puxou com tanta força dos meus quadris que ouvi o botão saltar para fora da cama.

— Chuck...

Só com a calcinha nos separando, seu sexo rígido bateu entre as minhas coxas, encontrando, sem dificuldade, a peça molhada. Chuck estremeceu e apertou um seio, massageando-o enquanto imitava o movimento da penetração, impedido de fazer qualquer coisa pela lingerie.

— Preciso de você dentro de mim — gemi e Chuck desceu a outra mão para o nosso meio, afastando a calcinha para o lado.

— Que delícia, Eve — sussurrou contra os meus lábios, encarando meus olhos. — Sua boceta bem macia, todo molhada, pronta para receber a minha boca.

Caramba, que homem era esse...

— Não, Chuck... — implorei, estremecendo quando Chuck começou a circulá-la com o polegar. — Quero *você* dentro.

— É mesmo? — Riu roucamente, beijando-me mais um pouco, acariciando o seio, brincando comigo. Me sentia uma pedra de gelo derretendo sob o sol quente, incapaz de lutar contra a força da natureza. Cada toque de Chuck me desestabilizava, empurrando-me ao limite. — Mas eu ainda nem comecei, Eve.

— Como não? — resmunguei, ouvindo sua risada aumentar.

Gemi quando Chuck afastou totalmente a calcinha dessa vez e, lentamente, colocou um dedo dentro de mim. Vi estrelas pelo desejo, tremi dos pés à cabeça, agarrei seus ombros com as unhas e procurei sua boca. Beijei-o sedenta, mole em seus braços, ajudando-o a me penetrar com o dedo conforme meus quadris subiam e desciam pela necessidade.

Quando precisei tomar fôlego, encarei aqueles olhos claros, agora enegrecidos.

— Chuck, não faz assim comigo.

— É uma tortura gostosa, Eve — prometeu, beijando meus lábios, descendo para o queixo.

Ele vagou para os seios e ficou um tempo lá, até encontrar a minha barriga e viajar a caminho do umbigo. Me penetrando com o dedo ainda, girando o polegar e raspando-o no ponto túrgido e elétrico que me levaria ao orgasmo, assisti-o, completamente hipnotizada.

— Minha boca pode ser tão vantajosa quanto meu pau dentro de você.

— Quero ele — deixei claro, assistindo Chuck puxar finalmente a calcinha por minhas pernas.

— E eu quero a minha língua dentro de você primeiro. Quero sentir você gozando na minha boca. Quero te assistir e me concentrar porque, dessa vez, você é toda minha.

Fechei as pálpebras por um segundo ao ouvir o pronome possessivo. Chuck estava tão livre, tão imerso em nós dois, que parei de rebatê-lo. Mesmo consciente de que ele me faria trabalhar nesse orgasmo, adiando-o o máximo que podia, deixei-me levar.

— Abra mais as pernas para mim. Deixe-me ver você — pediu, afastando-se. Chuck ajoelhou-se na cama e eu, um pouco tímida, separei ainda mais os joelhos.

Os olhos de Chuck caíram para a minha intimidade e ele, meu Deus, completamente nu, maravilhoso, ofegante e excitado, era uma visão que eu jamais iria esquecer. A expressão preguiçosa se tornou determinada quando Chuck foi descendo lentamente. Ele beijou o meu joelho, depois desceu para o meio das coxas, lambendo e me saboreando.

Agarrei os lençóis com força e sussurrei seu nome quando Chuck passou a língua lentamente pelo clitóris, indo mais para baixo, penetrando-me com a sua boca.

Ele não precisava de muito, só a visão dos seus olhos sedentos, suas mãos agarrando minhas pernas, sua língua subindo e descendo, girando, brincando, já seria o suficiente para me fazer chegar ao orgasmo. Gemi o nome de Chuck, tão perto que, se ele se movesse mais uma vez, eu explodiria em mil pedaços.

Mas Chuck não fez isso.

Ele se afastou quando eu estava prestes a gozar e montou em cima de mim, fazendo-me resfolegar de surpresa.

— Chuck!

— Só vai gozar comigo, linda.

— Isso é maldade — murmurei, excitada.

— Pensei que você não gostava de jogar limpo — rebateu, ajeitando-se em mim.

Por um segundo, um estalo veio na minha cabeça. Na primeira vez que fizemos sexo, não pensamos em camisinha e ele não tinha me perguntado se eu tomava anticoncepcional, mas eu tomava e, felizmente, confiava em Chuck o suficiente.

Como se a minha dúvida tivesse sido transmitida em pensamento, Chuck beijou meus lábios e suspirou fundo.

— Camisinha, né?

— Não usamos da última vez, mas você está ok?

— Sim — garantiu e puxou meu lábio inferior entre os seus dentes. Sorri e ele sorriu também. — Você usa anticoncepcional, certo?

— Uso.

— Vem cá, Eve.

Chuck gemeu baixinho quando seu sexo, em um movimento suave, separou meus lábios. Ele me encarou mais uma vez e segurou as laterais do meu rosto, querendo dizer tudo, mas sem dizer nada. Sua boca raspou na minha, seu membro rígido entrou mais um pouco e eu coloquei as pernas em volta da sua bunda.

Podia sentir seu peito raspando no meu, seu corpo conectado em todos os pontos.

Não parecia o suficiente.

Eu queria mais.

Sem espaços, sem segredos, só nós dois.

Vagarosamente, Chuck embalou seu corpo, movendo-se apenas com o quadril enquanto me encarava a cada estocada suave. Com beijos leves na minha boca, mandando ondas elétricas por cada poro, pude sentir toda a energia que tinha se transformar em algo mais. Era como se isso não fosse só sexo, era como se fosse um pedido de desculpas, uma conclusão, o começo da nossa história. Em seu olhar, toda a expectativa de que essa noite perdurasse; em meu corpo, o desejo imenso de manter Chuck eternamente em mim.

Pele com pele.

Alma com alma.

— Eve... — suspirou meu nome, no meio do beijo, do seu vai e vem, quase me empurrando mais uma vez ao limite. Ele me penetrava com a mesma intensidade que me beijava. Ele me tomava com a mesma avalanche de sentimentos que me cobriam.

E não era pouco.

Fechei os olhos, porque eu estava prestes a dizer que o amava, mas ainda parecia tão cedo, apesar de tudo o que nós enfrentamos. Eu estava com a frase de três palavras na ponta da língua, esperando sair, mas não poderia ser a primeira a dizer.

Eu não deveria...

Girei nossos corpos, surpreendendo Chuck pela mudança brusca de posição. Subi no colo, montei em seu corpo e deixei-o me completar de uma vez só. Chuck soltou um palavrão sexy no meio da respiração ofegante. Espalmei as mãos em seu peito, olhando-o de cima, vendo aquele cabelo rebelde desarrumado nos lençóis claros, as bochechas vermelhas pelo esforço e sua boca inchada dos beijos.

Movi o quadril para cima e para baixo, assistindo às mãos de Chuck vagarem da lateral das coxas para a bunda. Ele apertou a carne, me ajudando a subir e descer, abrindo um sorriso curioso para mim enquanto me movia mais e mais rápido.

Montar nele era tão maravilhoso.

O formigamento no clitóris passou a piscar com avidez, concentrando-se só lá. Eu precisei abrir os lábios para soltar um grito mudo no instante em que tudo estremecia e convulsionava, me deixando mais molhada. Ondas quentes vagaram do clitóris à ponta dos dedos com tanta força que perdi a energia que me mantinha cavalgando em Chuck. Ele terminou de me puxar na movimentação, levando a minha bunda para cima e para baixo, fazendo meu orgasmo durar ainda mais.

Tonta, vi Chuck me virar mais uma vez na cama, ficando por cima. Ainda inebriada pelo orgasmo forte, senti Chuck entrar e sair de mim em uma velocidade deliciosamente torturante, girando os quadris conforme tocava os pontos mais necessários para me fazer gozar mais uma vez. Imaginei que não fosse possível, eu já me sentia dolorosamente satisfeita, meu clitóris tão turgido que não pensei que pudesse emitir mais uma onda de orgasmo. Mas, com um último movimento de Chuck, com seus olhos nos meus, suas mãos em todos os lugares e sua boca descendo em direção à minha, o prazer veio.

Fechei os dedos dos pés e das mãos, ouvindo Chuck murmurar meu nome como um vinho quente sendo deliciado por seus lábios macios. Ele empurrou-se em minha direção, uma, duas, três vezes, prolongando nosso atrito e derramando em mim o seu gozo quente.

Sem forças para também se manter, Chuck deixou seu corpo pesar sobre o meu. Minhas mãos trêmulas automaticamente foram para aqueles cabelos de corte moderno demais, sentindo os pequenos fios espetarem a palma antes de chegar à parte cheia do cabelo macio.

Suspiramos juntos, tendo em torno de nós o cheiro picante de pós-sexo, com os corpos destruídos por toda a carga emocional que carregamos, e com o coração, ao menos o meu, cheio de um sentimento forte demais para ser dito em voz alta.

Ele se afastou, deitou ao meu lado, já me puxando para ficar perto dele. Chuck respirou fundo e deu um beijo na lateral da minha cabeça. Eu estava com a garganta coçando para dizer alguma coisa, mas presa à dúvida de ser cedo demais e acabar estragando esse momento.

Chuck, bem sensitivo, pareceu perceber que havia algo a ser dito. Ele, então, resolveu quebrar o momento com algo leve, que não pesasse.

A verdade é que não precisávamos de mais revelações esta noite. Já dissemos que estávamos apaixonados.

Dali para o amor, era um passo.

Um passo que eu já havia dado.

— Agora você me deixa tomar banho? — indagou, sorrindo.

— Você vai me convidar para ir com você?

Chuck semicerrou os olhos e mordeu o lábio inferior.

— E você achou mesmo que eu ficaria embaixo daquele chuveiro sozinho?

Ele me puxou da cama e eu ri quando bati o corpo em seu peito. Chuck desceu o olhar para a minha boca e eu perdi a risada.

— Quero fazer muitas coisas com você embaixo d'água, Evelyn.

— O que você quer fazer comigo?

— Eu vou te mostrar.

Capítulo 30

As gravações continuaram por dias seguidos de muitos passeios e conhecimentos a respeito da parte história e cultural do país. Havia algumas cenas de Nancy e Michael descobrindo a África do Sul. Uriel explicou que a parte falada não seria exposta, que colocariam uma música para resumir o que fora feito, então, não nos preocupamos em dizer o que estava nos papéis, apenas fomos nós mesmos.

Depois dos passeios, me sentia em uma lua de mel antecipada. Estava andando nas nuvens e meus pés não tocavam o chão. Estar apaixonada causa os efeitos mais surpreendentes e malucos que se possa imaginar.

Todas as noites eu me esgueirava para o quarto de Chuck, ou ele ia para o meu. Fazíamos sexo até cairmos em exaustão e, se já ficávamos cansados do dia a dia, a noite era uma explosão de dores musculares.

Certa vez, abraçada a Chuck, ele ficou acariciando meus cabelos, falando do formato dos cachos, que adorava. Era bom ser elogiada ao som da sua voz, ser amada em cada toque, mas, somado a isso, era especial saber que ele sentia tudo de verdade. Não era um homem que estava me enganando, não era um cara que tinha planos perversos para trair a namorada. Eu confiava no caráter do Chuck com todo o meu coração. Depois de ver e saber tudo o que passou, nada mais me amedrontava.

Agora, tudo o que eu mais queria era poder ter a chance de viver isso nos Estados Unidos, mesmo que às escondidas. Se fôssemos descobertos, que era o que eu achava mais arriscado, os planos de Chuck iriam por água abaixo.

Mesmo assim, não ia desistir.

— Você colocou o biquíni por baixo? — Chuck questionou, enquanto se vestia.

Hoje iríamos fazer uma gravação na Kaaimans Waterfall, uma das cachoeiras mais lindas e que é muito bem descrita no livro de Shaaron. A área era apropriada para nado também, mas precisaríamos de algum tempo para chegar lá. Era um passeio longo, mas Uriel me garantiu que valeria a pena. Tanto pela beleza do lugar, quanto pela cena de amor que Nancy precisava fazer com Michael embaixo das quedas d'água.

Bem, Chuck e eu estávamos treinando muito nos últimos dias...

— Evelyn?

— Oi.

Ele sorriu, se aproximando.

— Te perguntei se colocou o biquíni por baixo.

— Ah, desculpa. Estava distraída. Sim, coloquei.

— Hum. Pensando no quê?

Observei-o demoradamente.

— Em como vamos recriar a cena de amor de Michael e Nancy na cachoeira.

— Está tendo ideias?

As mãos de Chuck alcançaram minha cintura.

— Pensando seriamente que vou odiar ter as câmeras e precisar me controlar.

— Pelo menos não vou ter que te beijar fingindo que não quero te beijar.

— Isso ficou confuso.

Ouvi sua risada.

— Sempre preciso te beijar imaginando que alguém está nos vendo como Chuck e Evelyn. Nessa cena, Uriel pediu o máximo do nosso potencial. Então...

Pensei por um momento sobre o que Chuck estava dizendo.

— É perigoso passarmos do limite e perdermos a cabeça.

— Não comigo. Eu me controlo por nós dois.

— Ah, sei... — duvidei.

Chuck desceu os lábios em direção aos meus.

— É um desafio?

— Não...

Saímos do hotel cerca de uma hora antes do combinado. Uriel nos avisou que teríamos que pegar a estrada para chegar à cachoeira, então mal havia amanhecido quando saímos. Andaríamos ainda de caiaque pelo rio e depois faríamos uma longa trilha para chegar ao ponto de gravação. O diretor nos avisou que toda a equipe de filmagem já estava nos aguardando no local.

— Eles foram de madrugada? — perguntei a Uriel.

O diretor assentiu.

— Ossos do ofício, minha querida Evelyn.

O dia já havia amanhecido e o sol estava a toda força quando me vestiram com um colete salva-vidas e me fizeram dividir o caiaque com Chuck. De biquíni e remando, percebi que o lugar era tranquilo demais e a natureza parecia ter sido beijada por Deus naquela região. Relevos, como pequenas montanhas, abraçavam os limites do rio. Casas elegantes estavam em seu topo, mostrando que a região era uma área valorizada.

— É realmente tão bonito aqui.

— Acho que a cada passeio que fazemos me surpreendo mais — Chuck concordou.

Por sorte, as gravações iniciariam somente quando chegássemos à cachoeira, então foi confortável e permitido que eu descesse o olhar para aquele homem sem camisa, vestindo apenas um colete e uma sunga preta.

— Sabe quanto tempo o Uriel me disse que leva até chegarmos lá? — disse Chuck, alheio aos meus pensamentos.

— Hum, não sei.

— Uma hora remando.

Sorri.

— Você me acompanha? — Chuck provocou.

Assisti seus braços fazerem o esforço para tirar o caiaque do lugar e me ajudar a impulsioná-lo. Os cabelos bagunçados de Chuck se alinharam pelo vento e o bronzeado o deixava ainda mais bonito, o rejuvenescia.

Ele abriu um sorriso branco para mim quando virou o rosto para trás e ergueu a sobrancelha em afronta, fazendo-a subir atrás dos óculos escuros.

— É mais fácil você não me acompanhar — brinquei.

Sua gargalhada preencheu o paraíso.

Confesso que nunca fui uma mulher que ficasse reparando tanto assim no corpo masculino. Sempre me orgulhei de ser controlada. Mas eu estava apaixonada, Chuck fazia coisas com meu cérebro que provavelmente nem os cientistas conseguiriam explicar. A minha sorte era que eu podia cobiçá-lo à distância das outras pessoas. Eu podia olhá-lo da forma que estava olhando naquele segundo.

— Não pense muito — Chuck murmurou. — Reme.

— Como sabe no que estou pensando?

Sem precisar me olhar, Chuck continuou o exercício.

— Eu sinto a temperatura subir quando olha para mim desse jeito, e aí sei o que está pensando — sussurrou.

— Pode ser o sol.

Chuck novamente virou o rosto e umedeceu os lábios.

Engoli em seco, perdendo o sorriso, e fiquei muda.

— Acredite em mim, Eve — respondeu. Sua voz era ainda mais quente que o clima. — Eu sei a diferença.

Quarenta minutos de caiaque e quase uma hora de caminhada depois, estávamos na tão falada cachoeira do romance de Shaaron. O local era muito mais reservado do que eu esperava. Ficava em um espaço quase fechado pelos montes que o cercavam. A natureza verde, somada a um som maravilhoso que a cobria, me deixou arrepiada. A queda da cachoeira despencava em um rio raso, permitindo que as pessoas nadassem. Lá seria onde eu e Chuck encenaríamos.

— Preciso conversar com vocês sobre uma coisa — Uriel nos avisou de um caiaque que nos acompanhou a uma distância relativa. — Essa é a segunda cena mais importante do filme e a que a maioria dos leitores de Shaaron espera. Ela foi bem específica e pediu que vocês se doassem ao máximo. Vamos ficar até ter luz, então, sem pressa. Só peço que se entreguem a Michael e Nancy de corpo e alma.

— Sim, vamos fazer isso — Chuck prometeu.

Eu havia colocado o tapa-sexo embaixo da roupa de banho, assim como Chuck. Uriel nos avisou que teríamos que gravar e parar diversas vezes, para pegar os ângulos certos e a cena ficar romântica.

Chuck me olhou de esguelha e eu esperei que Uriel nos desse o OK para começarmos a gravar.

No início, Michael e Nancy faziam um piquenique à beira do rio. Eles riam, se divertiam, e conseguimos gravar tranquilamente. Quase ao final dela, eu sabia que precisava me emocionar com o que Chuck diria na pele de Michael. Sabia também que não seria difícil. Eu podia sentir o amor de Nancy e Michael.

Sentados na grama, Chuck puxou o celular enquanto as câmeras circulavam ao nosso redor.

— Eu quero te mostrar uma foto nossa, do passado. — Chuck, como Michael, pigarreou. Ele parecia desconfortável, assim como Michael tinha que estar. — Sei que agora você não tem curiosidade a respeito de quem nós éramos, porque viramos uma página, mas eu adoraria compartilhar com você uma das razões pelas quais me apaixonei perdidamente por uma mulher que sabia como me fazer feliz.

Nancy fica insegura, então, mordi o lábio.

— Não te faço feliz agora?

Para me corrigir, Chuck se aproximou, tomando meu rosto em uma mão enquanto a outra ainda segurava o celular.

— Todos os dias — murmurou. — Isso não é uma competição, Nancy. Vocês duas são a mesma pessoa. Nada em sua personalidade mudou. Você ainda me faz feliz com a mesma intensidade que fez no passado.

Um sorriso natural se abriu em meus lábios.

— Então, eu adoraria ver.

Tínhamos feito essa foto em algum momento entre as imagens que foram tiradas para serem usadas no filme. Não foi no começo, mas Chuck e eu ainda não estávamos apaixonados. A imagem era de Nancy, abraçada a Michael, beijando seus lábios. Nas mãos do casal, um cartaz feito de cartolina e com letras tortas dizia:

Eu esperei 204 dias por esse beijo.

Chuck usava a farda militar e eu, um vestido leve e saltos altos. Chuck parecia sorrir contra a minha boca, a pedido do fotógrafo, e eu estava emocionada de saudades.

Meus olhos lacrimejaram sem esforço.

— Eu... — Suspirei. — Nossa!

— Vivemos um relacionamento fadado ao fracasso por eu ser um *marine* — Chuck falou, sua voz grave pela emoção. As câmeras estavam ligadas e todos ficaram em silêncio, exceto a natureza, que nos contemplava. — Mas você insistia em me amar, mesmo quando eu não estava presente.

Admirei seus olhos, vermelhos por Chuck conter as lágrimas.

Orgulhoso, como Michael era.

— Eu insistiria em amá-lo todos os dias, Michael. Eu insisti. E vou continuar fazendo isso.

Nossas testas colaram.

— Como eu poderia não me apaixonar por você?

Ri baixinho.

— Eu sei como você se sente.

Chuck me beijou com a calma e a doçura que a cena precisava. Sua língua invadiu meus lábios, girando com familiaridade pela boca, sabendo bem o que me agradava. As mãos de Chuck abandonaram o celular e foram para a minha cintura. Com toda a calma, me deitou sobre a extensa manta xadrez que nos protegia da grama. Senti seu peso sobre o meu, reconhecendo cada músculo daquele corpo que me dava prazer todas as noites, no silêncio e no segredo.

— Ah, Nancy — disse baixinho entre nossas bocas. Seus olhos capturaram os meus. — Você é tão linda.

Acariciei seu rosto, e a barba pinicou minha palma da mão.

Sorri.

— Então me beija.

— Mais? — questionou.

— Para sempre.

Chuck desceu para me beijar, e o fez, dessa vez, com a força e a determinação de um cara que não poderia perder duas vezes a mesma mulher. A língua ávida circulou em torno da minha, desbravando tudo o que ele conhecia bem, me arrepiando dos pés à cabeça. Suas mãos foram para as minhas coxas, erguendo o vestido leve que daria acesso ao biquíni.

Quando tudo começou a se tornar insuportavelmente quente, ele se afastou, lembrando da fala de Michael.

— Vem nadar comigo — falou, rouco.

Assenti e o encarei.

Uriel pediu que cortasse.

Me afastei de Chuck com o coração nas alturas e Uriel nos disse que dali em diante teríamos que fazer a cena de amor com toda cautela. As câmeras voltaram a gravar enquanto tirava o vestido e Chuck se despia, permitindo apenas a sunga preta em seu corpo. Admirei-o, jamais cansaria, mas em legítima defesa... Nancy faria o mesmo com Michael.

De mãos dadas, entramos no rio. A água estava fria, mas suficientemente agradável para o que tínhamos que fazer dali em diante. Chuck me puxou para um abraço, começou a me embalar e, logo depois, a me beijar.

Suas mãos molhadas subiram em cada parte do meu corpo. Nos olhávamos enquanto as bocas se separavam para, em seguida, se unirem. Meus dedos ansiosos desceram para o peito de Chuck e o vi fechar as pálpebras com força e morder o lábio inferior.

— Está perfeito. Vou colocar isso na menor velocidade possível — Uriel avisou e gritou com a produção algo sobre um pedido de mudança nas câmeras. — Fiz só uma pausa para pedir o máximo de lentidão quando for tirar o laço do biquíni da Evelyn, Chuck. Quero dar zooms e pretendo deixar em câmera lenta, com música ao fundo. Todo detalhe significa muito e eu posso ter que gritar com vocês de novo.

Uma pausa.

— Ação!

Voltamos de onde tínhamos parado. Chuck me virou para ele, de modo que seu peito ficasse colado nas minhas costas. Estremeci quando suas mãos desceram pelos meus braços, acariciando. Ousado, desceu beijos pelo meu pescoço, a boca trilhando até o ombro, mordendo de levinho. Segurei a respiração, envolvida com a trama e o que estava acontecendo com o meu corpo. Eu correspondia a Chuck sem precisar de esforço, ele sabia absolutamente tudo o que me deixava ligada.

Joguei a cabeça para trás, e meus cabelos fizeram uma cortina nas costas de Chuck quando os ajeitei. Fechei os olhos e Chuck segurou a minha barriga, acariciando delicadamente enquanto ainda se mantinha me beijando por toda a pele. Seus dedos subiram em direção ao meu seio e ele o apertou com carinho.

— Nancy...

Mas eu sabia que ele queria sussurrar meu nome.

— Corta! — Uriel gritou. — Vocês são excelentes, não me dão trabalho. Chuck, pode se encaminhar em direção à cachoeira? É lá que as coisas esquentam. Produção, vocês estão pegando tudo? Eu quero até os pelos do braço da Evelyn se arrepiando!

Corei.

— Estamos sim, Uriel.

— Beleza. Então vamos. Estão prontos?

Chuck soltou uma risada rouca, ainda agarrado a mim.

— Pronto até demais — cochichou, para que só eu ouvisse.

Pensei que morreria quando ele me levou com toda a naturalidade para a água. O frio da queda da cachoeira não aplacou a vontade quente que se enrolava no meu umbigo e descia para minha intimidade. A força da cachoeira deixou meus músculos suaves quando Chuck os tocava.

— Se beijem embaixo d'água. Droga, Thompson. Está pegando tudo?

— Sim — respondeu em um grito gentil.

— Continuem — demandou no megafone.

Com a boca molhada, nos beijamos. Dali, eu sabia que me perderia. Chuck iniciou lentamente a puxada que tiraria os laços da parte de cima do biquíni. Senti quando meus seios ficaram livres e tomei fôlego no espaço da água enquanto Chuck observava meu corpo como se fosse uma novidade maravilhosa.

Seus lábios vieram para os meus. Em seguida, queixo, maxilar e pescoço. Chuck foi descendo, indo em direção aos meus seios. Enquanto apertava um, chupava o outro, e me dei conta de que esse filme muito provavelmente seria censurado para menores de dezesseis anos.

Saímos de perto da queda intensa d'água e Chuck me levou às pedras que me permitiam ficar sentada. Ainda com os respingos da cachoeira, não conseguíamos ficar secos. Bem, eu me sentia toda úmida e não era pela água...

Com o olhar intenso, ele segurou a lateral da cintura do biquíni e puxou para baixo.

— Evelyn, tire a sunga dele depois que ele tirar a parte de baixo do seu biquíni. Esperem, deixem-me ler o roteiro. — Uriel soltou um suspiro contemplativo. — Ah, isso mesmo. Por favor, continuem.

Dali em diante, Uriel não mais nos interrompeu.

Chuck fez com calma, para que as câmeras gravassem cada segundo do que fazíamos. Fiquei nua, apenas com o tapa sexo me cobrindo, e, quando chegou minha vez, puxei sua sunga para baixo, que caiu e se perdeu na água do rio. Chuck fez um esforço sobre-humano para se manter são. Eu era capaz de ver as veias exaltadas em seu corpo, o calor que emanava.

Me sentia da mesma forma.

Em uma penetração falsa, Michael e Nancy tomaram posse de nossos corpos. Como se assistisse de fora a ação, pude imaginar como essa cena estava bonita. Chuck me beijava e estocava, puxava meus cabelos e me tratava com todo o amor de uma eternidade.

Agarrei seus ombros no instante em que Chuck fingiu uma penetração mais profunda. Minhas pernas foram para em torno de sua linda bunda e os gemidos que nos tomaram fizeram parte da encenação.

Ele se afastou para me olhar. Suas mãos tocaram cada pedaço que alcançava, de uma forma que demonstrasse, pela mesma insaciedade, a vontade de Michael.

— Eu vou... — Chuck murmurou a fala final.

— Eu sei. — Sorri contra seus lábios.

Gozamos juntos na natureza, as câmeras girando ao nosso redor de forma frenética, porém mecânica. Ficamos um tempo parados, esperando o aviso final de Uriel para cortar a cena.

Ele não disse nada.

— Uriel? — Chuck se virou para ele, confuso pela falta do comando do diretor.

— Ah, sim. — Ele sorriu. — Corta! — Parecia emocionado. — Shaaron vai pirar ao ver isso. Obrigado, pessoal. Vocês podem descansar. Temos mais uns dias para encerrar o mês. Vocês estão prontos em uma hora para a cena da cabana?

Tínhamos mais uma tomada para hoje. Precisávamos estar secos, então, logo saímos da água e os robes nos esperavam com rapidez. Daphne não estava lá, mas ela estaria pronta para nos deixar perfeitos para o que vinha a seguir.

Chuck me admirou, os olhos claros perdendo a cor negra das pupilas dilatadas. Mais relaxado, ele se aproximou de mim e pude ver que quase cometeu o grave erro de me dar um beijo nos lábios antes de falar.

Pigarreou.

— Está cansada?

— A água me deixou mole.

Mas nós dois sabíamos que a causa do cansaço iminente era a vontade de fazer com Chuck tudo o que Michael fez com Nancy.

O dia seria longo.

Capítulo 31

Chuck estava um pouco ansioso para se livrar do segredo. Percebi isso porque, com o passar dos dias, ele se tornava mais descuidado, mais intenso, menos articulado. Ocorreu de algumas pessoas da produção verem a gente se beijando longe das câmeras, principalmente quando chegávamos ao hotel. Espantos, murmúrios de surpresa e diz-que-me-diz iniciaram sem chance de contenção.

Não que isso fosse muito grave... tudo bem, *era* grave. Ainda faltava dois dias para voltarmos aos Estados Unidos e para Chuck se resolver. Eu estava ansiosa e com medo que levassem isso para a mídia. Tentei segurar Chuck, mas, na altura do campeonato, ele parecia muito incomodado com as proibições. Avisei a ele que era muito complicado conter isso tudo para que não houvesse um alvoroço. Atores estavam acostumados a passar por escândalos, mas eu e Chuck tínhamos uma carreira limpa, não seria interessante a mancharmos agora.

Ainda mais porque ele tinha os problemas com Meg e o pai.

— Evelyn, você ouviu o que eu disse?

Uriel estreitou as sobrancelhas em um *v* profundo, encarando-me.

— Desculpa, estava em outra órbita.

— Preciso de você concentrada para a última cena de Michael e Nancy na África. Essa cena requer atenção...

— Devido à chuva — completei. — Eu sei.

Uriel sorriu.

— Vou chamar Chuck.

Voltamos à reserva para gravar especificamente essa cena. Ela precisava acontecer depois do passeio da cachoeira, mas, como no cinema as gravações de minutos levam dias para concluir, resolvemos deixá-la para uni-la ao material já pronto. Eu estava com a mesma roupa do dia do nado com Chuck: um vestido leve e branco, com o biquíni na mesma tonalidade embaixo. Fui maquiada para parecer que tinha passado o dia todo sob o sol, inclusive meus cabelos estavam úmidos, para parecer que acabara de nadar.

Chuck estava se aprontando atrás de um biombo, e a máquina, que faria a chuva ser real, estava sobre nossas cabeças, formando a ilusão de um teto, que claramente não seria visto na filmagem. Aproveitei o tempo livre para reler o roteiro, estudando as cenas, do momento da declaração de Michael ao instante em que Nancy se emociona ao lembrar do homem que ama.

Soltei um suspiro e abaixei o roteiro quando uma mão tocou a minha cintura. Os olhos de Chuck estavam da cor de um céu nublado em contraste com a pele bronzeada e o cabelo escuro. Ele sorriu para mim e eu sorri de volta.

— Oi.

— Olá — eu disse, observando-o. — Você está pronto?

— Sim. Já tem todas as falas na cabeça?

— Sempre.

Uriel pegou o megafone e mandou eu e Chuck ficarmos em posição. Era uma cena que nós precisávamos correr até chegar ao ponto específico, onde a chuva começava, onde tudo acontecia. Chuck apoiou a mão na minha cintura e caminhou comigo a longa distância em silêncio, se concentrando para esse momento. Não poderíamos fazer muitas tomadas, porque teríamos que nos secar e repetir o processo. O ideal era fazer em uma, e eu estava me sentindo um pouco nervosa.

— Estão prontos? — Uriel questionou.

Tomei fôlego e comecei a correr.

— Luz, câmera e *ação*!

Rindo, como Nancy, que estava feliz por esse momento, corri pela planície coberta de grama, sentindo a brisa cobrir meu corpo e me arrepiar. Olhei para trás, vendo Chuck me acompanhar em passadas largas, sorrindo também, com a câmera nos acompanhando.

Ofegante, já no limite, parei no ponto certo, recebendo os braços de Chuck em torno de mim. Ele me pegou no colo, no estilo noiva, e me girou, rindo até que ficássemos cansados e parássemos. Quando suas mãos me estabilizaram em pé e foram para a minha cintura, encarei seus olhos, o sorriso de lado em seu rosto, e me lembrei de que, nesse instante, ele era Michael Black.

— Não é possível ser mais feliz do que isso — eu disse para ele, que ainda estava sorrindo. Tracei seu rosto com a ponta dos dedos, acompanhando a barba por fazer.

— É possível sim, Nancy. A cada segundo que passo ao seu lado, me sinto mais completo.

Esperei uma brisa passar e admirei Chuck com seu olhar mais apaixonado. Nancy precisava tocar no assunto, para que ela completasse as peças que faltavam na sua mente. Para ela, nunca haveria retorno de quem foi um dia.

— Fale sobre a Nancy de antes — pedi, aproximando nossos corpos.

— Você disse que não queria mais saber.

— Agora eu quero.

— O que você quer saber?

— Como nos conhecemos.

Chuck baixou o rosto e deixou o nariz tocar o meu.

— Você cometeu um delito só para me ajudar no primeiro instante em que nos conhecemos. Você sorriu para mim e eu não pude fazer qualquer outra coisa a não ser te beijar e te procurar depois, ansioso para encontrá-la mais uma vez. Acho que me apaixonei no instante em que coloquei meus olhos em você e isso, somado a toda a nossa história...

— Ah...

— Nancy, o que sinto por você transcende todas as dificuldades que passamos. E eu amei o seu sorriso, o seu beijo, o seu corpo, a sua beleza, a sua doçura, o seu coração — falou, levando as mãos para as laterais do meu rosto, me encarando firme. — E me apaixonei por você de novo e de novo, conforme você foi se apaixonando por mim. Não existe mais ninguém, Nancy. Só você.

A fala de Michael coincidia com o que Chuck me disse uma vez. Não havia mais ninguém, só eu. Tentei não levar para o lado pessoal, mas foi impossível. Lágrimas brotaram dos meus olhos. Pensei que Uriel pediria para cortar, porque isso não estava nos planos, mas ele me surpreendeu, continuando a cena.

A chuva começou a cair devagar, escorrendo por nossos corpos, lavando nossa alma. Chuck ficou molhado em questão de alguns minutos e eu, completamente ensopada, senti o vestido colar na barriga e nas pernas, conforme meu coração batia tão forte que pensei que poderia pular para fora do corpo. Chuck me esperou dizer mais alguma coisa, a fala de Nancy, e eu engoli em seco, assistindo, pela visão periférica, as câmeras dançarem ao nosso redor.

— Eu não me lembro de ter amado você.

Chuck desceu o contato, segurando a minha cintura com força e vontade. Seus olhos vasculharam os meus, dando a impressão de que também varriam a minha alma. Esperei que ele dissesse a fala; essa parte era importante, era crucial. A antecipação do que ele me diria a seguir fez meus batimentos acelerarem ainda mais.

Por mais que ele fosse falar na pele de Michael Black, eu não podia lidar com esse sentimento saindo de seus lábios.

— Mas eu me lembro de amar você — sussurrou, com a chuva cinematográfica esfriando a temperatura febril de nossos corpos. Seus olhos nos meus, sua boca a poucos centímetros da minha, causando um frenesi infinito de desejo. — Me lembro de amá-la todos os dias, como amo agora.

— Michael...

— Shhh — silenciou-me. — Você não precisa dizer de volta.

Fechei os olhos dolorosamente. Esse era o momento em que Nancy se lembrava de uma coisa, uma pequena coisa, a respeito do seu passado. Era o momento em que, pela primeira vez em meses, o fato de ter existido parecia ser real, o fato de ter amado Michael parecia ser crucial para si mesma, assim como o ar que respirava. É o momento também em que, através da edição, a equipe colocaria aos olhos dos espectadores o instante em que Nancy se recorda, particularmente, em que ela diz para Michael que o ama pela primeira vez.

Abri as pálpebras, sendo tomada por uma enxurrada ainda mais forte de água. Peguei a mão direita de Chuck, levantei-a até o meu rosto e fiz com que ele o segurasse. As lágrimas salgadas se misturaram com a corrente doce da chuva. Abri um sorriso e comecei a cantarolar o jazz suave que Michael colocou para Nancy em uma das noites que eles fizeram amor.

Vi Chuck mudar a fisionomia de suave para um visível choque e descrença, aquele sentimento de que você quis tanto que isso fosse real que, quando acontece, simplesmente não pode acreditar. Seus lábios se entreabriram, sua respiração se tornou ruidosa. Continuei cantarolando, agora de olhos fechados, visualizando a cena.

— Quando você entrou fardado no hospital — repeti a fala de Nancy, enquanto estava na cama com Michael, antes do acidente. Era disso que Nancy, naquele minuto, se recordava —, pensei que não poderia dizer não a alguém tão bonito. Pensei até que seria um crime não o ajudar. Quando, na verdade, o crime que estava cometendo era ter deixado você entrar aqui, em meu coração. Eu sequer lutei contra o sentimento, Michael. Eu o deixei entrar. Eu me permiti amar você.

Ele deu dois passos para trás, atordoado. Gaguejou meu nome e eu continuei, chorando mais forte agora, voltando à pele da esquecida Nancy.

— Eu, por um segundo, me lembrei de como era amar você.

— V-você disse... você disse exatamente o que me disse... — titubeou, mordendo o lábio inferior. Seu rosto ficou vermelho, sinal de que também estava chorando.

— Por um segundo — resfoleguei —, mas o bastante.

— Ah, Nancy...

Chuck, em apenas um movimento, me levantou do chão e me fez ficar no alto, com a testa colada na sua e os pés sem tocar a grama molhada. Ele escorregou meu corpo no seu, no segundo anterior em que tomava minha boca na sua. O beijo foi desesperado, por ele e por Michael, por mim e por Nancy, desesperados em suas próprias batalhas, para fazer isso funcionar. Chuck me beijou de forma tão abrupta e rápida que nossos dentes, em algum momento, se chocaram e o seu choro se misturou ao meu, porque a carga emocional dos personagens nos fez sair de nossos próprios corpos e sentir, além de transmitir, o real motivo de estarmos onde estávamos.

— Mesmo que não me recordasse, eu sei como é amar você. Aprendi a amar o homem que me acolheu e soube respeitar o tempo certo. Acabo de provar a mim mesma que não importa o quanto de memória eu perca, ou o fato de me lembrar apenas de uma cena durante tantos meses... eu sempre vou amar você.

— Eu amo você. — Chuck me admirou com um olhar pedinte e desesperado. — Meu Deus, como eu amo você, Nancy.

Ele voltou a me beijar, e as câmeras continuaram a rodar. Senti minha cabeça ser transportada para longe, uma viagem distante da que estávamos fazendo. Coloquei as mãos em seu pescoço, fui erguida do chão mais uma vez, e meus pés flutuaram, junto ao coração, amaciado pelo que tinha acabado de acontecer.

— Corta! — Uriel gritou, a chuva cinematográfica parou e Chuck deixou meu corpo escorregar no seu, sem tirar os olhos de mim. — Foi a cena mais incrível que vocês fizeram. Eu nunca, em toda a minha vida, vi algo assim...

Ele continuou a falar, mas eu e Chuck não conseguimos parar de olhar um para o outro. Uriel disse que nós poderíamos nos trocar, que tudo já estava acabado e que a nossa viagem para a África tinha terminado, mas nenhum de nós dois conseguiu se mexer. As pessoas da equipe foram se movendo, se aproximando, e Uriel disse, em algum momento, que eu e Chuck sabíamos o caminho do hotel e que, depois de tanta carga emocional, precisávamos de um tempo.

Ainda molhados, fomos deixados, pouco a pouco, sozinhos. Presos a um instante que não parecia que teria fim. Quando o último 4x4 nos deixou, ficando apenas um veículo para que Chuck dirigisse de volta, ele se aproximou de mim, tocando-me com o olhar.

— Evelyn...

Prendi a respiração.

— Quando disse que amava a Nancy, eu precisei lutar muito para dizer o nome dela ao invés do seu.

Fechei as pálpebras e Chuck tocou a minha cintura. Molhados, ofegantes, dolorosamente abalados pelo que tínhamos acabado de passar.

— Abra os olhos — Chuck pediu, baixinho.

Eu os abri.

— Eu amo você, Evelyn Henley.

Abri um sorriso fraco, sentindo meus joelhos bambearem.

— Diferente de Nancy — suspirei —, me lembro como tudo aconteceu e me lembro de amá-lo há dias que antecedem o de hoje.

Ele deu um passo a mais, tocando meus braços gelados. Estremeci e observei seus lábios rosados serem mordidos pela ansiedade.

— Assim que eu voltar, vou resolver a minha vida, Eve.

— Eu sei. Acredito em você.

Tomou meu rosto entre as mãos e inclinou o pescoço para frente.

Eu fechei os olhos e pedi baixinho:

— Me beija, Chuck.

Com calma, sua boca encaixou-se na minha, sua língua pediu espaço, que eu dei com vontade. Fui amada dentro de um beijo, fui desejada por suas mãos, fui cobiçada pela sua voz que murmurava, a cada troca de respiração, o meu nome.

Fui arrematada por Chuck Ryder.

E nunca me senti tão feliz.

Outubro

"Eles queriam uma quantidade muito maior do que poderiam ter,
mas não se importavam.
De qualquer forma, o amor não se quantifica, se eterniza."

RECORDE-SE ANTES DE EU PARTIR

Capítulo 32

— Como eu senti sua falta! — Val me apertou mais um pouco, enquanto assistíamos a um filme juntas. — Meu Deus, Eve. Nunca mais fique um mês fora.

— Eu voltei há dias e você ainda não matou a saudade? Como vai ser quando casar?

— É óbvio que vou te sequestrar todos os dias. Acha mesmo que consigo viver longe de você?

— E eu de você? — rebati, abraçando-a com carinho.

— Tem espaço para mim? Fiz pipoca — mamãe disse, nos afastando com a mão. Ela conseguiu seu espaço e se jogou entre nós duas. — Ah, que fantástico! Obrigada. O que vocês estão assistindo?

— Ao namorado da Evelyn sendo um péssimo ator no passado — Val brincou, rolando os olhos.

Um filme de Chuck estava passando na televisão. Já era possível ver o quanto ele estava desanimado com a carreira, mas não tive coragem de tirar do canal, principalmente ao reconhecer o que o atormentava.

Mamãe e Val agora sabiam de tudo a respeito de nós dois, os segredos, a espera para Chuck receber o dinheiro e quitar a dívida com Meg e se livrar dos problemas, inclusive do nosso quase namoro. Elas queriam que ele viesse à nossa casa, para ser apresentado formalmente, mas preferia esperar até quando tudo estivesse acertado.

— Ele não é um péssimo ator. Não seja má, Val! — Minha mãe direcionou o olhar para mim. — E você, Evelyn querida? Tem notícias de Chuck?

Desde que voltamos da África, preferimos nos encontrar somente no set de gravação. Meg já estava dando um pontapé em Chuck através da mídia, já que tinha vazado supostas fotos dela beijando um ator de Hollywood, chamado Robert James. Toda a imprensa estava curiosa para saber o que Chuck faria a respeito, seguindo-o nos lugares e tornando sua vida particular uma verdadeira exposição pública. Era muito arriscado, mesmo com o despeito de Meg. Ele precisava pagá-la primeiro e se livrar desse compromisso.

— Ele me ligou hoje mais cedo. Uriel nos deu um recesso rápido de uma semana. Devemos gravar as cenas do final ainda esse mês e o epílogo de Nancy e Michael, em novembro.

— Vocês estão mesmo juntos? — Mamãe inspirou fundo, sonhadora. — Já falaram que se amam?

Senti minhas bochechas ficarem vermelhas. Fiz um nó com o cabelo cacheado e o coloquei em um coque, para pensar no que dizer.

— Não seja indelicada, mãe. Isso não é algo que se pergunte — Val remediou.

— Eu perguntei tudo para você sobre seu romance com Grant. Está na hora de saber mais sobre Chuck e Evelyn. Que, por sinal, santa boca a minha! Isso ainda vai dar em casamento...

— Mãe! — rebati. — Não faz assim.

— Então me fala! Como ele é? Você fica me mantendo no escuro e não é justo. Eu sou fã do rapaz!

— Chuck é carinhoso, ele só se fecha para o desconhecido. É intenso em tudo que faz. Só com o olhar dele, eu já estremeço. E, sim, passamos da fase dos apaixonados e já dissemos que nos amamos.

Para uma CEO, um cargo que exige certa frieza pessoal, minha mãe sabia ser muito emotiva. Lágrimas começaram a cair por seu rosto e ela se levantou, quase derrubando o pote de pipoca no chão, me puxando para um abraço.

— Ah, querida! Não é porque acho ele lindo, não. É a maneira como você fala dele e como sorri quando está no telefone com ele. Eu acho isso tão incrível. Estou tão feliz por você!

— Obrigada. — Sorri sinceramente, abraçando-a de volta. — Eu estou feliz, mãe.

— Bem, só falta vocês assumirem isso publicamente, mas tenho certeza de que não deve demorar.

— Espero que não — Val falou. — Se ele demorar, vai ter que falar comigo. Não aceito que fique enrolando a minha irmãzinha.

— Hey! Você é a caçula! — retruquei.

Val gargalhou, fazendo nós duas rirmos. Caímos no sofá para assistir a mais um filme de Chuck. Era inevitável não rir dos suspiros da minha mãe e não me divertir com a chateação da Val quando percebia que Chuck poderia ser um pouco mais emotivo nas cenas. Enquanto elas estavam prestando atenção nele, permaneciam alheias à saudade que aqueles olhos claros me traziam, à maneira que meu corpo sentia falta do seu e à vontade que eu tinha de ficar com Chuck, sem qualquer barreira imposta.

Escutei uma voz me chamando ao fundo. Estava agarrada aos travesseiros, na cama, mas alguém insistia em me tirar do conforto. Abri as pálpebras e encarei Val me olhando com um semblante assustado.

Me sentei quase imediatamente.

— O que houve, Val?

— Desculpa te acordar tão tarde, mas eu estava no Facebook. — Minha irmã torceu o nariz. — Acabei vendo uma notícia de última hora. Acho que você deveria vê-la também.

— O quê?

— Sinto muito, Eve.

Val se sentou na cama, puxando o computador para seu colo. Me coloquei atrás dela e, só pela foto, eu soube o que a havia feito se levantar em um rompante e me acordar de madrugada.

Evelyn Henley e Chuck Ryder trocam beijos fora das câmeras?

A imagem era na África do Sul. Uma foto nossa no saguão do último hotel que nos hospedamos. Chuck estava próximo o bastante e eu estava sorrindo contra seus lábios. Não estávamos nos beijando, mas o contato era o suficiente.

No corpo da reportagem, contavam sobre o relacionando tumultuado de Chuck e Meg. Falaram que havia a suposta foto de Meg beijando outro homem e, se aquilo era indicador de que estavam separados.

Senti uma súbita dor de cabeça.

— Isso vai dar problema? — Val questionou, preocupada.

— Pode dar. Eu não sei — titubeei. — Acho que vou ligar para o Chuck.

— É uma boa ideia — concordou, se levantando. — Se precisar de mim, estou por perto.

Sorri, me sentindo um pouco zonza.

— Obrigada.

Tateei o lado da cama assim que Val fechou a porta. Acendi o abajur e procurei o número de Chuck. Estava nas chamadas recentes e esperei que ele acordasse rápido, porque precisávamos de um plano para conter o que poderia ser o fim da sua carreira.

— Alô?

— Chuck?

— Hum, oi — murmurou, sonolento. — Eve? Aconteceu alguma coisa?

— Sim, na verdade, aconteceu. Acesse o site Notícias Famosas Hollywood, por favor.

— Linda, são três da manhã. — Mas o ouvi se remexer nos lençóis. — É grave?

Engoli em seco.

— É sobre nós dois.

Pela movimentação, soube que Chuck havia se levantado. Ele pediu um minuto e, depois, escutei o som de teclas sendo digitadas no computador.

Seu suspiro exasperado denunciou que havia lido a notícia.

— Eve...

— São só especulações, eu sei. Mas a foto é comprometedora.

— Não imaginava que teria paparazzi no hotel.

Mordi o lábio.

— Pode ser alguém da produção querendo ganhar uma grana.

Chuck ficou em silêncio.

— É, realmente. Pode ser.

— O que vamos fazer, Chuck? E se Meg surtar?

— Ah, acredite. Ela vai surtar — avisou. — Mas sei lá, Eve. Não aguento mais esconder do mundo o que sinto por você.

— Falta pouco, Chuck. Logo você vai poder se livrar disso.

— Parece uma eternidade — argumentou.

— Bem, o que vamos fazer?

— Acho que temos que esperar. Meg provavelmente vai me procurar para conversar. Ela vai me ameaçar, com certeza. Foi bem clara quando disse que eu teria que me fazer de apaixonado até que ela me desse um pé na bunda e me fizesse de idiota. Precisei concordar com os termos, apesar de achar isso tão ridículo que... porra!

Pensei enquanto Chuck ainda dizia mais algumas coisas.

Eu poderia ajudá-lo se conversasse com a Meg. Talvez, se explicasse que vamos esperar o envolvimento dela com o cara, Meg pudesse adiantar e tudo daria certo. Ela só precisava do dinheiro e da certeza de um relacionamento com o Robert. Era tudo o que ela desejava. Bem, o dinheiro eu não entregaria, porque Chuck jamais me perdoaria por me meter nisso. Era orgulhoso demais. Só que... uma conversa não seria de todo mal.

— Vamos esperar, então. — Omiti a minha ideia.

Lógico que Chuck não concordaria com a minha tentativa em relação a Meg, mas o que custava arriscar?

Capítulo 33

Prendi o cabelo em um rabo de cavalo e joguei o capuz sobre a cabeça. Andando devagar, com o coração apertado, senti-me angustiada a cada minuto que os saltos batiam no chão. Insegura de ter tomado a decisão certa, me deixei levar, porque era isso que eu tinha que fazer. Caminhei mais um pouco, olhando para todos os lados, passando pela extensa rua sem ser notada.

Quando Chuck me mandou uma mensagem, achei estranho, porque tínhamos concordado em não nos vermos até que as coisas esfriassem. A não ser, claro, nas gravações finais. E depois de tudo o que passamos com a notícia-bomba, tentei entrar em contato com Meg, para remediar a situação, e não obtive sucesso. Ela não respondia às mensagens que mandei e Chuck me garantiu que tudo estava sob controle. O problema é: como eu poderia saber se ele não estava dizendo isso apenas para me tranquilizar?

Segundo sua mensagem, ele queria se encontrar comigo. Chuck marcou num clube, uma balada, para ser bem sincera. Eu nem me vesti de forma extravagante, para não chamar atenção. Coloquei apenas uma calça jeans, um moletom e os saltos altos, para não ficar totalmente fora de quadro. Pensei em entrar pelos fundos, que era bem mais fácil.

Encontrei a porta da saída sem segurança, já escutando a música do Club-Onze a todo vapor. Assim que passei, o cheiro de bebida e suor invadiu minhas narinas. As pessoas estavam dançando com tanto prazer que não consegui tirar meus olhos, era um ambiente bem diferente do que imaginava que Chuck me traria. Continuei adentrando, indo em direção ao bar, que foi o lugar onde marcamos de nos encontrar. Mas, antes de chegar lá, fui puxada bruscamente para o lado.

Atordoada e chocada, semicerrei as pálpebras para ver quem era. O sorriso zombeteiro e a silhueta feminina deixaram claro que aquele encontro não era com o homem que tinha meu coração.

— Ele manda mensagem e você responde rapidinho! Quanto tempo levou para chegar, Evelyn? Vinte minutos? — A voz de Meg, gritando sobre a música, me fez estremecer. Meu cérebro começou a elaborar como ela conseguiu enviar uma mensagem para mim pelo celular de Chuck.

Eles tinham se encontrado.

Me senti enjoada, com os nervos tremendo.

Mas essa não era a oportunidade que eu queria? Ficar frente a frente com Meg a ponto de poder controlar a situação? Eu precisava ter sangue frio.

— O que você quer, Meg? — Me desfiz do seu aperto nada gentil e mantive o capuz do moletom sobre a cabeça.

— Conversar com você, claro. Somos amigas, não somos?

Fiquei em silêncio.

Eu não ia cair naquilo. Já sabia do que aquela garota chantagista era capaz. Não tinha nenhum segredo para guardar, como Chuck. Ela não tinha nada contra mim.

— Bem, acho que isso foi um não. — Ela riu alto e me guiou para uma zona isolada. Acompanhei-a, pensando no que diria para convencê-la a não estragar tudo.

Pense, Evelyn. Pense como uma mulher fria pensaria.

Eu teria que ser dissimulada como ela era.

Entramos em uma sala vazia, que mais parecia um camarim. Não questionei como Meg sabia daquilo, ela andava por aí com muitas pessoas, conhecia o submundo bem melhor do que eu.

— Espero que você tenha um bom motivo para me arrastar até aqui.

— Você tentou me contatar por muito tempo. — Meg franziu a testa. — Interessante não querer falar comigo agora.

— Se você tivesse respondido às mensagens, teríamos marcado em um lugar mais... adorável. — Sorri ironicamente.

Jogo de cintura, Evelyn. Fique calma.

Respirei fundo.

— Eu fiquei curiosa, confesso. Não que fosse burra o suficiente para não imaginar o que você queria comigo. — Estreitou os olhos. Os cabelos curtos estavam jogados para trás com gel. Não me passou despercebido que ela estava toda arrumada para uma festa que não cabia nesse lugar. — Quis salvar o seu príncipe?

Engoli em seco, mas não demonstrei nervosismo.

— Somos mulheres adultas, Meg. E você está, nesse exato momento, agindo como se estivesse na adolescência. Se quer conversar comigo de forma civilizada, tudo bem. Se não, vou dar meia-volta.

Ela deu um sorriso cínico.

— Chuck estragou tudo, você sabe. Ele já deve ter te contado sobre o nosso acordo. E, bom, ele ferrou as coisas. O beijo de vocês ferrou as coisas.

— Chantagem — corrigi.

— Você pode chamar do que quiser, no entanto, seu lindo namorado ainda está preso a mim.

— Não estamos namorando, Meg.

— As notícias discordam.

— Foi uma especulação da mídia sobre nós dois. Nada concreto. Da mesma maneira que a sua foto beijando... como era o nome dele?

Ela ficou irritada.

— Não finja que não sabe o nome dele. Robert é um dos atores mais aclamados da atualidade!

— Seja como for... — continuei. — Especulações não são notícias de verdade.

— Mas isso estraga a imagem de que Chuck é um cachorrinho que posso fazer o que quiser com ele. — Usou um tom jovial, que fez meu sangue acelerar. Eu dei um passo à frente e ela percebeu. — Como você é tola, Evelyn. Demonstra em cada expressão facial que está apaixonada por ele. Isso é tão triste, porque Chuck está preso a mim. Entre você e aquela carreira medíocre que ele criou em poucos anos, tenho certeza de que ele escolherá a profissão.

Surpresa por não ter dado um tapa em sua cara, cerrei os punhos.

— A questão, Meg, é que ele não tem que escolher. Assim que Chuck pagar o que deve, você precisa cumprir a sua parte do acordo. — Minha voz estremeceu de nervoso. — Aquele vídeo precisa sumir.

— Não foi isso que combinamos. — Torceu o nariz. — Ele precisa, sim, pagar o que deve. Mas, acima disso, precisa esperar eu encontrar outra pessoa para brincar. Robert é mais rico do que Chuck e muito mais influente. Ele está em um novo filme do Tarantino. Dá pra acreditar?

Bufei, irritada.

— Pelo amor de Deus, Meg! Robert já está de quatro por você. O que mais você quer?

— Ele ainda não me pediu em namoro — disse, surpresa por eu não ter percebido.

— Talvez porque ele ache que você ainda está com o Chuck?

— Bem, pode ser. Mas eu dei todas as dicas de que estou apaixonada.

Encarei Meg. Encarei de verdade. Eu não sei o que a vida fez com ela nem por que havia se tornado uma pessoa tão amarga e dissimulada. Não fazia ideia, porque, quando a conheci, ela era doce como mel. Talvez a fama tivesse subido à sua cabeça, talvez ela não soubesse mais como ser a mesma mulher de antes.

— Espero que isso seja resolvido logo, porque, assim que Chuck te devolver o dinheiro, vamos querer viver em paz. Faça o que tem que fazer para deixá-lo livre. Ninguém merece ficar em um relacionamento infeliz, nem mesmo você.

Meg piscou.

— Você não está em posição de fazer exigências.

Meu Deus, eu queria muito socá-la.

— Você quer o seu felizes para sempre com outro alguém, não quer? Chuck vai cumprir a palavra dele e vai te pagar. Aliás, ele está trabalhando duro para receber o pagamento antecipado, só por sua causa. — Fiz uma pausa. — Você tem a faca e o queijo na mão, Meg. Pode sair desse relacionamento sem prejudicar mais ninguém além do que já está prejudicando. Se joga nos braços do Robert, sei que ele irá acolhê-la. Em breve, você receberá a sua grana e terá uma vida feliz. Não é possível que não haja um pouco de compaixão no seu coração.

— Meu Deus! Vocês realmente estão apaixonados. — Ela gargalhou e eu fechei os olhos. — Afinal, o que você viu nele? Foi isso? O lado coitadinho?

— Não quero fazer jogos psicológicos com você. Só preciso saber se entendeu cada palavra que eu te disse.

Meg abriu um sorriso.

— Você está se colocando em um patamar tão alto. — Fez uma pausa. — Acha que ele ainda me ama? É por isso que está se endeusando?

Meu sangue ferveu e eu perdi a compostura. Me aproximei e fiquei tão perto que poderia colar nossos narizes. Peguei em seu ombro e o apertei com força.

— Eu não tenho qualquer dúvida do que ele sente por você: desprezo.

Assim como não tenho qualquer dúvida do que ele sente por mim: paixão. Você fez isso com ele, Meg. Você destruiu Chuck de modo que nem em sua própria carreira ele conseguia se sentir confortável. Você curtiu seu relacionamento ao lado dele como se estivesse solteira e, não sei o que passa pela sua cabeça, mas claramente a infelicidade dos outros não é fator decisivo na sua personalidade egocêntrica. Mesmo vendo ele sofrer por causa do pai, você não se importa. Só tenho que dar graças a Deus por Chuck estar prestes a se livrar de você e espero que, depois de todo esse tempo infernizando a vida dele, saiba quando for o momento de cair fora.

— Você não entende mesmo! — Meg grunhiu e se desvencilhou do aperto. — Você não entende que está se enfiando em um mundo sem paz! Eu nunca fui a ruína de Chuck. Ele fez isso sozinho.

Me afastei e analisei seu rosto.

— Como você é ridícula, Meg. Olha a chantagem em que você o meteu. Ele pode ter outros problemas, mas a força de vontade dele ruiu no segundo em que você começou a prejudicá-lo. — Não fiquei surpresa quando minha voz se elevou.

— Eu posso livrar Chuck agora mesmo, se quiser — falou, afetada e raivosa. — Posso estalar os dedos e tudo isso vai para o lixo. Mas Chuck sempre estará preso à obrigação de cuidar do pai. Aquele drogado imundo, que transa com menores, que usa o filho para ganhar dinheiro.

— E você ajudou tudo isso a se tornar mais insuportável.

Meg se afastou, chocada. Ela ficou em silêncio por um momento, mas não vi nenhum traço de remorso.

— Enfim, você vai se livrar de mim assim que ele depositar o dinheiro na conta, mas nunca vai viver em paz ao lado de Chuck — garantiu. — O pai dele é um monstro, acredite em mim.

Semicerrei as pálpebras, disposta a acabar com aquilo de uma vez.

— Você me promete que vai parar assim que o dinheiro entrar na sua conta? Que não vai esperar oficializar um relacionamento com Robert?

Meg rolou os olhos.

— Tanto faz. Acho que você está certa no que diz respeito a Robert estar inseguro de oficializar a relação enquanto ainda estou com Chuck. De qualquer maneira — Meg me mediu de cima a baixo —, você é muito fraca para lidar com os Ryder.

A típica tortura psicológica, que eu não ia cair. Confiava em Chuck e, apesar de seu pai ser maluco, tinha certeza de que poderíamos lidar com isso mais tarde.

— Eu acho que sou tudo o que Chuck precisa. Não me importo com a bagagem que vem com ele. Isso, Meg, é amor de verdade.

— Eu nunca vou saber o que é. Sacrifício demais, para pouco retorno.

Meg virou as costas, também cansada daquele bate-boca, me deixando com um sorriso perverso antes de ir.

Foi surreal a conversa que tivemos, eu ainda conseguia sentir meu corpo inteiro tremer. Assim que tive certeza de que estava sozinha, me sentei na cadeira mais próxima. Peguei o celular, vendo que havia muitas chamadas não atendidas de Chuck. Eu precisava conversar com ele, só que não me sentia bem o suficiente para ter uma conversa agora.

Fui pelo lado racional quando meu coração diminuiu os batimentos cardíacos.

Pelo menos consegui tirar da chantagem o tópico idiota de ela precisar estar com um cara para dar um pé na bunda de Chuck. Me senti vitoriosa, apesar das coisas que Meg disse sobre o pai de Chuck.

Ele seria um homem tão ruim assim?

O quanto Chuck havia me omitido a respeito do relacionamento entre pai e filho?

Fui sincera quando disse para ela que não me importava com a bagagem. Eu amava Chuck. Se ele tinha mais problemas para enfrentar, não faria isso sozinho, não dessa vez.

Agora, ele tinha a mulher certa ao seu lado.

Val me escutou com horror enquanto contava sobre o encontro que tive com Meg. Ela não podia acreditar que aquela garota que conhecemos nos sets de filmagem dos meus primeiros filmes parecia uma naja agora. Não conseguia entender como ela havia se transformado nessa criatura tão distorcida e patética.

E, francamente, nem eu entendia.

Assim que Val me deixou sozinha no quarto, ao lado de uma xícara de chá de camomila, pensei que poderia conversar com Chuck. Eu precisava ligar para ele e esperava que Chuck pudesse explicar sobre seu encontro com Meg. Não que eu não confiasse nele, mas queria encaixar todas as peças do quebra-cabeça.

— Evelyn! — ele atendeu no segundo toque. A voz parecia ansiosa. — Estou tentando conversar com você a noite toda.

— Eu sei. — Sorri. — O que houve?

— Meg apareceu aqui em casa. Ela veio dizer que eu estraguei tudo. — Suspirou. — Cara, vou pagar na próxima semana. Meg não pode dar pra trás agora.

— Ela não vai.

Chuck ficou em silêncio.

— Ah, Eve...

— É sério, Chuck. Ela não vai.

Ele pareceu confuso com a minha certeza.

— Como sabe?

Soltei um suspiro antes de contar para Chuck tudo que acontecera há poucas horas. Ele ouviu em silêncio, desde a discussão que tive com Meg até a maneira que consegui convencê-la a não esperar que o tal Robert tivesse coragem de pedi-la em namoro. Chuck pareceu inquieto em algum momento e soube que ele estava se esforçando para não me interromper. Quando falei de seu pai, Chuck pareceu ainda mais angustiado.

— Eu não acredito que ela te mandou uma mensagem pelo meu celular — grunhiu, irritadíssimo.

— Foi tarde demais quando vi que não era você.

— Caralho! — Escutei seus passos pesados sobre algum piso de madeira. — Eu não acredito. Ela poderia ter sido perigosa, ela poderia ter feito...

— Chuck, não tem problema. O que importa é que consegui convencê-la.

— As coisas que ela disse...

— Não importa.

Ele parou por um momento, talvez para pensar.

— Merda, eu deixei o celular em cima da mesa quando fui pegar o computador para anotar todos os dados dela com segurança — resmungou. — Porra! Eu vou ligar para ela e fazer questão...

— Não, Chuck. Você vai deixar isso como está.

— E, Deus que me perdoe, mas se ela chegou a encostar um dedo em você... — Ele não parecia me ouvir.

— Ela não fez. — Respirei fundo, me lembrando da reação que tive quando ela iniciou os insultos. — Eu, ao contrário, queria socá-la.

— Ela quis que você desistisse de mim, Evelyn — falou, de modo brusco e direto.

— Sim, mas eu não vou.

A linha ficou muda por alguns segundos.

— Eu preciso te ver — Chuck disse.

— Chuck...

— É sério. Eu preciso te ver agora. Preciso te tocar, saber que você está bem.

— Ainda está cedo para sermos vistos juntos. Tenho certeza de que há paparazzi na frente da sua casa e ainda mais certeza de que amanhã, em toda a mídia, o fato de Meg ter te visitado vai dar a entender que houve uma reconciliação. — Suspirei, cansada. — Por mais que eu esteja morrendo de vontade de ficar com você, não posso ser insensata. As coisas precisam acontecer com calma e agora não é o momento. Tenho certeza de que Meg não vai gostar se algum paparazzo me fotografar chegando na sua casa.

— Estou pouco me fodendo para o que ela vai achar, Eve. Eu quero ficar com você.

— Hoje não é o dia. Precisamos esperar a transação.

— Eve, você está me punindo pelo que aconteceu? — Seu tom ficou grave e intenso. — Merda, eu sei que ela é louca...

— Isso não tem nada a ver com punição, Chuck. Use a cabeça. Nós precisamos de mais uma semana. O que foi esperar meses perto de poucos dias?

— Que fique claro, eu não vou esperar Meg assumir com o Robert.

— Sim, foi o que combinei com ela.

— Sabe a festa de Halloween que vai ter da produção? Uriel disse que, para comemorarmos o sucesso das gravações, faria uma festa de Halloween. Ele queria brindar ao sucesso que garantiu que viria. Ele nos surpreendeu com um convite todo formal por e-mail, exigindo a presença e dizendo que teríamos de ir com fantasias. Sabia que ele era animado para essas coisas e Shaaron também estaria lá. Poderia matar a saudade dela, principalmente por não a ter visto durante a viagem para a África.

— Sim — murmurei, me lembrando de responder.

— Eu vou assumir com você na festa de Halloween da equipe e não quero nem saber se vão achar isso certo ou errado. — Chuck falou, suspirando fundo. — Eu amo você, Eve. Não dá para esperar. Uma semana é todo o tempo que eu vou dar para isso esfriar. E, na festa, as coisas vão se tornar oficiais. O dinheiro já vai estar na conta de Meg e daí em diante... só vai restar a felicidade.

— Chuck...

— Não tem discussão, linda. Eu quero você, eu quero ficar com você, quero assumir um compromisso com você. Tô cansado de esperar. Nem posso te trazer para a minha casa, merda. Isso é tortura!

— Tudo bem. Uma semana. Vamos gravar as cenas que precisamos e agir normalmente.

Me recostei na cama, fechando os olhos.

— Vem pra minha casa, Eve — Chuck pediu baixinho do outro lado da linha.

Apertei as pálpebras. O som de sua voz era capaz de me deixar em transe. Esse homem me tinha nas mãos.

— Não posso.

— Eu quero te beijar agora.

Sorri um pouco.

— Eu também.

— Quero dormir com você, quero beijar o seu corpo, quero tirar a sua roupa...

Prendi a respiração.

— Chuck...

— Quero estar dentro de você. — Sua voz saiu rouca e ainda mais baixa, junto a um suspiro sexy demais para que não me afetasse.

Me remexi, rendida ao calor que subia pelo corpo.

— Não faz isso comigo — sussurrei.

— Eu faço, não me arrependendo. Quero tanto você.

— Também te quero, mas não podemos. Não hoje.

— É tempo demais, Eve.

— É o suficiente. E é bom sentir minha falta. Quando eu tirar a roupa e deixar você me tocar, o prêmio vai ser ainda mais gostoso — prometi e mordi o lábio inferior. — Depois da festa, eu vou ser toda sua.

— Ah, Eve. Você já é toda minha.

Capítulo 34

As gravações finais de Recorde-se Antes De Eu Partir foram feitas mesmo em uma semana. Em novembro, marcamos o epílogo de Nancy e Michael, somente para prorrogarmos o inevitável. O filme, já com previsão de estreia para julho do próximo ano, estava para ser concluído.

Eu e Chuck nos embalamos em um ritmo de trabalho puxado, com direito a sessões de nostalgia e saudade dos personagens, conforme percebemos que, indiretamente, foi o romance de Shaaron que nos uniu e agora isso tudo estava chegando ao fim.

Claro que fingir que não estava apaixonada por Chuck durante os sete dias foi fácil, afinal, já fazia meses que esse sentimento estava comigo. O problema foi ignorar os olhares com mais atenção da produção, provavelmente por terem visto a notícia sobre nós dois. Notei que todos queriam arrancar um pedaço da novidade, saber o que era verdade, o que era ilusão. Eu e Chuck precisamos ser ainda mais cautelosos durante a semana fatídica em que tudo se resolveria. A minha sorte é que ele percebeu e não avançou qualquer sinal, a não ser quando as câmeras estavam ligadas.

Nas sombras, sequer nos tocamos até que sexta-feira chegasse. Chuck recebeu o cheque do pagamento, assim como eu recebi o meu. Alívio tomou sua expressão, um sorriso bobo surgiu em seu rosto e, quando Chuck chamou seu segurança para entregar o cheque, eu soube que a espera havia chegado ao fim. Ele recebeu um pen drive de Meg em retorno, a única cópia garantida do vídeo que ela tinha. Quando perguntei a Chuck se ele destruiria a evidência, ele não me respondeu.

Tentei não o pressionar e deixei o assunto em aberto.

Em relação a nós dois, Chuck prometeu que anunciaria oficialmente em alguma rede social que seu relacionamento com Meg havia terminado. Faria uma nota de esclarecimento curta, apenas para informação do público. Eu me senti livre quando Chuck me puxou para um abraço no camarim, quando sussurrou coisas maravilhosas no meu ouvido e jurou que, no sábado seguinte, anunciaria oficialmente o nosso relacionamento.

Era rápido para quem estivesse de fora, mas uma eternidade para nós dois. Eu, que nunca fui muito romântica, só queria poder andar de mãos dadas com Chuck sem que as pessoas olhassem torto e suspeitassem de traição.

Encarei meu reflexo no espelho, muito ansiosa pela expectativa dessa noite.

Halloween!

— Ah, você está linda, Evelyn! — Val deu um sobressalto ao meu ver.

A fantasia que coloquei foi de marinheira *pin-up*, em homenagem ao personagem Michael Black, que era da Marinha. Claro que em uma versão sexy e até ousada, mas, esta noite, eu decidi me libertar. Deixei os cabelos soltos com um quepe e usava um vestido justo e azul-marinho, como um corpete na parte de cima e rodado na de baixo, indo até o meio das coxas, com pequenas âncoras vermelhas na borda branca. Usando uma meia sete oitavos branca e saltos vermelhos exageradamente altos, somados a uma maquiagem suave nos olhos e vermelho-vivo na boca, eu estava pronta para encarar o Halloween e a possível oficialização do meu relacionamento com Chuck Ryder.

Só de pensar que o encontraria na festa, meu coração saltava no peito de ansiedade.

— Você achou boa a fantasia?

— Caramba, está tão sexy! Chuck vai cair para trás quando te vir.

— Esse é o objetivo. — Sorri, satisfeita.

— E ele vai oficializar as coisas?

A ansiedade de Chuck estava aumentando a cada dia. Há menos de vinte e quatro horas, Meg tirou uma foto ao lado de Robert, chamando-o de namorado.

Agora o caminho estava finalmente livre para nós dois.

— Eu não sei, mas, pelo que ele tem demonstrado, parece que sim.

— Que droga ser uma festa fechada para a equipe! Queria ser uma mosquinha para ver o que ele vai dizer na frente de todos.

— Não me deixe mais ansiosa, Val.

Ela riu.

— Tá bem, desculpa. Agora vai! Os seus seguranças estão esperando.

Val me deu um beijo no rosto e substituiu todo o cuidado de nossa mãe, que ficou até tarde trabalhando no escritório em pleno Halloween. Minha irmã também tinha uma festa para ir com Grant e a casa ficaria sozinha.

Sentindo o frio do outono, peguei um casaco e o joguei sobre os ombros antes de abrir a porta e entrar no carro. Durante o percurso, recebi uma mensagem de Chuck, questionando se eu estava pronta e se já estava chegando.

"Acho que não aguento esperar nem mais um segundo para beijar a sua boca, Evelyn."

Sorrindo, respondi:

"E vai me anunciar assim? Cadê a graça e o suspense?"

Nem meio minuto depois, a resposta veio.

"Já fiz suspense demais. Quero te agarrar em público e deixar bem claro que você é minha."

"Vai ter que rebolar, Chuck Ryder."

"Já rebolei o bastante, linda."

Ri alto.

"Acho que não o suficiente..."

"Tudo bem. O negócio é o seguinte: você não faz ideia do que te aguarda. ;)"

"Decidiu ir pelo suspense?"

"Desde o início dessa noite."

"Então não vai me beijar assim que eu chegar?"

A resposta não veio, e os seguranças me tiraram do transe ao avisar que havíamos chegado. Eu desci do carro, com as pernas bambas, prendendo a respiração ao ver um grande tapete vermelho estendido do lado de fora. Por sorte, a mídia não sabia desse evento e não tinha qualquer fotógrafo de prontidão. Era uma festa reservada para nós, com direito a música alta, bebidas alcoólicas e comemoração da reta final de um projeto que levou quase um ano para ser concluído.

Andei um pouco, avisando aos meus seguranças que ligaria para eles, caso precisasse. Eles esperaram que eu chegasse na porta para entrar no carro e dar partida.

Tomando coragem, empurrei a maçaneta e fui envolvida por um ambiente completamente psicodélico e incrivelmente bonito. Luzes coloridas e ofuscantes passavam por todas as fantasias, enquanto uma fumaça de gelo seco cobria os pés dançantes. O som alto, alguma balada eletrônica que realmente dava vontade de dançar, tocava a todo vapor.

Eu sorri para as pessoas que reconheci, tirei o casaco e dei para o rapaz que estava ao lado da porta somente para isso. Fiquei um pouco constrangida pela maneira que me olharam. Era evidente que a fantasia de chamava atenção e, por um segundo, me senti a Cinderela chegando ao baile, sendo recepcionada por muita curiosidade, choque e satisfação.

Percorrendo o olhar pela multidão, depois de nada além de alguns segundos, parei em uma pessoa em especial, que me fez perder o ar.

— Ah, meu Deus — murmurei, sozinha.

Chuck estava usando uma fantasia que, no rosto, era coberta por óculos escuros, tendo apenas o reflexo no olho esquerdo, de um ponto vermelho e reluzente. Seu corpo, com uma roupa justa, semelhante à de um agente secreto, me fez estremecer. Ele carregava um coldre com armas, botas de combate modernas e metalizadas, além de um colete de couro que deixava os braços fortes em exibição, somado a luvas de couro com os dedos à mostra.

Eu o observei, pensando se poderia pular nele e levá-lo para atrás da primeira porta que encontrasse. Principalmente quando Chuck desceu o olhar pelo meu corpo, parando nas pernas com a meia, no salto alto vermelho e voltando, por fim, ao decote satisfatório do vestido justo.

Seus passos vieram até mim, decididos, sem chance de retorno. Eu fiquei parada, observando aquele homem chegar, ainda mais alto pelas botas de combate, tornando-o quase aterrorizante para quem não o conhecesse de verdade.

Ele abriu um sorriso e eu desci mais uma vez o olhar por todo o seu corpo.

— *Hasta la vista, baby?* — questionei a fantasia, assistindo Chuck sorrir ainda mais largo.

— Você percebeu do que estou vestido?

— O Exterminador, é claro.

— Meu Deus, Evelyn. Posso me casar com você?

Gargalhei, vendo-o erguer uma sobrancelha em desafio.

— O que foi? É muito cedo?

— Sim, com certeza é.

— Não tem problema. Eu só queria te chamar para a pista. O casamento seria um bônus, caso aceitasse.

Entreabri os lábios, assustada.

— Você estava falando sério?

— Não. — Chuck riu, estendendo a mão para que eu a pegasse, deixando meu coração maluco dando cambalhotas no peito. — Eu só quero dançar com você.

Segurei sua mão, sendo puxada para o meio das pessoas, dando-me conta de que a nossa produção poderia mesmo encher uma casa de festas. A música eletrônica sensual se tornou tudo o que pude ouvir, com as mãos de Chuck em torno da minha cintura e sua respiração, bem quente, batendo na minha orelha.

Eu senti falta desse encaixe, senti falta da maneira que meu corpo cedia ao dele, a forma como suas curvas cobriam as minhas, o modo como suas mãos seguravam-me possessivamente, tornando-me um pouco mais sua a cada instante.

— Senti saudade — ele disse sobre a música, falando alto, mas parecia quase um sussurro.

— Eu também.

— Essa fantasia não me ajuda a ficar controlado na frente dessas pessoas.

— E quando você vai tornar oficial?

— Quando chegar o momento certo.

— Existe momento certo para isso?

— Ah, Eve... existe, sim.

Chuck quebrou meu corpo em um movimento, fazendo nossos

quadris irem para um lado e para o outro. Sua respiração estava me aquecendo tanto que eu não tinha capacidade de raciocinar direito. Somado a isso, eventualmente, Chuck raspava os lábios nos meus, fazendo com que eu estremecesse de antecipação, reconhecendo que ele não iria me beijar, mas estava perto demais de fazê-lo.

Não olhei ao nosso redor, mas sabia que havia olhares curiosos em nós dois.

— Essa noite você vai para a minha casa. Sabe disso, não é?

— Você não me convidou, mas deduzi.

— Espero que não tenha deixado ninguém te esperando.

Encarei seus olhos, ainda que não pudesse vê-los pelos óculos escuros.

— Só você.

— E eu esperei muito — sussurrou, girando-me pela pista.

Amoleci ainda mais, tomada pela vontade. Chuck dançava tão bem, seu corpo fazia movimentos maravilhosos contra o meu. Isso era quase uma preliminar, ainda que sequer estivesse me beijando. Se ele tomasse a minha boca uma única vez e procurasse, sorrateiramente, a calcinha, me encontraria molhada, pronta para que fizesse o que bem entendesse comigo.

— Preciso te levar ao Uriel — Chuck disse.

— Ah, sim.

— Depois, tenho que te apresentar a outra pessoa, uma convidada especial, ela veio especialmente porque pedi.

— Sério? E quem é?

— Em breve, você vai conhecê-la.

Chuck deu um beijo suave no canto da minha boca e entrelaçou nossos dedos, lembrando-me do nosso encaixe perfeito, enquanto abria caminho entre as fantasias animadas, que não paravam de dançar quando uma música terminava, porque outra já emendava logo em seguida.

Chegamos às escadas e Chuck pediu que eu subisse na frente. Ele me guiou, falando que deveria virar a primeira à esquerda e, assim que encontramos um corredor vazio, foi o que eu fiz.

Uriel estava sentado a uma mesa de reunião, vestido com uma fantasia de Drácula, acompanhando dos atores coadjuvantes que nos ajudaram a montar esse romance. Eu cumprimentei todos, recebendo um olhar de Ross ao encarar a fantasia de marinheira. Chuck, com uma sensibilidade especial, colocou-se na minha frente, marcando território.

Internamente, sorri.

— Que bom que conseguiu vir, Evelyn! Você está linda — Uriel elogiou, me dando um abraço. — Pedi que Chuck te trouxesse aqui assim que chegasse porque precisamos marcar uma data para a filmagem final. Pode ser no dia dez de novembro?

— Para mim, tudo bem — concordei, recebendo a concordância de todos.

— Ótimo! Não queria falar de trabalho hoje, mas achei mais fácil nos reunirmos do que fazermos uma conferência por Skype.

Sorri para ele.

— A cena final é importantíssima. Preciso de você e Chuck preparados para gravar esse epílogo. Nancy fica grávida, então estamos vendo um menininho que tenha as características suas com Chuck, para ficar o mais real possível.

Senti Chuck, inconscientemente, apertar a minha cintura.

Não foi somente eu que fiquei emocionada com essa possibilidade.

— Vai ser perfeito, Uriel.

— Então, vocês têm tempo para ensaiar a cena. Se puderem comparecer ao estúdio no começo do mês, antes do dia dez, só para alinharmos isso, seria perfeito.

— Vamos estar lá — Chuck garantiu.

— Obrigado. — Uriel sorriu. — Podem curtir a festa. Não vou prendê-los mais.

Ryan, Ruth, Ross e Angie, com as mais diversas fantasias, acabaram saindo em nossa frente, pois Chuck diminuiu o passo para poder conversar comigo. Já longe da sala de Uriel, descendo as escadas, observei Chuck por cima do ombro, com um olhar pensativo e curioso.

— O que você está pensando?

— Depois que descobri o que meu pai fez comigo, meio que desejei ter um filho ou uma filha um dia, só para poder dar uma educação certa e o amor que não recebi. Parece ridículo dizer isso em voz alta, mas sei lá...

— É um desejo honesto, Chuck.

Um sorriso torto apareceu na sua boca.

— Poucas pessoas acham que é interessante. Hoje em dia, o mundo tá tão bagunçado.

— Eu acho importante.

Chuck balançou a cabeça.

— Devo estar te assustando pra caralho hoje.

Deixei um sorriso cobrir meus lábios.

— De maneira alguma — afirmei.

— Eu vou te apresentar para aquela amiga. Vou encontrá-la. Espero que esteja preparada.

Semicerrei os olhos.

— *Agora* você está me assustando.

Ele riu.

— Relaxa, vai ser bom para nós dois.

Chuck abriu mais uma vez espaço no meio da multidão. Reconheci que a música que tocava no fundo era a nova da Rihanna em um remix com Calvin Harris.

— Achei! — Ele se movimentou mais rápido, indo em direção ao bar, onde a música tocava mais baixo, puxando-me com vontade.

Uma mulher esbelta de cabelos coloridos entre loiro, rosa e azul estava sentada no bar, mexendo em um drink distraidamente. Ela balançou o pé para cima e para baixo, com o salto reluzindo pela luz neon do bar, que vinha de baixo para cima, em tom azul extravagante. Vestindo apenas uma roupa normal, nada de fantasia, somente uma calça jeans e uma blusa de mangas curtas, a moça se destacava na multidão.

Chuck me levou até ela e, antes que pudesse perceber, enlaçou minha cintura de forma protetora e cuidadosa. Olhei para Chuck, curiosa, e ele puxou os óculos escuros dos olhos e colocou sobre a cabeça. Feliz de poder ver os dois diamantes que ele carregava no rosto, abri um sorriso incerto e sua visão caiu diretamente para a minha boca. Chuck não focou no contato por muito tempo porque, um segundo depois, ele chamou a garota pelo nome.

— Camilla, que bom que você veio.

— Chuck Ryder! — ela o saudou e direcionou o olhar para o meu. — Evelyn Henley. Que mistura interessante.

— Você me conhece, mas eu não te conheço — eu disse.

Ela sorriu.

— Camilla Smith, repórter da revista Estrelando.

— Ah, claro! — Reconheci-a dessa vez, mas estranhei o motivo de Chuck tê-la chamado. Camilla pegava os furos das celebridades e jogava na mídia sem dó nem piedade. — Prazer em conhecê-la.

— O prazer é meu. Chuck me convidou e imagino que seja algo interessante o que tem a dizer.

— Você tem um papel e uma caneta? — Chuck perguntou, sorrindo.

— Sempre — Camilla respondeu.

Chuck puxou o banquinho para que eu ficasse confortável e me sentou direcionada para o bar. Ficou atrás de mim, mas em pé, com a mão na base das minhas costas. Se eu deixasse as costas caírem um pouquinho para trás, poderia me recostar em seu peito. Camilla observou tudo com atenção, deixando um sorriso despontar nos lábios ao reconhecer que ali, com certeza, havia uma matéria para ser criada.

Então era isso?

Ele queria que fôssemos matéria de uma revista e um site importante porque assim, sem dúvida, todos saberiam. Além disso, era tornar nós dois oficiais, era tornar o nosso relacionamento...

Engoli em seco, com a expectativa do que Chuck faria a seguir.

— Eu autorizo você a gravar ou anotar qualquer coisa que eu disser para a Evelyn nos próximos minutos. Se quiser fotografar, tornar isso uma reportagem da sua revista, ainda melhor.

— Isso é sério? — Camilla questionou, um pouco surpresa.

— Sim — Chuck respondeu.

Ela puxou da bolsa uma câmera semiprofissional Canon e se afastou para pegar um ângulo interessante. Assisti tudo com os lábios entreabertos, e Chuck, como se não quisesse que eu me ativesse ao que estava ao nosso redor, colocou o indicador embaixo do meu queixo e guiou meu rosto em direção ao seu.

— Esqueça o mundo à nossa volta — ele pediu. — Somos só eu e você.

Sabia que estava longe de sermos só nós dois. Flashes da câmera de Camilla serviam de lembrança a cada segundo. Ainda assim, fui hipnotizada pelos olhos de Chuck, para que não conseguisse encarar nada à nossa volta.

Ele me olhou com uma sinceridade bruta nos olhos, com uma decisão e determinação invejáveis.

Então, esperei.

Os flashes pararam e escutei Camilla sentando no banquinho do bar. Sem poder olhá-la, apenas com a visão periférica, soube que estava pronta para anotar qualquer coisa.

— Dei muitos passos errados na vida e hoje sei que não posso me arrepender deles, porque, ainda que não soubesse na época, o meu destino final era você — Chuck começou, e meu coração, assim que ele chegou na última frase, começou a bater no peito desastrosamente. — Evelyn, sei que começamos muito errado, na verdade, tinha tudo para não funcionar, mas me apaixonar por você aconteceu e foi natural, vencendo todos os contras; não deu para remediar. Eu não poderia lutar e nem gostaria de fazê-lo. Você foi a melhor coisa que me aconteceu.

Pisquei, atônita. Olhei para o lado, percebendo que Camilla estava emocionada. Voltei a olhar para Chuck, que tinha um meio-sorriso no rosto. Senti um frio na barriga, por sequer sonhar que seriamos anunciados assim. Imaginei que ele fosse falar para os amigos e agir como se já estivéssemos namorando.

Não *isso*.

— Fica comigo? — pediu. — Vamos oficializar esse compromisso?

— Ah, Chuck. — Abri um sorriso largo e levantei. Segurei as laterais do seu rosto, sentindo a barba por fazer espetar as palmas. — Claro que sim!

As mãos foram parar na minha cintura e ele trouxe-me para perto. Sua boca desceu em direção à minha e inspirei o mesmo ar que ele quando os lábios se tocaram.

De olhos fechados, não sabia se eram os flashes de Camilla ou as luzes da festa, mas o peso que estava em meus ombros, que sequer reconhecia que carregava, foi embora. Estávamos nos beijando em público, sem ser como Nancy e Michael, mas sim como Evelyn e Chuck. Pela primeira vez desde que estive com ele, não achei que estava fazendo algo errado. Não me senti errada, aliás, parecia muito certo ter o corpo dele colado no meu e sua língua acariciando delicadamente a minha.

Eu realmente pertencia aos seus braços.

Chuck se afastou e a música ao fundo de repente ficou em silêncio. Abri os olhos e percebi que todos da festa tinham parado para nos olhar.

Começou com uma, depois com várias e, por fim, todas as palmas que pudemos receber, inclusive de Camilla, que, com um olhar curioso, deveria ter todas as perguntas do mundo para fazer a nós dois. Chuck agradeceu o apoio de toda a produção de Recorde-se Antes De Eu Partir, levantando a mão e acenando uma vez. Era como se, não somente Chuck e eu, mas todos esperassem por esse momento.

Com as pernas um pouco bambas, me sentei no banco e Camilla se virou para mim, sorrindo. Ela questionou se podia fazer algumas perguntas e assenti. Com uma entrevista praticamente na cabeça, a repórter questionou o que tinha de especial em Chuck Ryder, o que rendeu uma resposta longa da minha parte. Aproveitou para perguntar a Chuck sobre seu relacionamento com Meg, e ele foi evasivo, dizendo que tinha acabado muito antes de anunciarem propriamente. Ela questionou quais eram os planos do filme, como foi o processo de filmagem e também um pouco sobre como o nosso romance surgiu. Fomos honestos nas perguntas, desde Chuck dizendo a respeito do preconceito que tive com a atuação dele até o desafio que colocou em si mesmo para provar que eu estava errada. Rimos de verdade, recordando de todos os meses que passamos até o presente. Camilla ficou impressionada, elogiou-nos e disse que, na próxima semana, a entrevista completa com fotos estaria na capa da Estrelando e também no site. Antes de ir, perguntou por que Chuck decidiu revelar o relacionamento assim.

— Fiquei cansado de viver no escuro, de amar achando que era errado, de não ter como me envolver com Evelyn da maneira que ela merecia. Com todos sabendo, sinto que agora podemos viver em paz. Não que eu ache que deva dar uma satisfação à mídia, mas sim às fãs que acompanham nossos trabalhos e também às pessoas que, de fato, gostam de nós, e torciam para que isso fosse concretizado. — Foi sua resposta.

Camilla se despediu e eu a observei sair, sentindo os braços de Chuck me rodearem. Ele me virou para ele, encarando-me nos olhos e, por fim, minha boca.

— Acha que aguenta dançar comigo a noite inteira?

Ergui a sobrancelha.

— Não sei. Será que você consegue me acompanhar?

— Não acho que isso vá ser um problema. — Trouxe meu rosto para o seu, elevando meu queixo para cima, fazendo-me ficar bem perto dos seus lábios. — A noite está só começando.

— E você, cheio de promessas...

— Promessas que faço questão de cumprir — garantiu, dando um beijo breve nos meus lábios.

Chuck me levou para a pista; uma música em um ritmo alucinante e dançante me impediu de ficar parada. Ele me virou de costas e deixou que meus quadris provocassem os seus. Meu corpo começou a suar no meio da terceira música e acabei tirando o quepe e o jogando longe. Chuck riu, me virou finalmente para ele, e seus olhos, mais quentes do que a dança que estávamos fazendo, me instigaram a continuar.

— A maneira como você me olha... — sussurrei contra sua orelha, deixando o resto da frase no ar.

— Qual jeito?

— Como se quisesse me levar embora daqui.

— E quero — murmurou no meu ouvido. — Quero muito tirar essa sua fantasia de marinheira, Evelyn.

Estremeci, sentindo o suor descer devagar por dentro do vestido justo. Um arrepio forte se formou da base da coluna até a nuca quando Chuck iniciou uma brincadeira com a minha pele. Sua boca desceu devagar do lóbulo até o pescoço, dando um beijo de língua extremamente macio e provocante lá. Segurei seus ombros com mais força, para evitar que meus joelhos fraquejassem e me deixassem na mão.

— Chuck — suspirei seu nome, em sílabas separadas.

Sua boca continuou vagando, beijando, explorando, degustando. Fechei os olhos com força, experimentando a sensação de ausência quando ele parou de me beijar.

Abri as pálpebras.

— Vamos sair daqui?

Soltei um suspiro.

— Com certeza — respondi, sem pensar duas vezes.

Capítulo 35

Eu não fazia ideia que ele morava em um apartamento até simples, perto do que sua fama poderia render. Sabia que não ostentava com coisas supérfluas como carros caros, roupas e relógios Rolex, ainda mais depois de ter passado por tudo que passou com o pai. Mas seu refúgio secreto era mesmo comum, ainda que na cobertura de um prédio bem protegido, o que renderia um pouco de privacidade. O apartamento de Chuck, dentro de sua opção de vida, me lembrava o fato de ainda preferir morar com a minha mãe e Val, apesar de todas as oportunidades que tinha de sair de casa.

A decoração tinha tons militares, entre verde-escuro, cor de areia e preto. Simples, discreta, porém muito aconchegante. A sala não possuía muitas coisas além de uma televisão, um par de sofás, um divã e uma estante enorme de livros. Fui até lá, passando os dedos por cada obra, enquanto Chuck colocava nossos casacos no quarto. Obras clássicas desde O Senhor Dos Anéis, de Tolkien, até Orgulho e Preconceito, de Jane Austen, fizeram meus olhos brilharem.

— Você gosta de ler?

— Sim. — Chuck se aproximou. — Interpretei tantas peças de teatro antes de me tornar oficialmente ator que a leitura se tornou um hábito. Participei de uma adaptação de Orgulho e Preconceito, por exemplo.

Coloquei o dedo sobre a lombada do livro. Era um conjunto de três livros de Jane Austen em uma única edição.

— E quem você interpretou? — perguntei, curiosa.

— Mr. Darcy. — Chuck abriu um sorriso torto.

— Mentira! — praticamente gritei, sobressaltada. — Ah, Chuck!

Ele me virou para si, puxando-me pela cintura.

— Em vão tenho lutado comigo mesmo, mas nada consegui — Chuck citou Mr. Darcy. Sua voz grave, carregada com o sotaque inglês, me surpreendeu. — Meus sentimentos não podem ser reprimidos; preciso que me permita dizer-lhe que eu a admiro e amo ardentemente.

— Ah, Deus...

— Sim. — Chuck exibiu um sorriso preguiçoso. — Lembro de algumas coisas.

— Essa é a declaração de amor mais linda da literatura.

— Você acha? — ele sussurrou, juntando nossos rostos. Sua respiração bateu na minha orelha enquanto sentia a barba raspar na pele. — Talvez eu devesse ter recitado ela hoje, mais cedo.

— Claro que não — apressei-me em dizer —, eu amei cada palavra que você disse.

Não tinha reparado, mas Chuck foi bem cuidadoso. Quando voltou para me ver, tinha baixado a intensidade da luz, deixando-a suave, gerando um clima sexy, tudo o que nós precisávamos. Ele, silenciosamente, começou a trabalhar no fecho das costas do meu vestido, olhando-me com atenção.

Nenhuma palavra agora precisava ser dita, nossos toques e respirações já denunciavam o que estava prestes a acontecer. Tínhamos esperado tanto, que já não fazia mais sentido esperarmos mais.

Fui sentindo o vestido afrouxar até se abrir e descer na cintura. Sem o quepe da fantasia, com os cabelos soltos em torno do rosto, caindo acima dos seios sem sutiã, vi Chuck me admirar, como se quisesse memorizar cada detalhe.

Ele levou as mãos para os seios, que, tomei consciência, estavam mais pesados que o normal. Sensíveis, ansiosos pelo toque, não levou um segundo para responderem à brincadeira que Chuck fez com os polegares ásperos. Semicerrando os olhos, prendi a respiração, e Chuck umedeceu sua boca com a língua.

— Você é deliciosa, Eve. — Querendo me provar, apoiou uma mão nas minhas costas, a outra atiçando o mamilo esquerdo, enquanto sua boca vinha até a minha.

Com a língua, Chuck era maravilhoso em todos os lugares. Com os dedos, um verdadeiro desbravador. Ele era curioso, beijando lugares novos, brincando com todo o seio, testando o ponto mais sensível...

Fui me desmanchando a cada segundo, a cada beijo, tornando-me um sorvete sendo vencido pelo verão. Ainda em pé, pressionada contra a estante de livros, vi Chuck estudar minhas reações; sempre fazia isso, todas as vezes, como se fosse a primeira.

— Ah, merda... — gemi, molhada e excitada, consciente do seu corpo pressionando o meu.

Fogo foi tudo que experimentei quando Chuck mordiscou meu queixo e beijou o pescoço, sugando-o de forma que a pele ia direto para sua boca.

Um formigamento familiar surgiu no meu umbigo, descendo em ondas para o clitóris molhado, inchado e desesperado para ser tocado. A calcinha fio dental, de repente, se tornou pequena e apertada e eu, inconscientemente, comecei a me mover contra a coxa de Chuck, experimentando a renda da calcinha raspar bem no lugar onde estava mais pedinte e desejosa.

— Eve... — Suspirou quente contra os meus lábios.

Ele me apertou mais forte, fazendo a estante balançar. Levantei uma perna para enrolá-la na bunda de Chuck, e sua mão foi para a minha coxa, descobrindo-a da saia rodada do vestido. Ele apertou a pele com força e depois foi até a bunda, beliscando-a duramente, enquanto eu me moía contra seu corpo, gemendo seu nome.

Desesperada para senti-lo também, abri o zíper do seu colete de couro, já levando a ponta dos dedos para baixo da sua camisa preta básica.

Eu amava a temperatura de Chuck, sempre tão quente e receptiva; era impossível não estremecer.

Com um impulso, me beijou mais voraz. Mordeu meu lábio inferior e senti, já entorpecida e quase prestes a ter um orgasmo pelo amasso, Chuck encontrar a calcinha e puxar a fina lateral para o lado, arrebentando o tecido e fazendo a peça, que agora não passava de um trapo, escorregar para o chão.

O som do ambiente era o de nossas bocas se chocando e o vestido terminando de cair pelas mãos ágeis dele. Fiz questão de puxar sua camisa para fora do corpo, encarar seu peito nu e, habilmente, abrir o botão da calça jeans preta, livrando-me também do zíper. Chuck tirou as botas com a ponta dos pés e soltou o ar forte dos pulmões, observando-me completamente nua, exceto pelas meias brancas e os saltos vermelhos.

Ele veio com tudo para cima de mim, nada gentil, devorando minha boca tão forte que a deixou dolorida. Chupei sua língua para dentro da boca e ouvi seu gemido duro sendo engolido no fundo da garganta, enquanto minha excitação já descia pelas coxas. Passei as mãos pelo corpo de Chuck, descendo em direção à ereção dura. Por dentro da cueca, seu pênis quente e rígido estava um pouco úmido na ponta, denunciando que seu prazer, como o meu, já estava no limite.

Seus braços me envolveram e me tiraram do chão. Passei as pernas em torno dele, batendo com o clitóris bem em cima do seu pau rígido coberto pela boxer preta. Não aguentei, gemi com força, recebendo um sorriso delicioso de Chuck contra os lábios. Ele, com rapidez, me levou até o divã extenso. Fui acomodada pelas almofadas, com Chuck retirando a última peça que faltava para ele, ajoelhando em cima do divã quando ficou nu, observando-me a certa distância.

Ele pegou a parte de trás dos meus joelhos e os abriu delicadamente. Chuck se embebeceu pela visão, deixando escapar um palavrão quente. Me remexi, encarando a ereção imponente, ansiosa para colocá-la na boca. Eu queria beijá-lo em todos os lugares, mas Chuck tinha outros planos, ele queria me fazer gozar do jeito mais gostoso e eu ia receber tudo o que essa noite prometia.

Olhando-me nos olhos, Chuck percorreu meu sexo com a ponta do indicador, descendo e subindo. Ele deu um pequeno beliscão no clitóris, e me contorci. Estremeci, lambendo os lábios, quando Chuck colocou apenas um dedo dentro de mim, e senti tudo se acomodar ao que tinha recebido.

— Hum — ele gemeu, colocando o dedo mais fundo, abrindo mais espaço. — Você tá pulsando por dentro, Eve. Sabe o quanto vai gozar quando eu entrar em você?

Soltei um suspiro, incapaz de verbalizar.

— Vou te foder tão gostoso — prometeu, ainda ajoelhado no divã. — Você vai gozar forte.

Ele tirou o dedo de dentro, fazendo-me protestar em agonia, e levou-o à boca, chupando a umidade que havia ali.

Que visão...

Chuck sorriu, perverso, como se fosse finalmente me dar aquilo que eu queria. Aproximando o quadril e colocando a cabeça larga do seu pau na abertura, Chuck deu uma suave estocada. Levei as mãos aos seios, querendo atiçá-los, sentindo Chuck me preencher centímetro a centímetro. O que eu mais queria era tê-lo em cima de mim, mas a visão do seu corpo se mexendo só no quadril era deliciosa.

Chuck se inclinou um pouco para a frente. Ele colocou os punhos fechados ao lado do meu corpo, e eu passei as pernas em torno do seu quadril, vendo seus braços ficarem ainda mais largos pelo esforço. Sorri por dentro quando seu cabelo caiu sobre sua testa e boca, agora com um sorriso zombeteiro, que se tornou uma linha fina quando ele enfiou todo o seu sexo dentro de mim.

Resfoleguei com força, levando as mãos para frente, precisando tocá-lo. Ele sentiu que era necessário, se inclinou e, devagar, iniciou um vai e vem gostoso demais para que pudéssemos parar.

Agora, com certeza, não deixaria Chuck sair de dentro de mim.

Puxei seu pescoço para baixo quando tive chance e ele soltou um suspiro contra os meus lábios, aumentando a velocidade das estocadas firmes. Eu podia senti-lo todo dentro, me preenchendo, atiçando o clitóris cada vez que a base do sexo batia ali. Eu fiquei zonza, gritando de prazer, assistindo Chuck morder seu próprio lábio enquanto, ainda mais rápido, ia e vinha.

— Mais forte — pedi, vendo seu olhar se tornar mais quente à medida que ele estava perto de gozar.

— É assim que você quer que eu te foda? — Chuck perguntou, girando o quadril, fazendo minha boca abrir em um silencioso grito. — Assim, Eve?

— Assim... — implorei.

— Tanto tempo sem essa boceta apertada. Você me deixa louco — resmungou, indo mais rápido, como se transar comigo fosse o purgatório.

Quando, na verdade, era o paraíso.

— Vem, Chuck — exigi, praticamente me sentando no divã.

Chuck me pegou no colo e, juntos, praticamente embolados, com os dois sentados, eu comecei a cavalgar forte no seu membro duro, ouvindo minha bunda bater gravemente em suas pernas.

Ele era tão gostoso, tudo o que precisava para me preencher. Nunca tive um sexo tão maravilhoso em toda a minha vida, mesmo com Chuck, pensei.

Comecei a beijar sua boca, desesperada para gozar enquanto sentia o seu beijo. Chuck girou a língua dentro, tocando o céu e, depois, sugando-a para dentro da sua boca, no mesmo instante em que um puxão elétrico tomou cada parte do meu corpo. Senti o orgasmo no clitóris, espalhando-se em ondas até os seios, sensíveis de prazer.

Por um segundo, perdi completamente a visão, tentando me focar em Chuck indo e vindo com prazer, mas não pude vê-lo em um todo. Cega, louca pelo tesão que me bebeu como um champanhe, segurei os ombros de Chuck, ouvindo-o grunhir rouco e baixo, enquanto gozava.

Ele derramou tudo em mim, preenchendo-me, com uma sensação de que toda a espera valeu a pena. Seu sexo, ainda duro, saiu de mim e, finalmente podendo vê-lo, assisti seu rosto avermelhado pelo esforço descer em direção ao meu, com os lábios mais febris do que nossa pele.

— Me lembre de nunca mais ficar tanto tempo longe de você — Chuck disse, rindo um pouco.

Abri um sorriso perdido.

— Você me esgota da maneira mais deliciosa possível.

Chuck pegou a minha mão e levou para o seu sexo, incrivelmente duro ainda. Pisquei, encarando seus olhos claros, vendo-os tão maliciosos quanto poderiam.

— Por que ele está assim? — indaguei baixinho.

— Isso é ausência de Evelyn Henley.

— E você acha que aguentaria mais?

— Aguentaria, sim. Mas levaria bem mais tempo para gozar. *Nunca fiquei assim, Eve* — ele enfatizou o nunca, descendo os olhos para os meus lábios. — Meu corpo não fica exausto de você.

— E nem deveria. — Beijei sua boca, tocando-o mais profundamente, subindo e descendo, sentindo-o úmido, quente e latejante. — Porque eu também não consigo me cansar de nós dois.

Ele retribuiu o beijo que foi interrompido, dessa vez em uma carícia bem mais suave e sensual.

— Quero te levar para a minha cama — murmurou, dando leves mordidinhas no lábio inferior.

— Hummm...

— Vou ver o sol nascer ainda estando dentro de você — prometeu, descendo as mordidas e, agora beijos, para o meu queixo e garganta. — Vou ver o sol nascer enquanto você goza comigo.

Sorri deliciada.

— E vai ser maravilhoso.

Seus olhos procuraram os meus quando Chuck interrompeu o beijo.

— Sim — ele disse, em tom de juramento. — Vai ser delicioso, amor.

Novembro

"Quando houve a promessa de que isso poderia finalmente dar certo, Michael abriu um sorriso incorruptível. Ele queria Nancy hoje ainda mais do que um dia a desejou. Ele queria que ela ficasse na sua pele e eternamente em seu coração."

RECORDE-SE ANTES DE EU PARTIR

Capítulo 36

O sol da manhã tocou meu rosto, me lembrando que eu estava em algum lugar diferente do meu quarto. Me mexi e senti um peso entre as pernas e sobre a barriga. Olhei para trás com cautela, percebendo que estava dormindo de conchinha com Chuck. Sua perna enroscada na minha, seu sexo apoiado nas minhas costas, seu braço pesado sobre minha cintura, pairando na barriga, não negaram que estávamos conectados em todos os pontos.

Com o cabelo rebelde caído sobre a testa, os lábios entreabertos para respirar profundamente e os cílios escuros fazendo sombra embaixo dos olhos, observei sua beleza, sem me cansar. Ele era tão lindo e parecia tão mais suave quando dormia, como se todas as suas preocupações se esvaíssem. Virei-me delicadamente, desconectando-nos, e consegui sair da cama sem acordá-lo.

Pé ante pé, andei por seu apartamento, fui até o banheiro rapidinho e depois em direção à cozinha, para preparar um café. Vi que Chuck possuía uma máquina de expressos e, caçando em seus armários, encontrei as cápsulas para preparar dois cappuccinos. Coloquei leite no dispositivo para fazer o creme, esperei o líquido quente ficar pronto e apoiei com delicadeza o creme em cima. Fui ainda descalça e devagar para o quarto, carregando as duas canecas e sentindo o corpo, cansado do sexo da noite anterior, protestar e exigir que voltasse para a cama.

Assim que cheguei na porta do quarto, Chuck estava sentado na cama, apoiando as costas na cabeceira acolchoada, com um sorriso sonolento no rosto. Me aproximei, sorrindo com a visão matinal dele, percebendo que o lençol negro só cobria a parte crucial do seu corpo. Com um movimento, ele estaria completamente nu para mim de novo.

— Bom dia — murmurei, sentando-me perto dele. Chuck pegou a caneca e sorveu com calma a bebida.

— Bom dia. — Sorriu, ficando com um pequeno bigode de creme. Eu me inclinei e limpei a marca com um beijo breve em seus lábios. — Como é bom acordar ao seu lado.

— É maravilhoso.

— Hoje temos a gravação final, certo?

— Já fizemos os ensaios e agora é pra valer.

— O nosso último dia no estúdio — pensou alto.

— Preciso ainda agradecer a Shaaron por ter colocado eu e você nesse projeto.

Bebi um gole do cappuccino e assisti Chuck me admirar com carinho.

— Você quer tomar um banho antes de ir?

— Eu adoraria.

— Vou preparar a banheira — Chuck anunciou, se levantando. Vi sua nudez e o observei sob a luz do dia, admirada como sua pele bronzeada abraçava bem os músculos. A bunda avantajada, tão sedutora, me fez ficar completamente hipnotizada, encarando-a.

Respirei fundo. Chuck Ryder era tão atraente como uma torta de morango em uma vitrine de doces.

Esperei ele me chamar e acabamos tomando banhos juntos. Sem malícia, apenas conversamos sobre tudo, dispostos a descansar ao menos um pouco depois da noite de sexo intenso. Confesso que estava levemente bêbada na noite passada — tinha feito uma pequena festa de despedida de solteira com Val —, mas me lembro de, assim que liguei para Chuck me buscar na boate e encontrá-lo, começarmos a nos beijar no carro, tendo uma hora de sexo intenso lá dentro e depois, quando chegamos em seu apartamento, repetimos a dose um par de vezes.

Insaciável.

Mas eu adorava.

— Hoje é o dia de sair a matéria sobre nós — Chuck disse, passando uma toalha em torno da cintura, caminhando até seu quarto.

Sequei meus cabelos também e, assim que os senti menos ensopados, passei-a em cima dos seios. Segui Chuck, pensando sobre a intimidade que estávamos criando. Nunca pensei que fosse me sentir tão confortável ao lado de alguém.

— É mesmo. Será que ela ia publicar pela manhã?

Chuck assentiu, olhando para um ponto distante de nós. Ele apontou para a parede atrás de mim, onde tinha um relógio.

— Já são duas da tarde, de qualquer forma. — Sorriu.

— Que horas Uriel marcou conosco?

— Três da tarde, não se preocupe. — Chuck se aproximou, colocando uma mecha de cabelo molhado atrás da minha orelha. Seu toque, só ele, já era capaz de criar borboletas no meu estômago. — Quer ver a matéria comigo?

— Sim, vamos ver.

Chuck tirou a toalha molhada do corpo e a substituiu por uma boxer branca. Ele jogou para mim uma camiseta branca masculina gola V e uma boxer escura.

— Acho que isso vai te deixar confortável. Depois vou ter que te levar até sua casa para pegar uma roupa limpa.

— O que houve com a minha calça jeans e a blusa que usei ontem na festa?

— Estão sujas de bebida e suor. Você dançou muito na noite passada. — Chuck abriu um sorriso curto.

Ciumento!

— Nem tanto. Era o calor mesmo do ambiente.

— Eu sei. Só estou mexendo com você.

A despedida de Val foi em um clube, mas Chuck ficou muito ciumento sobre isso. Como ele não poderia ir, ficou em casa esperando que eu ligasse. Bebi doses e mais doses ao lado da minha irmã caçula, a assisti dançar como nunca havia feito, e soube que, em meu coração, aquela era mesmo uma mudança de menina para mulher.

Vesti sua camisa e a cueca e caminhei até ele. Chuck se sentou na cama e puxou do lado da cabeceira um notebook para o colo.

— Vem aqui — pediu.

Me sentei ao seu lado e Chuck envolveu um braço em volta de mim, deixando-me quase deitada em seu peito. Com uma mão, digitou o nome da revista, procurando o site, que apareceu na primeira sugestão.

No instante em que a internet carregou a página, uma foto em quase toda a tela de nós dois apareceu. Era uma imagem da festa, com Chuck segurando delicadamente o meu queixo enquanto sorria para mim. A expressão que eu tinha no rosto era de total fascínio ao encarar seus lábios. Inclusive as luzes multicoloridas atrás de nós e as pessoas dançando apareciam em apenas um borrão perto da nitidez da nossa imagem. Era uma foto maravilhosa, que transparecia como estávamos nos sentindo naquele segundo. O mundo todo girando e nós parados, nos apreciando, apaixonados demais para nos importarmos.

"Luz, Câmera e Amor: Chuck Ryder e Evelyn Henley vivem um romance de cinema."

Sorri com o título e Chuck clicou na matéria para lermos. Lá, Camilla falou sobre toda a trajetória dela até a festa, o convite que recebeu de Chuck e a espera para saber do que se tratava a sua próxima matéria. Narrou o momento em que se encontrou comigo, falou sobre como Chuck a autorizou a escrever qualquer coisa que dissesse, e que escreveu, da exata forma que Chuck disse, todas as palavras de amor e o pedido indireto de namoro.

Camilla romantizou a história, mas não enfeitou com nada além da verdade. Acabou colocando sua opinião pessoal de que nos achou lindos e apaixonados juntos e que torceu muito para que déssemos certo. Camilla aproveitou a deixa para alfinetar Meg, falando que a atriz tinha se tornado antipática com o passar dos anos e que se sentia aliviada ao ver que Chuck Ryder encontrou um novo alguém para amar. Ainda na matéria, a repórter fez questão de citar que estávamos trabalhando no projeto Recorde-se Antes De Eu Partir e mal podia esperar para ver a química que sentiu entre nós nas telas do cinema.

Anexada à matéria doce, fotos e mais fotos nossas durante o momento pareciam não ter fim. O beijo, os sorrisos, a cumplicidade, o meu choque quando Chuck fez a pergunta. Camilla pareceu registrar todos os momentos, e Chuck, talvez tão emocionado como eu estava, correu para os comentários, que se conectavam direto com o Facebook. Percebemos que mais de duas mil pessoas, em duas horas de publicação, deram seu parecer.

"Sou fã da Evelyn desde sempre. Fico feliz por ela ter encontrado um grande amor. Espero que Chuck cuide bem dela."

O primeiro comentário, com mais de mil curtidas, fez Chuck sorrir.

— Fãs protetores, huh? — ele me provocou.

Beijei sua bochecha.

— Um pouco.

"Chuck tinha que se livrar de Meg. Já estava na hora! Estou torcendo por esse casal. A Evelyn é linda e o Chuck, um sonho de consumo."

— Fãs apaixonadas — acrescentei. — Até elas não aguentavam mais você com a Meg.

— Ninguém aguentava — Chuck resmungou. — Estou feliz que chamei a Camilla. Ela foi transparente e honesta, sem viajar muito no que aconteceu. Confio nela desde que soube que segurou um furo de reportagem porque o meu colega de cena tinha acabado de fazer uma merda e eu pedi que ela desse alguns dias para ele mesmo fazer o anúncio.

— É difícil encontrar pessoas em quem podemos confiar nesse meio.

Chuck abandonou o computador de lado e me puxou para si.

— Você está certa. Mas sabe o que é melhor nisso tudo?

— O quê?

— Agora posso fazer isso. — Ele deu um beijo rápido nos meus lábios. — E isso. — Outro beijo, dessa vez, mais lento. — Em público.

Ri enquanto Chuck me puxava para o seu corpo. Só o fato de estarmos tão próximos já me acendia tão rápido como uma lâmpada na escuridão. Ele foi para o meu pescoço e colocou a mão por baixo da sua camisa que eu vestia.

— Por mais que eu queira deixar você ainda mais cansada do que na noite passada, nós temos um filme para terminar — falou, rouco, na minha orelha.

— Sim. — Suspirei. — Nós temos.

— Será que eu posso passar só mais um tempo brincando com o seu corpo? — Sua boca mordiscou o meu lóbulo, arrepiando-me inteira. — Bem assim?

— Hum — gemi, me derretendo.

— Sei de uma coisa que posso fazer e que não vai te deixar dolorida. — Ele inspirou forte, passando a ponta dos dedos na minha cintura, descendo devagar até chegar no elástico da boxer.

— O quê?

Chuck abaixou de vez a peça e passou-a pelos meus quadris até as coxas e, por fim, os pés. Ele abriu minhas pernas devagar e subiu um pouco a camiseta, para chupar a pele em torno do umbigo e descer, com sensualidade, a língua.

Senti uma pontada de prazer antecipada, antes de Chuck abaixar o rosto e se perder com a boca na intimidade. Fechei os olhos, agarrei os lençóis e senti sua língua subir e descer, tremendo no clitóris de propósito, enquanto seus dedos ainda atiçavam, somente com as pontas, a lateral da minha cintura.

— Isso aqui — disse, e sua voz gerou lufadas de ar quente, que me atingiram.

Chuck, com apenas um dedo, todo cuidadoso, o mergulhou em minhas dobras, me obrigando a arquejar de prazer enquanto me perdia na imensidão sem fim de desejar esse homem com todas as minhas forças, além de todos os meus limites e contra todo o pudor. Cerrei as pálpebras e me deixei levar pelas vibrações luxuriosas que Chuck Ryder causava.

Gemi seu nome.

Me perdi em algum lugar entre o segundo e o terceiro orgasmo.

E soube que estava mais apaixonada do que a vida deveria permitir alguém estar.

— Luz, câmera e *ação*!

Eu sabia que essa era a última vez que Uriel Diaz estava gritando luz, câmera e ação para nós.

Antes disso tudo começar, assim que cheguei, recebi uma maquiagem como se alguns anos tivessem passado. Não tantos para que estivéssemos velhos, mas o meu cabelo foi alterado para uma peruca muito semelhante à cor do meu cabelo natural, mas mais curta. Meu corpo foi modelado em um vestido leve de ficar em casa na cor rosa-claro e, descalça, toda leve, uns bons dez anos poderiam estar à frente. Quase imperceptíveis rugas de expressão foram adicionadas nos cantos dos meus olhos, apenas de uma forma que dissesse que o tempo havia me beijado.

Esse era o futuro de Nancy e Michael.

Propositalmente distraída, sentada no chão da sala cinematográfica sobre o tapete, soube que estava sendo filmada. Um menininho chamado Kevin, porém, com o nome de Adam para o personagem, apareceu correndo até mim. Ele sabia que deveria me chamar de mamãe, o que era engraçado, porque ele tinha a mesma cor de cabelo de Chuck e o tom castanho dos meus olhos. Seus traços puxavam a nós dois; foi impressionante como a equipe conseguiu encontrar um menininho que realmente parecesse nosso.

— Você vai me levar para viajar, mamãe? — ofegante, ele perguntou, jogando-se no meu colo. Eu o abracei e ajeitei seus cabelos longe dos olhos, tomando cuidado com o abraço para não destruir o quebra-cabeça que estava quase montado no chão, sinal de que nós dois estávamos brincando anteriormente, como no livro.

— Não sei se eu posso levá-lo lá.

— Mas você me contou que tem um leão!

Ri de sua inocência e apertei sua bochecha com carinho.

— Um leão muito grande, é verdade. Mas você ainda é pequeno demais para fazer um safári conosco. Quando estiver maiorzinho, vou levá-lo, eu prometo.

— Mamãe, por favor... — pediu, com a voz doce.

— No futuro, pequeno.

Beijei a sua bochecha e o trouxe para o meu colo. Kevin se sentou e apoiou a cabeça em meu peito, aconchegando-se. Eu adorava que ele tinha um perfume de bebê, apesar de já ser grandinho.

Eu tinha lido sobre como crianças da sua idade podem se comportar, para saber lidar melhor com Kevin quando gravássemos. No entanto, demos muita sorte. A verdade é que esse menino era um anjo. Muito obediente, doce e focado até demais para uma criança tão pequena. Nos testes que fizemos, Kevin logo teve uma afeição grande por mim e Chuck, e acho que isso facilitou a ideia de que ele seria nosso filho por um tempinho. Além do fato também de que sua mãe sempre estava presente, óbvio, no set de filmagem, acompanhando o filho e o auxiliando quando precisava.

Kevin, seguindo a cena, encarou o quebra-cabeça e percebeu que a imagem de uma girafa na floresta estava se formando. Nancy, no livro, conta para o seu filho sobre os animais que visitou na África do Sul e, desde esse momento, Adam se torna fascinado pela ideia de conhecer um lugar como esse. Essa explicação seria dita pela voz de Chuck, gravada sobre a cena, enquanto eu brincava de montar peças enormes de um quebra-cabeça infantil ao lado de Kevin.

Seria lindo, emocionante e muito especial.

Chuck entrou em cena e Kevin, como previsto, deu um salto e começou a correr em direção a ele, chamando-o de papai diversas vezes. Chuck o pegou e o colocou acima de sua cabeça, girando Kevin com todo o amor de um pai. Trouxe-o depois para o colo e a pequena estrela dessa cena, observando Chuck com atenção, abriu um sorriso infantil.

— Papai, mamãe me disse que vamos ver os animais gigantes!

— Ela disse? — Chuck questionou, na pele de Michael, olhando-me com curiosidade.

— Quando eu ficasse grande como você — Kevin se lembrou de acrescentar.

— Só quando você for um mocinho. Não do tamanho do seu pai, mas na metade da altura dele já está bom — falei.

— Quanto é a metade?

— Aqui. — Chuck mostrou para ele. — Adam ainda está fascinado com essa ideia? — Direcionou-se para mim.

Chuck estava tão lindo, vestindo uma calça jeans preta e uma regata branca. À vontade, perfeito demais para o meu coração não acelerar.

— Está. Acho que, daqui a uns seis anos, podemos pensar em levá-lo.

Dentro do roteiro, Nancy nunca se recuperou da memória. Ela teve apenas alguns lapsos sobre poucas lembranças, o que ditou a sua vida de maneira tranquila, porque era apenas a confirmação de que Michael sempre fora um companheiro perfeito. Michael, por sua vez, não se importava mais com as lembranças antigas. Ele havia percebido que criar novos momentos, fazer o presente, era mais importante do que se ater ao passado. Exemplo disso é que ambos tiveram Adam e construíram um lar feliz, vencendo suas dores, mágoas e finalmente tendo a chance de viver esse amor.

— Acho que vai ser perfeito — Chuck disse, encarando-me com intensidade. Ele se sentou no chão com Kevin e eu acompanhei os dois. — Quando você estiver na idade certa, vou te levar para uma aventura, filho. Nós vamos nadar, ver os animais gigantes e os pequenos também. Nós vamos passear pelas florestas e ver a natureza.

Kevin sorriu.

— Eu quero!

Foi a vez de Chuck sorrir.

— Posso te contar uma história? — perguntou, acomodando Kevin em seu colo.

— Conta, conta! — o pequeno pediu.

Chuck pegou uma peça do quebra-cabeça e colocou no lugar.

— Quando você era apenas um anjinho no céu, sua mãe fez um machucado na cabeça e se esqueceu de algumas coisas.

Interessado, mas distraído como qualquer criança, Kevin pegou uma peça e deu na mão de Chuck, para que ele colocasse no lugar.

— A mamãe?

— Sim — Chuck confirmou, encaixando o quebra-cabeça e dando um beijo na lateral da cabeça de Kevin.

Eu os observei com lágrimas nos olhos. Não estava no script, mas era muito bonito ver a interação deles, reconhecendo que Chuck desejava mesmo ser pai um dia.

— Com esse machucado, mamãe ficou por um tempo sem lembrar do seu pai. Quando fomos para o lugar dos animais grandes, com as florestas e todas aquelas coisas lindas que te mostramos nas fotos, algo mágico aconteceu. Você sabe o quê?

— Não sei, papai.

— Sua mãe, depois de uma chuva, se lembrou de uma coisa.

— O quê? — indagou, muito curioso agora.

— Do amor. — Chuck sorriu, finalmente levantando os olhos para mim. — Eu já te disse o que é o amor, filho?

— É uma coisa bonita e colorida?

Ri, atrapalhando-me com as lágrimas, e Chuck, no embalo, riu também.

— Sabe quando você quer abraçar a mamãe e o papai e nunca mais soltar? Quando vem em nossa cama por causa de um pesadelo, porque é mais gostoso dormir conosco? Quando tem aquela coisa, aqui dentro — ele apontou para o peito do Kevin e encarou seus olhinhos castanhos —, que parece grande demais, como a felicidade?

— Acho que sei.

— Isso é o amor, filho.

— É por isso que você ama a mamãe? — questionou, procurando mais peças para colocar no quebra-cabeça. — Porque quer abraçar ela e não soltar nunca, nunquinha?

Chuck me olhou com carinho. Esse era o momento de fechar a cena. A última parte de Chuck como Michael. Estávamos a um passo de cortar e eu não podia aguentar as lágrimas escorrendo pelas minhas bochechas. Esse filme era muito mais do que somente um trabalho, era o resultado de todas as coisas incríveis que esse projeto me trouxe.

Ver Chuck ao lado de Kevin foi a cereja do bolo, e me deu ainda mais vontade e certeza de que queria um futuro com ele, de que isso poderia ser nós dois daqui a uns anos, e que, muito possivelmente, estaríamos em uma sala como essa, montando um quebra-cabeça como esse, conversando com uma criança que nós amaríamos além de nossos corações.

Era demais para aguentar.

Ainda assim, respirei fundo, vendo Chuck abrir um sorriso tão lindo que tudo o que pude fazer, mesmo em lágrimas, foi retribuí-lo também.

— Sim, é exatamente por isso que eu a amo, filho. Nunca vou soltá-la. Da mesma forma que nunca vou soltar você.

Kevin olhou para mim e eu olhei para ele. Uriel deu um tempo, um longo tempo em silêncio. Pude ouvir algumas meninas da produção fungando baixinho. Depois desse espaço, Uriel, por fim, gritou:

— Corta!

Aplausos entusiasmados tomaram o set. Inclusive Shaaron, que havia acompanhado a cena final, não se cansava de chorar. Kevin, alheio à emoção do momento, correu para os braços de sua mãe. Ela o elogiou, também emocionada, e assentiu uma vez para nós dois, feliz com o resultado desse projeto. Eu só concordei, recebendo em seguida os braços de Chuck em torno de mim, me abraçando mesmo no chão. Só percebi que estava chorando muito quando senti sua camiseta ficar molhada.

Ele pegou meu rosto e beijou meus lábios com carinho.

— Você me trouxe essa magia, Eve. Você despertou um lado meu que eu sequer conhecia. Você me fez ser ator e querer batalhar por um personagem como nunca em toda a minha vida. Esse trabalho incrível que fizemos é fruto do que você trouxe para mim. — Suspirou. — Obrigado por isso.

— Quer me fazer chorar mais? — questionei, secando as lágrimas.

Chuck sorriu.

— Eu só quero que você saiba o que fez comigo.

— E o que você fez comigo? Me marcou, Chuck. Nossa história estará para sempre marcada nas entrelinhas desse filme. Tem noção disso? Quando virmos o produto final, vamos reviver tudo o que enfrentamos para chegar até aqui.

— Eu sei.

— Foi perfeito, cada segundo.

Ele deixou sua testa encostar na minha, nossas respirações pesadas, e estávamos conscientes de que todos ainda estavam no set, não necessariamente nos assistindo, mas aquilo já não importava.

A única coisa que fazia sentido agora era estar perto *dele*.

— Eu quero ficar com você essa noite — murmurei baixinho.

— E eu só quero estar com você, Eve. Essa noite e todas as outras que virão.

Sorri antes de, um segundo depois, sua boca se encaixar na minha.

Nancy e Michael já tinham o seu futuro, pensei, enquanto sentia os lábios de Chuck brincarem com os meus. Agora estava na hora de nós dois começarmos a construir, pouco a pouco, também o nosso.

Capítulo 37

Tudo parecia perfeito.

Mas eu sabia que algo estava errado.

Os dias ao lado de Chuck não tinham falhas. Ele era gentil, apaixonado, passional e intenso. Sabia que nunca tive um começo de namoro com tanto sexo, tanta paixão e cumplicidade. Éramos melhores amigos, além de amantes, e se isso não era um fator decisivo para sabermos que a melhor escolha que tivemos foi entrar em um envolvimento, já não saberia mais o que podia ser.

Ainda assim, tinha alguma coisa que não fazia sentido.

Chuck recebia ligações durante as quais, usualmente, o escutava gritar com a outra pessoa da linha. Não era Meg, porque as ligações dela ficaram gravadas e ele tinha seu número. Havíamos nos livrado dessa parte do problema, graças a Deus.

No entanto, as palavras de Meg ainda martelavam na minha mente.

"Eu posso livrar Chuck agora mesmo, se quiser. Posso estalar os dedos e tudo isso vai para o lixo. Mas Chuck sempre estará preso à obrigação de cuidar do seu pai. Aquele drogado imundo, que transa com menores, que usa o filho para ganhar dinheiro."

Seu pai ainda não tinha se manifestado.

Eu não sabia como era a relação entre pai e filho. A única coisa que sabia é que às vezes o pai dele ligava para saber como estava. Nunca aparecia, porque Chuck disse que estava há um ano sem entrar em contato direto com ele.

Eu queria saber se era o Sr. Ryder que estava atormentando Chuck.

Me espreguicei, observando Chuck sair do banho com uma toalha na cintura. Ele tinha uma expressão compenetrada e eu sabia que não era pelo sexo intenso que tivemos na noite anterior. O dia já havia amanhecido, os pássaros cantavam lá fora, mas, mais uma vez, apesar do nosso relacionamento perfeito, algo atormentava o homem que eu amava.

— Eve?

Chuck me tirou dos devaneios e, apesar de há poucos minutos estar com uma expressão rígida, agora tinha aquele ar safado que só ele conseguia ter.

— Oi.

Aproximou-se.

— Dou uma moeda por seus pensamentos.

— Não acredito que eles valham tanto.

Veio para a cama, como um felino subindo sobre sua presa. E, quando seus lábios resvalaram nos meus, aquela eletricidade subiu com tudo pela minha coluna.

— Hoje o dia será corrido — sussurrou. Meu corpo se acendeu com o tom de voz dele. — Sei que tem os preparativos para o casamento da sua irmã.

Como ele poderia ter planos enquanto minha cabeça se transformava em um nada?

— Sim, acho que sim.

Ele sorriu e se afastou, me fazendo sentir imediatamente a falta do seu corpo.

Dei uma olhadinha.

Nem a toalha havia saído da cintura, para a tristeza da nação.

— Vamos nos ver à noite? — perguntou.

— Eu venho para cá e podemos fazer alguma coisa juntos.

Seu sorriso se tornou mais largo. Chuck me olhou por cima do ombro quando deixou a toalha cair, abrindo a porta do guarda-roupa, exibindo aquela bunda maravilhosa que ia e vinha e fazia círculos quando ele estava dentro de mim...

Tudo bem, eu me tornei oficialmente uma tarada.

— Coisas juntos?

— Não faz assim, Chuck.

Chuck pegou uma calça jeans preta. Vestiu sem colocar a cueca e eu ergui uma sobrancelha.

Esse homem era afrontoso demais para o meu próprio bem.

Virou-se para mim.

— Podemos ficar em casa ou sair. O que você prefere?

Durante esses minutos, Chuck voltou a ter a expressão doce de felicidade no rosto. Sabia que eu era a causa dela.

— Podemos dar uma saidinha. Acho que a espera valerá a pena. — Levantei. Completamente nua.

Chuck analisou meu corpo com toda a delícia do desejo enquanto andava praticamente na ponta dos pés em direção ao banheiro para seduzi-lo. Ouvi um gemido, ou pode ter sido um resmungo, antes de fechar a porta.

Ri baixinho, pensando na sorte que eu tinha de ter aquele homem perdidamente apaixonado por mim.

Meu Deus! Val estava eufórica.

Ela começou a falar tão rápido que não consegui acompanhar seu raciocínio. Ainda faltava um mês para o casamento, mas eu podia sentir o nervosismo corroê-la, quase como se ela não conseguisse respirar. Estava discutindo com um rapaz por telefone, falando que ele era irresponsável. Não sabia do que se tratava e já estava quase pegando o celular da mão dela quando nossa mãe, com toda a calma do mundo, o tirou da mão da filha e colocou no ouvido.

— Qual é o seu nome mesmo? Certo, Weston. Escute, foi assinado um contrato no início desse ano e a minha filha, assim como o senhor, dedicou alguns minutos de seu tempo para rabiscar aquele papel. Eu imagino que tenha algum valor, já que aparentemente o senhor não é capaz de cumprir a sua palavra.

Silêncio.

— O valor foi pago integralmente, e imagino que, na hora de receber metade da poupança do noivo, você deve ter ficado bem feliz. Acontece que minha filha vai se casar no mês que vem e ela está infeliz. Entende meu ponto?

Uma pausa.

Abri os lábios, chocada.

— Quero tudo isso resolvido em quarenta e oito horas. É um prazo que excede exatos dois dias do que foi anunciado no contrato. Não sou advogada, mas sei ler.

Mamãe respirou fundo, como se lidasse com problemas iguais todos os dias.

— Não subestime a minha paciência e contatos. Posso cancelar o acordo que temos e procurar eu mesma alguém que faça em um mês o que o senhor não fez em onze.

O homem se exaltou na linha. Pude ouvi-lo falar mais alto.

— Então eu acho que, pela sua pressa, vai dar seu sangue e sua alma para fazer a minha filha feliz, assim como o dinheiro na sua conta garantiu seu sustento no resto do ano. — Mamãe ficou quieta por alguns segundos. — Aguardo retorno. E espero que tenha boas notícias, senhor Weston.

Assim que a linha ficou muda, nossa mãe nos olhou, ambas com os lábios entreabertos de surpresa. Ela abriu um sorriso doce e se aproximou de Val.

— Filha, você precisa se impor. As pessoas não podem pisar em você dessa maneira. Achei que o meu exemplo na empresa a fizesse perceber que só cheguei onde cheguei porque arranco a cabeça dos descumpridores de palavra.

— Como se nossa admiração por você pudesse ficar maior — murmurei, orgulhosa.

Ela olhou para mim.

— Acho que a sua determinação veio de mim, mas Val tem a doçura da avó de vocês, que Deus a tenha. Val, querida, da próxima vez, use argumentos e tente não elevar a voz. Perdemos a razão quando nos rebaixamos a esse ponto.

Val assentiu.

— Obrigada, mãe. Estava ficando maluca.

— Agora vamos relaxar e almoçar. Temos algumas coisas para ver à tarde — mamãe disse, indo para a cozinha e pegando os pratos. — Meninas, sentem-se.

O almoço estava uma delícia. Mamãe fez peixe ao forno com molho e batatas, arroz com legumes, e tomamos vinho branco. Com o clima leve e Val mais tranquila, sabíamos que poderíamos sair de casa. Assim, sabendo que estava com elas, chamei os seguranças e eles nos acompanharam durante parte da tarde, enquanto resolvíamos os problemas de Val e adiantávamos tudo para o casamento. Não fomos seguidas por paparazzi, mas encontrei alguns fãs quando estava no ateliê do vestido de Val. Eu amava ver pessoas que admiravam meu trabalho, fazia eu sentir que, de alguma forma, havia tocado suas vidas.

Ao final do dia, nos demos conta de que, com exceção do buffet, tudo estava perfeito. Ela só precisava relaxar e deixar que os dias passassem para o grande dia chegar.

Me senti ansiosa por Val e a abracei e garanti que tudo daria certo no dia do seu casamento. Ela me agradeceu com um beijo na bochecha.

Eram sete horas da noite quando cheguei em casa. Estava cansada, no entanto, não poderia deixar de ir para o apartamento de Chuck. Tínhamos combinado de sair e eu ainda estava curiosa sobre o motivo da sua constante alteração de humor. Eu precisava saber se seu pai tinha culpa nessa angústia.

Coloquei uma meia-calça de fio grosso preta, um sapato baixinho igualmente preto e um vestido de tecido quente xadrez. Aproveitei e fiz uma pequena mala, com algumas peças de roupa que sentia falta no apartamento de Chuck. Não quis pensar muito no assunto. A verdade é que não estava me mudando para seu apartamento, mas estava sempre lá com ele. Precisava entrar de verdade no relacionamento sério que estávamos tendo. Chuck já me pedira inúmeras vezes para que eu pegasse uma gaveta ou duas do seu guarda-roupa.

Sorri, imaginando como ele ficaria feliz em finalmente ter seu pedido atendido.

— Filha, a gente pode conversar por um segundo? — minha mãe disse, encostada no batente da porta.

— Claro, mãe. — Fechei a mala. — Entre.

Ela sentou na beirada da cama e me admirou com aquele olhar doce e amoroso que só uma mãe é capaz de ter. Abri um sorriso e me questionei do que se tratava.

— Você comentou comigo e com a Val hoje sobre o pai de Chuck e a sua desconfiança de que ele está incomodando o filho. — Fez uma pausa. — Sei que você só quis desabafar, mas... como mãe, me preocupa o tipo de homem que esse cara é.

— São apenas suspeitas, não sei se ele está realmente cobrando coisas do Chuck.

Mamãe franziu o cenho.

— Aquela namorada dele te alertou sobre isso. Não que ela seja confiável.

— Ela não é.

— Filha, posso te dar um conselho?

Me sentei ao seu lado.

— Claro.

— Converse com Chuck a respeito do que está acontecendo. Já percebi que ele é muito protetor. Omitiu as coisas de você querendo protegê-la, mas agora você *está* com ele e precisa saber o que se passa com o homem com quem tem dividido sua vida. Não cobre as coisas, apenas diga que percebeu que há algo errado e precisa saber que rumo essa estrada vai dar.

— Se o pai dele for uma ameaça, eu duvido que ele vá dizer.

— Chuck precisa dizer, filha. Ele precisa aprender a lidar com os fantasmas do passado ou eles vão acabar atormentando vocês dois.

De repente, ela se remexeu, como se tivesse mais uma coisa para dizer e não se sentisse confortável.

— Mãe?

Suspirou.

— Eduquei vocês diferente de como meus pais me educaram. Sua avó me passou a doçura e me ensinou o que era amar. No entanto, seu avô era um homem mais prático e realista. Ele me ensinou a dar um gancho de esquerda, me ensinou autodefesa, me mostrou como segurar uma arma e como atirar. Não que vivêssemos sempre em perigo, mas meu pai estava preocupado com o mundo lá fora e ele sabia que eu era independente demais para não me meter em encrencas.

Ergui uma sobrancelha.

— Nunca precisei usar nenhuma dessas coisas, exceto a autodefesa, quando fui beijada por um babaca à força. Mas acontece que me arrependo de não ter passado qualquer ensinamento para você e Val. Eu queria ter tido mais tempo...

— Mãe, você não fez nada de errado.

— Sei que o pai de vocês não fez diferença alguma na criação, vocês são mulheres maravilhosas. Mas, se ele estivesse aqui, talvez eu não precisasse trabalhar tanto e poderia ter mais tempo com minhas filhas.

— Você se dobrou em mil mulheres quando precisava ser só uma, mãe. Já somos adultas e sabemos nos defender da vida. Nunca faltou amor, nunca senti ausência disso sequer um segundo.

Mamãe piscou, afastando as lágrimas.

— Eu preciso te entregar uma coisa — murmurou, determinada. — Você vai dar isso para o Chuck e pedir que, se ele não souber como manusear, que aprenda.

— O que é?

Ela puxou das costas uma caixa. Só então me dei conta de que ela estava escondendo isso o tempo todo.

Colocou-a sobre o meu colo e pediu que eu abrisse.

A peça de metal reluziu sob a fraca luz do meu quarto. Dentro de uma caixa, um revólver descansava. Parecia antigo, mas muito bem polido. Brilhava como se fosse novo, ainda que parecesse desgastado em algumas partes. Olhei para a minha mãe, surpresa e totalmente chocada com esse lado dela que eu não conhecia.

— Não é só Chuck Ryder que tem seus segredos — ela disse, em tom de brincadeira.

— Mãe, isso é meio extremo, não acha?

— Filha, entenda uma coisa: não sei como esse homem é, nem do que ele é capaz de fazer com Chuck e você. Eu não seria uma mãe se não estivesse preocupada. Tentei descobrir sobre o paradeiro do Sr. Ryder com um amigo, mas infelizmente não tivemos sucesso. Por favor, só leve isso até Chuck e diga que ele não se ofenda, nem que você quer que ele atire no pai. É só proteção, está bem?

Abracei-a, garantindo que tudo ficaria bem, mas, toda vez que eu olhava para aquele objeto na caixa de veludo vermelho, sentia meu estômago ficar gelado.

Por Deus, eu esperava que a situação de Chuck com seu pai não fosse tão grave a ponto de precisarmos usar essa arma.

Capítulo 38

"Chuck Ryder e Evelyn Henley dançam colados em uma festa. A paixão está no ar!"

— Bem, eles pegaram com certeza quando apertei sua bunda.

Bati em Chuck com o jornal e ri.

— Olha essa foto! Que horror. Estávamos bêbados?

— Não.

— Chuck — falei em tom de repreensão.

— Um pouco, talvez. Mas foi maravilhoso ir para aquela festa e poder te beijar, te tocar e fazer o que eu bem quisesse.

Chuck sentou na minha frente, colocando a bandeja do café da manhã de lado. Ele abriu um sorriso ainda afetado pelo sono recém-interrompido e umedeceu os lábios com a ponta da língua.

Peguei a xícara de café e inspirei o aroma quente.

— Sabe, não gosto de contar minhas experiências passadas, porque elas envolvem Aquela-Que-Não-Pode-Ser-Nomeada. Mas eu já fui para um lugar onde você pode se soltar, fazer o que quiser e esquecer tudo o que aconteceu lá dentro. É como o Clube da Luta. A primeira regra é você não falar sobre isso, porque nada pode sair daquele lugar.

Achei graça por ele ter comparado Meg ao Lorde das Trevas.

— Aquela-Que-Não-Pode-Ser-Nomeada não me causa ciúmes. Eu sei que vocês se gostaram por pouco tempo — garanti e depois joguei a curiosidade. — Uma casa de swing?

— Não — Chuck falou, sorrindo. — Um cruzeiro erótico.

Ainda bem que eu não estava tomando o café.

— Cruzeiro... *erótico*?

— É, bem. Você podia ir solteiro ou acompanhado. Aquela-Que-Não-Pode-Ser-Nomeada me enfiou lá quando nosso relacionamento já estava uma merda. Eu me segurei muito para não fugir. Foi uma experiência desagradável, porque não aproveitei. De qualquer maneira, você vai e fica com quem quiser, vestido ou não. Faz o que bem entende, sabe? Eu fui em uma edição comemorativa. Só durava vinte e quatro horas. Mas soube por lá que existe uma viagem de cruzeiro que pode durar até sete dias.

— E você está querendo me levar pra lá? — questionei, quase gritando em um surto.

— Não. — Riu. — Acho que não suportaria. — Parou para pensar. — Eu cometeria um assassinato se os homens tocassem em você.

— Chuck!

— Eu só quis te dizer que existem lugares em que podemos fazer as coisas em público sem que ninguém nos encha o saco a respeito.

— E se um dia eu tivesse coragem...

— Eu nos colocaria lá dentro em cinco segundos.

— Você é maluco, Chuck.

— Quem sabe para a nossa lua de mel?

Meu coração saltou do peito.

— Eu sei, ainda está cedo. — Chuck riu. Eu posso ter ficado um pouco pálida ou corada. Não soube dizer. Tudo estava quente e frio. — Bom, se um dia você quiser uma experiência diferente comigo... Provavelmente andaria com você bem agarrado, apesar de saber que tudo lá é bastante respeitável.

— Mas por sermos famosos...

— Não tem problema — Chuck garantiu. Depois, como se uma lembrança corresse em sua mente, sorriu. — Encontrei outros famosos lá.

— Meu Deus. Acho que essa foi a coisa mais chocante que você já me disse.

— É apenas um convite, Eve. — Piscou e se levantou, levando um pedaço de bacon consigo. Mordeu e foi andando pela sua casa.

Voltei a tomar o meu café da manhã, pensando no que Chuck me disse. Meg era solta demais para ir a um lugar desses, eu não teria a mesma coragem.

Mas é como dizem: nunca diga nunca.

Terminei o café da manhã na cama e lancei um olhar para a minha mala, lembrando de que os problemas não esperavam que fossem resolvidos sozinhos. Cedo ou tarde, eu teria que conversar com Chuck a respeito do seu pai e cogitar se as ligações misteriosas que ele recebia se tratavam disso.

Aproveitei que Chuck estava de bom humor e me levantei. Fui até a sala, sabendo que ele estava lá. Ele tinha papéis sobre o colo e analisava alguma proposta nova de trabalho. Acabei sorrindo. Me aproximei e comecei a massagear seus ombros. Chuck jogou a cabeça para trás e abriu um sorriso. Depois, fez bico em formato de beijo e eu deleitei-me em sua boca.

— Fica aqui comigo — murmurou.

— Sim, eu vou. — Pensei nas palavras certas. — Mas eu queria saber se você pode dar uma pausa na leitura para conversarmos.

— Claro. — Chuck deu espaço no sofá e colocou as folhas sobre a mesa de centro. — Meu empresário disse que essa é uma proposta boa, me enviou por fax. Enfim, não sei quem usa fax hoje em dia, mas precisei comprar um só por causa dele.

Sorri.

— É ótima a maneira que ele cuida de você. Espero que seja uma proposta boa mesmo.

— É, sim. Mas vamos ao assunto. O que você queria conversar?

Engoli em seco.

— Percebi que você anda preocupado com alguma coisa, Chuck. — Analisei seus olhos, que se estreitaram. — Recebe ligações em que eleva a voz e muda de humor depois que elas acontecem. Não estou reclamando em relação a nós dois, você é perfeito comigo. Mas, para isso tudo funcionar, você precisa ser honesto. O que está acontecendo?

Chuck engoliu em seco e tomou minhas mãos nas suas.

— Estou protegendo você.

— Entendo. Sei que deve ter bons motivos, mas...

— Acho que você merece a sinceridade. Eu não queria ter que contar isso, vai parecer que estamos em um ciclo vicioso.

Chuck ficou em silêncio. Depois de um momento, abriu os lábios e respirou fundo.

— Demorou muito tempo para eu entender que o meu pai era um cara que agia pelo seu próprio interesse. Quando criança, achava que ele só me cobrava por se preocupar com o futuro, mas, depois de mais velho e de perceber que o dinheiro sumiu da conta, eu precisei fincar os pés no chão.

— Eu sei.

— Ele está me ligando insistentemente. Sua fonte inesgotável de dinheiro acabou. Eu e a Meg. Ele soube que não deposito mais qualquer valor na conta e que transferi o dinheiro que ainda havia nela para outra sem ligação com ele.

— Eu imagino que seja difícil para você negar seu pedido.

— Não é. Não mais. Agora que tomei essa decisão, vou até o fim. Ele precisa entender que existem limites e que seu vício em drogas e jogos de azar chegou ao fim.

— E o que você pretende fazer?

Chuck desviou o olhar.

— Eu conversei com ele e disse que acabou, mas não é tão fácil.

— Chuck...

— Ele me ameaça, diz coisas horríveis e sei que está se drogando ainda. Eve, já tentei clínicas de reabilitação, não quero que pense que não tentei salvar meu pai.

— Eu não acho que não tentou salvá-lo, Chuck. — Fiz uma pausa. — Ele é perigoso? — precisei perguntar.

— Ele faz as coisas pelo bem próprio e age sobre qualquer coisa que se mover quando é contra ele. Eu realmente não sei te responder.

— O que vai acontecer com ele?

— Eu não me importo. Já me preocupei o bastante por anos, agora ele precisa se virar sozinho.

— Acha que ele virá atrás de você tirar satisfações?

— Já alertei os seguranças. Ele não seria tão louco.

— A sorte é que é difícil se aproximar de um ator de Hollywood.

— Vamos ficar bem, Eve.

— Você quer mesmo ir adiante com isso?

Seus olhos, que sempre eram tão quentes, pareceram subitamente gelados.

— A primeira coisa que mais quis na vida foi você. A segunda, me livrar disso. Então, sim. — Acariciou meu rosto, com a expressão ainda dura e intensa.

Se ele chegou ao limite, provavelmente estava mesmo cansado de viver tendo um pai sanguessuga.

— Não estou indo pelos motivos errados, Eve — me garantiu, ainda me fitando. — Não o estou ignorando porque é mais fácil. É simplesmente porque não posso bancá-lo a vida toda. Esse elo precisa acabar. Ele nunca foi um pai para mim, por que tenho de ser um filho para ele? Se fosse dinheiro para viver bem e confortável, não me importaria. Mas é para drogas e jogos. Eu não quero ficar preso nisso. Não de novo.

Me perguntei como foi sua infância, como ele teria vivido com um homem que não parecia amá-lo de verdade. Sua tia, da qual Chuck sempre me falou, era uma mulher que o amava, mas não estava presente a todo momento, não quando ele mais precisou dela.

Chuck Ryder foi uma criança sozinha.

Me levantei e puxei Chuck pela mão. Fiz ele ficar bem perto de mim e o abracei com toda a força e amor que consegui reunir.

— Você não está mais sozinho — prometi a ele. — Você me tem. Sabe disso?

Ele se afastou um pouquinho e me encarou, como se uma vida passasse entre nós.

E, antes que ele pudesse pensar mais um momento ou dois, me puxou para um abraço ainda mais apertado e profundo, como se me agradecesse por existir. Enquanto acariciava suas costas, escutei as forças de Chuck ruírem.

Começou baixinho, com um suspiro abafado. Meu coração apertou com a angústia. Por algum motivo muito forte, eu soube que não era por causa do seu pai.

Ele chorou porque, pela primeira vez na vida, estava recebendo apoio e amor de verdade.

Dezembro

"Michael e Nancy sabiam que teriam desafios maiores a vencer. Não era apenas o amor em jogo, eles precisavam deixar o passado ir para que pudessem encontrar a felicidade. E quem gosta de revirar as caixas velhas e empoeiradas do sótão, não é mesmo?"

RECORDE-SE ANTES DE EU PARTIR

Capítulo 39

Los Angeles, Califórnia
Dezesseis anos atrás

Chuck se sentou na poltrona onde seu pai o colocou e, aparentemente, se esqueceu da presença do filho. Ele viu a movimentação do pai, andando de um lado para o outro no teatro, e isso o incomodou. Apesar de tudo, Chuck foi educado para crer que as coisas andavam certo, que seu pai era um homem em quem podia confiar, que ele ia guiá-lo em direção ao sucesso.

O menino não sabia o que era sucesso, mas imaginava que era algo bom, como comprar chocolates sem se preocupar se as moedas contadas dariam.

— Você não vê que esse moleque é uma máquina de fazer dinheiro? — o pai gritou ao telefone e Chuck estremeceu.

Ele era pequeno, mas entendia as coisas. Sabia que a grosseria e a rudeza do único homem que cuidava dele se tratava apenas de querer o melhor para o filho. Era o que ele sempre dizia para Chuck quando o garoto ameaçava chorar e dizer que não queria nada daquilo.

"Sou bravo, sou horrível, um monstro, mas é para o seu bem."

Aquelas palavras não saíam da cabeça pequena de Chuck. Mesmo aos nove anos de idade, sentia que dependia daquela frase para continuar acreditando. Quer dizer, seus pés ainda não alcançavam o chão na poltrona em que estava. Era comprida e ele era um garoto alto para sua idade, mas ainda não o suficiente para apoiar a planta dos pés e deixá-los ali.

Certamente não era o bastante para ele tomar o rumo de sua vida sozinho.

Chuck sentiu o coração apertar quando o pai gritou mais uma vez. Ele pensou novamente na frase, se agarrando a ela.

Porque aquilo era para o bem dele.

— Três mil dólares. Nem um centavo a menos. O menino vai ter que viajar. Acha que vou bancar essas despesas sozinho? Trate de colocar no cachê.

Era uma batalha de gritos. Mesmo à distância, Chuck era capaz de ouvir o aparelho ecoar pelos urros do outro homem na linha. Ele torceu os dedos sobre o colo, desejando que pudesse ter mais moedas para comprar um refrigerante ou um chocolate.

O sucesso.

Fechou as pálpebras.

Lembrou-se das frases que decorara com tanta sabedoria e facilidade para a peça em que ia atuar. Se sentia bem fazendo aquilo, porém também obrigado, como tudo na vida. Nunca pudera interpretar as coisas do seu jeito, tinha de ser do modo que o seu pai achava certo. Chuck era apenas um garoto, mas já tinha opinião e uma personalidade. Ele queria rebater o pai às vezes, no entanto, em todas as tentativas, o homem dizia a mesma coisa:

"Pare de agir como uma criança mimada e obedeça."

Quando isso acontecia, o sangue de Chuck fervia e ele nem sabia o porquê. Às vezes, ele queria chorar, desejava poder ter uma mãe para abraçar. Compreendia que ela nunca voltaria, os mortos não voltam, era o que seu pai dizia. Acontece que o desejo ainda estava lá e a vontade de ter alguém que o amasse de verdade era quase sufocante.

Chuck olhou para o pai e se lembrou de mais uma frase.

"Faço tudo isso porque te adoro."

Nunca por amor, mas ficava subentendido. Ele o amava, Chuck sabia. Os pais sempre amam os filhos, é a força da natureza, não é?

Chuck se remexeu na poltrona, esperando que seu pai voltasse. Ele continuou gritando ao telefone e estava tão nervoso que Chuck decidiu ficar em silêncio. Trouxe suas pernas magras para perto do queixo e os braços circularam a parte inferior do corpo. Seu queixo acomodou-se nos joelhos e ele fechou novamente os olhos.

Esqueça o refrigerante e o chocolate, Chuck estava com frio.

Se ele deixava de levar um casaco, o pai não lembrava. Chuck achava que era porque o homem era muito atrapalhado e trabalhava diariamente para obter o sucesso para o filho, porém, no fundo da sua alma, o garotinho sabia que havia algo muito errado.

Uma porta fez um barulho ensurdecedor. O pai de Chuck havia saído. O garoto se levantou rapidamente, despertando do transe, gritou o nome do pai e correu para a porta, batendo com força até que os punhos magros doessem. O desespero seria exagerado se alguém visse, mas essa não era a primeira vez que Chuck fora deixado em um lugar por puro esquecimento do pai.

Essa era a terceira vez no mês que o Sr. Ryder tinha deixado o filho no teatro sozinho, passado a chave e se esquecido da existência de um pedaço da sua genética.

Poderia ser de propósito, para ele afogar as mágoas em qualquer bebida, mas claro que Chuck não entendia isso. Ele achava que estava sendo esquecido, ao invés de abandonado. Não dava para saber qual das duas coisas era pior. Mas sempre que o pequeno prodígio ficava preso e isolado, longe do pai, duas sensações conflitantes apareciam em sua alma: alívio e dor.

Além disso, seu coração se quebrava todas as vezes.

E essa era só mais uma vez.

De cada maldito dia em que teve que passar pelo inferno sem reconhecer que esteve lá.

Capítulo 40

Dias atuais

Tirei uma colherada do doce e levei até os lábios, fechando os olhos ao sentir o chocolate meio amargo. Eu e Chuck estávamos na cozinha, preparando a sobremesa do jantar que estava pronto, só esperando ser devorado. Chuck era amante de tacos e eu, de pizza. Então, fizemos tacos para colocar recheio de pizza e esse seria o nosso jantar preguiçoso do primeiro domingo de dezembro, comemorando o aniversário de vinte e seis anos de Chuck. Ele preferiu não fazer nada muito diferente do que passar o final de semana comigo, e esses dois dias tinham sido um sonho.

Também não tínhamos mais falado sobre o assunto de seu pai. Hoje era o seu aniversário e eu não queria que ele pensasse em problemas. Talvez, o assunto já estivesse encerrado por si só.

Eu só queria fazê-lo feliz.

— Evelyn, você deveria saber que colocar uma colherada do mousse na boca, dessa forma que está fazendo agora, só me faz ter pensamentos safados. — Ele soltou uma risada grave, puxando-me pela cintura.

Pelo visto, os pensamentos dele estavam em mim.

Virei o corpo para ficar de frente para ele e tirei a colher lentamente dos lábios.

Seus olhos hoje estavam de uma intensidade impressionante de azul. Não sabia se era pelo frio lá fora ou se a mudança de tempo o fazia ficar diferente, mas era muito curioso como o tom da sua íris podia mudar.

— Que tipo de pensamentos?

— Jogar chocolate no meu corpo, só para assistir você lamber devagar — sussurrou, com a voz grave.

Chuck estava com uma calça de moletom justa demais nas partes certas. Eu desci o olhar, me esquecendo de tudo, percebendo que a protuberância não o deixava mentir. Guiei uma das mãos para lá, acariciando-o sobre o tecido. Chuck deu passos à frente e eu, passos para trás, até a minha bunda tocar a bancada da cozinha. Fui prensada contra o mármore e devorada pelo seu olhar.

— Sem cueca? — questionei, com a voz tão afetada quanto a dele.

Ele gemeu dessa vez, não conseguindo se conter, quando coloquei a mão dentro da sua calça, sentindo a ereção quente contra a palma.

— Eu acho que não te dei feliz aniversário apropriadamente, Chuck — disse em tom pensativo, pegando a colher e enfiando no mousse.

— Não?

Escorreguei pelo seu corpo, ficando de joelhos. Agarrei o elástico da calça e abaixei. A ereção de Chuck saltou para fora e eu peguei a colher do chocolate, joguei o mousse sobre o seu sexo e o encarei de baixo para cima, para encontrar seus olhos. Chuck tinha tanto tesão no rosto, quando se tornou consciente do que eu ia fazer, que jogou a cabeça para trás, mordendo o lábio e soltando um palavrão no instante em que o coloquei na minha boca.

Lambi sua extensão, com gosto de chocolate, e coloquei a mão na base, para ajudar a dar conta do comprimento que eu não conseguia atender só com a boca. Chuck soltou outro palavrão quando o levei até a garganta e segurou na beirada da pia no segundo em que girei a língua em torno do seu pau, provocando a glande e tirando o resto do mousse que sobrara. Ele agarrou meus cabelos, fez um rabo de cavalo com a mão e começou a dar estocadas leves, indo e vindo.

— Você tá me fazendo perder a cabeça — Chuck acusou baixo, ofegante.

Acariciei suas bolas, sentindo-as se contrair, e Chuck estremeceu. Um minuto depois, ele parou de estocar e eu voltei a chupar, brincando com seu sexo, sugando com força cada vez que ele saía dos meus lábios.

— Hum, Eve... — gemeu quando o coloquei mais uma vez, indo forte até o fundo.

Senti-o crescer ainda mais na boca, ficar vermelho e ainda mais quente. Acelerei a mão e os lábios, atendo-me a um só ritmo. Foquei os olhos somente no rosto de Chuck, ansiosa para vê-lo se contorcer de prazer.

— Eu vou gozar — anunciou, com as pálpebras semicerradas, os lábios abertos e o suor descendo pelo corpo.

— Que delícia. — Afastei-o um pouco e voltei.

— Se não quiser que eu faça em sua boca, tem que se afastar, amor — rosnou.

Mas eu não queria me afastar. Meus seios estavam brigando por espaço com o tecido da camiseta e só de ter a visão de Chuck, tão perdido enquanto o chupava, me acendeu totalmente.

Cada célula minha queria dar prazer a esse homem e eu ia até o fim.

— Caralho — Chuck sussurrou, gemendo baixinho.

Senti, quando estava com seu pau no fundo, ele ficar ainda mais inchado, se possível. Com suaves jatos, Chuck foi preenchendo minha boca e eu o encarei, percebendo como estava preguiçosamente excitado. Os cabelos estavam bagunçados, o suor descendo por seu pescoço e meu nome foi a última coisa que ele disse antes de terminar o longo orgasmo.

Me levantei, tirei uma gota que sobrara do canto da boca e beijei-o brevemente nos lábios.

— Feliz aniversário. — Sorri.

Ainda estático por ter gozado, Chuck sequer mexeu a boca quando o beijei. Ele ainda estava com a calça abaixada, com a ereção ali e, surpreso, ofegando, me encarando como se eu fosse de ouro.

— Eu amo você — ele sussurrou.

Pisquei, abrindo ainda mais o sorriso.

— Eu tamb...

Chuck me pegou no colo, me colocou sobre a bancada e veio em direção aos meus lábios, interrompendo minha fala.

Seu senso de reação demorou a surgir, mas, quando veio, eu nunca tinha sentido nada parecido em toda a vida.

Seus lábios devoraram os meus, em um beijo tão avassalador quanto se fosse o último e ele tivesse que caprichar. Suas mãos, ágeis, desfizeram o nó do cordão do meu moletom e, logo em seguida, Chuck puxou a peça do meu corpo, a calcinha indo embora junto. Ele tirou minha blusa, depois voltou a procurar minha boca. Com dois dedos atrás das costas, o sutiã se abriu.

Fácil assim, fiquei completamente nua.

— Chuck... — Soltei um suspiro surpreso quando ele começou a descer suaves e quase imperceptíveis mordidas em direção aos meus seios.

Ele não respondeu, apenas colocou um mamilo na boca e o sugou com vontade. Arqueei as costas e segurei sua nuca, sentindo seu suor contagiar meu corpo. Senti calor em cada centímetro, fogo nas veias ao invés de sangue. Se alguém poderia me acender como um maçarico em questão de segundos, esse alguém era Chuck Ryder.

Os beijos de língua foram se direcionando para um lugar que eu estava muito molhada. Chuck abriu minhas pernas com delicadeza, pegou ao lado da bancada um pouco de mousse em um dos potinhos quase vazio pela brincadeira, e enfiou o dedo ali, passando o doce com cautela por cima do clitóris.

Arfei.

— A razão de eu não ter desejado uma festa de aniversário foi essa, Evelyn.

Chuck sorriu, descendo o rosto. Com os olhos fixos nos meus, ele passou a língua no clitóris apenas uma vez, me provocando.

— Você é a festa, o presente, a principal convidada. — Ele me lambeu de novo e colocou um dedo entre as dobras, me fazendo gemer alto. — E o meu delicioso e insubstituível bolo de chocolate.

Em pleno aniversário de Chuck, não fizemos nada além de ficarmos na cama, brincando um com o outro. O dia passou e eu não me importei, porque nada na vida me tiraria do conforto dos seus braços.

Percebi que esse homem seria a minha morte.

Mas, meu Deus, como era bom morrer e continuar vivendo.

Capítulo 41

Acordei alarmada com o som do interfone. Chuck estava jogado no sofá, comigo em cima dele, já que a noite passada foi uma intensa maratona de sexo. Eu não fazia ideia de como tínhamos conseguido passar praticamente toda a noite transando, conhecendo o corpo um do outro, nos descobrindo, mas foi a melhor coisa que fiz na vida. Ele me amou além das palavras, com o corpo e os beijos.

O aniversário foi dele, mas quem ganhou o presente fui eu, definitivamente.

— Desliga o despertador, amor — Chuck pediu com a voz grave de sono, se remexendo embaixo de mim.

— É o seu interfone — avisei, sorrindo. Ele abriu os olhos e eu dei um beijo na ponta do seu nariz. — Vou ao banheiro e você atende, tudo bem?

Um pouco mais acordado, mas com o cabelo bagunçado e o rostinho inchado do sono, Chuck concordou. Eu me levantei, sentindo o meu corpo dolorido demais, mas tão satisfeita com a noite anterior que, ao caminhar até o banheiro para tomar uma ducha, fui sorrindo.

Deixei a água cair e usei o sabonete dele, que tinha seu cheiro. Nunca me senti tão envolvida por alguém a ponto de querer seu perfume em mim, mas era maravilhosa a sensação. Com Giovanni, era tudo tão frio, tão distante, ele julgava a profissão que escolhi, as roupas que eu vestia e a minha personalidade.

Ao lado de Chuck, era fácil.

Terminei a ducha depois de longos minutos e peguei uma toalha, envolvendo-a em torno do corpo. Entrei no quarto dele e fucei em seu armário, onde eu tinha deixado algumas peças de roupa, para esse tipo de encontro que durava um final de semana inteiro. Coloquei uma calça de moletom, uma blusa de mangas longas justa e meias. Já pronta, antes de abrir a porta do quarto e ir para sala, escutei uma movimentação estranha e vozes sobressaltadas.

Ah, seu interfone havia tocado, será que ele tinha visitas?

Coloquei o ouvido na porta para ter uma ideia de quem era.

— O que você pensa que está fazendo aqui? — Chuck disse, irritado.

— Vim visitá-lo — uma voz grossa, semelhante à de Chuck, soou alto.

Depois, o homem riu. — Nossa, o tempo fez bem para você. Está parecido comigo!

— Como passou pelos seguranças?

— Eu tenho meus meios... — a voz recomeçou e eu me afastei.

Seu pai!

Meu Deus, o que eu ia fazer?

Eu não podia ficar ouvindo a conversa atrás da porta e não poderia simplesmente aparecer lá. Saí de perto e sentei na cama, mas não consegui ficar um segundo parada. Comecei a andar pelo quarto, pensando se poderia ligar para alguém vir aqui, quando escutei passos vindo em minha direção.

A porta, em seguida, se abriu.

Chuck apareceu, vestindo somente a boxer azul-marinho da noite anterior, ainda com o rosto cansado pelo sono interrompido, mas parecendo que agora tinha sido atropelado por um trem. Seus olhos estavam tristes e sua boca, franzida em uma expressão irritada. Só quando encarou meus olhos, seu rosto amenizou um pouco.

— Você pode vir aqui um minuto, Eve?

— Eu não acho que...

— Por favor — ele pediu, com a voz suave. Estendeu a mão para mim e eu a peguei, relutante.

Não sabia como lidar com essa situação, conhecendo apenas o pouco da história de Chuck com o pai e a maneira que ele jogou o filho na indústria do cinema, apenas por achar que ele era bonito o bastante para Hollywood. Ele usou o filho, sustentou um vício com o dinheiro de Chuck e agora, aparentemente, não queria esgotar sua fábrica de prazeres.

Chegamos à sala e eu levantei os olhos para encarar o homem que ajudou a gerar Chuck. Ele tinha tantos traços semelhantes aos do filho que foi chocante vê-lo. Era como uma versão idêntica de Chuck, com uns vinte e cinco anos de diferença e uso de drogas. Isso o desfigurou bastante, mas, ainda assim... não estava totalmente grisalho e tinha os mesmos fios grossos e escuros. A única diferença significativa era a cor dos seus olhos, que puxavam mais para o mel, e o peso. No vídeo, ele parecia mais gordo e, agora, estava mais magro que o filho. Seco, como se a morte tivesse beijado sua alma. Agradeci por Chuck ter olhos mais quentes e humanos; deve ter sido presente de sua mãe.

— Eu não queria trazer Evelyn para o meio disso, mas quis apresentar a você o único motivo que me fez sair do buraco no qual o senhor me deixou. Evelyn contracenou comigo em um filme que gravamos recentemente e me fez enxergar como era ser um ator de verdade. Ela atua com tanta paixão, que foi impossível não me contagiar por ela. Mas, claro, apesar de loucamente apaixonado, ainda estava preso a um relacionamento como moeda de troca de uma dívida que o senhor fez. Tive que esperar meses para poder segurar a mão dela da maneira que estou fazendo agora, aos olhos de outras pessoas, porque Meg, a pessoa que tanto te ajudou, me chantageou até que eu pagasse os milhões restantes que *você* ficou devendo. Muito interessante, o senhor não acha?

Por um tempo, o pai de Chuck me olhou com certa curiosidade. Ele não deveria estar por dentro de todas as notícias.

— Eu não sabia que você estava com outra pessoa.

— Isso é porque eu me distanciei de você desde que descobri o que fez — Chuck rebateu.

— Não quero dizer que o fato de ter terminado com Meg foi certo ou errado, apesar de achar que foi precipitado. Enfim, não estou aqui para te julgar. Como disse assim que entrei aqui, sei que terminou com ela, mas se foi para o seu bem... então, que bom, né?

Uma crescente onda de calor tomou conta de mim.

Ele não podia achar que o relacionamento doentio de Meg com o filho era certo, podia?

— Isso é ótimo, porque não me lembro de ter pedido sua opinião — Chuck rechaçou, com a voz em um tom mais elevado.

— Você vai tornar tudo mais difícil se continuar se comportando dessa maneira.

— Qual maneira? Grosso e estúpido? Da mesma forma que você me tratou a vida inteira?

O homem riu e me olhou com certo cuidado, mas eu não conseguia confiar em uma só palavra que ele dizia. Não conseguia confiar nele como pessoa. De repente, me lembrei da arma que mamãe me dera. Por enquanto, essa conversa estava amigável, mas Chuck não estava facilitando. Será que era assim para Chuck? Essa desconfiança constante? Meu Deus, eu nunca poderia imaginar ser tratada assim por qualquer membro da minha família. Desde os primos mais distantes à minha própria mãe.

— Você teve um excelente mestre. — O homem deu um passo. — Alguém que te mostrou como ganhar dinheiro de forma fácil. Você tem o rosto pelo qual as meninas jogam as calcinhas e isso, meu caro, é um potencial. Ao invés de colocar culpa em mim sobre coisas que você não controla, deveria me agradecer.

Senti quando Chuck ficou paralisado. Depois de alguns segundos, a fúria que correu por seu sangue foi resolvida em um passo à frente. Segurei seu braço, mas Chuck me ignorou.

— Te agradecer? Pelo quê, especificamente? Por ter me abandonado quando criança no teatro? Não uma, duas ou três, mas infinitas vezes? Por ter me obrigado a fazer coisas que você queria e mentir para mim, me manipular, garantindo que era por amor? Você nunca foi um pai ou me enxergou, e sempre o fez como uma moeda de troca. Eu, quando era apenas uma criança, não fazia ideia e, depois de adulto, pensei que a única obrigação que me restava era fazê-lo não passar fome. Assim como, só Deus sabe como, você não permitiu que eu passasse.

Chuck deu mais um passo. Ele estava perto do pai agora. Parecia transtornado. Até o tom da sua voz era gutural de uma forma que eu nunca tinha escutado antes.

Encarei os olhos do seu pai. Ele estava nervoso, a expressão, dura. Esperava que o filho fosse fazer, mais uma vez, o que ele queria. Não contava com a rebeldia e certamente não com as palavras duras de Chuck.

— Mas essa obrigação de pai e filho acabou quando você usou o dinheiro daquela conta, colocou Meg para cima de mim como joga um pedaço de carne aos lobos. Essa obrigação... — Mais um passo — acabou quando eu tive que protegê-lo para me proteger, e não pense que fiz apenas porque gosto de você. Aprendi com o melhor, realmente. Interesse próprio. Agora, você não vai tocar em um centavo do que eu ganho, vai ter que se virar para pagar as prostituas, os jogos de azar e as drogas. A partir desse momento, não existe mais eu e você.

O pai não recuou. Pelo contrário, avançou contra o filho. Mais um passo e eles estariam nariz com nariz.

— Você acha que não tenho merdas contra você? Acha que é intocável? Acha que Hollywood te protege e que qualquer palavra sua significa tudo contra a minha?

— Você não tem merda nenhuma contra mim — Chuck rugiu, e eu estremeci.

Talvez eu devesse dar um passo para trás, talvez eu devesse ir para o quarto e ligar para a polícia. Não sabia o que fazer, o celular estava em cima da mesa de centro e era bem mais acessível. Eu estava com medo do que essa briga poderia se tornar. Dei um passo devagar, depois outro, percebendo que a discussão continuava. Com toda a cautela do mundo, peguei o celular e, ainda encarando os dois, procurei Damien na discagem rápida. Desviei o olhar. A polícia pediria o endereço, mas, se eu enviasse SOS para Damien, ele sabendo onde eu estava, talvez pudesse...

— Largue o celular, mocinha.

A voz era do Sr. Ryder.

Virei para os dois. Meu coração ficou gelado. Um calafrio me cobriu da nuca à base da coluna. *Deus, permita que a mensagem tenha ido,* pensei, enquanto rapidamente fechava meus olhos e os abria para a cena de terror que acontecia na minha frente.

Observei Chuck e seu perfil. Ele estava com uma expressão descontente, mas não parecia ter medo, ainda que uma arma apontasse para sua cabeça, no meio da testa.

Pisquei, querendo saber se aquilo era apenas um pesadelo, mas a imagem não se desfez. Chuck continuava a encarar o pai, com as mãos erguidas em rendição, e eu não conseguia mover um músculo. Mesmo sem forças, tentei inutilmente apertar o botão sem ver. Não consegui saber se tinha enviado a mensagem ou não.

— Me conte sobre você, Evelyn — o pai de Chuck continuou. E eu deixei o aparelho novamente sobre a mesa. — Meu filho está duro, mas quanto você não daria para tê-lo em seus braços?

— Eve — a voz de Chuck cobriu a do pai. Ele ficou tenso por um segundo e o pai desviou o olhar para o filho. — Eu quero que você corra.

— Nem fodendo! — o homem gritou, colocando a arma mais forte contra a cabeça do filho. Agora, o metal tocou a testa de Chuck e eu senti uma súbita vontade de vomitar.

Meus nervos estavam tensos. É o tipo de coisa que você não está, nem nunca estará, preparada para lidar. Eu podia sentir-me alerta, pensando em mil possibilidades. Havia a arma no quarto de Chuck, dentro da mochila que desfiz, e agora tudo que precisava fazer era alcançá-la. No quarto, não havia telefone, então eu não poderia ligar para a polícia, mas uma arma talvez aumentasse as chances de isso aqui dar certo.

Eu precisava tirar Chuck daquela mira.

Eu precisava...

Encarei Chuck com mais atenção. Ele olhou para o lado, sem mover a cabeça, apenas seus olhos me acompanharam. Se eu corresse, havia a chance de o pai se assustar e atirar. Eu não ia fazer isso. Meu Deus, eu não poderia buscar ajuda.

— Eu te trouxe para o meio disso — Chuck murmurou, me olhando de lado. — Não quero que isso seja um problema seu. Eu te puxei para essa sala. Meu Deus. — Fechou as pálpebras. — Só corra, Eve. Por favor.

Senti minha garganta fechar.

— Me responda, caralho! — o pai de Chuck gritou, exigindo e virando-se para mim. — Não tenho tempo a perder e agora quem está na vantagem sou eu. Então, quando eu fizer uma pergunta, você responde.

— Eu faria qualquer coisa para tê-lo em meus braços — sussurrei, incerta se minha voz tinha saído. Chuck cerrou ainda mais as pálpebras, provavelmente querendo que eu arriscasse e corresse, mas não poderia fazer aquilo, não quando sua vida estava em jogo.

— Então assine um cheque para mim de um milhão. Sei que você tem isso, é famosa o bastante.

— Ela não vai assinar porra nenhuma! — Chuck urrou e eu estremeci.

Ele não tinha medo da morte. Não tinha medo da mira do pai. Ele o estava enfrentando até o fim e eu não sabia se isso era coragem ou burrice. Senti vontade de pedir para trocar de lugar com ele. Senti vontade de bancar a heroína, dizer algo que faria isso tudo parar, mas não consegui sair do lugar. Ainda estava perto da mesa de centro, dura, como se Medusa tivesse me transformado em pedra.

Eu queria fazer algo heroico.

Talvez eu só precisasse de mais cinco segundos.

Talvez eu pudesse...

— Preciso pegar minha bolsa e está no quarto — consegui dizer, a voz trêmula. Meus dedos tremiam, meu corpo inteiro tremia. Eu não tinha certeza se conseguiria ir para o quarto. Nem se conseguiria pegar a arma. Mas eu precisava tentar.

— Então você tem cinco segundos para voltar aqui com essa porra de bolsa! — o homem disse, aparentemente feliz por conseguir o que queria.

Encarou Chuck e abriu um sorriso. — Viu como eu tenho algo contra você?

Chuck engoliu em seco.

— Eu nunca me senti seguro ao seu lado. Nunca pude me jogar nos braços do meu pai depois de um pesadelo — Chuck começou a falar, atraindo a atenção do Sr. Ryder. Fiquei petrificada, tonta e com o coração acelerado. — Desde pequeno, fui iludido por aqueles comerciais de famílias perfeitas. Fui educado a acreditar que essa baboseira era real, mas existem sim famílias péssimas, formadas por pessoas ruins, por monstros, como você.

O pai torceu o lábio, no entanto, continuou ouvindo o filho.

— Vivi boa parte da vida tentando te trazer dinheiro, porque era a única coisa que fazia você me tratar com mais dignidade. Quando moleque, achava que isso era o suficiente para cobrir os buracos que você deixou. Depois de adulto, foi força do hábito, talvez por sentir mesmo que tinha uma obrigação. Agora, olho para você e sei que criei uma utopia de pai, um homem que nunca existiu. Você sempre foi uma pessoa desprezível, o que me surpreende é o fato de eu nunca ter desistido de você, ainda que você tenha desistido de mim no instante em que nasci.

Chuck deu um passo à frente, o cano aprofundando em sua testa, de modo que eu podia imaginar que ficaria uma marca ali. Quase gritei, quase corri para ele, no entanto, meus pés não eram capazes de se mover. Senti meu rosto molhado, as lágrimas desciam agora sem controle. Chuck abriu os braços e encarou o pai com toda a raiva reunida, induzindo-o a fazer aquilo que o pai tanto ameaçava.

— Eu sempre soube que ia morrer um dia — sussurrou —, mas, apesar de tudo o que me fez, nunca pensei que seria pelas tuas mãos, pai.

Como se pudesse ficar mais perto, Chuck segurou o cano da arma, forçando-o ainda mais contra sua testa. Pude ver, pela lateral do rosto de Chuck, que ele estava impassível. Não havia lágrimas, decepção ou choque.

No entanto, a expressão dura do seu pai era um absoluto abatimento.

Meu corpo se moveu antes que eu pudesse pensar sobre isso. Fui até o quarto, contei os segundos que demorei na minha cabeça enquanto abria a mala, tirava a caixa de lá e a destrancava. Peguei a arma com as mãos tremendo e não sabia o que fazer com ela, era pesada e eu nunca tinha atirado na vida, mas a ergui na altura dos olhos e cheguei na sala antes que qualquer um dos dois se desse conta de que eu tinha saído de lá.

A expressão do Sr. Ryder era de pura incredulidade. Ainda olhando para o filho, foi como se as palavras de Chuck tivessem se infiltrado em seu cérebro e provocado algo que ele, até o momento, nunca fora capaz de demonstrar: consciência.

Ergui a arma e dei um passo à frente. Fiquei tão perto deles que apontei a pistola a poucos centímetros da cabeça do Sr. Ryder. Chuck olhou para o lado, seus lábios se abrindo em descrença. Ele piscou por um momento ou dois até que o Sr. Ryder se deu conta de que eu estava colocando-o em uma situação idêntica à que ele estava colocando seu filho.

— Você não é esse tipo de pessoa, Eve — Chuck murmurou. — Você não é como ele. Abaixe a arma.

Lágrimas desceram raivosas pelo meu rosto. Eu não fui capaz de olhar para Chuck porque queria que o Sr. Ryder recuasse. Mas ele estava atônito, incapaz de se mover, ainda olhando para o filho como se realmente entendesse como foi desumano com seu próprio sangue.

Escutei um barulho alto e meu coração deu um salto antes de tentar entender o que havia acontecido. Caí no chão, sobre o tapete de Chuck, e um corpo grande e pesado me cobriu enquanto passos fortes invadiam o espaço. Escutei gritos, ordens, apenas vozes masculinas. Estava apavorada demais, ainda agarrada à arma, de olhos fechados, sabendo que precisava dela para garantir que saísse daquele caos.

— Senhorita Henley?

Abri as pálpebras, dando de cara com Damien. Meu coração deu um salto e não tive tempo de processar o que tinha acontecido. Automaticamente, olhei para onde Chuck e o Sr. Ryder estavam. Vi o pai de Chuck de joelhos, enquanto um homem de uniforme puxava suas mãos para trás, falando sobre seus direitos.

Procurei Chuck e o encontrei em pé, ao lado da cena.

Damien se afastou de mim e me puxou, como se eu ainda fosse criança. Não sei como consegui sustentar o peso do corpo sobre os joelhos, mas talvez, por um milagre, eu ainda conseguia ficar ao menos em pé.

O policial puxou o Sr. Ryder sem qualquer delicadeza para fora do apartamento de Chuck. A porta havia sido arrombada com um chute, jazendo caída no chão e totalmente destruída. Eles passaram por cima da madeira, chutando alguns pedaços. Olhei para o pai do homem que amava, saindo dali sem parecer acreditar em tudo o que acontecera nos últimos segundos. Vi suas costas e, em seguida, desapareceu como se nunca tivesse existido.

Chuck estava com uma expressão dura, toda a tensão expressa em seus ombros caídos, como se o mundo tivesse desabado sobre suas costas. Apertei a mão de Damien, garantindo que estava bem, mas não pude mais me conter, fui em direção a Chuck, corri e puxei seu pescoço para abraçá-lo.

Suas mãos demoraram uma eternidade para enlaçarem minha cintura.

Não sei quando recomecei a chorar. Me segurei em Chuck como se precisasse dele para respirar, me sentindo grata pela mensagem ter chegado a Damien, porque não estava certa se poderia puxar o gatilho, se poderia proteger a nós dois, se teria coragem.

— Shhh — Chuck sussurrou ao pé do meu ouvido, acariciando minhas costas. — Eu tenho você.

— Eu... ainda... não...

— Você salvou nossas vidas, Eve. Respire, linda. Respire bem fundo.

Fiz o que ele pediu.

As lágrimas caíram mais depressa.

— Eu não consegui correr antes — avisei, porque tinha que explicar.

— Eu sei.

— Não queria te deixar sozinho com aquele homem.

— Você foi extremamente corajosa — Chuck falou contra meus cabelos, enquanto os acariciava. Não abri os olhos para ver os policiais em torno de nós, mas podia senti-los no apartamento. — Eu sinto muito por ter te trazido para isso. Se não tivesse te puxado para a sala, ele não saberia que estava aqui e não poderia te chantagear nem fazer nada contra você. Me perdoa.

Encarei seus olhos metálicos emocionados.

— Se você não tivesse me puxado para lá, talvez ele tivesse colocado a arma na sua cabeça da mesma maneira e eu não saberia. Chuck, eu fiquei nervosa, morrendo de medo, mas não me arrependo. E você não tem culpa por ter um homem como ele em sua vida. Agora tudo acabou.

Seus polegares passearam pela minha bochecha, depois secaram as lágrimas embaixo dos meus olhos. Chuck mordeu seu lábio inferior, encarando cada parte do meu rosto com tanto carinho que meus pulmões ficaram apertados.

— Eu só preciso te tocar por mais uns minutos para saber que você está bem — continuou, me acariciando, me olhando. — Meu Deus, como tive medo de te perder.

Se fechasse os olhos, ainda poderia vê-lo com uma arma apontada para sua cabeça.

— Fiquei aterrorizada. — Subi na ponta dos pés, sentindo meus lábios tremerem antes de beijá-lo. Segurei-o e o beijei de novo. — Ah, Chuck...

— Eu amo você — sussurrou, a voz falhando.

E me abraçou, talvez porque as palavras não conseguissem preencher o misto de terror, angústia e, ao mesmo tempo, alívio. Minutos atrás, estávamos presos em uma situação que parecia não ter saída. Agora, eu estava nos braços de Chuck. Com ele me envolvendo, me beijando, me mostrando que estava lá por mim.

Não podia acreditar que seu pesadelo se encerrara.

Não podia acreditar que ele correu risco de vida.

Abracei-o até que meus braços ficaram doloridos de apertá-lo e chorei até que me sentisse cansada o bastante para derramar lágrimas. Acolhi Chuck da maneira que pude, pensando que seu pai chegou ao limite do aceitável. Apesar do trauma, deveria ser ainda mais difícil para ele saber do que o Sr. Ryder foi capaz por dinheiro, do quão longe chegou.

— Senhor Ryder, Senhorita Evelyn — uma voz nos chamou. Era um senhor de cabelos claros e levemente grisalhos. Seus olhos escuros reluziram quando nos admirou. Ao contrário dos outros policiais, não estava de uniforme. — Sou o detetive McClain. Sinto muito por tudo que houve. Sei que agora não deve ser um bom momento, mas, se puderem me dar o depoimento de vocês, vou ficar imensamente grato.

Chuck se afastou de mim, deu um passo para trás e pediu ao homem um minuto. Assim que voltou, trouxe uma pasta e um pen drive.

— Além do que acabou de ver, há essas provas contra o meu pai. — Chuck engoliu em seco. — Ele fez transações na minha conta sem que eu soubesse, tenho comprovantes de todo o dinheiro que ele desviou. Além disso, no pen drive, há uma prova dele dando drogas e corrompendo uma menor.

O pen drive da Meg.

Senti meu coração se quebrar por Chuck e o assisti, frio, calculista e decidido, entregar as provas para o homem à sua frente.

— Não entreguei isso antes porque não esperava que ele realmente fosse para a cadeia. Na verdade, nem sei se isso o deixaria mais tempo por lá, mas, de qualquer forma, confio isso ao senhor.

O detetive olhou para Chuck com uma expressão surpresa.

— Entendo, filho — o homem disse. Chuck desviou o olhar e segurou minha mão. — Vou levar isso à delegacia. Agora preciso saber o que houve.

— Acho que você vai precisar se sentar — Chuck avisou, mostrando o sofá e a poltrona.

Sentamos os três. Eu, ao lado de Chuck, com os dedos presos aos dele, e o homem de frente para nós, bem acomodado no assento. Pegou um bloco de notas e uma caneta e esperou Chuck suspirar fundo antes de iniciar seu depoimento.

Damien fez café para nós e trouxe assim que Chuck estava no meio das perguntas do detetive. Chuck fez questão de contar como era o relacionamento de pai e filho e deixou de lado a chantagem de Meg, talvez para protegê-la. O homem o ouviu atentamente, anotando tudo e se preparando para ouvir o meu lado da história.

Fechei os olhos e deixei que o horror que passamos saísse dos meus lábios.

Chuck me segurou como se quisesse curar meu coração partido.

E eu o segurei como se quisesse ter aparecido em sua vida há mais tempo.

Capítulo 42

Foi difícil conseguir convencer minha mãe de que tudo estava bem, que o pai de Chuck foi preso e que não corríamos mais perigo. Ela deve ter ficado uma semana me beijando sem parar, me apertando para saber se eu estava inteira, e eu entendia seu desespero, assim como entendia Val me enviando mensagens a cada cinco minutos, querendo saber onde eu estava.

Quando uma pessoa que amamos passa por uma situação de risco, ficamos em alerta, com aquela angústia e a constante preocupação de que algo poderia dar muito errado, que as coisas ainda não estavam bem e que era necessário muito mais do que uns dias para fazer a dor passar.

Eu entendia por que a minha enorme preocupação era Chuck Ryder.

Nunca imaginara que seu próprio pai apontaria uma arma para ele com intenção de atirar. Apesar de ter visto o arrependimento nos olhos do Sr. Ryder, eu soube que Chuck não se importava, não mais.

Ele chegou ao limite.

O alívio de saber que ele foi preso deixou Chuck contemplativo. Eu fiquei com ele quando consertou sua porta, fiquei ao seu lado quando a mídia soltou o escândalo de que o pai de um astro de Hollywood havia perdido a cabeça e não saí do seu lado mesmo quando Chuck não queria falar sobre isso e escondia sua dor.

Ele mascarou o problema com beijos, carinho e afeto. Ainda assim, eu sabia que não era o suficiente. Chuck precisava explicar para as pessoas o que diabos tinha acontecido. Sua carreira não estava manchada, muito pelo contrário, mas eu sentia que ele queria dar uma satisfação maior, embora não estivesse pronto para falar.

Não estava.

Até hoje.

Ajeitei o sobretudo branco e esperei que a peça linda me desse confiança o bastante. Chuck estava seguro de si por nós dois, ele simplesmente acordou um dia e me contou que ligou para os jornais mais importantes e que daria uma pequena coletiva em seu apartamento, desejando colocar uma pedra sobre o assunto.

Era a maneira dele de dizer que tinha sofrido por mais tempo do que deveria.

Olhei-o de relance enquanto estava ajeitando a gravata, com um elegante e discreto terno. Chuck estava com o olhar mais ameno, pronto para enxotar os fantasmas do passado e recomeçar sua vida. Deixou claro que não faria qualquer anúncio sem que eu estivesse ao seu lado e deixou ainda mais evidente que queria mostrar para as pessoas a razão de ele ter conseguido sair de toda a situação com vida.

Chuck disse que eu o salvara.

Mas não porque cegamente mandei uma mensagem para Damien ou porque tive loucura de sobra para apontar a pistola da minha mãe na cara do seu pai. Ele disse que eu o tinha salvado há muito tempo, desde que mostrei para ele o que era amar de verdade.

— Está pronta? Eles já chegaram. — Chuck me tirou do monólogo interno e se aproximou de mim. Segurou meus cotovelos e me deu um beijo suave na testa. Olhou para o sobretudo, abriu um sorriso como se o achasse bonito e murmurou: — Temos cinco minutos.

— Estou pronta. E você?

— Também — respondeu sem hesitar. Me ofereceu o braço, pedindo em silêncio que passasse a mão por ele. — Preciso recomeçar, Eve.

— Então vamos juntos.

Um representante de cada jornal local, inclusive alguns de revistas e sites famosos, estavam acomodados em cadeiras. A sala de Chuck tinha sido modificada para recebê-los. O empresário de Chuck ajeitou tudo da maneira mais adequada possível. Chuck não queria câmeras, mas fotos poderiam acontecer. Ele disse que seria algo rápido, que não responderia perguntas e que só diria o que pudesse sobre o assunto. Depois que terminasse de falar, as pessoas precisavam ir embora.

Sentei com Chuck no sofá, que agora estava de frente para aquela dúzia de pessoas curiosas. Com gravadores nas mãos, câmeras de prontidão, canetas e papéis, eles queriam ouvir o que Chuck Ryder estava pronto para dizer.

— Quando perguntamos para um ator o motivo de ele ter entrado para essa carreira, provavelmente ouvimos coisas doces como sonho de infância ou um insight de que amaria fazer aquilo como profissão pelo resto da vida. Eu queria poder ter uma história mais leve para contar, queria poder não ter entrado na indústria cinematográfica do modo que entrei, adoraria me sentar aqui com vocês e dizer o quanto fui afortunado, o quanto fui feliz, o quanto a vida me retribuiu. Queria dizer que Deus me deu um talento inestimável e que eu precisava agarrá-lo com unhas e dentes, mas não foi bem assim.

Segurei o braço de Chuck com mais força, oferecendo apoio.

Com exceção dos flashes e dos rabiscos nos cadernos, o silêncio reinava.

— O Sr. Raven Ryder, meu pai, foi o homem que me introduziu no meio. Ele não tinha outro propósito além de lucrar pela beleza, submissão e talento forçado do filho. Ele tinha um objetivo: transformar o que havia criado em uma máquina de fabricar dinheiro. Fez negociações duvidosas e me abandonou inúmeras vezes quando criança. Ele não foi um bom pai.

Pausou.

— Sendo criança, achava que ele estava me levando pela estrada dourada do sucesso. Eu queria ser feliz e ele dizia que estava trabalhando em busca da minha felicidade, embora sua maneira de demonstrar isso fosse bem rude, mas eu quis acreditar. Já adulto, percebi que não era assim e que, apesar de odiar estar preso a Raven, ele ainda era meu pai. — Os flashes explodiram com mais ardor e eu pisquei para afastar a sensação nos olhos. — Levou anos para que eu começasse a aceitar que o destino me dera um homem que não me amava, que era sangue do meu sangue, mas que não me via dessa forma. A gota d'água, como vocês já devem estar sabendo, foi quando descobri que o dinheiro da minha conta havia evaporado e eu soube que dali para frente não poderia negar mais o fato de que a relação com Raven Ryder precisava chegar ao fim.

Chuck narrou desde o momento em que descobriu que seu pai estava envolvido com drogas até o instante em que apareceu em seu apartamento, mirando um revólver para sua cabeça, exigindo que eu desse um milhão pela vida do próprio filho. Murmúrios de choque, pena e pavor ecoaram pela sala. O ambiente ficou mais frio que o inverno lá fora, mas Chuck não se deixou abater.

— Declaro que, com exceção do seu sobrenome e genética, não tenho mais qualquer ligação com Raven Ryder. — Pausou. — O único motivo de eu estar respirando hoje, a única razão por eu não ter perdido a cabeça em meio a toda pressão que sofri, encontra-se ao meu lado.

Chuck pegou minha mão e beijou meus dedos.

— No meio de tanto pavor, ganância, oportunismo, mentiras e derrota, encontrei Evelyn Henley. Se não fosse por ela me mostrar todas as facetas maravilhosas do amor, talvez eu jamais tivesse sido capaz de encontrá-lo sozinho. Sem dúvida alguma, ela é a mulher da minha vida.

Prendi o ar.

— Espero que tenham entendido tudo que eu disse e que compreendam que optei por dizer a vocês de uma única só vez, para evitar burburinhos. Agora estou em paz e conto com vocês para que não repercutam tanto esse assunto, que não o adiem mais, acho que já fui atormentado o suficiente por duas vidas. — Chuck se levantou e, com um aceno, se despediu. — Obrigado.

Chuck me puxou com ele para seu quarto, enquanto o empresário lidava com a saída da imprensa. Chuck soltou a gravata, como se estivesse se livrando de uma corda, e o admirei, presa àqueles olhos, àquelas cicatrizes que ele me permitia curar.

Ajudei-o com os botões da camisa, ainda em silêncio.

— Acabou — Chuck disse, sua voz parecendo um pouco surpresa e, para meu total choque, um sorriso lindo despontou em seus lábios. — Eu finalmente posso viver a minha vida, Eve. Posso fazer o que quero fazer.

Acabei sorrindo também.

— Sim. — Acariciei seu tórax, livrando-o da camisa. — Você está livre, amor.

— Esse é o nosso último passo.

Chuck desceu o rosto e raspou os lábios nos meus.

— Está pronta para dar o primeiro dessa nova história? — continuou.

Sorri contra sua boca.

— Você está feliz — constatei.

— Sim. — Suspirou. — Estou feliz. — Pausou. — E então?

Admirei seus olhos claros.

— É óbvio — garanti. — Que esse seja o começo do resto da nossa história.

Me pegou no colo, me colocou contra a parede e devorou meus lábios até que a dor caísse em esquecimento. Agora, sentindo a pele de Chuck contra a minha, percebi que não havia mais barreiras entre nós. Estávamos caindo, sem contenção, em um amor profundo e livre que tinha asas e sabia voar. Naquele exato segundo em que Chuck entrou no meu corpo, tornando-me dele depois de todas as roupas terem caído do chão, reconheci que nada mais nos impediria.

Era amor e amor.

E isso tudo era o que restava.

Ainda bem que era o bastante.

Capitulo 43

Uma semana e meia foi o tempo que levou para Chuck conseguir superar. Eu fiquei aliviada por ele, porque estávamos no dia em que Chuck ia conhecer a minha família pela primeira vez no casamento da Valery. Pensei que ele não estava no clima para qualquer comemoração, mas Chuck me garantiu que iria.

— Está muito apertado? — perguntei à minha mãe, olhando-a por cima do ombro.

— Não, está perfeito.

— Estou me sentindo meio sufocada nisso aqui.

Mamãe riu.

— A roupa é linda, filha.

— Eu sei. Mas é apertada. — Suspirei. — Nossa, preciso ver a Val. Ela deve estar surtando porque não conseguimos nos vestir juntas.

— Deixe-me só terminar de ajeitar o seu cabelo e já te libero, ok?

Estava em um quarto de hotel no quinto andar, que foi alugado para todas as mulheres da família se vestirem. O quarto andar ficou para os homens. Estávamos literalmente ao lado da igreja em que Val se casaria e a poucas quadras do salão de festas estupendo que alugamos para depois. Era uma festa enorme, com todos os parentes de Grant e os nossos, gente vinda de todos os lugares do mundo, porque Grant tinha descendência holandesa e italiana e nós possuíamos alguns parentes na Suécia. Uma mistura maluca, mas movida pelo mesmo fim: trazer o casamento dos sonhos de Grant e Val para a realidade.

— Você quer que eu deixe umas mechas soltas? Ou prefere manter apenas o coque justo e cheio? — mamãe questionou, tirando-me do devaneio.

— Quero o coque cebola bem cheio, mamãe. Sem fios soltos.

— Tudo bem.

Com habilidades que só uma mãe tem, seus dedos ágeis acomodaram meu cabelo loiro na base e puxaram os fios de modo que nada mais sobrasse. Fez um rabo de cavalo primeiro, depois colocou o molde e, por fim, finalizou com spray.

— Vou colocar a rosa no canto — avisou. — Me avise se espetar.

— Tudo bem.

Eu estava especialmente emotiva hoje. Casaria minha irmã mais nova e estava tão ansiosa para isso acontecer quanto ela. Ouvi seus suspiros ao longo do ano, desde o pedido até o planejamento, quando declarou o quanto queria um vestido de noiva estilo princesa e a decoração clássica com tons de creme e vermelho-escuro.

E é verdade que as coisas aconteceram rápido, a organização do casamento foi uma loucura e quase não pude ajudar Val. Mas, ela e mamãe fizeram um trabalho maravilhoso. Isso era o que eu mais amava na minha família: por mais que nossa mãe sempre estivesse ocupada com a empresa, nunca deixou as filhas em segundo plano e, sabendo que tive um trabalho duro para filmar Recorde-se Antes De Eu Partir, tomou as rédeas sem questionar se eu podia dar uma mexida na agenda.

— E pronto! — mamãe disse, segurando meus ombros com delicadeza e virando-me para ela. Lágrimas brotavam nos cantos dos seus olhos e, como ela já sabia que ia se emocionar muito hoje, decidiu deixar a maquiagem para depois. — Ah, Deus! Você está tão linda, Evelyn.

— Obrigada. — Sorri verdadeiramente e a puxei para um abraço. — Mãe, muito obrigada por ter segurado as pontas da Val enquanto eu estava imersa na gravação do filme... e em todos os problemas.

Ela me afastou delicadamente e sorriu.

— Você não precisa agradecer. Agora vá ver sua irmã. Eu só não vou agora porque começarei a chorar e vou ficar com o rosto inchado. Diga para ela que, assim que me sentir mais firme, vou lá.

— Tudo bem. — Dei um beijo no seu rosto.

Puxei a barra do vestido longo e creme, que tinha uma fita delicada na cintura com um laço vermelho atrás, e comecei a caminhar. Era uma peça tomara-que-caia, sem qualquer brilho por ser uma cerimônia de dia, e não cheia o suficiente para ofuscar o volume do vestido elegante da noiva. Delicado, bonito e suficientemente bom para acompanhá-la. Demos sorte que, mesmo no inverno, o tempo lá fora estava agradável para vestirmos apenas um xale sobre os ombros.

Cheguei ao quarto de Val, escutando sua voz animada conversando com uma de suas amigas.

Bati delicadamente na porta e elas abriram para mim.

Eu também fiz bem em deixar a maquiagem por último, porque, no segundo em que a vi, o choro começou e eu não consegui controlá-lo.

Seu vestido modelava a parte de cima, deixando os ombros pouca coisa de fora, em um decote aberto e oval. Com delicadas mangas de renda que acompanhavam o braço todo, até o pulso, ela parecia brilhar. Com a cintura justa e o caimento digno de uma princesa, o vestido ocupava um bom espaço antes de chegar no chão. Eu não consegui ver seus pés, mas vi seu rosto, maquiado delicadamente nos olhos e com um batom vermelho elegante. Val deixou os cabelos presos em um choque rígido, assim como o meu, e colocou uma pequena tiara em torno dele, deixando-o ainda mais bonito.

— Você não pode chorar! Eu vou começar a chorar também! — Val acusou, limpando de forma sutil as pequenas gotinhas que deixou cair.

Sua melhor amiga, Mackenzie, estava usando o mesmo vestido que o meu. Mas, ao contrário de mim, usava os cabelos escuros soltos e volumosos ao longo do rosto.

— Ela é uma obra de arte, não é? — Mackenzie comentou, olhando para a amiga.

— Você é a noiva mais linda que já vi na vida — murmurei para Val, com a voz embargada. Me aproximei e sequei as lágrimas que, novamente, ela deixou cair. — Não digo isso porque você é a minha irmã, juro de pé junto.

— Ah, Eve! Você não pode fazer isso comigo, tá legal? Eu já estou uma pilha de nervos, me perguntando se Grant vai ter ajuda para colocar o terno, porque tem o colete e ele nunca vestiu uma gravata direito, sempre coloca torta. E fico pensando que ele pode achar o meu batom vermelho chocante demais, mas foi o tom da decoração que eu escolhi. Será que vai dar certo? Será que ele vai gostar? Eu posso decepcioná-lo, assim como ele pode me decepcionar se deixar a maldita gravata fora do lugar — ela soltou tudo de uma vez, respirando ofegante e arregalando seus grandes olhos claros para mim.

— Val, vou me certificar de que ele está com a gravata certa, ok? E o seu batom está perfeito, combina com tudo.

— Você está tão linda. — Ela suspirou, descendo os olhos por mim. — Ah, Eve. O que seria de mim sem você? Eu não sobreviveria um dia nessa selva que é a vida.

Comecei a rir e Mackenzie também.

— Você não sobreviveria, por isso eu vim primeiro.

— É, faz todo sentido.

Val sorriu.

— Mamãe disse que vai se preparar psicologicamente para vê-la. Vou descer para ver o seu noivo, porque eu posso chorar ao vê-lo todo nervoso e bonitinho pra você. Então, vou fazer isso antes de começar a colocar a maquiagem. Não quero mais chorar, pelo amor de Deus — desabafei e me direcionei para Mackenzie. — Você acha que consegue mantê-la aqui sem surtar? Eu já volto.

— Consigo — Mackenzie assumiu a postura defensiva de melhor amiga.

— Tudo bem.

— Eve — Val me chamou.

Eu a olhei.

— Eu te amo.

Sorri.

— Amo você, querida. Você está uma princesa. Eu vou guardar essa imagem sua para sempre em meu coração.

Val abriu um sorriso trêmulo e emocionado.

— Saia daqui antes que eu comece a lembrar de toda a nossa infância e chore.

Ri mais uma vez.

— Tudo bem, já estou saindo.

Desci pelo elevador, me sentindo nervosa com a perspectiva de encontrar Chuck no andar dos homens. Eu tinha dado para ele o endereço, mas, conhecendo seu humor introspectivo, não tinha certeza se ele ia se arrumar perto da minha família e de Grant ou se preferia fazer isso sozinho em seu apartamento. Peguei o celular, que estava escondido na lateral do vestido, e puxei-o.

0 Mensagens. 0 Ligações.

Eu poderia ligar, mas isso seria pressioná-lo. Ainda tínhamos tempo para o casamento; mais de uma hora. Cheguei ao andar de Grant e suspirei antes de bater na porta certa. Acabei encontrando-o ainda mais nervoso que Val, recitando os votos para que não tivesse que ler no papel. Eu sorri para ele e ajeitei sua gravata, que Val estava certa, ninguém o ajudou apropriadamente e ele não tinha noção nenhuma sobre como centralizá-la.

— Grant, respira fundo.

— Você não pode me dizer como é o vestido dela?

Sorri.

— Não.

— Ele está uma pilha de nervos — falou seu padrinho, Ravi Booth. Ele era uma mistura de indiano com americano, o que rendeu uma pele caramelo, cabelos escuros e olhos claros. Ravi, que me conhecia há mais de cinco anos, sorriu para mim. — Tem companhia esta noite, Evelyn?

— Sim, meu namorado vem — respondi, já conhecendo suas brincadeiras.

Ravi estreitou as sobrancelhas, ainda sorrindo.

— Sério? Não sabia que estava namorando.

— Estou.

— Por sinal — Grant puxou assunto comigo, encarando-me nos olhos —, tinha paparazzi tentando entrar e fazendo tumulto na frente da igreja porque você tá aqui e provavelmente porque seu namorado vai chegar.

Abri os lábios, chocada.

— Sério?

Grant deu de ombros.

— Sim.

— Ah, essa é a pior parte de ser atriz.

Grant sorriu.

— Calma. Os caras já foram dar um jeito. Nós conversamos com os seus seguranças e eles pediram uma ajuda extra.

— Não sei como você consegue pensar nisso no dia do seu casamento. Obrigada — agradeci, surpreendida.

— Na verdade, não foi ele que pensou. Fui eu — Ravi intercedeu, abrindo um sorriso de canto de boca. — Esses fotógrafos que te perseguem podem ser bem convincentes quando querem. Para me livrar, tive que jogar todo o meu charme.

Me aproximei de Ravi o bastante para respirar o mesmo ar que ele e ajeitei sua gravata. Por um segundo, seus olhos perderam o foco e os lábios se entreabriram.

— Qual charme, Ravi? — Olhei em seus olhos. — Eu nunca vi nenhum.

Me afastei, dando uma piscadela para Grant. Ah, pelo amor de Deus! Ravi sempre dava em cima de mim, ele merecia ser colocado no lugar. Virei as costas e abri a porta. Assim que pisei do lado de fora, senti meu coração preocupado com a possibilidade de Chuck não conseguir chegar a tempo.

— Ele não vai chegar — confessei para a minha mãe, desolada. — Ele nem me mandou mensagem, mãe. Como pode ser tão negligente?

— Filha...

— Hoje é um dos dias mais importantes da minha vida. Minha irmã vai casar! Ele sabe o quanto essa família é importante para mim.

— Pode ter acontecido um imprevisto.

— No dia do casamento da Val?

— A gente nunca sabe. Já tentou ligar pra ele?

— Não vou ficar correndo atrás, não.

— Mas tudo estava bem entre vocês, não estava?

— Agora estava mais tranquilo, meu coração estava aliviado, mas aí vem essa bomba de ele sumir no dia do casamento da Val. Que droga, eu só queria que ele estivesse aqui comigo.

— Ligue para ele, filha.

— Não quero que pense que estou pressionando.

— Não é pressionar, é preocupação. Só para saber se ele está bem e, se não vem, qual o motivo.

— Val está prestes a entrar na igreja. Não vai dar tempo. — Olhei sobre o ombro, percebendo que ela já estava subindo a escadaria.

— Só ligue, querida.

Puxei o celular da lateral do vestido e olhei a tela, sem qualquer notificação de Chuck. Me virei de costas para a porta da igreja, assistindo Val receber ajuda das amigas com o vestido.

Nossos olhares se encontraram e ela sorriu, emocionada, mas algo atrás dela me chamou a atenção.

Estreitei os olhos para ver quem subia correndo todos aqueles degraus e abaixei o aparelho antes de fazer a ligação.

Em um terno perfeito, preto, alinhado e com colete branco, uma gravata escura e elegante, Chuck Ryder apareceu. Seu cabelo rebelde estava para a esquerda e surpreendentemente arrumado. Os olhos claros, em um tom natural de verde dessa vez, me encontraram imediatamente, junto com um sorriso de lado.

Me arrepiei um instante antes de Chuck se aproximar o suficiente para ficarmos no mesmo degrau. Ele segurou minha mão, levou até os lábios e a beijou. Ouvi o suspiro de choque da minha mãe e de Val, que não esconderam a surpresa ao vê-lo pessoalmente.

— Oi. — Chuck sorriu.

— Ah... eu... — Me perdi nas palavras e respirei fundo. — Estava preocupada que não fosse chegar a tempo.

— Descobriram o casamento da sua irmã. Quase não consegui sair do prédio. Fiquei preso no trânsito também, meus seguranças fizeram um bom trabalho e eu vim a pé até aqui faltando pouco para chegar — explicou.

— Eu disse! — mamãe falou, não escondendo a voz acusatória.

Aliviada, abri um sorriso e puxei-o em direção à minha família.

— Chuck, essas são minha mãe e minha irmã, Elise e Valery — apresentei. — E as melhores amigas da noiva: Beca, Thamy e Mackenzie.

Todas suspiraram em conjunto.

Efeito Chuck Ryder.

— Chuck, sou tão fã do seu trabalho, eu assisti todos os seus filmes, desde o começo da sua carreira e estou encantada de conhecê-lo pessoalmente e muito feliz que namora a minha filha — mamãe disse, puxando-o para um abraço.

Chuck aceitou, um pouco surpreso pelo carinho. Val o tirou da minha mãe, deu uma boa olhada em Chuck e sorriu.

— Evelyn, ele é ainda mais bonito pessoalmente.

— Eu sei.

Chuck abraçou Val também, elogiou-a e a parabenizou pelo seu dia, abraçou suas amigas, que começaram a tremer no segundo em que chegou perto delas. Assim que as apresentações acabaram, Chuck voltou para mim e encarou meu vestido, o decote tomara-que-caia e, por fim, meus lábios.

— Não consigo encontrar um adjetivo para descrever você, Eve.

E eu? Como poderia lidar com ele se Chuck ficava tão bem com um terno como fica sem nada?

— Você está lindo — resolvi dizer o mais seguro.

— Obrigado. — Suspirou. — Eu quis te ligar para avisar, mas, na correria, deixei o celular em casa.

— Não tem problema. — Na verdade, tinha, porque quase tive um ataque de nervos, mas, agora que ele estava aqui, podíamos dar seguimento.

Chuck olhou para minha mãe.

— Senhora Henley, eu devo entrar para vocês poderem começar o casamento. Sinto muito por ter atrapalhado a entrada das suas filhas.

— Não tem problema algum. Há um espaço reservado para você na primeira fileira, ao lado direito.

— Obrigado.

Chuck se aproximou antes de ir. Ele desceu seu rosto em direção ao meu e deu um beijo delicado na minha bochecha.

— Não quero estragar seu batom — explicou.

— Tudo bem. Eu te vejo lá dentro. — Sorri.

Mostramos para Chuck onde era a porta da lateral da igreja, pela qual ele poderia entrar sem fazer um estardalhaço. Ajeitamos o vestido de Valery, nos posicionamos e mamãe deu sutis duas batidas na porta, como sinal de que a marcha nupcial poderia começar.

No instante em que as enormes portas se abriram, meu coração não parou no lugar. A emoção de ver Valery entrando por último, assim que me posicionei ao seu lado do altar, me deu a sensação de que me faria morrer de amor. Lágrimas se tornaram constantes e o olhar que Grant deu a ela, quando começaram a recitar os votos, me deixou ainda mais apaixonada pelos dois. Chuck me procurou também, só com aquela íris clara e profunda, e eu o procurei, não vou mentir.

Quando Val e Grant disseram sim, a intensidade com que Chuck me admirou, como se dissesse que um dia seria nossa vez, fez todos os pelos do meu corpo se levantarem.

Acompanhamos os noivos na saída. Val ficou tão radiante que parecia que estava brilhando. Eu nunca pensei que poderia me sentir *tão* feliz só por ver alguém feliz, mas o sentimento, tão genuíno, consumiu todo o meu corpo. Mamãe parecia sentir a mesma coisa, como se nada nesse mundo pudesse nos tocar por estarmos no céu.

E talvez fosse isso mesmo.

— Para onde vamos agora? — Chuck indagou, já dentro do carro comigo, seu braço em torno do meu ombro e sua boca perto da minha orelha.

— Para a festa — sussurrei.

— Você me reserva uma dança?

Virei o rosto para admirar seus olhos. Nossos narizes se tocaram e Chuck desceu a visão para os meus lábios.

— Todas elas.

Capítulo 44

Depois do casamento de Val e de ter cumprido a promessa a Chuck de que dançaria só com ele, me senti vivendo em um pequeno pedaço do paraíso. Claro que tivemos algumas controvérsias durante a festa, porque Ravi quis me puxar para dançar e Chuck, todo ciumento, não deixou; não que eu quisesse dançar com Ravi também, de qualquer forma. Foi um teste gostoso para saber como agiríamos a respeito um do outro, principalmente porque os amigos solteiros de Grant pareceram notar que eu era uma disputa que valia a pena, assim como Chuck tinha a festa toda com os olhos nele. Levamos na esportiva — eu bem mais do que meu namorado — e sobrevivemos a uma tarde e início de noite com música boa, comida deliciosa e muito romance.

Mamãe aproveitou a ocasião para convidar Chuck para passar o Natal conosco. Meu coração se partiu ao perceber que Chuck ficou surpreso com o convite, como se ele sempre ficasse sozinho no Natal ou preferisse deixar a ocasião em segundo plano. Aceitou com um sorriso e, assim que mamãe se afastou, questionei a ele se achava que estava tudo indo rápido demais.

— Você me avisou que sua família é unida, Eve. Se estou em um relacionamento com você, sei que preciso ter uma relação boa com elas também. As duas são adoráveis, na verdade. Não teria nem motivo para eu tentar escapar desse Natal. Vou ficar muito feliz de fazer companhia a vocês. — Foi sua resposta, seguida de um beijo carinhoso nos meus lábios.

Com o passar dos dias, o inverno se tornou mais rigoroso. Graças a Deus, ao contrário do humor de Chuck, que parecia iluminar-se como o verão.

Sobre a parte profissional, Chuck me apresentou oficialmente ao seu empresário e amigo, Walter Monatino, um homem que tinha uma visão bem comercial da coisa e que me faria ter mais oportunidades do que as que eu já estava tendo. Era excelente termos o mesmo empresário, porque ele poderia lidar melhor com os buchichos e prováveis fofocas sobre o nosso relacionamento ao longo da carreira.

Chuck estava pensando no futuro.

No futuro ao meu lado.

— Você acha que fiz mal em vir de terno? — Chuck questionou, e eu pulei de susto.

— Não sabia que você estava aqui! — Virei para ele, olhando para todos os lados do meu quarto para saber se havia dado tempo de arrumar as coisas. — Chegou cedo.

— Isso porque já estava conversando com sua mãe lá embaixo. Ela é realmente fã do meu trabalho.

Deixei uma risada escapar.

— Brigávamos quando você aparecia na televisão. Eu e Val dizendo que você era um péssimo ator e nossa mãe te defendendo — confessei.

Ele deu um passo à frente e colocou as mãos no bolso da calça social. Virou o rosto para o lado, como se estivesse curioso sobre o assunto.

— Então ela era a minha única defensora?

— Sim. E ela tinha um sonho secreto de se casar com você, mas, pela diferença de idade, disse para nós duas que, se uma de nós tivesse a oportunidade de fazer isso acontecer, ela ficaria imensamente feliz.

— Isso é sério? — Seu sorriso ficou ainda mais largo e malicioso.

— Pergunte para ela depois. Mamãe nunca me deixaria mentir.

Ficamos em silêncio, nos observando. Chuck deixou o sorriso ficar mais brando pouco a pouco. Os olhos quentes percorreram cada centímetro da minha pele.

De repente, o quarto ficou pequeno.

— Te encontro lá embaixo. — Chuck deu um passo para trás. — Comprei um presente pra você.

— Sério?

— Na verdade, comprei dois — murmurou, antes de fechar a porta.

Apoiei as costas na parede e fechei os olhos. Chuck tinha controle sobre mim. O olhar dele, a maneira que sempre me tocava sem, de fato, me tocar, era meio que... impressionante.

Calcei os sapatos, fechei o último botão do vestido e coloquei os brincos.

A minha casa estava mesmo em festa.

Havia música dançante tocando ao fundo, nada de clássico ou

qualquer coisa entediante. A lareira estava ligada e o cheiro na sala e na cozinha era de Natal. Aquela mistura deliciosa de peru assado, presunto e acompanhamentos.

Além, claro, da sobremesa.

Durante a noite, eu perdi a conta de quantas vezes vi Chuck rir com Grant, Val e minha mãe. Eu estava com medo, achando que fosse se sentir sufocado pelo clima familiar, mas Chuck pegou o jeito rapidinho. Brincou com minha mãe, dizendo que, se ela realmente fosse mais nova, eu o perderia para ela. Fazia certo tempo, antes do casamento de Val, que não via minha mãe tão radiante. Ela trocava olhares cúmplices comigo cada vez que Chuck fazia algo doce, como beijar minha mão, tocar minha cintura, dizer o quanto eu era linda.

Chuck acabou anunciando no jantar para todos algo que eu já sabia: foi convidado para fazer um filme de ação com o último ganhador do Oscar, John Wilde. E eu, com o novo empresário, também recebi um convite para gravar no próximo ano uma comédia romântica, para a qual ainda estavam montando o elenco. Tínhamos as carreiras encaminhadas e Chuck já podia respirar aliviado, porque a garantia era de um futuro promissor e ele estava só começando essa nova fase.

— E como você acha que vai reagir se a minha filha tiver que beijar no cinema? — mamãe perguntou, passando casualmente a purê de batata para a Val.

Eu sorri por trás do guardanapo.

— Sinceramente, não sei como vou reagir, ainda não tinha pensado sobre isso. — Chuck me olhou, com a expressão séria. — Vou ter que me acostumar com isso, não é?

— Assim como eu também vou ter que te ver beijando outras mulheres quando atuar.

Chuck continuou me encarando, abriu um sorriso leve e voltou a olhar para mamãe.

— Vou torcer para ficar calmo. Saber que são beijos técnicos não torna as coisas mais fáceis. Mas, olha... Eve pode ficar tranquila porque ninguém nunca me beijou da maneira que ela faz.

Senti minhas bochechas ficarem vermelhas e mamãe abriu um sorriso satisfeito.

— Boa resposta, Chuck.

— Obrigado, senhora Henley.

O jantar seguiu com todas as perguntas constrangedoras que mamãe queria fazer. Val questionou sobre a África do Sul e os dias que passamos lá, aliviando um pouco. Aproveitou para anunciar que ela e Grant estavam ansiosos para o próximo ano, porque estavam programando a lua de mel atrasada quando ambos tirassem férias.

Nos sentamos no sofá quando encerramos a ceia, e o papo continuou até que mamãe estivesse cansada demais para continuar, porque já passava das duas da manhã. Ela disse que, se tivéssemos presentes para ela, que deixássemos embaixo da árvore que na manhã seguinte ela os abriria. Disse boa noite e feliz natal para todos. Ficamos nós quatro, ansiosos para saber o que tínhamos ganhado um do outro.

Val ganhou de Grant passagens para o Havaí. Grant ganhou de Val um Rolex maravilhoso, que ele estava namorando há tempos. Eu dei para Val uma quantia em dinheiro, porque sabia que ela era chata para presentes e assim ela poderia comprar o que bem entendesse. Ficou decidido que usaria para completar a viagem da lua de mel e me agradeceu tanto que praticamente pulou no meu colo. Para Grant, como seu primeiro Natal oficial como meu cunhado, dei o que ele estava louco para ter: duas entradas *vip* no jogo do seu time de basquete favorito. Chuck também entrou na dança e deu para Grant e Val um roteiro dos sonhos para um encontro: jantar no melhor restaurante da cidade, um passeio de barco e uma noite na suíte presidencial do Hilton. Val elogiou tanto os presentes, que acabou rendendo um beijinho na bochecha de Chuck.

Val e Grant deram um presente só para nós dois e era, assim como o de Chuck, um roteiro para um encontro. Só que... era na Itália. Abri os lábios, chocada, porque nunca tive oportunidade de visitar esse país que sempre sonhei em conhecer.

— Isso é simplesmente maravilhoso! — murmurei, emocionada.

— E o bom é que vocês podem ir quando quiserem. Por exemplo, no Ano Novo.

— Isso é sério? — Chuck murmurou.

— Sim. — Val sorriu.

No momento em que chegou a vez de Chuck dar o presente para mim e vice-versa, ele se levantou e usou o celular. Em seguida, pediu desculpas pela intromissão e voltou para pegar os meus presentes que estavam embaixo da árvore. Nesse instante, a campainha soou.

— O que você está aprontando, Chuck Ryder?

Ele sorriu.

— Espere e verá.

Abriu a porta e um homem vestindo um terno preto com um ponto de comunicação na orelha nos pediu licença. Ele estendeu para Chuck uma caixa imensa, disse que estava cobrindo o perímetro e até agora não houvera nenhum problema. Chuck o agradeceu.

— O que tem nessa caixa? — perguntei.

— Feliz Natal. — Ele sorriu, deixando o embrulho no chão.

Em meio aos olhares de Val e Grant, fiquei de joelhos e desfiz o laço bem enfeitado. A caixa branca com tampa e uma fita enorme e vermelha no topo me deixou ainda mais curiosa. Assim que me livrei de tudo e a abri, uma coisa peluda e branca saltou no meu colo, me enchendo de lambidas.

Olhei para baixo, rindo, vendo um cachorrinho pequeno, mas não filhote, me saudar. Branco como um floco de neve, com o nariz marrom e os olhos bem escuros, era uma das coisas mais lindas e fofas que já vi na vida! Eu o peguei no colo, acariciando seu pelo.

— Meu Deus, Chuck. — Procurei-o com o olhar.

Ele estava sorrindo.

— No dia da nossa reunião com Uriel, eu passei na frente de uma casa de adoção de animais e esse ser aí era tão pequeno que não cabia na palma da mão. Ele também não parava de me olhar e fiquei um pouco impressionado pela conexão que tivemos. — Encarou o animalzinho, que não sossegava, feliz por estar em um lar. — Entrei na casa de adoção naquele dia, por isso me atrasei, e acabei brincando com ele. Só que, cara, eu não tinha tempo para cuidar de um cachorrinho, então, tive que deixá-lo. Bom, durante todo esse ano, a dona da casa de adoção não conseguiu encontrar um lar para ele. Eu o vi crescer, fiz questão de dar dinheiro para a dona, porque ela não conseguia sustentar tantos animais sozinha, pagar veterinário e todas as despesas. Acabei ficando tocado ao ver que tantos não eram adotados. Agora, em dezembro, felizmente, todos tinham sido, exceto esse. E ele me acompanhou durante todo esse ano, assim como o acompanhei. Em julho, eu estava prestes a pegá-lo e perguntar para alguém do prédio se poderia cuidar, mas seria arriscado tirá-lo de lá para alguém pegar apenas porque eu pedi, entende? Enfim, não aguentei, pedi que o meu segurança fosse buscá-lo ontem e, desde então, ficou no meu apartamento e trouxe ele para você. De alguma forma, sei que vamos cuidar muito bem dele juntos. Faz sentido?

Pisquei, escutando Val murmurar. Eu virei o rosto para baixo, encarando o rostinho lindo do cachorro que Chuck havia escolhido para ser nosso.

— Faz todo sentido. — Me levantei e peguei o cachorrinho no colo com um braço. Com o outro, puxei a nuca de Chuck e dei um beijo em sua boca. — Meu Deus, é um presente muito significativo, Chuck. É uma vida e é incrível o fato de você querer cuidar dele comigo.

— Eu não fazia ideia se você ia ficar nervosa comigo ou sei lá. Nós nunca conversamos sobre ter um cachorro. Fico feliz que tenha gostado, porque eu não poderia devolvê-lo, não seria capaz.

— Vamos cuidar dele. — Trouxe o cachorrinho para perto do rosto e beijei-o. — Você é muito lindinho! Seja bem-vindo à família. Ele tem nome?

Como se tivesse compreendido, me respondeu com um latido animado.

— Tem. Se chama Winter.

— Chuck, estou sem palavras.

Ele sorriu.

— Ainda tem mais, Eve.

Ele pegou os dois presentes que estavam embrulhados ainda e fiquei com Winter no colo, acariciando seus pelos macios e lisos. Chuck estendeu para mim e pediu que eu abrisse. Ele tirou Winter dos meus braços e me deu espaço.

O embrulho menor que escolhi era uma caneta. Olhei para Chuck, sem entender do que se tratava. Ele disse que eram dois presentes e um completava o outro. Ansiosa, abri rapidamente o segundo pacote, revelando uma pasta com documentos dentro.

Dei uma lida por cima.

Era o contrato de um filme.

Um filme com Jamie Doug, Ivan Nothenback e Ceisa Trumman, simplesmente os três atores mais bem pagos do mundo. O cachê alcançava a casa dos oito dígitos. Fiquei perplexa, absorvendo a novidade, tentando entender do que se tratava. Mais abaixo, o nome de Uriel Diaz apareceu, assim como o de Chuck, como roteirista e produtor.

— Como assim? — gritei, perplexa.

— Eu tinha um projeto para os bastidores quando era mais novo, mas nunca pensei em mostrar para ninguém — Chuck falou, passando Winter de um lado para o outro, porque ele não parava dar lamber seu queixo. — Um belo dia, Uriel estava me contando a vontade que tinha de fazer um filme inspirado na Segunda Guerra Mundial, mas nunca havia achado um roteiro desafiador. Eu acabei soltando que tinha um, mas nada muito sério. Uriel ficou apaixonado assim que leu e disse que não mudaria absolutamente nada. Eu fiquei surpreso e o convite veio depois do casamento da sua irmã.

— Meu Deus!

— Eu não quis te contar para que fosse uma surpresa, e o fato de escalarmos você para ser a atriz principal foi ideia de nós dois — explicou, sorrindo. — Nós literalmente falamos o seu nome ao mesmo tempo e não havia como não ser, Eve. Eu precisava que fosse você. Ele também precisava que fosse você. E eu também vou atuar no filme, como seu par principal; não sei se teve a oportunidade de encontrar meu nome no meio de tantos.

As lágrimas surgiram pela enxurrada de emoções. Senti os braços de Val em torno de mim. Chuck foi o último a me puxar para um abraço, sem se importar que estivesse manchando a sua camisa social. Acariciou minhas costas, murmurando que ele poderia conciliar três carreiras em uma, sendo ator e também roteirista e produtor.

— O meu presente vai parecer um grão de areia perto de tudo o que você me deu — reclamei, me afastando.

Chuck riu.

— Vou amar o que você quiser me dar.

Beijei sua boca, tão orgulhosa de tudo que ele estava conquistando. Chuck sorriu contra os meus lábios; Winter deu um latido, exigindo atenção; e o mundo parou de existir para mim, ali, naquele exato segundo. Só havia nós três, mais nada.

— Preciso dar o seu presente. — Afastei-me e o peguei embaixo da árvore, restando agora quatro pacotes destinados à mamãe.

— Tudo bem. — Chuck sorriu.

Peguei o embrulho pesado e grande, ainda com as mãos trêmulas, e entreguei para ele. Chuck deixou delicadamente Winter no chão, que foi logo em direção aos embrulhos espalhados, para brincar. Meu namorado abriu seu presente, com os dedos ágeis e uma expressão de curiosidade nos olhos claros. Assim que desembrulhou e viu que ainda havia outra caixa, perguntou se podia abrir.

Eu disse que sim.

O presente foi feito sob encomenda. Era uma roda de prata que imitava o rolo de um filme, porém mais grosso. Ao girá-lo, pequenas fotos de Chuck, desde o começo da sua carreira até hoje, em todos os filmes que ele fez, apareciam. Embaixo delas, havia adjetivos bonitos para cada atuação sua, feitos por mim, de forma honesta, e não com raiva no coração. Coisas como: doce, profissional, determinado, dedicado... até ter uma foto da nossa cena na África que consegui com Uriel, na qual dizia: amado.

Ele foi amado por mim durante esse filme, foi amado por mim durante todo esse ano, e não havia qualquer outra palavra que pudesse colocar senão essa. Chuck encarou o presente, girando a pequena alavanca, com os lábios entreabertos.

— Fiz questão de fazer uma maratona com todos os seus filmes e analisar com carinho todo o esforço que você teve, Chuck. Esses elogios e adjetivos são sinceros e também um pedido de desculpas, mas não porque amo você agora e quis remediar o que foi dito no passado, mas sim porque, naquela época, eu não via a arte. Eu vejo com clareza agora, e pode ter certeza de que deixei meu coração de fora de todos os adjetivos, exceto o último.

— Caramba... — Chuck continuou girando as fotos sem parar. Todas em preto e branco, para combinar com a prata da roda. — Meu Deus, Evelyn! É o melhor presente que já ganhei em toda a minha vida. Quero colocar isso ao lado da prateleira dos meus livros, porque, meu Deus... Eu quero colocar isso em uma redoma de vidro. É melhor do que ganhar um Oscar, é a coisa mais bonita que alguém já fez para mim.

— E o que você fez, Chuck? Nunca vou conseguir chegar perto do que você fez.

Ele encarou meus lábios.

— Você já me retribui todos os dias, só pelo fato de me dar o prazer de te amar.

No meio do sorriso que dei, fui puxada por seu braço e escutei Grant e Val subirem as escadas para nos dar privacidade. A boca de Chuck tomou a minha, sua língua girou, junto com a minha cabeça, que rodou. Senti, no meio do beijo, um sabor salgado, que não era das minhas lágrimas, mas das dele.

    O calafrio foi o reflexo da felicidade, e as borboletas no meu estômago, resultado de um amor que sabia ser digno de um blockbuster. Chuck era o meu romance merecido, o meu começo, meio e fim.

    Nossa paixão era de cinema. Nossa história estava sendo escrita por algum roteirista apaixonado e gravada pela lente mais bonita de todas: a vida.

    Nós éramos luz, câmera e amor.

    A ação, pensei, sorrindo contra a boca quente de Chuck Ryder, a gente deixava para as paredes se preocuparem em nos silenciar.

Fevereiro

"Existem momentos em nossa vida que, assim que começamos a vivenciá-los, sabemos que jamais serão esquecidos."

RECORDE-SE ANTES DE EU PARTIR

Capítulo 45

Um tempo depois...

Eu estava tremendo por dentro, mas firme por fora. Meu estômago foi substituído por uma gelatina gigante e já nem sei como meu coração não teve uma parada. Aliás, não sabia nem como estava em cima dos saltos, que ultrapassavam quinze centímetros, ou com o vestido Dior. Talvez fosse a mão gentil de Chuck Ryder na base das minhas costas, talvez fosse a certeza de que ele não me deixaria cair.

A questão toda é que eu já tinha vindo ao Oscar, claro, mas nunca para concorrer ao prêmio de melhor atriz. E esse nervosismo estava me deixando maluca de verdade. Recorde-se Antes De Eu Partir foi um sucesso absoluto e ultrapassou a bilheteria de todos os filmes do ano, assim que lançou em julho do ano anterior. Shaaron ganhou tantos prêmios, assim como Uriel, que agora só nos faltava o Oscar. Os críticos estavam considerando a minha atuação com Chuck uma verdadeira aula de arte do cinema e éramos os favoritos para o prêmio. Eu mal podia acreditar, porque, se realmente ganhássemos...

Meu Deus! Eu não conseguia pensar!

— Estou muito nervosa. Falta muito para entrarmos? — questionei baixinho perto da sua orelha e apoiei a mão sobre seu terno preto e feito sob medida. Os flashes aumentaram. Qualquer demonstração de carinho seria eternizada pelos fotógrafos no tapete vermelho.

Chuck abriu um sorriso e beijou delicadamente minha bochecha.

— Vamos entrar agora — avisou, ajeitando a gravata vinho que combinava com o meu vestido.

Ele estava tão bonito esta noite que, por um instante, esqueci que tínhamos público. Nesses últimos anos, ele se dedicou ainda mais à academia, seus ombros ficaram mais largos, seus braços, mais fortes. Eu também entrei nessa porque, querendo ou não, vivíamos para as câmeras e precisávamos ficar em forma.

Chuck também estava malhando pesado para interpretar o meu par romântico no seu filme Amor, Honra e Guerra, inspirado na Segunda Guerra Mundial. Íamos começar a gravar este ano. Uriel estava ajeitando com sua equipe todo o cenário e já sabíamos que ficaria incrível. A história que Chuck escreveu era tão perfeita que eu não duvidava que daqui a dois anos estaríamos aqui novamente.

Acenamos para as câmeras nos despedindo, quase prontos para entrar no evento. Mas um dos fotógrafos pediu um beijo para registrar e Chuck me lançou um olhar como se estivesse querendo permissão. Sorri para ele, que entendeu isso como um sim. Segurando meu rosto delicadamente com uma mão, seus lábios desceram para os meus e os flashes explodiram. Chuck, com as pálpebras semicerradas, se afastou quando o beijo suave acabou, e eu suspirei fundo, ainda sentindo as mesmas borboletas na minha barriga de quando o beijei pela primeira vez.

— Agora nós entramos. — Ele sorriu.

De mãos dadas, senti todo o apoio de Chuck ao entrar no Teatro Dolby. Um segundo lá dentro e já vi tantos atores de níveis absurdos que meu estômago deu uma cambalhota. Recebemos cumprimentos, beijos no rosto e inúmeros elogios. Eu estava tão atônita, porque, apesar de já estar no meio há muito tempo, não deixava de ser fã. Sempre seria amante da arte, sempre assistiria aos filmes da mesma maneira de quando era pequena, com o mesmo brilho nos olhos.

— Você está bem? — Chuck questionou baixinho, abrindo um sorriso de lado.

— Sim — murmurei.

— Vamos sentar.

Encontramos Uriel com Shaaron ao lado do nosso assento. Recebi um abraço tão forte de Shaaron que senti como se fosse a minha mãe o fazendo. Ela lançou um olhar para Chuck e depois para mim, abrindo um sorriso tão sábio, como quem dizia: viu por que quis juntar vocês?

Eu sorri para ela.

— Como está o coração? — Uriel questionou, ouvindo uma risada da minha parte.

— Ainda não acredito que estou aqui.

— E concorrendo a melhor atriz e Chuck, a melhor ator — Shaaron acrescentou.

— E Recorde-se Antes De Eu Partir, a melhor filme — Chuck adicionou.

— Isso é louco demais. — Suspirei.

— É — Uriel acrescentou. — Isso é o trabalho de vocês. As pessoas se apaixonaram por Nancy e Michael, além do filme. Se apaixonaram pelo amor de vocês que surgiu nas telas. A gente conseguiu sentir isso. Vocês merecem estar aqui e serem reconhecidos pela Academia.

Chuck apertou a mão de Uriel como agradecimento e eu fiquei emocionada.

— Isso é um elogio e tanto vindo de você, Uriel.

Ele deu de ombros e piscou para mim.

— Só disse a verdade.

A cerimônia foi apresentada pelo maior ator de comédia dos Estados Unidos. Ele arrancou muitas gargalhadas, fez comparações divertidas e nos deixou leves. Chuck beijou o topo da minha cabeça quando fizeram uma pauta sobre as cenas sexuais mais memoráveis do Oscar e colocaram um pequeno pedaço da nossa cena. No final, o apresentador disse: "Está calor aqui ou é o meu terno?".

Com tanta beleza a cada anúncio, até me esqueci que estávamos concorrendo. Depois de termos dois cantores intercalados entre as premiações iniciais, a banda The M's, um dos maiores sucessos do país, apresentou a música que foi composta por eles e tema de um dos filmes que estava concorrendo ao melhor do ano.

— Ah, a The M's! — murmurei, recebendo um olhar carinhoso de Chuck.

— Você gosta deles?

— Sim!

Chuck os olhou por um tempo e percebi que seus olhos estavam fixos em Zane. Cutuquei-o e apontei com o queixo para o guitarrista cabeludo e tatuado da banda.

— Ele é um ótimo cara. Já o conheci. Depois te conto essa história.

Sorri.

— Vou cobrar, Chuck.

Ele piscou para mim.

Foi muito bonito assistir, os meninos foram bem aplaudidos, e eu tinha que contar para a minha irmã que os tinha visto de perto, porque, se não estava enganada, ela ainda escondia uma camiseta com a foto de Yan Sanders, o baterista, em algum cantinho do seu guarda-roupa, longe dos olhos ciumentos do marido.

— Estamos chegando perto — sussurrei para Chuck, vendo Alanis Dimitri ganhar o prêmio de Melhor Canção. Em seguida, íamos para o de Melhor Diretor, seguido de Melhor Atriz, Melhor Ator e Melhor Filme.

Meu coração voltou a acelerar.

— Eu sei. — Chuck puxou meu rosto, me fez olhá-lo profundamente e abriu um sorriso, dessa vez, não escondendo sua ansiedade. — Hoje é um dia muito especial, Eve.

Assenti.

— Definitivamente inesquecível — concordei.

Mesmo que não ganhássemos, só o fato de sermos indicados já era considerado uma premiação por si só. Eu estava aqui, e isso já era uma vitória enorme. Eu podia imaginar Val e mamãe assistindo pela TV, emocionadas com as cenas do filme que passaram. Podia imaginar também o pai de Chuck, percebendo o quão longe seu filho foi, mesmo sem seu amor e tantos erros cometidos no decorrer da criação dele. Apesar de não se falarem mais e de ele ainda estar preso, as notícias corriam soltas.

Desviei dos pensamentos quando vi mudarem para o prêmio de Melhor Diretor. Uriel tinha as mãos trêmulas, mas, muito acostumado a ser indicado para demonstrar isso a qualquer outra pessoa, ele só sorriu.

Seu rosto apareceu na grande tela e, depois de muito suspense, anunciaram-no como ganhador.

O grito de felicidade de Shaaron foi uma delícia de ver. Os dois se abraçaram e rolou um beijo que me deixou surpresa. Eu não fazia ideia de que estavam juntos. Espantada, dei um abraço rápido em Uriel antes de ele subir no palco. Ele cochichou no meu ouvido: esse filme rendeu muitos romances, não é?

Aplaudi muito, sentindo Chuck segurar a minha cintura enquanto assistia Uriel subir aquelas escadas incríveis. As luzes o acompanharam e os apresentadores da vez, um casal de diretores, deram a Uriel o Oscar. Ele estava com um sorriso bem bobo, e Shaaron, chorava emocionada ao nosso lado. Uriel pegou o microfone e fez seu discurso, agradecendo toda a equipe de Recorde-se Antes De Eu Partir, a Shaaron, a mim e Chuck, falando que nada seria possível se nós não tivéssemos abraçado tanto assim a causa. Seu discurso foi lindo e me emocionou. Sequei as lágrimas e me sentei de volta, vendo Uriel voltar ao seu lugar, com o Oscar na mão.

Era tão lindo!

— Uriel, parabéns! Você mereceu. — Sorri para ele.

— Você sabe o que isso significa, não sabe? — ele questionou.

— O quê?

— Bem, há grandes chances de vocês subirem naquele palco também.

Chuck deixou um sorriso escapar dos lábios e acariciou minhas mãos trêmulas. Olhei para o palco, que, depois de um intervalo para a televisão, retornou com o início da premiação de Melhor Atriz.

Meu Deus. Meu coração ia parar.

— Todos sabem que as atrizes que concorrem ao Oscar esse ano esbanjam talento. Suas atuações foram tão sensíveis que tocaram o fundo de nossas almas. Choramos com elas, sorrimos com elas, nos apaixonamos com elas e por elas. Vamos às indicadas da noite! — Trevor Vaugh, o ganhador do prêmio de Melhor Ator do ano anterior, disse ao microfone.

Foram passadas na tela as cenas mais impactantes, incluindo a minha com Chuck embaixo da chuva, quando Nancy recobra a memória, que rendeu tantos aplausos que senti minhas bochechas aquecerem. Meu rosto apareceu no grande telão, junto com outras atrizes de renome e nossos nomes embaixo, incluindo Linda Mercy, com mais de setenta anos e ganhadora de seis Oscar.

Chuck apertou minha mão com força, como se deixasse claro que ele estava ali. Eu fechei os olhos por um segundo, ouvindo a música de fundo adicionar ao suspense um toque de romantismo. Trevor abriu o envelope e obriguei-me a abrir as pálpebras. Ele leu o nome mentalmente e seus olhos vieram direto para mim. Meu coração deu um pulo quando Trevor sorriu e, com sua voz rouca, disse com muita alegria: E o Oscar vai para... Evelyn Henley!

Todos os pelos do meu braço se ergueram junto com os aplausos que recebi, ecoando por todo o teatro. Chuck me puxou para si assim que levantei, totalmente atônita, sem saber o que fazer. Ele tomou meu rosto nas mãos, seus olhos estavam molhados e seu sorriso, afetado. Me deu um beijo breve, porque eu precisava sair dali e subir as escadas. Eu só consegui pensar na minha mãe e Val, só consegui pensar em como elas estavam gritando na sala e pulando como loucas. Uriel me abraçou rapidamente e Shaaron voltou a chorar quando beijou meu rosto.

Meu Deus, isso era insano!

Passei por todos com o vestido longo dégradé que ia do preto ao vermelho, tentando me concentrar nos passos: um de cada vez. Respirei fundo, recebi a mão de Dimitri Mathews, um dos maiores galãs do cinema, que me ajudou a subir as escadas. Trevor me abraçou e me entregou a estatueta de ouro, extremamente pesada para meus dedos frouxos de nervosismo. Assim que fiquei no centro do palco, o microfone tocou meus lábios e apoiei a estatueta sobre a bancada.

— Uau! — eu disse, escutando o som da minha voz sair em cada caixa de som. — Eu havia preparado um discurso na cabeça, mas, assim que ouvi meu nome, me esqueci de absolutamente tudo.

Risadas soaram e respirei fundo.

— Dedico esse prêmio a todas as pessoas que acreditaram no meu potencial para interpretar Nancy. Ela é uma personagem maravilhosa, que entrou na minha vida com um propósito muito maior do que somente interpretá-la nos cinemas. Eu preciso dizer que Shaaron foi maravilhosa ao criar esse romance, tocou tantas pessoas, que o Oscar é apenas resultado de tudo o que ela fez, inclusive me pedir tão carinhosamente para ser sua protagonista. Preciso agradecer o apoio da minha mãe e de Valery, minha irmã, que acreditaram que isso seria possível desde quando eu era tão pequena. Ao diretor Uriel Diaz, por ser tão visionário e maravilhoso. E também preciso agradecer a Chuck Ryder. — Desviei meus olhos de um ponto cego e encarei os seus. Ele estava com um sorriso apaixonado no rosto, que me fez sorrir de volta. — Você fez isso aqui ser real. Você fez Nancy se apaixonar por Michael da mesma maneira que fez eu me apaixonar por você. Te amo.

Aplausos estouraram e eu, trêmula, recebi novamente a mão de Dimitri para descer as escadas. O caminho até o assento foi cego, porque tudo parecia um sonho do qual eu estava a um segundo de acordar. Chuck beijou meus lábios, acariciou meu rosto e disse coisas lindas para mim, como o fato de me amar de volta, que eu sou talentosa, que isso era o que eu estava colhendo por ser tão especial. As lágrimas finalmente desceram, perdidas de felicidade. Eu só queria que isso durasse para sempre.

— Agora é a sua vez — Uriel alertou Chuck. — Esse prêmio é seu, filho.

Ele me olhou significativamente.

— Eu já tenho o meu prêmio bem aqui.

Com o coração apaixonado e feliz demais, escutei a apresentação do Oscar de Melhor Ator. Mostraram, na hora de Chuck, a cena dele desesperado, pedindo que Nancy o amasse de volta, quando ela não se lembrava de quem ele era. Aplausos surgiram depois dessa cena e eu fiquei admirando cada traço de Chuck, querendo me lembrar da sua emoção e de como ele estava feliz por estar aqui.

Isso era superar todos os fantasmas do passado, todos os traumas que seu pai lhe causou, toda a cobrança da ex-namorada. Esse prêmio era o dar a volta por cima de Chuck. Eu estava vendo um homem talentoso sentado ao meu lado, um homem que tinha o dom para a arte, mas que o reprimiu. Agora, só restavam o amor e a paixão pela profissão nascendo em diversas formas, inclusive na carreira de roteirista.

Eu não poderia estar mais orgulhosa.

— O ganhador do prêmio de melhor ator é... — Yadalla Matthews, a vencedora de Melhor Atriz do ano passado, falou com paixão. — Chuck Ryder!

Eu não sabia que meu coração podia explodir de felicidade, mas, se ele explodiu, continuou batendo. Chuck deu um beijo na minha boca e foi para o seu prêmio. Gritos emocionados e aplausos de antigos colegas de filmagem foi tudo o que ouvimos. A foto de Chuck imensa no telão em suas costas me fez sorrir. Como ele era lindo, meu Deus! Isso era um crime contra a humanidade.

Recebeu o prêmio com seu meio-sorriso e veio para o microfone com os olhos fixos nos meus. Mesmo à distância, era como se Chuck estivesse perto o bastante.

— É muita loucura ver a mulher que você ama ganhar um Oscar e depois você ser anunciado para receber o seu. Academia, vocês são fantásticos! Obrigado por isso. Preciso agradecer a toda a equipe de Recorde-se Antes De Eu Partir. Foi um trabalho de um ano inteiro, feito com muito cuidado e profissionalismo. Tenho que ressaltar que foi uma honra trabalhar com pessoas tão talentosas. Não vou dizer nomes, para não ser injusto com ninguém. — Sorriu e ajeitou o Oscar de modo que ficasse sobre a bancada.

— Confesso que tinha esta noite toda planejada na minha cabeça, eu queria subir aqui, queria estar aqui, porque eu acredito que nenhum homem tenha feito isso na história do Oscar, mas estou disposto a ser o primeiro —

ele falou, deixando todos perdidos com seu raciocínio. Eu suspirei, intrigada.

— Não sei se isso é permitido, eu espero que vocês não me tirem daqui à força, porque entendo que nós temos tempo para fazer o discurso, mas, acreditem em mim, vai valer a pena.

Chuck ajeitou a gravata do terno e encarou-me atentamente.

— Evelyn Henley é muito mais do que uma atriz, ela enxerga a alma por trás de cada personagem. Ela é tão sensível, que passou seu cuidado e amor pela profissão para cada cena que fizemos juntos. Eu, confesso, estava desacreditado, por uma série de acontecimentos pessoais. Mas, graças a Evelyn e sua sinceridade, graças ao seu toque de carinho, não pude fazer qualquer outra coisa a não ser abraçar Michael Black e ser tudo o que ela precisava naquele momento. — Emocionado, assim como eu estava, Chuck sorriu para mim. — Evelyn, esse Oscar é tão seu quanto meu. Eu nunca vou ser grato o suficiente por você me mostrar a felicidade nas telas e também fora delas.

Chuck tirou o microfone do suporte e desceu do palco. A câmera o acompanhou e todos os atores ficaram chocados com sua ousadia. Ele caminhou pelo corredor, com o olhar fixo em mim. Minha respiração foi ficando pesada e eu me levantei quando ele chegou. Saí das cadeiras e fui até o corredor, porque eu queria saber o que estava acontecendo.

Com o Oscar embaixo do braço, a menos de meio metro de mim, Chuck desceu em um joelho. Eu abri os lábios em choque, levei a mão trêmula ao peito, sentindo o coração bater forte, esmurrando-me por dentro. Ele tirou do bolso do terno uma caixinha, a abriu e colocou o microfone novamente perto da boca.

— Eu ia pedir isso com ou sem esse Oscar, Evelyn. Eu só queria que fosse algo memorável para você e desejava muito que fosse quando eu estivesse com esse microfone aqui. — Suspirou. Eu soltei um *"Ai, meu Deus"*, cega pelas lágrimas que não paravam de cair. — Casa comigo?

Se eu pensava que os aplausos que ouvi durante toda a noite foram altos, é porque nunca tinha escutado nada parecido com os de agora. Fomos ovacionados, literalmente recebemos gritos apaixonados de todas as pessoas que estavam naquele local. Elas se levantaram para aplaudir.

Trêmula, não acreditando que ele foi capaz de me pedir em casamento assim, assenti, porque ele não conseguiria escutar o meu sim. A câmera da televisão, com transmissão para mais de duzentos países, gravou o momento em que Chuck colocou o anel de rubi no meu dedo. Nem meio minuto depois, sua boca tocou a minha e Uriel pegou os Oscar que carregávamos para que pudéssemos nos tocar. Sua mão foi para a minha cintura e eu segurei seu rosto, com os dedos gelados e suados. Meus lábios estavam tão moles quanto meus joelhos.

Me afastei e encarei seus olhos.

— Eu não acredito que você fez isso.

Ele abriu um sorriso lindo.

— E eu não acredito que você aceitou.

— Chuck...

— Você mudou a minha vida, Evelyn. Eu só quero te fazer feliz.

Lágrimas escorreram pelas minhas bochechas.

— Você me faz. Todos os dias.

Comecei esta noite como namorada de Chuck Ryder e terminaria como sua noiva. Ele passou o braço sobre o meu ombro e deixou que minha cabeça descansasse em seu peito quando voltamos aos nossos assentos. Escutei seus batimentos tão rápidos quanto os meus. Chuck, no começo, nem parecia estar nervoso com tudo o que aconteceu, mas o coração não mentia.

— Você é maluco, sabia disso? — questionei, dando um beijo no seu maxilar. Nós já não éramos mais o foco do evento.

Ele olhou para mim.

— Louco por você, isso sim.

Eu ri e beijei seus lábios.

Assisti à premiação voltar do intervalo, com o coração tão leve, mas ainda tomado por uma adrenalina sem tamanho. Não podia crer que estava nos braços do homem que amava, com dois prêmios essa noite: seu coração e o Oscar. Ainda, para encerrar, Recorde-se Antes De Eu Partir foi eleito o melhor filme do ano.

Dentro da limusine, longe de todos os flashes e somente com Chuck Ryder ao meu lado, seu beijo veio voraz. Suas mãos não se contiveram, assim como nossas roupas foram amassadas e dispensadas em questão de alguns minutos. As respirações embaçaram os vidros fumê, nossos corpos se conectaram e sua boca se rendeu à minha.

Nos perdemos ali entre a fantasia e a realidade. E a razão disso era que os nossos sonhos não faziam jus ao que a vida nos proporcionou. A vida era mais doce, mais palpável e verdadeira.

Suspirei quando Chuck desceu seus beijos pelo meu corpo.

E deliciosa, lembrei-me de acrescentar, com um sorriso.

A Eternidade

"Michael e Nancy eram felizes agora
como nunca foram no passado.
O presente era a junção de um amor antigo com
uma novidade inesperada.
Era a nova chance para fazer o certo,
viver o certo, sem arrependimentos."

RECORDE-SE ANTES DE EU PARTIR

Epílogo

Chuck

Observei a garotinha correndo pelo gramado da nossa casa em Hollywood Hills. As pernas gordas, mal acompanhando os passos, somadas aos cabelos claros e cacheados da mãe, deixavam-na ainda mais encantadora. A avó a pegou antes que Charlie caísse e a levantou para o ar, girando e beijando suas bochechas cor-de-rosa assim que a acomodou em seu colo.

Sorri.

— Pai?

Desviei o olhar de Charlie com a avó para Evan.

— Oi, filho.

— O hambúrguer tá pronto? — perguntou, com seus olhos no mesmo tom que os meus, assim como os cabelos. Ele era uma cópia completa minha, exceto pelo nariz de Eve.

— Só mais uns minutos. — Baguncei seu cabelo escuro e ele me deu um de seus sorrisos triunfantes.

Virei o hambúrguer na churrasqueira e esperei o outro lado ficar bem passado.

— Eu quero ser o primeiro a comer os hambúrgueres! — Evan me recordou, lembrando-me de que ainda estava lá.

— Não vou esquecer — prometi e pisquei, assistindo-o correr de volta para os primos.

A casa estava cheia. Os filhos de Val e Grant não tinham tanta diferença de idade de Evan e Charlie. Dannie, a prima mais velha, tinha apenas sete anos, enquanto Evan, meu menino, estava com seis. Val e Grant tiveram três crianças: Dannie, Kim e Lorenzo, que era recém-nascido. Já eu e Eve, havíamos parado na pequena Charlie, uma garotinha de três anos que era muito esperta para a idade.

Soltei um suspiro alto, desejando ter mais um, porque, meu Deus... era uma bagunça boa.

Espalhados pelo gramado, havia um pula-pula e uma série de brinquedos para todas as idades, nos quais as crianças pareciam se divertir. Esse era só mais um final de semana da família Ryder junto com a família de

Grant e Val, além da minha sogra e seu novo namorado.

Nunca pensei que pudesse ser feliz a ponto de sentir que o coração ia explodir, mas, ao ver aquela baderna e a energia das crianças, cara... era o céu.

Senti duas mãos envolverem minha cintura e o rosto da minha esposa encostar no meu ombro, vasculhando sobre a fumaça.

— Evan já está fazendo chantagem emocional? — questionou, e pude senti-la sorrindo.

— Só me olhou com aquela cara de cachorro abandonado na mudança, mas prometi a ele o primeiro hambúrguer.

— Não entendo como ele é tão competitivo.

Virei o rosto e surpreendi Eve com um beijo.

— Não mesmo?

Ela riu.

— Eu sou determinada.

— E competitiva — acrescentei.

— Será que a Charlie vai puxar a sua personalidade? — Eve indagou, curiosa.

— Já que puxou toda a sua genética, espero que sim. — Ri baixinho.

— É justo.

Eve me puxou para longe da churrasqueira. Eu envolvi meus braços em torno da sua cintura e vi a felicidade em seus olhos.

Ainda atuávamos, mas eu e Eve, depois das crianças, decidimos ficar mais nos bastidores do que em frente às câmeras. Contracenávamos quando um convite era irrecusável, mas o meu lado produtor e roteirista acabou conquistando também a minha esposa. Ela ainda permanecia nas telas do cinema, mas encontrou uma nova paixão.

Estávamos bem de vida, a ponto de, se quiséssemos, poderíamos parar de trabalhar agora e teríamos dinheiro para gerações. Mas eu e Eve amávamos o que fazíamos e também estávamos apaixonados por nossos filhos. Queríamos o melhor para eles, o melhor para a família. Além disso, queríamos o melhor para nós dois.

— Você é tão lindo e afrontoso hoje como era no primeiro dia em que te conheci. Aliás, você está mais bonito — Eve declarou, jogando meus cabelos para trás dos olhos. O comprimento havia aumentado, mas ela adorava. Apertei mais sua cintura. — Sou tão feliz por ter você em minha vida.

— Você está se declarando para mim? — brinquei, com a sobrancelha erguida.

— Ah, Chuck. Todos os dias tenho vontade de me declarar para você.

— Eu te amo, Evelyn Ryder.

Ela levou a boca até a minha e, no momento em que ia beijá-la, fui puxado pela calça.

— Pai! O meu hambúrguer!

Olhei para a churrasqueira.

— Está pronto e está quente. — Me afastei de Eve, um pouco relutante. Peguei Evan no colo e o deixei sobre a mesa de madeira do quintal. As perninhas balançaram para fora. — Mamãe vai cortar pra você, tá bem?

Evan assentiu.

— Crianças, venham comer! — gritei, e Val e Grant se aproximaram devagar com os filhos, acomodando-os na mesa. Evan desceu para o banco esperando pacientemente ser o primeiro a comer o hambúrguer.

Eve começou a trabalhar em cortar em pedacinhos assim que os tirei da churrasqueira. Evan abriu os olhos claros e quase salivou enquanto via sua mãe partir a carne para ele. Acabei rindo e recebi um sorriso doce de Val e um aceno de cabeça de Grant.

Olhei para frente, vendo a mãe de Evelyn me dar um sorriso bondoso ao lado do namorado, enquanto soltava a minha pequena princesa e aquela bebê vinha, trôpega, correndo até mim.

Puxei Charlie para o colo no segundo em que ela chegou e, Deus, levou uma eternidade. Ela espalmou as mãos no meu rosto e beijou minha bochecha. Aquele beijo molhado e babado infantil que, francamente, eu amava.

— Oi, neném.

Ela riu.

— Estava se divertindo com a vovó?

Charlie assentiu, corada da brincadeira, e apontou para a carne.

— Você quer experimentar?

— Quero — avisou.

— Mas vai ter que pagar outro beijo para o papai.

Ela apertou minhas bochechas com toda a força que uma criança poderia ter e beijou a ponta do meu nariz. Depois, começou a se remexer no meu colo, ansiosa, e Evelyn a colocou na cadeirinha. Val estava com seu bebê recém-nascido ao lado de Grant e dos filhos, assim como minha sogra ao lado do seu namorado.

Quando servi as linguiças, pude me sentar em família.

Família.

Uma palavra que desconhecia, mas que Evelyn trouxe todo o significado e o amor para os meus dias. Pude ser um pai fantástico, refletir algo que havia dentro de mim e que sempre desejei. Pude ser um excepcional marido e um exímio amante para minha esposa. Pude ser um ótimo profissional, sem que isso fosse a mando de ninguém.

Finalmente, pude ser eu mesmo, amar quem merecia o meu amor e ser feliz.

Enquanto almoçávamos em meio às risadas das crianças, senti a mão de Evelyn buscar a minha por baixo da mesa. Ela puxou a minha mão, colocou sobre sua barriga e, com os olhos emocionados, sorriu para mim.

Eu quase engasguei com a comida.

— É sério? — questionei, sobressaltando todos.

Eve assentiu.

— O que é sério? — Val perguntou.

— O que eu perdi? — Era minha sogra.

Sem ouvir mais nada, puxei minha esposa e a abracei. Eu disse para ela que desejava um terceiro filho, avisei que queria que formássemos um quarteto, mas não esperava que fosse agora, não esperava mesmo.

Beijei sua boca, as lágrimas molhando meus lábios, meu coração se expandindo e me deixando louco pra caralho de amor.

— Eve...

— Dois meses só — anunciou baixinho. — Estou tão feliz.

— E eu mais ainda. Cara, eu não posso acreditar...

Ela desceu a mão novamente para a barriga. Os cabelos loiros, sempre cacheados, cobriram o rosto delicado que nunca me cansaria de observar. Os lábios bonitos e rosados sorriram, trêmulos, me mostrando que não havia dúvida da imensidão do amor que existia entre nós.

Eve se virou para anunciar, foi parabenizada por todas as crianças, pelos adultos e foi adorada e amada no silêncio da noite, nos lençóis, recebendo tudo o que um homem apaixonado é capaz de dar.

Com ela, eu era completo.

Com eles, podia sentir a soma de toda a felicidade que há nesse mundo.

Por sorte, a minha história finalmente me guiou para aquilo que eu merecia.

Agora, os créditos podem subir porque, o que vem depois deixo a critério da sua imaginação.

Agradecimento

Primeiramente, preciso agradecer à minha família, que sempre me apoia em tudo que faço, mesmo quando fico dias sem falar com elas, apenas para finalizar um projeto. Minha mamãe fofa, Crel. Minha irmã maravilhosa, Vanessa. A vovó superpoderosa, Helena. Eu amo demais todas vocês e tenho sorte por tê-las em minha vida.

Agora tenho que agradecer às meninas mais lindas desse mundo, que me ouviram surtar a cada parágrafo, que me ajudaram a elaborar essa história, que me apoiaram mesmo quando avisei que ia apagar metade e reescrever. Não existem palavras que mensurem o meu amor por vocês: Ingrid Duarte, Veronica Góes, Raíssa Zaneze, Fabi Menezes, Jamille Freitas e Izabela Lopes. Obrigada por serem tão dedicadas e maravilhosas!

Deixo um beijo para a Editora Charme e toda a equipe, vocês são fantásticas. Abraçam meus projetos, lutam comigo e fazem acontecer. Agradeço de todo o coração por sonharem e por me darem asas para voar. Acima de tudo, por voarem ao meu lado. Andrea Santos, sei que prometi que o Chuck Ryder ia ser pequeno, mas ele quis mais espaço hahahaha. Amo você!

Necessito fazer um agradecimento para o Marcos e para a Julia. Esses dois estão sempre nos bastidores me auxiliando. Marcos, nunca vou esquecer de você andando com o Zane na Paulista (hahahaha!) e, Juju, obrigada por surtar comigo a cada momento. É sempre magnífico estar com vocês. Ambos têm meu coração!

Beijo especial para a Livia Vieira, Aline Cirera e Gabrielli Bonatelli. Minhas amigas lindas e especiais. Eu amo demais vocês três.

Leitores, agora é a vez de vocês e do **OBRIGADA** imenso.

É por vocês que viro madrugadas, que acelero os projetos e faço missões impossíveis para essas histórias chegarem da melhor forma até a casa de cada um. É por vocês que esse romance foi lançado, é por vocês que sempre vou escrever, são vocês que me inspiram. Na verdade, não tenho leitores, tenho amigos. Pessoas que mergulham nas histórias que conto, que me apoiam sobre todas as coisas, que me emocionam com cada recado e carinho. Espero que Chuck e Evelyn tenham tocado o coração de cada um e torço para que os vejam cada vez que se depararem com um Oscar, um filme, um romance. Que eles fiquem gravados na memória e que esses momentos lidos tenham acalentado e os feito suspirar muito!

Obrigada também a você que está lendo isso aqui agora.

Obrigada por sonhar comigo.

Um beijo no seu coração.

E nos vemos na próxima! ;)

Entre em nosso site e viaje no nosso mundo literário.
Lá você vai encontrar todos os nossos
títulos, autores, lançamentos e novidades.
Acesse www.editoracharme.com.br

Você pode adquirir os nossos livros na loja virtual:
loja.editoracharme.com.br

Além do site, você pode nos encontrar em nossas redes sociais.

https://www.facebook.com/editoracharme

https://twitter.com/editoracharme

http://instagram.com/editoracharme